名校名著课堂

顾之川　主编

细读《红楼梦》

末世里的深情与荒唐

于鸿雁
白楠茁

——著

教育科学出版社

·北京·

出 版 人　李　东
责任编辑　代周阳
装帧设计　毕梦博
内文插图　郑枭语
责任校对　贾静芳
责任印制　叶小峰

图书在版编目（CIP）数据

细读《红楼梦》：末世里的深情与荒唐 / 于鸿雁，白楠茁著
. — 北京 ： 教育科学出版社，2019.11（2023.9重印）
（名校名著课堂 / 顾之川主编））
ISBN 978-7-5191-2057-3

Ⅰ.①细…　Ⅱ.①于…　②白…　Ⅲ.①《红楼梦》研究
Ⅳ.① I207.411

中国版本图书馆 CIP 数据核字（2019）第 227617 号

名校名著课堂
细读《红楼梦》：末世里的深情与荒唐
XIDU《HONGLOUMENG》：MOSHI LI DE SHENQING YU HUANGTANG

出版发行	教育科学出版社		
社　　址	北京·朝阳区安慧北里安园甲 9 号	**市场部电话**	010-64989009
邮　　编	100101	**编辑部电话**	010-64989422
传　　真	010-64891796	**网　　址**	http://www.esph.com.cn
经　　销	各地新华书店		
印　　刷	中煤（北京）印务有限公司	版　　次	2019 年 11 月第 1 版
开　　本	890 毫米×1240 毫米　1/32	印　　次	2023 年 9 月第 4 次印刷
印　　张	11.875	定　　价	68.00 元
字　　数	300 千		

如有印装质量问题，请到所购图书销售部门联系调换。

目录

总序

青春做伴好读书

顾之川

我国新一轮基础教育课程改革风生水起，新课标、新教材、新高考正在稳步推进。教育理念与教学方式的变革，已成为语文教育界当前重点关注和研究的问题。其中一个重要变化，就是返璞归真，回归教育常识与本分，引导学生多读书，好读书，读好书，读整本的书。在阅读中，感受母语的无穷魅力，体会汉语汉字的美，包括节奏之韵、声韵之味、意境之雅，激发学生的阅读兴趣，让学生感受书香魅力，掌握阅读方法，培养学生的阅读习惯，提高其阅读能力。新课标提出18个学习任务群作为教学内容，其中第一个就是"整本书阅读与研讨"。这体现了语文学习的综合性、实践性与选择性特点，必将给语文教学乃至整个教育带来深刻影响。但是，究竟该如何引导学生读名著，怎么读，不少老师和学生仍然感到迷惘和茫然。怎样将这一新的教学理念贯彻落实到语文教学实践中，使之落地生根，成为学生学习语文的自觉行动，不仅是广大语文教育工作者必须解决的问题，也是值得广大文化教育出版工作者深入思考的话题。

我国近20年来的课程改革实践表明，语文教育在立德树人方面具有特殊优势。语文课上，教师不仅教学生识字写字，学习读书，练习语言运用，训练口语与书面语，锻炼表达能力，感受母语的博大精深，而且应该引导学生学习知识，发展能力，锤炼品格，开阔视野，丰富内心，认识世界，崇尚真善美，为他们的人生奠基。而倡导读书，尤其是阅读文学名著，不仅有利于学生打好语文基础，掌握语文工具，而且有利于他们开阔知识视野，丰富人文底蕴。新课标、新教材对名著阅读的积极倡导，对于一线语文教师来说，既是挑战，也是机遇。名著阅读成为语文教学的重要内容，需要教师深入学习，认真领会，做出相应调整。一是要学习领会新课标对"整本书阅读与研讨"的要求，把握理念，明确要求；二是要了解新教材对"名著导读""整本书阅读与研讨"的编写意图；三是要实事求是，立足于本地区本学校的教学实际与学生实际，因地制宜，因材施教，确定适当的教学策略。整本书阅读不同于以往的精读或略读，也不同于篇章阅读，更不是课外阅读，而是一种深度阅读，要求以创新的方式向学生传递丰富的核心学习内容，引导他们有效学习并能将其所学付诸应用。比如，可以是基于项目的学习、基于问题的学习，也可以是基于探究的学习、基于挑战的学习，等等，目的是让学生获得更多主动学习的经历。整本书阅读的教学，要突出学生的自主阅读、撰写读书报告和交流讨论，教师不能代替或限制学生的阅读与思考。教师的作用在于提出问题、激发阅读兴趣，在于参与讨论、解答疑惑，在于引导学生深入思考、讨论与交流。教师可以引导学生开展方法研习、问题研讨、片段赏析、汇报展示等活动。方法研习是指根据书籍类型（文学名著/学术名著……）、学生需求等介绍、演练整本书阅读的方法、策略。问题研讨则主要针对学生阅读讨论过程中出现的问题展开深入讨论，这些问题应来自学生，经过教师的再组织与深加工，是核心问题而非枝节问题。片段赏析不是逐章逐节依次赏析，而是有选择性地为解决核心问题、示例阅读方法等而嵌入学生阅读进程中的课堂讨论。汇报展示是学生阶段性阅读成果的展示和交流，激发、驱动他们精心提炼和表达自己的阅读成果。展示成果可以使用PPT等可视化工具，但不能把主要心思花在PPT的美化装饰上。不能只有展示没有互动，没有教师的评点和学生的质询互评。教师要善于发现、保护和支持学生阅读中的独到见解。事实上，近年来，名著阅读日益成为语文教学的热点。不少名校敢于探索，不少语文名师勇于创新，北京、广东、四川、江苏、湖南的很多学校和教师都在这方面进行了大量的探索，取得了可喜成绩，积累了鲜活经验。

正是在这样的背景下，活字文化审时度势，助力教育，策划了这部"名校名著课堂"丛书，邀请北京四中等名校的若干位语文名师，把他们在名著阅读指导方面的相关成果，进行总结提炼，汇编成书，交由教育科学出版社出版。这对语文教育教学改革，乃至对推动全民阅读，都是顺势而为的实事，也是值得点赞的好事。

有一位作家说，人生要读三本大书，一本是"有字之书"，一本是"无字之书"，一本是"心灵之书"，也就是古人所说的"读万卷书，行万里路"。在我看来，出版这部丛书，至少具有以下意义和价值：第一，对于教师来说，可以与语文教育同行分享交流语文名师的教学经验，借以彼此切磋教学心得与教学艺术；第二，对于学生来说，可以借助这些名师的教学智慧，自己进行阅读实践，走进经典，发现"不一样的文学名著"；第三，对于一般读者来说，可以把其作为阅读文学名著时的参考，拓宽阅读视野，掌握读书方法，提高阅读能力，养成阅读习惯。承组织者雅意，邀我写篇总序。我也正好可以借此机会，谈谈我对名著阅读的看法，同时对参与编撰的语文名师表示我由衷的敬意。为他们摇旗呐喊，擂鼓助威，无疑是一件赏心乐事。

二〇一九年五一国际劳动节
于京东大运河畔之两不厌居

（顾之川，浙江师范大学教授，人民教育出版社编审，中国教育学会中学语文教学专业委员会理事长）

邀你共读《红楼梦》

一、为什么我们还要解读红楼？

《红楼梦》像一座宝矿，其间蕴藏了无数珍宝。两百多年来，这些珍藏被世间的人一一品赏。那块无才补苍天的大石头可能自己都想不到，当年的一声叹息竟然被曹雪芹谱成了一首魂牵梦绕的歌，写进了中国人的文化基因。研究它的学者一代又一代，甚至出现了横跨文学、哲学、史学、经济学、心理学、中医药学等多个学科的"红学"。

现在，《红楼梦》不仅是中学必读书，也被列入了高考名著阅读的考查范围。读红楼成为中学生应当完成的整本书阅读任务之一。

作为中学一线语文教师，我们自然很高兴。原因在于，这样一部被誉为古典小说顶峰的著作，终于可以名正言顺地"压迫"学生阅读了，但担忧也随即而来。

这么博大精深的一本书，我们该如何引导学生去体会它的美妙呢？让他们加入考据派，大谈特谈红楼人物到底都象征着哪些历史人物？还是让他们加入学术圈，去读那些解读《红楼梦》创作艺术和文学艺术的专著？抑或让学生像看热闹一样，随随便便翻一翻，背诵记忆主要情节？

显而易见，这些做法都不合适。不管历史上红学取得了怎样辉煌的成就，无论当代红学又取得了哪些突破性的进展，越过《红楼梦》本身的言说和评论，对于中学生而言，都是舍本逐末的做法，不仅不会有益于阅读和思考，相反，还会提前伤害了味蕾，弄坏了胃口。学术研究著作不适合绝大部分中学生，反过来，现在很多致力于发现人物之间彼此争斗踩压、暗流涌动的解读红楼故事的图书，不见得抓住了小说本旨，同样也不适合中学生阅读。至于采取不读书的应考模式，更是将自己直接放在了一个逆学习潮流和考试潮流的状态中，一定会得不偿失。

然而，《红楼梦》的确是一个大部头，较之其他书籍，其文化意蕴更深，多少人痛下决心，一定要读下来，但最终还是将其变成了床头最佳催眠读物。或许，找到一种一窥红楼大观的阅读方法才是最重要的。

二、《红楼梦》是经典，也是当年的流行小说

按卡尔维诺对经典的定义，"经典作品是这样一些书，它们带着先前解释的气息走向我们，背后拖着它们经过文化或多种文化（或只是多种语言和风俗）时留下的足迹"[①]。《红楼梦》正是这样的一部经典，其富有传奇的流传过程最可看出这一点。

《红楼梦》最早流传的是手抄本，大家都熟知的是《脂砚斋评点石

---

① 卡尔维诺.为什么读经典 [M].黄灿然，李桂蜜，译. 南京: 译林出版社，2012: 4.

头记》。脂砚斋的身份很有来头。有人认为这是曹雪芹的红颜知己，因为"脂砚"二字带有闺房气息。不过，读一读脂砚斋的评点就会发现，这个人经常说，这个不肖子弟很像他，这件事他也曾一起经历过，再读某段文字令他堕泪等。所以，脂砚斋更像是曹雪芹的亲戚，或者至少是当年与曹家有来往、与曹雪芹有交谊的人，否则他怎能在第一时间得到《红楼梦》？怎会如此评点？

曹雪芹一边写，脂砚斋一边抄、一边评，陆续又出现了几个手抄本。这些手抄本文字略有不同，可见曹雪芹在创作中有修改，有的修改也许是在这些评点人的建议下进行的。

这不禁让我们产生了一种想象：曹雪芹在悼红轩中奋笔疾书，有另外一个人，用非常热切的目光注视着他，热心期盼着这个故事到自己手里，然后虔诚地拿笔不断抄写，又不断地将这个故事描得更细、阐释得更深。

我们又发现，脂砚斋评点不是一个人完成的，而是一个"粉丝团"的集体所为。脂砚斋可称为"团长"，其中有一主力干将叫畸笏叟。"笏"是官员上朝时面君用的器物，可以把一些要汇报的事情写在笏板上，以免忘记，或是用以记录君命旨意。加一"畸"字却给人一种正话反说、欲扬却抑之感，正如苏州拙政园的名字意蕴，仿佛一个人看透了一些世事而生出了与主流价值观不同的思想，便以此调侃一番。"叟"是老头儿的意思。畸笏叟可能是曹雪芹身边一位熟识的长者，可能是一名参透官场、隐身于文林字海的世家子弟。总之，他们全都沉浸在这个故事里了。

这样看来，有时候写作也不是一件特别枯燥、特别孤独、特别寂寞的事。曹雪芹在自己的写作中，在脂砚斋评点中，度过了人生的最后时光。他一边吃不饱肚子，一边用血泪浇灌这本书。我们发现，这些评点的人在阅读此书时几乎也倾注了同样的血泪，我们常常会看到评点里有"作者自己形容""读至此处不禁痛哭""真有是事""读之堕泪""我读至此，不觉放声大哭""想见当年"诸如此类的话。

可见，《红楼梦》不仅是一本小说，而且是一群人把过往的日子一起重新过了一遍。这是一本有温度、有脉搏、有心跳的书。曹雪芹说"假作真时真亦假，无为有处有还无"，到底生活是真，还是故事是真，书中的故事是从生活中来，还是生活是从书中的故事而来，在曹雪芹及其"粉丝团"的心里，可能真的分不清了。

后来又出现了戚序本。乾隆时期戚蓼生得到一份早期抄本，在后来的流传中又不断有人对其抄录，因卷首有戚蓼生序言，故称其"戚序本"。戚序本系列在脂砚斋评点基础上又多次加入后来者的评论。点评分为好几重，不仅评点原作，还评论之前的点评，如此，无数人在这本著作中留下了自己的痕迹。如果当时有互联网，曹雪芹一定会成为网络最牛写手，《红楼梦》也一定会成为一部"大追更"作品。

再后来出现了刊行本。顾名思义，"刊"，就是刻版印刷。曹雪芹去世后，市面上流行着很多《红楼梦》的版本。小说八十回之后的遗失，更是让许多人参与到追随创作中。

1791年，程伟元和高鹗印刷出版了一二〇回本的《红楼梦》，"红楼梦"代替了"石头记"，成为了刊行本的定名。"《红楼梦》的稿本经过脂砚斋'阅评'后，先在亲朋好友中间传阅、转抄，很快便流传到社会上，'藏书家抄录传阅'，'好事者每传抄一部，置庙市中，昂其值，得数十金'。"① 真可谓"纸贵京都"。《红楼梦》是当时的一部流行小说，这一流行风潮，到今天已经激荡了两百多年。

《红楼梦》的版本非常复杂，其本身的流传却非常有情味，它是一群人当年倜傥性情的展现，是他们向最终逝去的青春致意，是他们对家族过往的回溯与反思，这些都让我们对这本名著有了不一样的认识。带着这样的认识，我们就不会把名著看作膀大腰圆的金刚，以为它在

---

① 李广柏.曹雪芹评传 [M].南京：南京大学出版社，2007：154.

横眉立目地俯视我们；有了这样的认识，我们才能够卸下心理上的重负，在阅读的过程中轻装上路。

三、在阅读中凝视自己的青春与成长

我们重新打开《红楼梦》，依然从那块无才补天的顽石开始读起。选择的版本是目前社会上通行的一二○回本，这个版本适合和学生一起共读。

原以为对这本书十分熟悉，速度应该很快。没想到读起来却沉迷其中，不能自拔，整个假期里，桌上、床头全是《红楼梦》。不仅读出了很多曾经未留意、如今却令人格外惊喜的细节，也读出了很多曾经未在意、而今却可以品味出丰富意蕴的情节。比如，李纨在大观园的居所稻香村"有几百株杏花，如喷火蒸霞一般"（页223）；贾探春的"秋爽斋"是一座低调奢华的大豪宅；薛宝钗也是偷偷读过《西厢记》《牡丹亭》的……

《红楼梦》的情节并不引人入胜，甚至有时会流于琐碎，但从看似琐碎的日常生活中却能够提炼出令人震颤的情感和哲思。这正是我们读《红楼梦》所得到的精神享受。

之所以能够如此沉迷，是因为我们想要通过直接阅读文本，而非借助文学评论、历史考据等资料，试图回答令自己多年来一直感到困惑的问题。比如，林黛玉进贾府那年几岁，为什么小说要从甄士隐开始写起，小说到底写了多少年的故事，金陵十二钗到底是哪些人物……

当我们带着探究性问题进入文本，一个崭新的红楼世界出现在面前，如同发现花朵的芬芳、林间的清风、夏日的光与影、秋天的五彩山，眼中的文字变得有了魔力，开始熠熠闪光，光芒散尽后，不仅给了我们问题的答案，而且为我们提供了获得更多发现和体悟的门径。

这次的阅读体验是令人兴奋的，如老友重逢，明明熟悉，却又好奇；明明古旧，却又新鲜。英国作家艾略特曾说过一句话，大意是：如果有一部新的作品出现，历史上的所有老作品都要跟着动一动。这样的表述非常生动，借用这句话来表达我们此次阅读《红楼梦》的感受：如果你重新发现了一部伟大的作品，过往的阅读体验和生命体验都要跟着动一动。

于是，我们想写这样一本书——

把自己重读《红楼梦》时得到的感动和思考、体会与提升写下来，和大家分享。把自己在中学语文课堂上与学生共读共赏的美好体验写下来，和大家分享。邀你共读《红楼梦》，和我们一起走进《红楼梦》的文本世界；邀你共读《红楼梦》，和我们一起见证此书两百多年的生命是如何永葆年华的；邀你共读《红楼梦》，和我们一起在阅读中凝视自己的青春与成长！

2019 年 2 月

说明：

1. 本书引用的小说文本内容，均出自《红楼梦》（曹雪芹著、无名氏续，人民文学出版社，2008 年 7 月第 3 版）。

2. 为了便于读者参阅原文，引文后有具体页码信息。

3. 本书摘抄引用的评点，均出自《脂砚斋全评本石头记》（曹雪芹著，脂砚斋评，霍国玲、紫军校勘，上海三联书店，2011 年 5 月第 1 版）。

4. 每讲之后附有相关拓展阅读问题、阅读要求，旨在助推进一步的阅读与思考。

5.每讲之后，还特别附上了与本讲主题相关的推荐书目，以拓宽读者的视野，丰富对主题的进一步理解。

6.本书篇章页插画选自《清孙温绘全本红楼梦图》。各章节插画由中央美术学院郑棐语绘制，在此特别表示感谢。

第一讲

被误读的与被忽视的

——由贾政和薛蟠入手，谈文本细读的趣味

看似熟悉而极易被概念化的人物形象，恰好是阅读经典作品的突破口。在标签化的个体背后挖掘其形象的生动性，将会带给我们极大的阅读乐趣。

贾政游大观园

很多作品，即便没有读过，也会多少了解一些。就像没读过《西游记》都知道孙悟空，没读过《巴黎圣母院》都知道有个敲钟人。《红楼梦》作为一部几乎家喻户晓的作品，谁都能说出几个人物形象的名字，谁都能说上几句自己的看法和理解，谈一谈宝黛爱情，评论一下王熙凤。"虽然我还没好好读过，但是我觉得……"，这样的表达方式常见于日常交流中。其实，就算翻开过，也很难说把握住了故事的全貌，毕竟一二〇回的体量需要时间来消化；单就其主要人物形象而言，也很难说真的能够体悟到其立体性和复杂性。

大多数情况下，我们只是在谈论前十几回、几十回里的某一个或某些人物；大多数情况下，我们可能只关注到了《红楼梦》中的几个人物，或者只关注到了某个人物的一个方面或一个特点。但是，在《红楼梦》里，人物命运走向固然遵循一定路径，但其性格、心理、情感却一直是在变化发展的。甚至，在某一个具体小说情境里，人物自身言行所展现出的"百感交集"和"百味杂陈"，更值得我们反复品味、含英咀华。同时，多个生活场景中某一人物的多样展现，或者同一场景中不同人物之间形成的鲜明对照，又会令我们感慨于作家笔触的细腻、对人性之复杂的深刻认识。

以上这些，都是文本细读中才能得到的乐趣。我们所提倡的文本细读，顾名思义，是将阅读的重点落在作品本身上，落在文本文字中，在对具体文段和相关章回的赏析中，发现有价值的问题，能够通过自主检索前后文本信息，寻找到具有自洽性的答案。

因此，第一个有意思的问题就是，作为读者，我们真的了解那些红楼人物吗？《红楼梦》第一回开篇道明了小说的创作初衷，确定了小说的基本内容——"然闺阁中本自历历有人，万不可因我之不肖，自护己短，一并使其泯灭也"（页1），"亦可使闺阁昭传"（页2）。红楼世界，"千红一窟（哭）"，"万艳同杯（悲）"。女子的大千世界里，男子的存在就像那些衬托鲜花的绿叶，除了贾宝玉，仿佛人人都是作为反面形象出现的。

读《红楼梦》，会不自觉地忽略其中的男性角色，或是常常会对他们进行概念化、简单化的解读。因为他们缺少诗意，缺少雅趣，除了北静王有气质，柳湘莲有性情，其他诸人大多是"泥做的骨肉""浊口臭舌"，是"禄蠹"，因而我们往往会对红楼男子进行概念化、简单化的解读，似乎天下乌鸦一般黑。

如果我们细读故事中的相关情节，便会发现，曹雪芹笔下的男人，每一个都有自己的特点，都有自己的喜怒哀乐和性情气质，奸诈的有奸诈的卑鄙，无能的有无能的可怜，好色的有好色的嘴脸，庸碌的有庸碌的无奈，人性的多样化在他们身上一一体现。若能给予他们更多关注，我们将会读出一个更为立体的红楼世界，并从中获得极大的阅读趣味。

这一讲的内容聚焦两位男性，他们分别代表了两代人，代表了两种人物典型，代表了不同程度的被误读与被忽视。通过细读他们的故事，我们一起来打开红楼故事大门，体会曹雪芹在塑造人物时的良苦用心。

一、为什么选择贾政和薛蟠

首先，这两个男性人物形象对我们来说相对熟悉。贾政是贾宝玉的父亲、贾兰的爷爷；是王夫人的丈夫；是贾母的儿子；是贾赦的弟弟；是林黛玉的舅舅；是朝廷中的官员，担任工部员外郎。他是贾府贵族世家的中坚力量，家族的顶梁柱。薛蟠是薛姨妈唯一的儿子。薛家是皇商，在各省省都有大买卖。他喊贾政姨爹，舅舅王子腾原为京营节度使，后升为九省统制。我们感觉对薛蟠熟悉，是因为熟悉他的妹妹薛宝钗。往往有人慨叹，薛宝钗这么温婉大方贤淑明理的大家闺秀，怎么会有一个如此呆俗顽劣的哥哥？小说中也说，薛宝钗"较之乃兄竟高过十倍"（页63）。

其次，在传统社会，男子相对于女子而言，要面向外界更广阔的空间、接触更多的人、担负更大的责任。越是处在复杂立体的人物关系网中，人物越有更多的展现维度，因为人物的言行举止都与自己的身份、角色相关。身份越复杂，故事性就可能越强，人物性格的张力就可能越大，人物就会越有意思。

此外，这两个人物的特点很突出。贾政，"政者，正也"，《论语》中孔夫子的解释，可以让我们明白地看出人物角色的预设。从第2回"冷子兴演说荣国府"的内容里，我们知道，荣国公的长孙是贾政的兄长贾赦，袭官袭爵的也是贾赦，贾政是贾代善的次子。贾政的官位是皇上体恤臣子的恩典，"遂额外赐了这政老爹一个主事之衔，令其入部习学，如今现已升了员外郎了"（页27）。

第三回林黛玉进贾府，并未见到这位二舅舅，但通过林黛玉的眼睛，我们知道贾政住在荣国府正经正内室里：仪门内大院落，上面五间大正房，两边厢房鹿顶耳房钻山，四通八达，轩昂壮丽，比贾母处不同。黛玉便知这方是正经正内室，一条大甬路，直接出大门的。（页43，下同）

此段描写连用几个"大"字，可见其居所的开阔、威严、气派。最后是"大甬路直出大门"，看来皇亲贵胄或位高权重的客人应该都是从这个门进出的。林黛玉进入"荣禧堂"，抬头看到的是"赤金九龙青地大匾"。里面的家具有"大紫檀雕螭案""两溜十六张楠木交椅"；摆设的器物有"三尺来高青绿古铜鼎""金蜼彝""玻璃盒"；还有"待漏随朝墨龙大画"和镶着錾银字迹的乌木联牌，上面的对联是"座上珠玑昭日月，堂前黼黻焕烟霞。"——这一切无不在彰显荣国府的家世之尊贵，身份之荣耀，也宣告着贾政在荣国府中的地位。贾政虽还未出场，但其威严肃穆的形象已得到表现，这是一位正经的大家长，是大家族里有权威的大家长。

薛蟠，绰号"呆霸王"，一出场，便是十恶不赦的形象，打死了冯渊，抢走了英莲，属于典型的性情顽劣、侈傲纨绔、不知生计、不学无术的富二代、官二代。他"虽也上过学，不过略识几字"（页63），在别人家里看到唐寅的画，将落款读成"庚黄"；出语粗俗，在冯紫英家的青少年聚会上，他的酒令里里外外透着日常生活的无聊和趣味追求的庸俗；行事颠倒，为让宝玉快快出来，让小厮说谎话"老爷叫你呢"，宝玉出来后发现自己的父亲换成了薛蟠，很是无奈，薛蟠道歉说"改日你也哄我，说我的父亲就完了"（页356），玩笑间不拿自己已经死去的父亲当回事，更不去想这样的托辞完全不符合情理逻辑。

看似熟悉而极易被概念化了的人物形象，恰好是阅读经典作品的突破口。经典作品中的人物形象不会仅仅是呆板、刻意的呈现，不会脸谱化，更不会千人一面。在标签化的个体背后挖掘其形象的生动性，将会带给我们极大的阅读乐趣。

二、这个劲儿可不好拿捏——中国式父亲的苦恼

贾政，典型的中国式父亲的形象，可以说，传统社会里父亲的形象，在很大程度上便是贾政的样子。

第十七至十八回，大观园建好了，需要拟写对联匾文等。贾政带着清客们前往园子，碰到了宝玉。"贾政近因闻得塾掌称赞宝玉专能对对联，虽不喜读书，偏倒有些歪才情似的。今日偶然撞见这机会，便命他跟来。"（页218）你能读出这位父亲的良苦用心吗？首先，贾政关注自己的儿子，从多个渠道了解宝玉，知道他喜欢什么，竭力达到知子莫若父的程度。其次，但凡宝玉有一丁点儿可取的才华，作为父亲，贾政都是欣喜的，而且还有点儿以儿子为骄傲。游大观园时，贾政身边有许多人，他将宝玉带上，为了让宝玉获得自信心和成就感，

也让自己获得以子为荣的自豪和骄傲。

贾政让宝玉为各处景观起名字，写对联。我们看看贾政对宝玉的评价：

1. 贾政笑道："不可谬奖。他年小，不过以一知充十用，取笑罢了。再俟选拟。"

2. 贾政笑道："诸公听此论若何？方才众人编新，你又说不如述古；如今我们述古，你又说粗陋不妥。你且说你的来我听。"

3. 贾政拈髯点头不语。

4. 贾政听了，点头微笑。

5. 贾政点头道："畜生，畜生，可谓'管窥蠡测'矣。"

6. 贾政一声断喝："无知的业障！你能知道几个古人，能记得几首熟诗，也敢在老先生前卖弄！你方才那些胡说的，不过是试你的清浊，取笑而已，你就认真了！"

7. 未及说完，贾政气的喝命："叉出去！"刚出去，又喝命："回来！"命："再题一联，若不通，一并打嘴！"

8. 贾政笑说："岂有此理！"

读读这几段贾政对儿子表现的反应，出现最多的词就是"笑"，还有"点头"。这两个动作表明了贾政对宝玉的认可与满意。然而，说出来的话却和"笑""点头"这样的表情与动作很不相符。想象一下那个画面，一边点头，一边说"畜生，畜生"；一边笑，一边说"岂有此理"。一个父亲既为儿子骄傲又怕儿子张扬，既认可孩子又打压孩子的情感，都在这些语句里表达出来了。可见，贾政虽然要求宝玉熟读四书五经，但他自己却也欢喜儿子在诗词上面的造诣与灵性，也会认可孩子的长处，只是这样的认可特别隐晦，特别含蓄，含蓄到亲生儿子贾宝玉根本不能领会，含蓄到读者可能会一掠而过。

三、有一种恐惧，叫"老爷叫你"

小说中，但凡别人一跟宝玉说"老爷叫你"，宝玉都是心头"滚过一个焦雷"，面见父亲之前，他内心惊惶、行动磨蹭，总是渴盼出现什么意外耽搁了才好；在父亲面前，他的动作表情都最大程度地收敛，垂头听训是其主要姿态。正和贾母盘算，要这个，弄那个，忽见丫鬟来说："老爷叫宝玉。"宝玉听了，好似打了个焦雷，登时扫去兴头，脸上转了颜色，便拉着贾母扭的好似扭股儿糖，杀死不敢去。（页309）正说着，只见袭人走来说道："快回去穿衣服，老爷叫你呢。"宝玉听了，不觉打了个焦雷一般，也顾不得别的，疾忙回来穿衣服。（页356）可见，贾政非常符合中国传统文化中的"严父"形象，宝玉对他真的非常畏惧。

第三十三回宝玉挨打的故事，直接凸显了两代人观念上的隔阂和冲突。按贾政的话来说，贾宝玉"在外流荡优伶，表赠私物，在家荒疏学业，淫辱母婢"（页443，下同），他被"堵起嘴来"打得非常惨。从文字中可以看到这个父亲打儿子时的形象："眼都红紫了""一脚踢开掌板的，自己夺过来，咬着牙狠命盖了三四十下"。这个场景很经典，贾政的形象在这样的描述中立刻被定格了——这是一个非常严厉的大家长，既专权又无情。

那么，宝玉到底该不该挨打？贾政教育得对不对呢？

从宝玉的角度看，在他的生命里，花草鸟虫都与他有关，除了科举正途的书本他都爱读，黛玉不理他让他心伤，林妹妹的一首诗可以让他痴倒，袭人骗他说要出府回家他就"泪痕满面"，金钏儿跳井让他"五内摧伤"，和柳湘莲的结交让他快乐；与之相对，陪伴来荣国府的贾雨村让他心烦，去见父亲让他担惊受怕。

从贾政的角度看，他和家族的希望就在宝玉身上，宝玉是他和正妻王夫人所生，他盼望自己的儿子爱读书，将来可以继承家族伟业，光耀门楣。他督促宝玉上学，告诫他要将四书"讲明背熟"，场面上的社交应酬一定要带着宝玉，好让他开阔眼界，结交贵胄，懂得待人接物进退之道，盼望他显身成名。

故而，宝玉做得不到位时，贾政就会说："我看你脸上一团思欲愁闷气色，这会子又咳声叹气。你那些还不足，还不自在？无故这样，却是为何？"（页439）多像现在家长们批评孩子的口头禅——能给你的都给你了，你还有什么不满足的？宝玉神情不对头，贾政"原本无气的，这一来倒生了三分气"（页440），在连续听到关于宝玉的各种劣迹后，他"又惊又气"（页440）"气的目瞪口歪"（页441）"把个贾政气的面如金纸"（页442），吩咐拿大棍，拿索子，不准传信到里头。于是，贾母和王夫人也没能在第一时间赶过来保护宝玉。宝玉大承笞挞的场景就出现了。

小说第二回冷子兴演说荣国府，冷子兴就对贾雨村说："长子贾赦袭着官；次子贾政，自幼酷喜读书，祖、父最疼，原欲以科甲出身的。"（页27）祖上被封侯，长子袭官理所应当，身为次子的贾政自然没有资格，因此他要自己考取功名，一步一步升职。只是皇上体恤，额外赐了一个员外郎的官位。所以，贾府中最权威的大家长本应该是贾赦，但贾赦是什么样的人呢？

当林黛玉随着邢夫人来到大舅舅所住的院落时，小说中描写如下："进入三层仪门，果见正房厢庑游廊，悉皆小巧别致，不似方才那边轩峻壮丽；且院中随处之树木山石皆在。"（页42，下同）与贾政的住所相比，贾赦家更像是个花园。"一时进入正室，早有许多盛妆丽服之姬妾丫鬟迎着"，进到屋内，香氛扑鼻，绝色亮眼。这么多美女，无论是姬妾还是丫鬟，全都打扮得漂漂亮亮。若不是有邢夫人带路，恐怕林妹妹会觉得自己走错了地方。袭官的贾赦，本来应该是非常威严的大家长，长子长房，一言一行应该对儿孙辈有示范作用，可是他的家里却处处是声色与情调，透着享乐主义的色彩。

总体来说，贾政比贾赦更像一个大家长。袭了爵位的长子不长进，就只有弟弟来持家了。所以贾政有作为家长的责任感，有家族使命感。因此，在贾政看来，宝玉"在外流荡优伶，表赠私物，在家荒疏学业，淫辱母婢"实在是会影响到整个贾府的声誉和安危，他因此怒火中烧，恨铁不成钢，下那么狠的手也就在情理之中了。

四、你可曾看到贾政流下的泪水

贾政身上是有中年危机的，宝玉就是他最大的心事。仔细读，我们会读出一个中年人在这个年龄段普遍要面对的问题，以及一些共有的心理和情绪。

贾政痛笞宝玉，消息还是传到里面了，王夫人哭求不要打坏了孩子，王夫人的大哭，引来了贾政的"泪如雨下"，特别是当妻子喊出贾珠的名字后，贾政"那泪珠更似滚瓜一般滚了下来"（页444）。贾宝玉之上本有兄长贾珠，贾珠有万般好，可惜二十岁上早亡，只留下妻子李纨和幼子贾兰相依为命。家族的希望自然转落到宝玉身上。奈何宝玉自抓周时分，便让贾政非常失望——贾宝玉抓了一把脂粉钗环后，贾政大怒说："将来酒色之徒耳！"（页28）

贾母也问讯赶来后，贾政真是各种情绪涌上心头，"又急又痛""忙跪下含泪说道""陪笑道""忙叩头哭道""苦苦叩求认罪"（页444-445）。对于妻子的爱子心切，他有无奈之痛，这等子孙必要好好教训一顿；对于母亲的冤枉与责骂，他有委屈和说不出的愧疚，一个四十多岁的男人，不仅仅是父亲，还是丈夫，是儿子。在曹雪芹的笔下，能看到贾政面对儿子、妻子、母亲时的进退两难。

第二十二回，贾元春元宵节时从宫里赏出灯谜来，贾母便带着大家猜灯谜、拟灯谜，贾政下朝后也赶来承欢贾母。元妃拟的灯谜是爆竹，其他女孩子拟的谜面呈上来，贾政看完内心忖度，"'今乃上元佳

节，如何皆作此不祥之物为戏耶？'心内愈思愈闷，因在贾母之前，不敢形于色。"（页304）这些谜面和谜底就像是家族的谶语一样，让他感到不安。贾政为家族的未来思虑，"回至房中只是思索，翻来覆去竟难成寐，不由伤悲感慨，不在话下"（页305）。

第一〇九回，贾宝玉参加科考，一一向众人辞别，科考结束后便消失无踪。此时，贾政正在扶贾母灵柩回金陵安葬的路上。他料理坟茔返回京都，在雪寒的毗陵渡口，见到了雪影里光头赤脚、身披一领大红猩猩毡斗篷的宝玉，宝玉是特地来向贾政叩拜行礼的。这个被贾政一再唾骂为"孽子"的儿子，把尘世的最后一缕"俗缘"留给了自己的父亲。

贾政上岸在宝玉身后追赶，眼前是"白茫茫一片旷野，并无一人"（页1592，下同）。贾政回到船上，自我安慰，"'只道宝玉果真有造化，高僧仙道来护佑他的。岂知宝玉是下凡历劫的，竟哄了老太太十九年！如今叫我才明白。'说到那里，掉下泪来"。这是贾政在小说中最后一次为宝玉流泪，也是贾政在小说中最后一次流泪。

五、贾政的性情是怎样的

在第三回的叙述中，通过林黛玉的眼睛，我们走进了荣禧堂，走进了贾政和王夫人的家常居所——"（东廊三间小正房内）正面炕上横设一张炕桌，桌上磊着书籍茶具，靠东壁面西设着半旧的青缎靠背引枕。王夫人却坐在西边下首，亦是半旧的青缎靠背坐褥，见黛玉来了，便往东让。黛玉心中料定这是贾政之位。因见挨炕一溜三张椅子上，也搭着半旧的弹墨椅袱，黛玉便向椅上坐了。"（页45）关于炕桌上的书籍茶具，甲戌侧批曰：【伤心笔！堕泪笔！"】① 一个让人如此畏惧的

---

① 曹雪芹，脂砚斋．脂砚斋评石头记[M]．上海：上海三联书店，2011：30．

封建大家长，对其日常家居的描写，何以让人读之堕泪呢？应该是因为点评者与书中人物有一份相知与相识吧！在这家常用度的起居室内，黛玉一眼就注意到了二舅舅炕桌上的书籍和茶具，阅读时如果沉吟片刻，我们也能体察到黛玉心中的感受，"磊着"二字凸显出日常之气，而书籍、茶具，本为雅者之趣。

那么，贾政性情到底如何？第四回薛蟠进入贾府之后，作者有这样一番对于贾政——薛蟠这位姨爹的评论。其中有一句话说："素性潇洒，不以俗务为要，每公暇之时，不过看书著棋而已，馀事多不介意。"（页66）第十六回，贾府兴建省亲别墅，小说再次提到"贾政不惯于俗务，只凭贾赦、贾珍、贾琏、赖大、来升、林之孝、吴新登、詹光、程日兴等几人安插摆布。凡堆山凿池，起楼竖阁，种竹栽花，一应点景等事，又有山子野制度。下朝闲暇，不过各处看望看望，最要紧处和贾赦等商议商议便罢了"（页213）。

第十七至十八回，贾政带着贾宝玉游大观园，他对其间三处的点评特别值得我们关注——第一处："这一处还罢了。若能月夜坐此窗下读书，不枉虚生一世。"（页221）这恰与前面对贾政性情的多处直接描写和间接描写形成呼应。这是哪一处呢？读者可打开小说求证答案。接下去第二处："倒是此处有些道理。固然系人力穿凿，此时一见，未免勾引起我归农之意。"（页223）其评点"固然系人力穿凿"，可见贾政对于园林有传统士大夫的审美鉴赏力，而"归农之意"又让我们想到了陶渊明的"归去来兮"，表现出一份不喜钻营投机的清雅高标。第三处："此轩中煮茶操琴，亦不必再焚名香矣。"（页227）贾政喜好此轩，一下子想到要在轩中煮茶、操琴，同时还需焚香以求情绪的安定和收敛，此俱是文人雅趣。贾政由院落布局联想到的生活方式，是其心灵性情的具体外化。

当众人提议贾政题大观园中的匾额时，贾政说了一句："你们不知，我自幼于花鸟山水题咏上就平平；如今上了年纪，且案牍劳烦，于这怡情悦性文章上更生疏了。纵拟了出来，不免迂腐古板，反不能使花柳园亭生色，似不妥协，反没意思。"（页218）这段文字中，前面部分是场面上的自谦之语，但"如今上了年纪，且案牍劳烦"应该是实话实说了。"于这怡情悦性文章上更生疏了"，更是透露出贾政的真性情了。"怡情悦性"与"案牍劳烦"的对比，让我们见出了贾政性格的本质，真正让他愉悦的是诗词歌赋、花鸟鱼虫的世界，而案牍之劳烦则是他身上所担负的现实生活责任。正如庚辰眉批所说：【政老'情'字如此写。】①

在第七十八回中，贾政为父为长就显得更为包容慈爱："近日贾政年迈，名利大灰，然起初天性也是个诗酒放诞之人，因在子侄辈中，少不得规以正路。近见宝玉虽不读书，竟颇能解此，细评起来，也还不算十分玷辱了祖宗。就思及祖宗们，各各亦皆如此，虽有深精举业的，也不曾发迹过一个，看来此亦贾门之数。况母亲溺爱，遂也不强以举业逼他了。所以近日是这等待他。又要环兰二人举业之馀，怎得亦同宝玉才好，所以每欲作诗，必将三人一齐唤来对作。"（页1101—1102）贾政叫宝玉、贾环、贾兰来一起写《姽婳词》，对宝玉笑道："如此，你念我写。若不好了，我捶你那肉。谁许你先大言不惭了！"（页1103）那难得的一幅父子和谐的画面真是令人唏嘘不已。

贾政在小说里一以贯之，非常强调对后代的着力培养，他希望兄弟之间能够孝悌友爱，互相学习，共同成长。不过，贾政又是一个不知从何下手，也不去认真想一想该从何下手落实家族事务的管理、督促子弟学习成长的家长。贵族子弟的那种不需要算计、不屑于算计、聪慧雅致的生活态度和处事风度，导致了他忧于此却不善于此的缺憾。

想一想《红楼梦》整部书的故事结局，会为贾府的衰落而感到可

---

① 曹雪芹，脂砚斋.脂砚斋评石头记[M].上海：上海三联书店，2011：167.

惜。倘若曹雪芹就是贾宝玉的原型，曹雪芹将自己的往日寄托在贾宝玉身上，那么抚过作者的笔触，揣度臆断一下，他写这些文字时应该会重新体味父亲的苦心，年轻的时候不能很好地理解父亲，等到有一天能够有所理解的时候，整个家族却衰亡消散了。

六、世家子弟的"古朴忠厚"

第四回，薛姨妈带着儿女进贾府，小说中有这样一段话，"薛蟠已拜见过贾政，贾琏又引着拜见了贾赦、贾珍等。贾政便使人上来对王夫人说：'姨太太已有了春秋，外甥年轻不知世路，在外住着恐有人生事。咱们东北角上梨香院一所十来间房，白空闲着，打扫了，请姨太太和姐儿哥儿住了甚好'"。（页65）

薛姨妈是贾政之妻王夫人的妹妹。关于如何安顿薛姨妈一家，王夫人肯定在心里斟酌过，但自己贸然提出，让妹妹一家住进贾府，这自然是不合适的。她们的兄长王子腾此时又升职奉旨巡边不在京城，帮助薛姨妈一家安置下来，对王夫人而言，肯定是心头悬而未决的事情。贾政说出这段话，便显出了一份妥帖、周到。他连住哪儿都已经想好了，由此可以看出绝不是敷衍搪塞。他不是仅仅出于情面打着哈哈，虚承说让姨太太住咱们家吧，他一说出口，便表现出思虑的成熟稳重。

此外，宝玉挨打时，王夫人抱住贾宝玉痛哭，贾政看到王夫人，听王夫人提到已逝的长子贾珠，便也痛哭不已。作为丈夫，他是能体会妻子的难处与痛处的。

小说中，还多次写到贾政在贾母身边奉欢侍亲的情景。第二十二回，大家欢聚在贾母那里吃元宵酒席，因为贾政在席，便都"拘束不乐"，贾母于是催贾政去歇息。贾政在贾母面前，便成了娇儿，"忙陪笑道：'今日原听见老太太这里大设春灯雅谜，故也备了彩礼酒席，特来入会。何疼孙子孙女之心，便不略赐与儿子半点？'"（页302）第七十五回，贾府欢度中秋节，大家赏月，击鼓传花讲笑话。"鼓声两转，恰恰在贾政手中住了"（页1052，下同），"恰恰"二字特别有意思，好像曹雪芹故意要捉弄一下贾政，一个大家长，一个朝廷官员，一个让儿子听见自己的名字就像头顶打了个焦雷的父亲，此时却要当着儿女晚辈的面饮酒说笑话，这确实有看头。所以"众姊妹弟兄皆你悄悄的扯我一下，我暗暗的又捏你一把，都含笑倒要听是何笑话"，恐怕贾政也很别扭，但是因为贾母喜欢，所以乐得逗母亲开心。贾政从不忤逆贾母，尽管后来贾府力不能支，但只要是贾母高兴，贾政等后辈仍竭力隐瞒和支撑，为的是希望贾母能够拥有顺利安泰的晚景。

贾政是荣国府大家长。大家长往往权力大、脾气大，大家长往往说一不二，有些古板和迂腐。可是从文本细节中，我们会发现，贾政这个大家长特别喜欢读书喝茶，内心渴望着清雅的生活，心思细腻体贴，孝顺母亲，能顾及他人情绪，重视子女教育和家族秩序。

《红楼梦》里有两个世界，既有女儿世界，又有男儿世界。我们通常将这两个世界对立起来，而且往往这样去分析：贾宝玉的自由情怀和烂漫爱情，最终被封建大家长给打压了。长久以来，我们总是给贾政贴上一个概念式的符号标签，比如"封建卫道士"。其实《红楼梦》里的人物形象除了存在于同一个文学世界里之外，他们还需要面对这个世界里独属于自己的特定的生命情境，这一点决定了每一个个体不同的生命展开方式。因而，简单地对贾政做出价值评判是不妥当的。品读《红楼梦》有关贾政的文段，我们会发现他慈父的一面，也能够读出他对贾母的孝敬，他对妻子的体贴，同时，我们还会了解到当他听候朝廷派遣游宦在外时，在仕途经济上的疲于应付、捉襟见肘。

第九十九回，贾政外放江西粮道，关于吏治的体验才算真正开始，"只有一心做好官"（页1359）的想法和做法，让他成为孤家寡人，使他在政务上举步维艰，"古朴忠厚"、疏于督查的心性令手下恶奴一再蒙骗欺瞒自己，做出了越界违禁的事情，最终落得被参劾，"失察属员，重征粮米，请旨革职"（页1397），"着降三级，加恩仍以工部员外上行走"（页1398）。作为世家子弟，贾政雍容优雅，温良体面，但他心机不足，不谙吏治，在仕途之路上做不到八面玲珑、左右逢源，虽有祖上恩荫，看着光鲜辉煌，但其实走得并没有那么顺利。

第八十四回，元妃病好，阖府开心。贾母、贾政、王夫人坐在一起聊起宝玉，提到他的终身大事。贾政像往日里一样表达了对宝玉的诸多不满。老太太说了一句话："想他那年轻的时候，那一种古怪脾气，比宝玉还加一倍呢。直等娶了媳妇，才略略的懂了些人事儿。如今只抱怨宝玉，这会子我看宝玉比他还略体些人情儿呢。"（页1180）呵，谁说宝玉空无来处，又岂知不是"有其父必有其子"？

七、薛蟠的罪孽

分析薛蟠之前，我们先列出薛蟠的五重罪：第一、打死冯渊，强抢英莲，却毫不以为意。（第四回）第二、祸乱家学，纨绔下流，造成不良影响。（第九回、第十回）第三、聚会滥饮，言辞低俗，勾三搭四不正经。（第二十六回、第二十八回）第四、恶名加身，冲动暴躁，要打死宝玉。（第三十四回）第五、性情不改，心痒难耐，惨遭柳湘莲痛打。（第四十七回）他胸无点墨、蛮横无理、不务正业，无疑是一个坏到家的纨绔子弟。

这位"呆霸王"真正是有几分横霸的，单说打死冯渊抢走英莲的霸道行径，"人命官司一事，他竟视为儿戏，自为花上几个臭钱，没有不了的"（页64）。在薛蟠的思想意识里，他人的生命是可以用金钱一笔勾销的，钱财权势可以为他破除世界上的一切障碍。是谁给了他这样的自信，让他想当然地认为打死了人没什么大不了？仔细读前五回，我们就知道，是因为豪门贵族、官员世家之间互相庇护，织就了被民间称为"护官符"的社会关系网，是因为世间总是存在贾雨村和门子一样的官吏，是因为大家总能接受钱和权可以解决任何问题的社会价值观。所以，一个人物的言行举止，不仅表现了这一个人物的形象特点，更能反映出整个社会、整个时代的问题。

薛蟠惹下了很多事端，经过多方打点，大多数最终化解消弭。家世的煊赫给了一个少年轻狂肆意的理由，他不了解这些外在的东西其实都是脆弱与易逝的。将他最终从这条快车道上拽下马的第一个人物，是他迎娶的夏金桂。薛蟠原以为世间众人拿他无可奈何，现在却是他拿夏金桂无可奈何。这个给薛蟠和薛家带来了无尽烦恼的媳妇，不仅让薛姨妈束手无策，也让薛蟠彻底失去了威风。两相对照之下，薛蟠的罪孽表现为任性，而夏金桂的罪孽则表现为恶毒。

接着连锁事件便出现了。因为想要避开令他头疼的家，薛蟠就借由南下置货而离家。在平安县遇到他喜欢的戏子蒋玉函，请他吃饭。只因酒店里名叫张三的跑堂多看了蒋玉函几眼，他便心中有气。第二天再到酒店，故意生事，掷出酒碗将张三打死。

这是薛蟠手里的第二条人命。因为惧怕受刑，他承认张三是斗殴致死。消息传回来，薛家开始营救薛蟠。按夏金桂的说法："平常你们只管夸他们家里打死了人一点事也没有，就进京来了的，如今撺掇的真打死人了。平日里只讲有钱有势有好亲戚，这时候我看着也是唬的慌手慌脚的了。"（页1202）估计薛蟠也认为这次人命官司的结果和十五岁时候的应该没有什么两样，他顺着原来的生活轨道行事，却不曾意识到，生活轨道正在悄然偏离原来的方向，事件的发展远远超过了薛蟠的认知。贾政托人知会平安知县，薛姨妈又打点了几千两银子，案件得以重审翻供，没有定薛蟠死罪。逢周贵妃薨，知县及上司需要在丧礼上应对差事，案件一直没有了结。

薛蟠打死人的消息是在林黛玉生日那天送来的，黛玉生日是二月十二日。春天过去了，秋冬过去了，薛蟠一直被收押在太平县。这期间，贾政的长女、入宫被封为贵妃的贾元春于十二月十九日薨。又是一年来到。正月十五前后，本来升任内阁大学士的王子腾死在赴京的路上。贾政在外放的任上看了刑部奏本，薛蟠的案件审理过程受到质疑，遭到驳审，太平知县被革职。"又托人花了好些钱，总不中用，依旧定了个死罪，监着守候秋天大审。"（页1368）皇商名字被清退，薛家的家底几乎被掏空，薛蟠的酒肉朋友、薛家的伙计们都随之四散。王子腾死后又因为海疆之事办理不善被参劾，子侄受到牵连；贾政降调回京；贾赦因为"交通外官"被查抄家产，罪状颇多。根系相连的几大家族相继衰亡破败。直到贾兰中举，得到皇上垂询和悯恤，适逢海疆靖寇，圣心欢悦，大赦天下。

再次见到薛蟠，已经是小说最后一回了。薛家凑足赎罪银两，薛蟠得以回家。此时劫难已过，夏金桂也因嫉害香菱反倒害死自己，留下来的是温婉依旧的香菱。在《红楼梦》后面三十多回的故事里，薛蟠都是不在场的，不知道狱中的薛蟠会是怎样的状态。他可能最开始仍然摆出纨绔子弟刁蛮无赖的样子，但刑打和没有尽头的囹圄生活，应该比遭到柳湘莲痛打要痛苦多了。也许薛蟠未见得去想罪有应得的道理，但这毕竟是作者给他提供的第一个真正的社会课堂。

八、话说"呆霸王"

薛蟠"见英莲生得不俗，立意买他"（页64）。针对这一笔，甲戌侧批道：【阿呆兄亦知不俗，英莲人品可知矣。】此评点甚有趣味，我们向来认为英莲和薛蟠两人有云泥之别，而脂批却以薛蟠之垂青点染英莲之不俗，又以英莲之人品衬托了薛蟠的眼光。从"阿呆兄"这一称呼来看，《红楼梦》的第一批读者显然没有我们现在面对薛蟠时势不两立的对峙情绪。

对于薛蟠来说，这世上一切的东西都是易得的，只要自己想要，总是可以得到的。所以，薛蟠的一切行为都依从自己的本能和欲望，年轻人伸出手，向这个世界索求无度，无论是人，还是物，他几乎所向披靡。而这也正是上天给予他的最大惩罚。因为易得，所以得手后也便随手掷弃。薛蟠不懂得珍惜，难以领略真正的彼此拥有带来的快乐。

宝钗便深知自己的哥哥"素日恣心纵欲，毫无防范的那种心性"（页449），薛蟠不断地凭空惹出诸多事端。其一，因为他蛮横霸道、奢侈淫靡；其二，则是因为他心思简单，不顾首尾。故而，贾琏在和王熙凤私下谈论时称薛蟠为"薛大傻子"，贾珍也说"他须得吃个亏才好"（页638）。没有什么思量，只知大把使钱，想到什么，便说什么、做什么，看似得了些便宜，但在别人眼里也不过是冤大头一枚。"呆"便有了呆傻之意。

第二十五回，大家忙着照应被马道婆魇了的宝玉和凤姐，园子里一下子涌进很多人，此时也顾不得男女大防，薛蟠也进来，小说的描写读来真是令人忍俊不禁："别人慌张自不必讲，独有薛蟠更比诸人忙到十分去：又恐薛姨妈被人挤倒，又恐薛宝钗被人瞧见，又恐香菱被人臊皮，——知道贾珍等是在女人身上做功夫的，因此忙的不堪。忽一眼瞥见了林黛玉风流婉转，已酥倒在那里。"（页344）三个"恐"把作为儿子、哥哥和男人的心态写尽了，他想着母亲，顾着妹妹，怜惜着香菱，竟是一个好男儿的样貌。而那"忽瞥"的一眼，却又将薛蟠拉回了欲望堆里。

"呆霸王"真是一个不受道德约束、不管人情世故的主儿，他行事直接，全凭欲望支配。而一旦有所领悟，他的表现也是直接的。他说话有时令人气愤无语，有时又热烈到令人难以招架。比如，他有了好东西，想着给一圈人送过去，又想着给宝玉送去，"我连忙孝敬了母亲，赶着给你们老太太、姨父、姨母送了些去。如今留了些，我要自己吃，恐怕折福，左思右想，除我之外，惟有你还配吃，所以特请你来。"（页356—357）薛蟠的逻辑很是好玩，这好东西还有人"配吃"、有人不"配吃"一说，令人哭笑不得。可话虽有些牛里牛气，但却显得真心真情，烂漫活泼。

在担了连累宝玉挨打的罪名之后，他又因为言语唐突，惹得薛宝钗哭了一夜，第二天，宝钗从大观园回到家，薛蟠决定表态，做出深刻的自我反省。薛姨妈不相信，说："你要有这个横劲，那龙也下蛋了。"（页462，下同）薛蟠的剖白感人肺腑："'我若再和他们一处逛，妹妹听见了只管啐我，再叫我畜生，不是人，如何？何苦来，为我一个人，娘儿两个天天操心！妈为我生气还有可恕，若只管叫妹妹为我操心，我更不是人了。如今父亲没了，我不能多孝顺妈多疼妹妹，反教娘生气妹妹烦恼，真连个畜生也不如了。'口里说，眼睛里禁不起也滚下泪来。"薛蟠的悔过之语也是直白的，甚至是粗暴的。这样的翻转令我们感到有些恍惚，再细想一下，便能够猜测出，估计薛蟠很多时候都是这样在母亲和妹妹面前承认错误的，这与其说是承认错误，不如说是撒娇求关爱了。果然，母亲和妹妹与他尽释前嫌。

他的悔过也没有长性。第四十七回，薛蟠追求男色，缠上了柳湘莲。柳湘莲深深厌恶薛蟠的淫赖无耻，便骗他出了城，找了个机会将其痛打一顿。薛蟠在挨打之后，很委屈地对柳湘莲说："原是两家情愿，你不依，只好说，为什么哄出我来打我？"（页636）

薛蟠从小缺乏管教，过于纵容自己，行事没有边沿，然而他又不属于心术不正的一类人，他所有的事情都做在明面上，从不施展阴谋诡计，因为他不需要这样的手段，故而也没有培养出这样的能力。他虽然坏，但与《红楼梦》中的很多人物相比，却坏得有点儿憨直。

柳湘莲打了薛蟠，薛蟠一时仇恨他，同时却也"愧见亲友"，便决定由薛家铺子里的老揽总带着，南下学习经商。在返回的路上，经过平安州地面，遭遇强盗，恰是柳湘莲拔刀相助，救下薛蟠，两人拜为生死兄弟，"从此后我们是亲弟亲兄一般"。（页919）薛蟠一心又放在了柳湘莲身上，不过，此次的确是一段生死交情。后来，因为尤三姐自尽一事，柳湘莲追随一位道士遁走世间，为柳湘莲洒泪的，正是这位呆霸王。"不怕你们笑话，我找不着他，还哭了一场呢。"（页930）这正是薛蟠的做派，他自有一番义气，只是找不到一个合适的托付者。

在高颜值的红楼人物形象中，薛蟠容貌身姿如何？细读文本，你一定会发现一些有趣且耐人回味的细节。比如，第七十九回里，通过香菱之口，讲述了薛蟠和夏金桂的姻缘故事。说夏家奶奶一看到薛蟠，"出落的这样，又是哭，又是笑，竟比见了儿子的还胜"（页1121）。可想薛蟠的相貌并不差，只是人品学识太欠缺，让我们对他的颜值没有了什么期待，反之，还在心里不断丑化他。

我们再来看一处文本细节。第四回里提到，薛蟠住进了贾府的梨香院，"谁知自从在此住了不上一月的光景，贾宅族中凡有的子侄，俱已认熟了一半，凡是那些纨袴气习者，莫不喜与他来往，今日会酒，明日观花，甚至聚赌嫖娼，渐渐无所不至，引诱的薛蟠比当日更坏了十倍"（页66）。这些语句，提醒我们思考，薛蟠怎么会比当日更坏了呢？薛蟠难道天生就是一个坏孩子吗？进而让我们思考，影响一个孩子成长的因素，都有哪些方面呢？

该怎样评说薛蟠呢？从小说的字里行间，我们会发现，薛蟠不是只有一面，而是多面的，以至于我们很难用简单的、单向的词语来评价他。

薛蟠，一个缺少父训的皇商家里的唯一的儿子，他本可以有机会在祖上传给他的商业帝国里纵横驰骋，但一贯的骄纵带给他的全是斗鸡走马、恣心纵欲的生活。他活泼泼的热血奔涌中似乎找不到合适、健康的流动方式，其生命以放肆要赖、天不怕地不怕、毫无敬畏感的姿态呈现出来。他将年少的时光和青春的活力全部宣泄在挥霍式的百无聊赖中，那些聚赌，那些声色，那些使性，那些不堪，让我们在觉得他可笑的同时，又生出很多的惋惜来。他任自己的欲望横行世界，他将自己的情感和他人的情感都看得简单，他直来直去，处处赤诚，处处霸道。"呆霸王"，容易理解的是"霸"，难以理解的是"呆"。

薛蟠固然是令人讨厌的，但有时又显出一些可爱来。他的可爱显现在他和其他人的比照中。比如，与贾环相比，薛蟠没有那么阴毒猥琐，他是坦荡热烈的；与贾琏相比，他没有那么心口不一，他是直来直去的；与贾珍、贾蓉相比，他没有那么厚颜无耻，他是留有底线的。

《红楼梦》写了各式各样的人物，他们的生命故事和展开方式各不相同，在连续的剧情发展中，在复杂的性格对照中，每一个生命都得到了充分的展现。而这，正是《红楼梦》让人着迷的魅力之一。如果阅读中我们能够在初步把握情节脉络的基础上，有意识地对人物形象进行纵向梳理，一定会有让自己惊喜的发现和思考。同样的问题——"我真的了解他们吗"，可以指向自己感兴趣的任何一个红楼人物，那不妨为他/她立一个行状吧，这样读起来，便会趣味横生。

涉及回目

阅读问题

1. 阅读第三回，依据文本勾勒出林黛玉弃舟登岸进贾府的路线图及荣国府大致的院落布局图。

2. 找到描写荣国府贾母、贾赦、贾政居所的语段，对比概括三处主要院落的特点。

3. 阅读小说中关于贾政和薛蟠的更多文段，选取其中一个角度或侧面，写一写自己对这两个人物的更多理解和感受。

阅读要求

请阅读小说前六回。

阅读推荐

1.《多年父子成兄弟》，汪曾祺

2.《爱的艺术》，[美] 艾·弗洛姆

3.《爱是一切的答案》，[美] 芭芭拉·安吉丽思

4.《判决》，[奥地利] 卡夫卡

王熙凤协理宁国府

第二讲
破除人名恐惧症

作者自称此乃血泪之书，脂批评价此书无一字虚设，看曹雪芹人名地名每一处写来都自有深意，更何况是荣宁二府中的主要人物，他一定对这些名字颇有考量和设计。

《红楼梦》部头大，人物多，易于引发阅读的疲惫感。第六回开头部分，刘姥姥进荣国府之前，有一段这样的话："按荣府中一宅人合算起来，人口虽不多，从上至下也有三四百丁；虽事不多，一天也有一二十件，竟如乱麻一般，并无个头绪可作纲领。"（页91）

单是荣国府就已经如此，再加上宁国府，岂不是更加难以把握？作者是很体贴我们的。一至六回里，小说中几次通过书中人物的讲述或观察，带领我们熟悉小说的社会环境和人物形象——第二回"冷子兴演说荣国府"，第三回"林黛玉抛父进京都"，第四回"葫芦僧乱判葫芦案"，都在尽力梳理社会网络、姻亲关系和家族支脉；第五回"游幻境指迷十二钗"，暗示了小说故事的结局和主要女性人物形象的命运结局；作者又在第六回里安排了个远得八竿子打不着的亲戚刘姥姥进荣国府，点染出荣国府的日常生活秩序。

可是，即便有过多次铺垫和多次介绍，我们在阅读中，难免还是晕晕糊糊，人物如走马灯一般，认不清楚、分不出来。有些人物之间的关系，读了好多章回仍是感觉一团乱麻，模糊不清。第十三回里，有这样的文段：彼时贾代儒、代修、贾敕、贾效、贾敦、贾赦、贾政、贾琮、贾瑞、贾珩、贾㻞、贾琛、贾琼、贾璘、贾蔷、贾菖、贾菱、贾芸、贾芹、贾萩、贾萍、贾藻、贾蘅、贾芬、贾芳、贾兰、贾菌、贾芝等都来了。（页171）遇到这样的文段，很多人一般便直接跳过，一溜"贾"过去，权当无睹。又比如第五十三回"宁国府除夕祭宗祠 荣国府元宵开夜宴"，里面有这样的文段：只见贾府人分昭穆排班立定：贾敬主祭，贾赦陪祭，贾珍献爵，贾琏贾琮献帛，宝玉捧香，贾菖贾菱展拜毯，守焚池。青衣乐奏，三献爵，拜兴毕，焚帛奠酒，礼毕，乐止，退出。（页724）这里也出现了一些在初读者看来不算重要的人名。当然，跳过这些文字，似乎不会特别妨碍我们对小说情节的梳理，但是却会令我们丧失一些更深入理解《红楼梦》的机缘。

《红楼梦》文学成就高，原因之一，恰恰在于一些往往被我们忽略的地方其实暗藏文化底蕴。没有第二部文学作品能够像它这样，完全真实地再现钟鼎之家豪门贵族礼仪化的日常生活，站立坐卧、饮食服饰、年节时令、建筑园林、亲朋应酬等诸方面，规矩和讲究无处不在、无时不在。《红楼梦》里这些与传统文化直接相关的内容，也是我们需要了解的。比如，上面引文里提到的"分昭穆排班立定"，在传统社会，这是大家族重要场合聚在一起分出长幼辈分的方式。此处写的是除夕祭祖，祭祖的时候参加者按辈分左右站立两列，始祖居中，下一代为昭，居左；昭的下一代为穆，居右；穆的下一代又是昭，居左，依次站排下去。现在还有一些保留下来的祠堂，里面的祖宗牌位也是这样布置的。

此外，这些常常被我们忽略过去的人名，对于一个文学帝国来说，是不可或缺的背景、是一片虚构世界里必不可少的细节。从某种程度上来说，是他们和贾宝玉、林黛玉等一起构建了体架宏大、内容丰富的红楼世界。

所以，我们尝试着先整理一下小说里的家族人物，这是有助于我们全面了解《红楼梦》的第一步。人物的名字和辈分之于小说情节很重要，对于理解这个家族的命运发展也很重要。从何开始呢？当然是第二回"贾夫人仙逝扬州府　冷子兴演说荣国府"。

第二回紧跟着第一回的内容，重要人物是贾雨村（请注意谐音：假语村〈言〉）。贾雨村本是个落魄书生，寄居在姑苏城阊门外十里街仁清巷葫芦庙（请注意这些地名的谐音：势利、人情、糊涂）。得到当地乡宦甄士隐（谐音"真事隐"）的资助后，他考中进士，为官一段时间，后又被革职。他便云游天下，到了扬州，在林如海做家塾老师，教授的学生正是林黛玉。林黛玉因母亲去世，加上旧病复发，停学了好些时间。贾雨村闲居无聊，偶至郊外，在村肆中与当年结交的京都古董商冷子兴相遇，两人小酌闲聊，因贾雨村亦姓贾，冷子兴便谈起了京都贾府的情况。通过冷子兴和贾雨村的交谈，贾家宁荣二府的几代人，在我们面前一一出现了。这是小说中第一次，也是最为直接地列出了贾府的几代世系，需要我们好好把握。

一、画个家族树，列个世系表

阅读第二回，自己尝试设计一个图表，列出贾府主要家族成员的名字，最好能够展现出他们的辈分关系。

真正拿起笔来写写画画，设计图表，还是很费心思的，可能得涂涂改改，不断修订。

怎样设计这个图表？

把长辈写在最上面还是最下面，呈现出来的样貌会有些区别。如果写在下面，就会形成一株家族树的样子。比如，荣国府里荣国公是家族树的树根，贾代善是主干，贾赦、贾政、贾敏是枝干，他们分别与人婚嫁，开枝散叶，家族树的树冠繁茂起来。

《红楼梦》中的人物关系到底是怎样的呢？为了更好地获得全面了解，我们将世系表以如下方式呈现：

第一代	第二代	第三代	第四代	第五代
宁国公 贾演	贾代化			
荣国公 贾源	贾代善			

依照这样的表格设计，请试着梳理一下贾府人物关系。

为什么要以这种方式梳理人物关系呢？让我们先宕开去，看看小说文本中的相关内容带给我们怎样的启发。

二、谁是神仙一流人品

《红楼梦》写的是贾府的故事，一个簪缨世家，但小说却并不直接从贾府写起。《红楼梦》第一回写人世间的事情，是从一甄（真）一贾（假）——甄士隐和贾雨村的故事开始的。贾雨村这个人物联结着多个地方、多个人物，他从苏州甄士隐那里到了扬州林如海家，再从扬州林如海府上到了京都的贾府，这样写来，有什么特别的意味呢？让我们从他们的家世状况上体会一下。

姑苏城阊门外十里街仁清巷葫芦庙，庙里寄居着一个穷儒贾雨村，庙旁是乡宦人士甄士隐家。

甄士隐"禀性恬淡，不以功名为念，每日只以观花修竹、酌酒吟诗为乐，倒是神仙一流人品"（页7，下同），嫡妻封氏"情性贤淑"。甄士隐的生活洒脱快意，令人羡慕。"家中虽不甚富贵，然本地便也推他为望族了。"品味文字，可以想见，甄家祖上一定是仕宦之家，有了前几代的累积，甄士隐才可以拥有这样恣意雅趣的生活。生活这样顺意美好，便不会有什么故事可写。果然，接下去文字一转。"只是一件不足：如今年已半百，膝下无儿，只有一女，乳名唤作英莲（谐音'应怜'），年方三岁。"在不孝有三，无后为大的传统观念里，人丁寥落，家业无人可接续和托付，这是人生一大缺憾。不过，甄士隐并没有因为英莲是个女孩而对她少一些疼爱，幼年的英莲在甄士隐和封氏那里，是捧在手心里的珍宝。一家人的生活和美幸福，殊不知苦难和悲伤已经在不远的前方等待他们了。

夏日里，甄士隐蒙眬睡去，梦中听到一僧一道谈话中的天机，醒来抱着女儿在街前遇到癞头和尚和跛足道人，癞头和尚的偈子预言了甄士隐一家的悲惨命运。

惯养娇生笑你痴，菱花空对雪澌澌。

好防佳节元宵后，便是烟消火灭时。（页10）

今日的英莲命定地成为日后的香菱，走进薛家的门庭，一个"空"字，写尽了人生的诡谲和幻灭。现在的甄家有小康之安乐，半年多之后，英莲于元宵节之夜丢失；再两个月后，葫芦庙的厨房之火烧光了庙宇，也将甄家烧成了瓦砾场。又因水旱之灾，田庄也难以安身，甄士隐只好投奔岳父。岳父封素（谐音"风俗"二字，风俗人情非常势利）并没有用心安顿女儿女婿，甄士隐变卖田庄后，最后的家业也逐渐失去。恬淡的性情、雅正的趣味、温良的做派，在艰难的时日里却没有什么可用武之地，"暮年之人，贫病交攻，竟渐渐的露出那下世的光景来"（页17）。

一个乡宦家庭，虽然祖上留有余荫，但子嗣的缺失意味着家族生命的断绝，一场大火更使这个家庭趋于消弭。家财的集聚和生活的洒脱需要几代光阴的积累，消散却不过是瞬间，"神仙一流人品"恍若烟云。

三、贾雨村"生于末世"

一僧一道离去后，甄士隐正在后悔没有向他们深究禅意，隔壁葫芦庙里走出了贾雨村。贾雨村，名贾化（谐音"假话"），表字时飞（谐音"实非"），雨村是他的别号，湖州（谐音"胡诌"）人氏。这段人物出场介绍与开篇文段里的"因曾历过一番梦幻之后，故将真事隐去……又何妨用假语村言，敷演出一段故事来……故曰'贾雨村'云云"（页1—2）正相应和，可以更好地理解作者在行文中有意强调的虚构性。反过来，正是在这样的一份刻意的强调中，作者又凸显了"历过"的真切，因其真切，而更觉"梦幻"。

贾雨村是一个"穷儒"，在甄家丫鬟眼里，"敝巾旧服，虽是贫窘，然生得腰圆背厚，面阔口方，更兼剑眉星眼，直鼻权腮"（页12，下同），由此可见，贾雨村相貌堂堂，着寒服却不减风姿。在甄家丫鬟心里，"这人生的这样雄壮，却又这样褴褛，想他定是我家主人常说的什么贾雨村了，每有意帮助周济，只是没甚机会。我家并无这样贫窘亲友，想定是此人无疑了。怪道又说他必非久困之人"。一个丫鬟品鉴人物能有如此水准，可见甄士隐修身齐家之日常追求；丫鬟的心中所想，则更加衬托出甄士隐爱惜人才、怜惜英杰的古道热肠。甄士隐的确是非同一般的超拔人物。

贾雨村落魄潦倒，却有些来历，"也是诗书仕宦之族，因他生于末世，父母祖宗根基已尽，人口衰丧，只剩得他一身一口，在家乡无益，因进京求取功名，再整基业。自前岁来此，又淹蹇住了，暂寄庙中安身，每日卖字作文为生，故士隐常与他交接"（页11）。请注意这段文字里的"也"字，这个"也"字，显而易见是与甄士隐的家世介绍相呼应的。贾雨村的家族当年也阔过，不过，他出生时，这个家族已败落。"生于末世"，此"末世"并不指向某一朝代的晚期，而是指家族的败落时节。"末世"的标志是什么？文中有八个字可以表现出来："根基已尽""人口衰丧"。没有家业累积，没有亲族帮衬，贾雨村是一个几无立锥之地的社会边缘人士，可以证明他的来处的，是他"卖字作文为生"的手段和可以与甄士隐结交的本事。而"根基已尽""人口衰丧"，这也正是甄士隐人世间最后一个生活阶段面对的境遇。

贾雨村此刻的志向是进京求取功名，"再整基业"。什么叫"再整基业"呢？再次积攒家产、获得社会地位，另外还得娶妻生子。随着小说情节的推进，他逐渐实现了自己的心愿。

四、林如海的家世

甄士隐的故事是开篇，似乎很快就结束了。英莲丢失，屋舍焚于大火，家财最终全无，疯跛道人一首《好了歌》让甄士隐彻悟，富贵贫贱，恩爱冷落，存在消亡，皆为人间幻象。不过，"神仙一流人品"毕竟还是"神仙一流人品"，甄士隐最终选择了超脱人世的仙道生活，随疯跛道人飘飘离去。

甄士隐为《好了歌》解注，"乱烘烘你方唱罢我登场，反认他乡是故乡"（页18），正是为红楼故事揭开序幕。

贾雨村在甄士隐的资助下，到京都参加科举考试，考中之后，成为知府，"虽才干优长，未免有些贪酷之弊，且又恃才侮上"（页22），受到革职处分。贾雨村"将历年做官积的些资本并家小人属送至原籍，安排妥协，却是自己担风袖月，游览天下胜迹"（页23，下同）。到了扬州，有了一个结识林如海的机会，成为林如海家的西宾。小说由远及近，逐渐进入贾府的亲族网系中。

林如海也是姑苏人士，与甄士隐是同乡，科举考试中考取探花，科考第三名，可见其人才俊秀，担任扬州巡盐御史。这个官职单看名字，便知是负责经济的一方要员。和甄士隐类似，林如海人近中老年，三岁之子夭折，只有嫡妻贾氏生有一女，林黛玉是夫妻二人的掌上明珠，这不禁令人联想到甄英莲。"只可惜这林家支庶不盛，子孙有限，虽有几门，却与如海俱是堂族而已，没甚亲支嫡派的。"又让人想起了刚才我们所说的"末世"的标志之一——"人口衰丧"。

古来作书写人，必写其籍贯家世。"原来这林如海之祖，曾袭过列侯，今到如海，业经五世。起初时，只封袭三世，因当今隆恩盛德，远迈前代，额外加恩，至如海之父，又袭了一代；至如海，便从科第出身。虽系钟鼎之家，却亦是书香之族。"

细读此段文字，我们可以收获很多信息：其一，林如海祖上曾经封侯获爵；其二，侯爵之尊位可世袭，但一般只袭三世，林如海父亲袭位已是额外加恩；其三，林如海是林家封侯获爵之后的第五代，他是科第出身，家世荫庇和自身努力相结合，才能使林家的尊荣不倒；

其四，林如海和嫡妻贾氏的婚姻可谓门当户对。贾氏，就是贾敏，是贾赦和贾政的亲妹妹；其五，钟鼎之家和书香之族之间不可以直接画等号。钟鼎之家是贵族豪门，有世袭爵禄，世禄之家通常着意培养子弟，子弟刻苦攻读，博得功名，方可维系家族声名和财势；书香之族则多走科举之途，凭借自身努力，亦可成为世禄之家。

林家的家世谱系可列出这样的表格：

一世	二世	三世	四世	五世	六世
林如海之高祖父封袭	林如海之曾祖父封袭	林如海之祖父封袭	林如海之父加恩封袭	林如海科第出身	一子早夭，一女林黛玉

和甄士隐的故事相似，小说在开头，就已经宣告了林如海家族故事的迅速终结。贾敏过世，林如海将幼女林黛玉托付给岳母家贾府。小说第十二回，"谁知这年冬底，林如海的书信寄来，却为身染重疾，写书特来接林黛玉回去"（页167）。贾母叮嘱贾琏陪林黛玉一起回扬州。第十四回"林如海捐馆扬州城　贾宝玉路谒北静王"，王熙凤正忙着在宁国府帮忙打理秦可卿的丧事，随着贾琏去扬州的小厮昭儿回来说，"林姑老爷是九月初三日巳时没的。二爷带了林姑娘同送林姑老爷灵到苏州，大约赶年底就回来"（页187）。林如海安葬苏州，魂归故里。第十六回，贾政生日时，贾元春晋封为凤藻宫尚书，加封贤德妃，一家欣欣得意，贾琏带着林黛玉在路上闻知喜讯，日夜兼程，也尽早赶回来。

至此，林如海的故事、林家的故事就结束了。林黛玉成了孤女，虽然她的故事在贾府里继续，但这是一个没有家族背景的女孩，她更多是以贾母外孙女的身份，成为贾府里一个特别的审美存在。

五、原来是五代人的故事

从贾雨村祖上的没落，到甄士隐小康生活的消散，再到林如海五世之后的衰丧，虽然还没有写到贾府，《红楼梦》在第一至二回里，就已经预示了一个基调——宁荣二府终究也会如此。

第二回，冷子兴演说荣国府，脂批本有很详细的批注，可以帮助我们更好地梳理人物关系。以演说宁国府的文字为例：

当日宁国公【甲戌侧批：演。】与荣国公【甲戌侧批：源。】是一母同胞弟兄两个。宁公居长，生了四个儿子。【甲戌侧批：贾蔷、贾菌之祖，不言可知矣。】宁公死后，长子贾代化袭了官，【甲戌侧批：第二代。】也养了两个儿子。长名贾敷，至八九岁上便死了，只剩了次子贾敬袭了官，【甲戌侧批：第三代。】如今一味好道，只爱烧丹炼汞，【甲戌侧批：亦是大族末世常有之事。叹叹！】余者一概不在心上。幸而早年留下一子，名唤贾珍，【甲戌侧批：第四代。】因他父亲一心想作神仙，把官到让他袭了。他父亲又不肯回原籍来，只在都中城外和道士们胡羼。这位珍爷也到生了一个儿子，今年才十六岁，名叫贾蓉。【甲戌侧批：至蓉，五代。】如今敬老爹一概不管。这珍爷那里肯读书，只一味高乐不了，把宁国府竟翻了过来，也没有人敢来管他。

我们可以据此填写家族世系表格。

第一代	第二代	第三代	第四代	第五代
宁国公贾演	长子：贾代化袭官	长子：贾敷（八九岁夭折）		
		次子：贾敬（好道）袭官	贾珍袭官	贾蓉
	二子			
	三子			
	四子			

世袭制度规定，勋爵是在上一辈人过世之后方能传给下一代的，

贾敬还在，贾珍本不能袭官，但因为贾敬不问世事，长年居住在郊外的道观，贾珍就袭了官。

　　阅读上引文字后面的文段，可以填写出荣国府的家族世系表格。

第一代	第二代	第三代	第四代	第五代
荣国公贾源	长子：贾代善袭官　嫡妻：贾母史氏	长子：贾赦袭官	长子：贾琏	无子一女巧姐
			次子：目前阙疑	
			贾迎春（女孩同辈排行第二）	
		次子：贾政	长子：贾珠（20岁病死）	贾兰
			长女：贾元春（女孩同辈排行第一）	
			次子：贾宝玉	
			贾探春（赵姨娘所生之女，女孩同辈排行第三）	
			三子：贾环（赵姨娘所生之子）	
		小女：贾敏	一女：林黛玉	

　　为了不旁逸斜出，姻亲关系暂且不标注在表格里。

　　由此我们可以发现，在《红楼梦》文本中，前前后后一共提到了五代人。根据文本内容，还有下面几个补充：

　　其一，宁国府第四代还有一位小姐，是贾惜春，贾敬的女儿、贾珍的妹妹。惜春在女孩同辈中排行第四，是现在贾府小姐中最年幼的一位。小说中多次提到惜春年小。比如第三回，林黛玉第一次进入贾府，贾母张罗请姑娘们来：

　　第一个肌肤微丰，合中身材，腮凝新荔，鼻腻鹅脂，温柔沉默，观之可亲。第二个削肩细腰，长挑身材，鸭蛋脸面，俊眼修眉，顾盼

神飞，文彩精华，见之忘俗。第三个身量未足，形容尚小。其钗环裙袄，三人皆是一样的妆饰。（页38—39）

三位姑娘同时出来，排行第二、第三、第四，一样的娇贵，一样的妆饰，没有什么具体言行，表现不出什么个性，描写的却有神采之异，为后文的情节发展里诸人的性格发展埋下伏笔，的确堪称经典。在此，设置一道连线题，请将三个贾府姑娘的名字与描写她们的文段连线对应。

第一个肌肤微丰，合中身材，腮凝新荔，　　　　贾惜春
鼻腻鹅脂，温柔沉默，观之可亲。

第二个削肩细腰，长挑身材，鸭蛋脸面，　　　　贾探春
俊眼修眉，顾盼神飞，文彩精华，见之忘俗。

第三个身量未足，形容尚小。　　　　　　　　　贾迎春

（答案：第一个是贾迎春，排行第二；第二个是贾探春，排行第三；第三个是贾惜春，排行第四。）

这里面用字最少的就是四姑娘贾惜春，其身形面容都是小孩子的样子。一直到第七十四回，抄检大观园时，小说里仍然说"因惜春年少，尚未识事，吓的不知当有什么事故，凤姐也少不得安慰他"（页1032）。可见，贾珍与贾惜春两兄妹之间的年龄差距是比较大的。她虽是宁国府小姐，但一直在荣国府贾母这边长大，按照辈分算起来，贾母是她的叔祖母，而已娶秦可卿的贾蓉则要管这个小女孩叫姑姑。

其二，大家族里既有自己这一支血脉的排行，也有大家族里同辈的排行。我们阅读小说的时候，会注意到贾宝玉被人称为"宝二爷"，贾琏被人称为"琏二爷"；同是"二爷"，贾宝玉的"二爷"是从贾政的亲生儿子来排行的，宝玉上有兄长贾珠；贾琏的"二爷"是从宁荣二府长房的总排行来算的，贾珍在与他同一辈人中排老大，被称为"大老爷"，贾琏在这一辈中排第二，就被称为"琏二爷"。

其三，小说里贾敏这一辈，宁荣二府共有四个姑娘，贾敏是最小

的一个，也是府里最受疼爱的一个，尤其是受到母亲贾母的疼爱。第七十四回里，王熙凤向贾母建议裁革一些丫头，人少了，既省了用度，又省了担心。王夫人感叹，裁革丫头会让姑娘们受委屈，她于心不忍，老太太也未必同意。"也不用远比，只说如今你林妹妹的母亲，未出阁时，是何等的娇生惯养，是何等的金尊玉贵，那才像个千金小姐的体统。"（页1025）可见，贾敏是贾府鼎盛时期的见证者和享受者。第二回里，冷子兴曾有感慨："老姊妹四个，这一个是极小的，又没了。长一辈的姊妹，一个也没了。只看这小一辈的，将来之东床如何呢？"（页32）宁荣二府的女儿们都不太长寿，在贾母这里，是白发人频送黑发人。怪不得贾母见到黛玉，哭得如此悲痛。小一辈的，自然是元迎探惜（谐音"原应叹息"），她们未来的婚姻如何、选择的东床（来自王羲之的典故，意为女婿）是否俊杰，既表现了宁荣二府的家世眼光，也意味着贾府未来的走势。

六、名字里的意蕴

考虑到男性在传统社会里的地位，并且真正导致我们患上人名恐惧症的因素主要也来自男性人物形象，所以，下面我们把宁荣二府的家族谱系放在一起，把关注点放在男性身上。

为了解决人名的识记问题，解决人物与人物之间的血缘辈分问题，以便阅读时可以更加顺畅，让我们从人名的文字本身入手进行分析。第一代：演、源；第二代：代化、代善；第三代：敷、敬、赦、政；第四代：珍、琏、珠、宝玉、环；第五代：蓉、兰。横向看，同一代里，请关注他们名字的共同点；纵向看，上下代之间，请尝试发现他们的关联点，自己做出一个合理的解读。

第一代	第二代	第三代	第四代	第五代
宁国公 贾演	长子：贾代化 袭官	长子：贾敷 （八九岁夭折）		
		次子：贾敬 （好道） 袭官	贾珍 袭官	贾蓉
荣国公 贾源	长子：贾代善 袭官	长子：贾赦 袭官	长子：贾琏	无子 一女巧姐
			次子：目前阙疑	
		次子：贾政	长子：贾珠 （已亡）	贾兰
			次子：贾宝玉	
			三子：贾环	

横向看名字字形上的共同点。第一代：名字带有三点水的偏旁部首；第二代：名字中都有一个"代"字；第三代：名字都以反文旁为部首；第四代：名字都是斜玉旁的字；第五代：名字都是草字头或是香草花木的本名。纵向看上下代名字之间的关联，则仁者见仁智者见智，越是有属于自己的发现，便越能帮助自己解决人名恐惧症。

在此，仅提供一种解读方式。

水部的第一代，寓意为贾府的富贵之源，荣宁二公开启了贾家近百年的富贵尊崇。"如今我们家赫赫扬扬，已将百载"（页169）；贾母的大箱大柜里，贾家的库房里，百年以来珍藏无数，第四十回里提到的软烟罗保存时长比薛姨妈等人的年纪还要大；第七十七回里王夫人为给王熙凤休养病体，从贾母那里要了手指头粗细的人参，只是这人参"年代太陈了……已成了朽糟烂木"。宁荣二公的名字，在小说中出现次数非常少，但凡是出现，必是极其重要的场合。

第十三至十四回，作者浓墨重彩地描摹了小说里的第一个丧礼，让读者领略了豪门贵族是如何操办丧礼的。那可真称得上是万千头绪，既需要安顿好府里的各项事务，又需要打点好场面上的各种应酬往来，另有府中杂事若干，如："目今正值缮国公诰命亡故，王邢二夫人又去打祭送殡；西安郡王妃华诞，送寿礼；镇国公诰命生了长男，预备贺礼；又有胞兄王仁连家眷回南，一面写家信禀叩父母并带往之物；又有迎春染病，每日请医服药，看医生启帖、症源、药案等事，亦难尽述。"（页188）王熙凤帮助处理丧礼，其精明聪慧、吃苦耐劳，由此可见非同一般。停灵七七四十九天后，将灵柩送往铁槛寺，是为送殡。送殡的宾客中特别提到了当年与荣宁二公并称"八公"的另外"六公"的孙辈。

第七十一回，贾母生日，前来贺礼祝寿的，更是上有礼部钦赐、亲王驸马，下有文武官员，这些字句虽散在小说中一闪而过，但却展现了贾府社交圈的层次。

第五十三回，腊月年底，贾蓉去光禄寺库上领取春祭恩赏，这是皇帝按照常例赏赐给受封荫的官僚的银两，专供祭祖用。黄布口袋上，印有"皇恩永锡"四个大字，还有小字一行："宁国公贾演荣国公贾源恩赐永远春祭赏共二分，净折银若干两，某年月日龙禁尉候补侍卫贾蓉当堂领讫，值年寺丞某人"（页718，下同）。贾珍说："上领皇上的恩，下则是托祖宗的福。咱们那怕用一万银子供祖宗，到底不如这个又体面，又是沾恩锡福的。"大年节下，这样的旧例，提醒着皇家要眷顾当年有功于朝的功臣，提醒着后辈子孙应当怀念并感恩自己的祖上，是他们用辛劳甚至冒着生命危险挣得的这一份家族荣光。

除夕祭祖是家族中的重大礼仪。贾氏宗祠在宁国府西边另辟一个院落，宗祠牌匾为衍圣公所写。院中"月台上设着青绿古铜鼎彝等器"（页723），鼎彝俱为礼器，因此簪缨世家又称钟鼎之家。抱厦和正殿的牌匾都是御笔，与第三回描写荣禧堂的文字相应和。其中一副对联，写的是"已后儿孙承福德，至今黎庶念荣宁。"（页724，下同）正堂里"上面正居中悬着宁荣二祖遗像，皆是披蟒腰玉；两边还有几轴列祖遗影"。

第二代名字中含"代"字，可理解为取代承袭之意。"代"字，意味着荣宁二公的儿子在他们去世后代替他们继续为国尽忠，为君分忧，为民造福，也代替荣宁二公享有人间高高在上的万千风光。传统社会里，只有长子才有资格承袭祖上封号。贾代化、贾代善分别是宁国公贾演、荣国公贾源的长子。贾代善迎娶的是金陵世勋史侯家的小姐，公侯之家结为姻亲，彼此映衬荣华。现今二公之长子已去世，只有贾代善的嫡妻、当年的史侯小姐尚健在，也就是贾母、府里的老太太，她是目前贾府里辈分最高、地位也最尊贵的老人。第十八回，元妃省亲时，贾母身份于私是元妃的奶奶，于礼是有爵位、有品服的荣国府太君。

第三代名字中带反文旁。"攵"，字形之意是手持小树枝。《说文解字》："攵，小击也。"从"攵"旁的汉字，本义大多与手持、手拿有关，与鞭打、敲打有关。小说中，贾政打贾宝玉，贾赦打贾琏。这两人的儿子都因为挨父亲打走不了路，下不了床。荣国府管教孩子是靠痛打的。宁国府的贾敬除外，他一心修道，造成贾珍"只一味高乐不了，把宁国府竟反了过来，也没有人敢来管他"的局面。（页27）

第四十五回，贾府老仆人赖嬷嬷的孙子做了州官，为了感激贾府的恩典，特来邀请老太太带着贾府上下到自己家的园子里看戏赏乐吃饭，这位贾府的老人和大家闲聊，提到了一些贾府掌故，谈及子孙的成长和教育。她指着宝玉说："不怕你嫌我，如今老爷不过这么管你一管，老太太护在头里。当日老爷小时挨你爷爷的打，谁没看见的。老爷小时，何曾像你这么天不怕地不怕的了。还有那大老爷，虽然淘气，也没像你这扎窝子的样儿，也是天天打。还有东府里你珍哥儿的爷爷，那才是火上浇油的性子，说声恼了，什么儿子，竟是审贼！"（页602—603）从这段文字中，我们发现，荣府第三代在小时候是被打着长大的，宁府里贾敬更是没少挨父亲贾代化的打。世族大家管教子女是严格的，特别是在没有祖母隔代溺爱的情况下，遇到儿子不成器的时候，便毫不留情。第三代长大了，成为了父亲，他们也承袭了自己父亲的教育方式。

攵，从攴（pū）字楷变而来，是"扑"的初文。带"攵"的汉字除了与扑打有关外，还带有"操作"的意思。贾敬、贾赦、贾政等是现在贾府各房的当家老爷，在朝或世袭或为官，是宁荣二府的代言人，在府内是说一不二的大家长，是荣宁二府的实际掌权者，用现在的话说，是贾府的CEO（首席执行官）。

贾府第四代，名字里带斜玉旁，珍、琏、珠、环，还有第十三回里出现、我们此讲开头提到的贾琮、贾瑞、贾珩、贾珖、贾琛、贾琼、贾璘等，这些名字温润润、光灿灿，要么是珍珠，要么是玉器，满眼琳琅，全是宝贝。宝玉因为衔玉而诞，名字直接叫宝玉。第四代离先祖已经远了，他们没有机缘听那些过去的故事，也没有兴趣听那些过去的故事。他们生活在金玉珠宝做的温室里，自觉不自觉地成为贵胄子弟、纨绔子孙。

名字带草的，是贾府第五代，贾蓉、贾兰是二公后代里的长房长孙，其余名字如贾蔷、贾菖、贾菱、贾芸、贾芹、贾蓁、贾萍、贾藻、贾蘅、贾芬、贾芳、贾菌、贾芝，这样的家庭里取名字用的自然不是一般的花花草草，要么是香草名花，要么是花木香气，带着芬芳和雅意。

从水字旁的第一代，到有"代"字的第二代，到小时挨父亲打、成年打孩子、目前背负家族最大期望和压力的第三代，再到珠玉金贵的第四代，最后到香馥柔弱的第五代，《红楼梦》将视角拉得高高的、远远的，看贾府百年兴衰，看荣宁二公血缘支脉。

中国人的家族伦理意识很强，但凡是有文化、有底蕴的家族都非常强调家族的谱系，欧阳修、苏洵、归有光等人都写过族谱序，族谱里一般会对子孙的辈分按名字排序，这些名字中用来区分辈分排序的字，放在一起的时候，常常就是家族文化的一种表达，或者是对家族繁盛的美好祝愿。

作者自称此乃血泪之书，脂批评价此书无一字虚设，看曹雪芹人名地名每一处写来都自有深意，更何况是荣宁二府中的主要人物，他一定对这些名字颇有考量和设计。如此想来，用心解读一下，不管好坏，也算是没有辜负作者的辛苦吧。

读过本讲内容后，对贾府人名谱系应当会明晰很多，我们的阅读也将会顺畅很多。再次温习这段文字："彼时贾代儒、代修、贾敕、贾效、贾敦、贾赦、贾政、贾琮、贾瑚、贾珩、贾珖、贾琛、贾琼、贾璘、贾蔷、贾菖、贾菱、贾芸、贾芹、贾蓁、贾萍、贾藻、贾蘅、贾芬、贾芳、贾兰、贾菌、贾芝等都来了。"我们一下子就能看出来，这些名字由长而幼，包含了贾府四代人：代字第二代，反文部首第三代，斜玉偏旁第四代，草字头第五代。在阅读中看到男性人物的名字时，我们便可根据其偏旁部首来确定他在整个家族谱系中的位置了，随之，他们彼此之间的称谓也就更容易弄清楚了。

涉及回目

第一回　甄士隐梦幻识通灵　贾雨村风尘怀闺秀
第二回　贾夫人仙逝扬州城　冷子兴演说荣国府
第五十三回　宁国府除夕祭宗祠　荣国府元宵开夜宴

阅读问题

请根据前六回内容，在家族谱系表格中填写上诸位女性人物的名字。

阅读要求

请继续阅读至第十五回。

1. 《项脊轩志》，归有光
2. 《族谱引》，苏洵

第三讲
想要一张更完美的贾府世系表格

它让我们在阅读中有了具体任务指向，在完成任务中发现了更多体味咂摸的空间；我们不仅了解到《红楼梦》的五代人物，也感觉到小说里的社会环境在我们的细读工作中更为清晰深入地呈现出来。

宁国府除夕祭宗祠

先来考考大家，验证一下上一讲内容的阅读效果。还是看第五十三回关于祭祖的文字吧，请在横线上填写出人物的名字："凡从文旁之名者，_____为首；下则从玉者，_____为首；再下从草头者，_____为首；左昭右穆，男东女西。俟_____拈香下拜，众人方一齐跪下，将五间大厅，三间抱厦，内外廊檐，阶上阶下两丹墀内，花团锦簇，塞的无一隙空地。鸦雀无闻，只听铿锵叮当，金铃玉佩微微摇曳之声，并起跪靴履飒沓之响。"（页725）

此段文字，描写了一个隆重的时刻，场面庄严肃穆，仪礼章法谨严。贾府家大业大，人口众多，每个人进退应矩，不能出一点儿差错。最后一句读来最是令人震撼。"鸦雀无闻"，这个词语在《红楼梦》里是个高频词，在不同的场景中出现过多次。

第三回，林黛玉进贾府吃的第一顿餐饭，饭桌礼仪和用餐氛围是这样的："贾母正面榻上独坐，两边四张空椅，熙凤忙拉了黛玉在左边第一张椅上坐了，黛玉十分推让。贾母笑道：'你舅母你嫂子们不在这里吃饭。你是客，原应如此坐的。'黛玉方告了座，坐了。贾母命王夫人坐了。迎春姊妹三个告了座方上来。迎春便坐右手第一，探春坐左第二，惜春坐右第二。旁边丫鬟执着拂尘、漱盂、巾帕。李、凤二人立于案旁布让。外间伺候之媳妇丫鬟虽多，却连一声咳嗽不闻。"（页46—47）

第六回，刘姥姥等候拜见王熙凤，王熙凤先用餐，"听得那边说了声'摆饭'，渐渐的人才散出，只有伺候端菜的几个人。半日鸦雀不闻之后，忽见二人抬了一张炕桌来，放在这边炕上，桌上碗盘森列，仍是满满的鱼肉在内，不过略动了几样"。（页97）

"鸦雀无闻""一声咳嗽不闻""半日鸦雀不闻"，可以想见其仪礼谨严的情景。祭祖当然需要庄严肃穆，而贾府连吃饭都是安静肃然的，令今天的我们很难想象。

回到考题上来，你应该都答对了吧？答案：贾敬　贾珍　贾蓉　贾母第三代、第四代、第五代，每一代以长子长孙为首，在第二代人贾母的率领下，向着祖宗的灵位稽首跪拜。祭祖时刻，无论是亲支还是旁支，都是要来参加的，因为他们共有同一个祖先。宗祠庭院里人挤人，人挨人。

真是难为《红楼梦》的作者了。因为单是为几百个人物取名字就是个费功夫的事情。小说有时会一下蹦出一大串人名来，其实有的人名只出现过一两次，有的出现过五六次，这些出现频率不高的人名不是红楼舞台的主角，但正是这一庞大的人群，显示出贾府社会关系的庞杂，其中任何一个人物延展出去，都能展现社会的多个层面。

一、由一位二小姐引出来的社会网络

"恰好忽从千里之外，芥荳之微，小小一个人家，因与荣府略有些瓜葛，这日正往荣府中来"，（页91，下同）这是第六回开头部分中的两行文字。小说从甄士隐、贾雨村、林如海这样的仕宦之家写起，让读者慢慢了解贾府的衰颓走向，接着又从寒微之家求助于贾府的角度，来描写贾府的威势和气派。这就是刘姥姥第一次进贾府。

刘姥姥，此称谓是从家里小孩子的角度来称呼的。她是一个王姓家里小孩子的姥姥。王家目前的当家人名王狗儿，嫡妻刘氏，就是刘姥姥的女儿，刘氏生了一儿一女，分别是板儿和青儿，刘姥姥是板儿和青儿的姥姥。刘姥姥丈夫早已去世，她跟着女儿女婿过日子。刘姥姥的女婿王狗儿的父亲是王成，王成的父亲曾做过一个小小的京官，我们暂且称其王京官，"昔年与凤姐之祖王夫人之父认识。因贪王家的势利，便连了宗认作侄儿。那时只有王夫人之大兄凤姐之父与王夫人随在京中的，知有此一门连宗之族，馀者皆不认识"。王京官通过认宗连亲，竭力与贾府建立了相对更亲密一些的关系，后来又因为家世差距增大疏于走动。现在王京官之孙王狗儿因家道贫寒，便想着再次攀上关系，获得接济。

刘姥姥跟女儿女婿分析人情世故，判断此次"打秋风"的可能性："想当初我和女儿还去过一遭。他们家的二小姐着实响快，会待人，倒不拿大。如今现是荣国府贾二老爷的夫人。听得说，如今上了年纪，越发怜贫恤老，最爱斋僧敬道，舍米舍钱的。如今王府虽升了边任，只怕这二姑太太还认得咱们。你何不去走动走动，或者他念旧，有些好处，也未可知。要是他发一点好心，拔一根寒毛比咱们的腰还粗呢。"（页92—93）

刘姥姥和女儿、女婿谈及的这些信息，有助于我们更好地把握第四回里提到的"护官符"的内容。"东海缺少白玉床，龙王来请金陵王。"【都太尉统制县伯王公之后，共十二房，都中二房，馀在籍。】（页58）结合第四回、第六回及小说后面的相关内容，我们对王氏家族有了一个初步的世系勾勒。

第一代	第二代	第三代	第四代	第五代
王公 都太尉统制 县伯	王熙凤之祖父	王熙凤之父	王仁	
			王熙凤	
		王夫人	贾珠	
			贾元春	
			贾宝玉	
		王子腾 原京营节度使，后升为九省统制，奉旨出都查边	暂时未知	
		薛姨妈	薛蟠	
			薛宝钗	
		王子胜（第一○一回、第一○四回）	未知	
	另外有11房			

当年这位王家的二小姐，现在是荣国府二老爷贾政的夫人。俗话

说，嫁出去的姑娘，泼出去的水。就算这位二小姐可能还认得她，刘姥姥这样的理解，也还是显得有些脑洞大开。不过，被生活逼得要走上绝路了，也就敢想敢做了。

但侯门深似海，怎么入得了荣国府的大门呢？于是就又连带出了周瑞家的。为什么叫"周瑞家的"？这位女性没有留下自己的本名，或者她原来就没有自己的本名。周瑞家的，就是周瑞的媳妇。小说里还有林之孝家的、赖大家的，这些"家的"都是女性，前面是丈夫的名字。周瑞是谁呢？周瑞是王夫人的陪房，就是跟着王家二小姐嫁到贾政他们家的，是当年王家的家仆，从小在王家长大。王夫人嫁到荣国府，后来成为主家的夫人，自然在情感上会比较信任和依仗自己带过去的这些家仆。故而，周瑞夫妇在荣国府的仆妇中是有一定地位的。周瑞家的一定会帮助刘姥姥见到王夫人吗？王狗儿自己分析，周瑞家的应该会帮忙。因为当年狗儿的父亲王成帮助周瑞争买田地，周瑞家欠王成家一个人情。

由此看来，刘姥姥第一次进荣国府，牵出很多往事，牵涉到更宽广的社会层次，让读者既看到公侯阶层，也看到民众阶层；既看到男性社会网络，也看到女性之间打交道的方式；既感慨于豪门贵族的施舍之心，也悲悯于小民小户的生存智慧。

二、发现那些"蛛丝马迹"

我们梳理了宁荣二府几代里面的长房，他们是世袭爵位的承袭者，是含着金钥匙出生的人，一出生便自带光环，天生就是主角。但小说里还有几位公子哥儿，出场次数也还算多。比如以下这几个名字：贾瑞、贾蔷、贾芹、贾芸。从字形上我们一看便知，贾瑞比贾蔷、贾芹、贾芸要高一个辈分，贾瑞是第四代人，贾蔷他们是第五代人。这几个人在贾府中是什么位置呢？不太清楚。但有一个答案是肯定的，那就是，他们不属于长房支系。

第二回里，冷子兴演说荣国府，提到宁国公有四个儿子，贾敬是长子，长子袭了世职，下面还有三房人口。荣国公有几个儿子，冷子兴没有说。不过，在第四回里可以得到答案。第四回提到了护官符，每一句谚俗的后面还有一行小字做注解，第一句讲的就是贾府：贾不假，白玉为堂金作马。【宁国荣国二公之后，共二十房分，除宁荣亲派八房在都外，现原籍住者十二房。】（页58）

宁荣后代在金陵原籍的，我们无从得知他们的情况，现在只看在京都的亲派八房。如此看来，荣国公也应当有四个儿子。补充信息之后，世系表格如下：

第一代	第二代	第三代	第四代	第五代
宁国公贾演	长子：贾代化袭官	长子：贾敷（八九岁夭折）		
		次子：贾敬（好道）袭官	贾珍袭官	贾蓉
荣国公贾源	长子：贾代善袭官	长子：贾赦袭官	长子：贾琏	无子一女巧姐
			次子：暂时阙疑	
		次子：贾政	长子：贾珠（已亡）	贾兰
			次子：贾宝玉	
			三子：贾环	

借助文本，我们试图来寻找一下这4个主要配角在表格中的位置。

从辈分高、名字里带斜玉旁的贾瑞开始吧。贾瑞这个名字第一次出现是在第九回。这一回的回目是"恋风流情友入家塾　起嫌疑顽童闹学堂"，故事地点是家塾里、学堂上。"恋风流"的主语是贾宝玉，"情友"是秦钟，贾蓉之妻秦可卿的弟弟。从贾蓉和秦可卿的角度来看，宝玉和秦钟两人的辈分是叔侄。第七回里，宝玉和秦钟第一次见面，彼此欣赏和喜爱，聊到读书的事情，本来都各自在家有老师的，可是他们的老师一个回家、一个病故，二人便相约各回禀家长，一起相伴到贾府家塾里上学。宝玉有一种疯痴心性，在他的要求下，两人胡乱以兄弟相称。

跟现在小孩子在学校的情形差不多，人多了，便难免有小团体，小团体内你好我好，小团体之间互相看不顺眼，便在交友之事上夸大其词，各种不堪的言语侮辱就出现了。事情闹起来便一下子牵扯进很多小孩子来。金荣、贾蔷、薛蟠、贾瑞、贾菌，还有以号代名的香怜、玉爱，在这一回里都纷纷登场。这里面有本家、有外姓，各种姻亲关系，他们家境不同，性情各异，只是少有真心向学的，来到学堂，各有打算。宝玉是为了能与秦钟相伴；薛蟠是为了认识更多狐朋狗友，特别是像香怜、玉爱这样的娈童；外姓的基本都是托人情关系进来占便宜的。学习只是一张幌子，一个借口。

第十回里，金荣母亲的一番话道明了学堂的"福利"。"若不是仗着人家，咱们家里还有力量请的起先生？况且人家学里，茶也是现成的，饭也是现成的。你这二年在那里念书，家里也省好大的嚼用呢。省出来的，你又爱穿件鲜明衣服。再者，不是因你在那里念书，你就认得什么薛大爷了？那薛大爷一年不给不给，这二年也帮了咱们有七八十两银子。你如今要闹出了这个学房，再要找这么个地方，我告诉你说罢，比登天还难呢！"（页141）

这是一位母亲最现实的考虑，也是最荒唐的看法。念叨来念叨去，孩子上学成为家里的财路来源之一，看上去没有任何成本，反倒有了很多收益。可是，她独独忘却了初心是什么。"为什么孩子要上学？"日本诺贝尔文学奖获得者大江健三郎曾写过随笔集来探讨这个问题。他提出，孩子要在学校里充分理解自己，建立与他人的联系。《论语》中有名言"以友辅仁"①；《礼记·学记》中也说，"独学而无友，则孤陋而寡闻"②。

　　贾母不愿意宝玉去上学，要把老师请到家里上课，这固然是因为老太太生怕宝贝孙子出去受委屈，但她提出的另外一个原因也是摆在那里的现实，"家学里之子弟太多，生恐大家淘气，反不好"。（页112）薛姨妈就没有在这件事上深思，再者她也管束不了薛蟠，薛蟠成了学堂里的"金主"，成了同窗心里口里的"老薛"，他用家里的钱财哄诱驱使子弟们，成就了自己"薛老大"的名声。

　　少年们血气足、脾气大。先是贾蔷动了小心机，宝玉随身小厮茗烟便在他的撺掇下冲进来，言辞语气极是不得体，接着，言语冲撞便顺势演变为动手抢物，砚台、书匣子都成了扔来掷去的武器，最后毛竹大板也随手挥动起来，墨水乱溅、茶盏碎地，污言秽语连篇，那情境怎一个乱字了得！场面已然失控，最后是李贵等大仆人进来，将众人喝住。任课老师和班主任呢？他们怎么不在课堂上呢？这是一节自习课吗？

　　"可巧这日代儒有事，早已回家去了，只留下一句七言对联，命学生对了，明日再来上书；将学中之事，又命贾瑞暂且管理。"（页134）校长兼班主任兼任课教师是老先生贾代儒，"代"字辈是第二代，他和贾母是同一代人，是贾敬等人的叔叔辈，贾宝玉的爷爷辈。贾代儒应该是荣宁二府在京的八派亲房之一。

　　贾代儒是宁国府一支呢，还是荣国府一支呢？阅读到第十二回，我们得到了线索。"原来贾瑞父母早亡，只有他祖父代儒教养。那代

①　程树德. 论语集释 [M]. 北京: 中华书局，1990: 878.
②　孙希旦. 礼记集解 [M]. 北京: 中华书局，1989: 965.

儒素日教训最严，不许贾瑞多走一步，生怕他在外吃酒赌钱，有误学业。"（页162）"倏又腊尽春回，这病更又沉重。代儒也着了忙，各处请医疗治，皆不见效。因后来吃"独参汤"，代儒如何有这力量，只得往荣府来寻。"（页165）我们明白为何贾代儒校长有事儿走了之后，就把课堂管理权交给了副班主任贾瑞了。贾瑞是贾代儒的孙子，贾代儒对孙子的日常要求是极其严格的，学习是其生活中天大的事情。

贾瑞因为觊觎王熙凤的美色，希图与王熙凤发生不正当的关系，受到了王熙凤的嘲弄和惩罚，在惊吓和风寒夜冻、祖父罚跪等多重外在压力下，病重不起。祖父贾代儒非常焦虑，到荣府去求人参，这一细节告诉我们，贾代儒与荣府应该在血缘和情感上要更亲近一些。

闹学堂事件的直接导火索是金荣。小孩子不懂事，没有自己母亲想得那么"玲珑"，遇到自己看不顺眼的事情，就"该出手时就出手"，他最先向秦钟、香怜"发难"。金荣是外姓孩子，他之所以心里不忿，是因为他认为秦钟和自己的情况是一样的。秦钟、香怜向副班主任贾瑞告状，反被贾瑞批评了一通，金荣甚是快意，在嘴头上便更加变本加厉，甚至开始捏造事实，事态开始升级，由口头争是非到动手打群架。贾宝玉声称："李贵，收书！拉马来，我去回太爷去！我们被人欺负了，不敢说别的，守礼来告诉瑞大爷，瑞大爷反倒派我们的不是，听着人家骂我们，还调唆他们打我们。茗烟见人欺负我，他岂有不为我的；他们反打伙儿打了茗烟，连秦钟的头也打破了。还在这里念什么书！茗烟他也是为有人欺侮我的。不如散了罢。"（页138）宝玉口中所说的"太爷"，指的就是贾代儒。他以自己不上学为要挟，为好友秦钟、小厮茗烟讨说法，一句一个"我们"，很自觉地摆明了自己的立场。

秦钟恼恨金荣，说只要金荣在这个学堂，那么他就不在这里念书。贾宝玉就问自己身边的大仆人李贵，金荣是哪一方的亲戚。李贵不想因为这事伤了亲戚间的和气。茗烟年龄小，想不到顾及这些人情世故，"茗烟在窗外道：'他是东胡同子里璜大奶奶的侄儿。那是什么硬正仗腰子的，也来唬我们。璜大奶奶是他姑娘。你那姑妈只会打旋磨子，给我们琏二奶奶跪着借当头。我眼里就看不起他那样的主子奶奶！'"（页139）

可以看出，这段话有两个倾听对象，前半部分是回答宝玉的问题的，后半部分则应该是眼神对着金荣，在金荣面前示威的。跟着贾宝玉这样的主子，茗烟也有资格对人评头论足，他有很多办法，可以让他觉得不那么重要的人意识到自己的卑微。后面茗烟和李贵还有言语交流，读这些文字，很能见人心世道，我们从中可以看到世态面貌。

金荣是住在东胡同里的贾璜家璜大奶奶的侄儿。璜大奶奶，就是贾璜的妻子金氏。"且说他姑娘（即金氏），原聘给的是贾家玉字辈的嫡派，名唤贾璜。但其族人那里皆能像宁荣二府的富势，原不用细说。这贾璜夫妻守着些小的产业，又时常到宁荣二府里去请请安，又会奉承凤姐儿并尤氏，所以凤姐儿尤氏也时常资助资助他，方能如此度日。"（页141—142）小产业本可度日，又兼懂得请安奉承，凤姐和尤氏都喜欢贾璜夫妇。文本里说得很清楚，贾璜是"贾家玉字辈的嫡派"。不过，我们要解决一个同样的问题，那就是，贾璜是荣宁二府哪一支的嫡派呢？

金荣的母亲在劝自己儿子消停下来的时候，是这样表述的："你又要争什么闲气？好容易我望你姑妈说了，你姑妈千方百计的才向他们西府里的琏二奶奶跟前说了，你才得了这个念书的地方。"（页141）这段文字里，"你姑妈"，就是嫁给贾璜的金氏。"他们西府里的琏二奶奶"，这是从金荣母亲的角度来称呼王熙凤的，这一角度自然是从贾璜的角度来看的，其中最重要的是两个词语，一个是"西府"，一个是"他们"。

在《红楼梦》里，"荣国府"和"宁国府"，其实并不常常出现在人物的对话中，这样的称呼显得过于正式，是外人用的，日常生活里，他们在交谈中，常常以"我们—他们""东府—西府"来相对称呼。读者在第一讲之后，如果完成了林黛玉进贾府的路线图和贾府的房舍坐落图，那么对于"东府—西府"的称呼就会更加适应。

"又行了半日，忽见街北蹲着两个大石狮子，三间兽头大门，门前列坐着十来个华冠丽服之人。正门却不开，只有东西两角门有人出入。正门之上有一匾，匾上大书'敕造宁国府'五个大字。黛玉想道：'这必是外祖之长房了。'想着，又往西行，不多远，照样也是三间大门，方是荣国府了。"（页37）林黛玉下船乘轿，一路行来，从文字中可以看出，现在是走在一条东西大街上，由东向西而来，荣宁二府两个院落并列在大街的北面。先经过宁府，之后看到荣府。宁府在东，荣府在西。故而，宁府在荣府人口里又称东府，荣府在宁府人口里又称西府。

两个府邸一东一西的位置安排，在金陵也是如此。在第二回里，贾雨村和冷子兴在乡野酒肆中聊天，贾雨村说，自己在金陵从贾府老宅门口经过，"街东是宁国府，街西是荣国府，二宅相连，竟将大半条街占了"（页26）。京都的宅第布局与金陵老宅相似，只是更加恢宏壮丽。

中国古代建筑基本是坐北朝南，以东为首。宁府居长，敕建府第时，便将长房的府邸建在东侧。"他们西府"，这样的表达很明确地表明了在亲族关系网中的角色定位。金荣一家是贾璜的妻子这边的亲戚，那么就说明，贾璜是东府的嫡派，也就是说，是宁国府一支的。

另外还有一个佐证，这位璜大奶奶这日恰好来看自己的嫂子和侄儿，听说了金荣受委屈的事情，她立即表示："等我去到东府瞧瞧我们珍大奶奶，再向秦钟他姐姐说说，叫他评评这个理。"（页142）我们会发现，她是这样说的："我们珍大奶奶""我们""他"，注意到这样的人称代词，从中是可以得到很多信息的。

到现在为止，我们知道，上面的表格里，荣宁二府在京亲派各有四房，我们分别又找到了一房。表格如下：

第一代	第二代	第三代	第四代	第五代
宁国公贾演	长子：贾代化 袭官	长子：贾敷 （八九岁夭折）		
		次子：贾敬 （好道） 袭官	贾珍 袭官	贾蓉
			贾璜 （金氏）	
荣国公贾源	长子：贾代善 袭官	长子：贾赦 袭官	长子：贾琏	无子 一女巧姐
			次子：暂时阙疑	
		次子：贾政	长子：贾珠 （已亡）	贾兰
			次子：贾宝玉	
			三子：贾环	
	贾代儒	子亡	贾瑞	

三、有些特殊的贾蔷

闹学堂的转折点发生在一个孩子身上，这个孩子就是贾蔷。他见秦钟受欺负，心里进行了各种人情利弊分析，金荣、贾瑞跟薛蟠关系好，他不愿得罪薛蟠，自己不好直接出面，便找到了贾宝玉的小厮茗烟，将情况告知茗烟，果然茗烟一下子就暴怒起来，冲进房间，冲突便开始升级。而此时贾蔷跟贾瑞说一声，就悄悄先溜走了。贾瑞却也不敢强留他。贾瑞比贾蔷高一个辈分，为什么贾蔷却能抽身早退呢？

"原来这一个名唤贾蔷，亦系宁府中之正派玄孙，父母早亡，从小儿跟着贾珍过活，如今长了十六岁，比贾蓉生的还风流俊俏。他兄弟二人最相亲厚，常相共处。宁府人多口杂，那些不得志的奴仆们，专能造言诽谤主人，因此不知又有什么小人诟谇谣诼之词。贾珍想亦风闻得些口声不大好，自己也要避些嫌疑，如今竟分与房舍，命贾蔷搬出宁府，自去立门户过活去了。

这贾蔷外相既美，内性又聪明，虽然应名来上学，亦不过虚掩眼目而已。仍是斗鸡走狗，赏花玩柳。<u>总恃上有贾珍溺爱，下有贾蓉匡助，因此族人谁敢来触逆于他</u>。他既和贾蓉最好，今见有人欺负秦钟，如何肯依？"（页136）

贾珍和贾蓉都很喜爱他，使得贾蔷地位特殊。他能获此殊荣的原因在于"风流俊俏"，奴仆们私底下就在这两代三人之间传出很多风言风语。这段文字在这三人的作风问题上言辞扑朔迷离，表面是为三人辩护，但又分明提醒读者八九不离十应该是有实事的，所谓"空穴来风"啊。

贾蔷是宁府的正派玄孙。玄孙，这是从宁国公这一辈开始算起的，是贾府第五代人。于是，表格上又可以添上一行了。

闹学堂事件中，还牵连出其他更多贾府子弟。金荣和秦钟等起冲突，学堂便分出两派来，金荣的朋友朝着秦钟扔出了砚瓦，文房四宝成了打群架的武器。可是，这砚瓦打偏了，打在了贾兰贾菌的桌上。"这贾菌亦系荣国府近派的重孙，其母亦少寡，独守着贾菌。这贾菌与贾兰最好，所以二人同桌而坐。"（页137）写完一个宁府子弟，现在又写一个荣府子弟，行文交错而来。同时，贾菌和贾兰的性格还形成了鲜明对比。虽然家境有相同之处，母亲都是"少寡"，但一个文弱顺从，一个则英气快直。

《红楼梦》的叙事真是有声有色。这么多孩子，却在一个场景中，各有其面貌，各有其言行。于是，表格里的荣府可以再添加上一行。

第一代	第二代	第三代	第四代	第五代
宁国公贾演	长子：贾代化 袭官	长子：贾敷（八九岁夭折）		
		次子：贾敬（好道）袭官	贾珍 袭官	贾蓉
			贾璜（金氏）	
			亡	贾蔷
荣国公贾源	长子：贾代善 袭官	长子：贾赦 袭官	长子：贾琏	无子 一女巧姐
			次子：暂时阙疑	
		次子：贾政	长子：贾珠（已亡）	贾兰
			次子：贾宝玉	
			三子：贾环	
	贾代儒	子亡	贾瑞	
			亡	贾菌

四、荣宁二府还各有一房

读到第二十三回、二十四回，我们就会再次看到关于贾府子弟的更多具体信息。这时候，省亲别墅已经建成，元妃幸大观园后回宫，一个热闹非凡、皇恩浩荡的元宵节已经过去，正月二十一，薛宝钗由贾母做主，度过了她十五岁的生日。大事过去，生活如常。故事枝干上总有新的枝丫冒出来。贾芹、贾芸，这两个人走到台前来。

这天，有人坐着轿子来求王熙凤，这位住在后街上的周氏，希望给自己的儿子贾芹谋一份工作。"凤姐因见他素日不大拿班作势的，便依允了。"（页307）凤姐对周氏有一个判断，其依据在于周氏对自己的态度，想来，周氏应该是有些身份的，由此推断，贾芹当是嫡派一支。另一边，贾琏说，"西廊下五嫂子的儿子芸儿来求了我两三遭，要个事情管管。我依了，叫他等着。好容易出来这件事，你又夺了去"（页308）。

贾芸是西廊下五嫂子的儿子，求贾琏没有达成心愿，他后来又去求王熙凤。相较贾芹求取差事的顺利，贾芸的谋职之路则颇为曲折。其实，王熙凤和贾琏一早就商量好，要将园子里种树、种花草的差事交给贾芸的。但贾芸着急上班，见一时没有确切回信，便自忖要更加努力，想办法抓紧促成自己事业的起步和发展。

他先是多次去找贾琏，碰到了宝玉。"宝玉看时，只见这人容长脸，长挑身材，年纪只好十八九岁，生得着实斯文清秀，倒也十分面善，只是想不起是那一房的，叫什么名字。贾琏笑道：'你怎么发呆，连他也不认得？他是后廊上住的五嫂子的儿子芸儿。'"（页320，下同）这贾府果真是大族，基因着实好，颜值都在平均线以上。"后廊上住的五嫂子的儿子芸儿"，这样的身份识别特征连着出现了两次，称呼上透着一股亲切劲儿。

贾芸，是草字头辈，年龄虽然大贾宝玉四五岁，但辈分比宝玉低，宝玉便开玩笑，说贾芸像自己的儿子，贾芸"最伶俐乖觉"，马上说："俗语说的，'摇车里的爷爷，拄拐的孙孙'。虽然岁数大，山高高不过太阳。只从我父亲没了，这几年也无人照管教导。如若宝叔不嫌侄儿蠢笨，认作儿子，就是我的造化了。"这样生动的语言，小说里俯拾皆是。多读几遍，就会读出很多层味道来。每一句话，都透出人情世故。

第一句，引用俗语，生动地说明大姓人家多代之后出现的辈分与年龄不相称的情况。第二句，说自己虽然岁数大，但跟宝玉比起来，那是晚辈与长辈的关系，将宝玉比作太阳，比喻自然妥帖，透着谦逊，言谈俗中有雅。第三句告诉我们，贾芸父亲去世，读者自能体会到贾芸找工作很努力的原因，年轻人需要早早支撑家庭，侍养母亲。与贾芹的母亲周氏不同，贾芸的母亲五嫂子没有替儿子找门路，贾芸一直是自己来谋划这些事情。第四句话，认宝玉做干爹，贾芸父亲若是地下有知，不知是该伤心还是欣慰。总之，贾芸反应机敏，言谈有礼度，很好地表现出一房没有权势的子弟的神态。

他在贾宝玉面前这样表现，在贾琏面前也是如此。贾琏告诉他工作机会被王熙凤争取给了贾芹，但答应以后一定会给他安排，只是需要等待，他沉吟了一下，并没有表现出焦躁和埋怨，反倒安慰起了贾琏。一番打探之后，贾芸很快意识到，找工作的事情需要在王熙凤那里寻门路。他便想到需要一些活动资金来接近王熙凤，于是，才有了亲舅舅不帮忙，近邻泼皮倪二反倒伸出援手的事情，展现了炎凉世态。

贾芸去找舅舅卜世仁（注意谐音），希望获得舅舅的资助，却遭到舅舅的拒绝。两人之间你来我往的语言，暗含着大量隐情。贾芸倾诉不满，同时含蓄又明确地嘲讽舅舅在自己父亲去世后侵夺了原有的家产，卜世仁夫妇则在假托恻隐，实际上却极其无情。贾芸及其寡母的遭遇令人不禁想起了甄士隐在岳父封素那里的遭遇。家道没落，有的时候并不是外人觊觎家产，反倒是容易被自己人，被家里的亲人、亲戚算计了去。

卜世仁煞有介事地教育了贾芸："你但凡立的起来，到你大房里，就是他们爷儿们见不着，便下个气，和他们的管家或者管事的人们嬉和嬉和，也弄个事儿管管。前日我出城去，撞见你们三房里的老四，骑着大叫驴，带着五辆车，有四五十和尚道士，往家庙去了。他那不亏能干的，就有这样的好事儿到他手里了！"（页323）

卜世仁说到底，还是奚落贾芸没有本事。批评一个人，最令人生厌的便是使用对比法，将比较双方放在一起，以显示被批评者的无能和不堪。卜世仁就是这样做的，他说"你们三房里的老四"怎么就能得到这么大的差事呢？读过前面的内容，我们已经知道，这个老四，就是贾芹。如此看来，贾芸和贾芹都是三房同一支的，分别是三房里的老四和老五的孩子。老五的说法从何而来呢？别忘了，经贾琏之口，一共出现了两次的一句话，"后廊上住着的五嫂子的儿子芸儿"，五嫂子，这说明她死去的丈夫排行老五，由此推断，老四、老五这样的说法，是从叔伯兄弟的大排行里算的。三房，则应该是从祖上的排行来算的。称呼贾芹的那句话完整的说法应该是"你们三房里的老四家的儿子"。贾芹和贾芸是相对比较亲的堂兄弟。

那他们是荣宁二府哪一支的呢？继续读下去，就会发现答案。让我们再次关注一下第五十三回。这一回的回目是"宁国府除夕祭宗祠　荣国府元宵开夜宴"。在大年节前后，一切都忙忙乱乱，各种节庆准备，各种打点应酬。这一回里，故事的主要地点在宁国府，宁国府居长，宗祠也在宁国府的旁侧。

黑山村的乌进孝来缴纳一年来的田庄赋税，他在路上用去了一个月零两天的时间，可见，这个田庄离得并不近。贾珍在心里期待可以收到五千两银子，但乌进孝只奉上两千两。乌进孝有很多个理由来解释，春夏的淫雨、秋天里的雹子，天灾无可避免。他还提到，自己的兄弟管理着荣国府的田庄，收成则更糟糕。很有意思，荣宁二府的管家是弟兄两个，田庄的管家也是弟兄两个。乌进孝，乌进孝，谐音"无尽孝"，没有什么财物可以尽孝的。荣宁二府在最喜庆的时候，其实已经意识到收支不平衡的危机了。

贾珍吩咐将乌进孝带来的东西除留出供祖的、送到荣府的、留着自己府里家用的之外，分成几堆，让族中的子侄过来领取过年的赠礼。这时我们再次见到了一个熟悉的人，那就是贾芹。贾芹到贾珍这里来领这份年物，引起了贾珍的不满。"我这东西，原是给你那些闲着无事的无进益的小叔叔兄弟们的。那二年你闲着，<u>我也给过你的</u>。你如今在<u>那府里</u>管事，家庙里管和尚道士们，一月又有你的分例外，这些和尚的分例银子都从你手里过，你还来取这个，太也贪了！"（页722）下面还有批评贾芹的话，我们留待以后再讲。

由此可见，贾芹是宁国府一支的，自然，贾芸也是宁国府一支的。

五、这个孩子的身份

还有一个名字，出现次数虽然很少，但是非常有特点。

第二十四回，贾赦身体不舒服，贾宝玉在贾母的要求下，代贾母过来问安。"见了贾赦，不过是偶感些风寒，先述了贾母问的话，然后自己请了安。贾赦先站起来回了贾母话，次后便唤人来：'带哥儿去太太屋里坐着。'"（页321）这段文字也要细读才有味道。宝玉去看望贾赦，他先把贾母的话带到，之后是自己请安。宝玉此时代表贾母，故而贾赦有如此反应，"先站起来回了贾母话"，如同贾母就在面前，要站立起来回话。这样一些生活细节中的礼数，在《红楼梦》里有很多事例。

比如第六十三回，贾宝玉过生日，贾母、王夫人等都不在家，宝玉他们便任性想夜里玩闹一番，喝喝酒。这样的做法当然是逾矩的。果然，林之孝家的带着一群人来查夜，问宝玉睡下了没有，宝玉赶紧出来应承，随口喊袭人倒茶。其实，这是小孩子做亏心事手足无措、心理紧张时的一种表现，虽然亏心事还没做出来，但毕竟存了这个念想，心里想着这些查夜的赶紧走，表面上却偏要显得很镇定，吩咐给林之孝家的倒茶，做出还要留下内管家，想要和对方聊一会儿的样子。

林之孝家的走进房间来，之后就引出了一大段训诫："这些时我听见二爷嘴里都换了字眼，赶着这几位大姑娘们竟叫起名字来。虽然在这屋里，到底是老太太、太太的人，还该嘴里尊重些才是。若一时半刻偶然叫一声使得，若只管叫起来，怕以后兄弟侄儿照样，便惹人笑话，说这家子的人眼里没有长辈。"接着更加明确地说："越自己谦越尊重，别说是三五代的陈人，现从老太太、太太屋里拨过来的，便是老太太、太太屋里的猫儿狗儿，轻易也伤他不的。这才是受过调教的公子行事。"（页866）

宝玉一紧张，犯了一个错误，他没有尊称袭人"姐姐"，而是直接吩咐袭人倒茶，知书达礼的表达应该是"袭人姐姐倒茶"。宝玉身边的几位丫鬟如袭人、晴雯等，原都是老太太身边的，贾母体恤宝玉，找了她用着放心且心慧聪秀的这几位，放在宝玉房里。宝玉心里敬着老太太，这份敬意也应该体现在袭人、晴雯等身上。虽然林之孝家的只是贾家的奴仆，但对少主子也有批评教育的权力。大家族里对孩子懂礼敬上的管教无处不在，形成一个很有意思的网络体系。像宝玉这样被几代人视作命根子的孩子，更是众人眼里的焦点，他的一举一动、一言一行，没有我们想象的那么自由放任。

宝玉见过贾赦，众人皆看他是孩子，贾赦也不和他多叙话，直接让他到妻子邢夫人那里去了。宝玉上炕，吃茶，不一会儿来了一个人向宝玉问好。"一钟茶未吃完，只见那贾琮来问宝玉好。邢夫人道：'那里找活猴儿去！你那奶妈子死绝了，也不收拾收拾你，弄的黑眉乌嘴的，那里像大家子念书的孩子！'"（页321）贾琮，斜玉辈，与宝玉同辈。邢夫人批评奶妈子照顾得不好，看来贾琮年龄不太大。

邢夫人在子女这些事情上本就冷淡，小说中比较明确的，贾赦有两个孩子，一个是儿子贾琏，一个是女儿贾迎春。贾琏、王熙凤夫妇跟着叔叔贾政，帮着料理家事；贾迎春和其他姐妹们一起跟着贾母。这两个孩子都不是邢夫人所生，后面的情节里贾迎春出嫁前后最显出邢夫人的冷漠无情。邢夫人在此处面对贾琮的言谈，虽然是管教自家孩子，却也显得恶声恶气。

贾琮在小说中出现次数很少，不过但凡重大场合，他基本都在场，如第十三回秦可卿去世之后、第五十三回除夕祭宗祠时、第五十三回荣国府家宴上、第五十八回清明节去家庙铁槛寺祭柩烧纸，可见这个人物是荣府亲派。第七十五回"贾赦贾政听见这般（指贾珍邀世家弟子校射，实则聚赌吃酒淫乐之事），不知就里，反说这才是正理，文既误矣，武事当亦该习，况在武荫之属。两处遂也命贾环、贾琮、宝玉、贾兰等四人于饭后过来，跟着贾珍习射一回，方许回去。"（页1046）贾琮的待遇与宝玉等人是一样的。他每次出场时，多与贾环并列。第六十回，宝玉病愈，贾环、贾琮来看望他，"宝玉并无与琮环可谈之语"。（页819）

　　贾琮的身份说法不一，小说中没有很明确地表明。但行文中的这些细节并列在一起，再反观第二回里，冷子兴提到，贾赦有两个儿子，长子是贾琏，我们暂且认定，贾琮可能是贾赦和他房间里的诸多姬妾丫鬟中的某一位生养的次子。

六、为了一张完美的表格

　　到现在为止，我们基本可以把荣宁二府家世表补充如下：

第一代	第二代	第三代	第四代	第五代
宁国公贾演	长子：贾代化袭官	长子：贾敷（八九岁夭折）		
		次子：贾敬（好道）袭官	贾珍袭官	贾蓉
	二房		亡	贾蔷
	三房			贾芹贾芸
	四房		贾璜（金氏）	

第一代	第二代	第三代	第四代	第五代
荣国公 贾源	长子：贾代善 袭官	长子：贾赦 袭官	长子：贾琏	无子 一女巧姐
			次子：贾琮	
		次子：贾政	长子：贾珠 （已亡）	贾兰
			次子：贾宝玉	
			三子：贾环	
	贾代儒	子亡	贾瑞	
			亡 （娄氏）	贾菌

　　表格里，只有贾芹、贾芸明确是第三房，其余祖上的排行都不能确定，我们只是列在上面，不分行序。

　　小说中还出现一些贾姓人物形象，特别是贾菖、贾菱，他们身份不详，又显得地位特殊。第五十三回里的这些文段也许能够帮助我们："里边香烛辉煌，锦幛绣幕，虽列着神主，却看不真切。只见贾府人分昭穆排班立定：贾敬主祭，贾赦陪祭，贾珍献爵，贾琏贾琮献帛，宝玉捧香，贾菖贾菱展拜毯，守焚池。青衣乐奏，三献爵，兴拜毕，焚帛奠酒，礼毕，乐止，退出。"（页724）"廊上几席，便是贾珍、贾琏、贾环、贾琮、贾蓉、贾芹、贾芸、贾菱、贾菖等。贾母也曾差人去请众族中男女，……女客来者只不过贾菌之母娄氏带了贾菌来了，男子只有贾芹、贾芸、贾菖、贾菱四个现是在凤姐麾下办事的来了。"（页729）

　　前面的文段写的是除夕祭宗祠，后面文段文字是元宵节荣府家宴。祭宗祠时站班，贾琏、贾琮并列，贾菖、贾菱并列。由此推断，贾菖和贾菱血缘关系应较其他人更近一些。荣国府元宵家宴里，贾菱和贾莒的座位也被安排在一起。

为了把表格填满，我们权且把贾菱和贾莒放在荣国府最后需要找寻的那一支的位置上吧。

第一代	第二代	第三代	第四代	第五代
宁国公 贾演	长子：贾代化 袭官	长子：贾敷 （八九岁夭折）		
		次子：贾敬 （好道） 袭官	贾珍 袭官	贾蓉
	二房		亡	贾蔷
	三房			贾芹 贾芸
	四房		贾璜 （金氏）	
荣国公 贾源	长子：贾代善 袭官	长子：贾赦 袭官	长子：贾琏	无子 一女巧姐
			次子：贾琮	
		次子：贾政	长子：贾珠 （已亡）	贾兰
			次子：贾宝玉	
			三子：贾环	
	贾代儒	子亡	贾瑞	
			亡 （娄氏）	贾菌
				贾莒 贾菱

在小说中找寻荣宁二府的世系图表信息，是一件很繁琐，但又很有探秘趣味的工作。它让我们在阅读中有了具体任务指向，在完成任务中发现了更多体味咂摸的空间；我们不仅了解到《红楼梦》的五代人物，也感觉到小说的社会环境在我们的细读工作中更为清

晰深入地呈现出来。同时，我们由衷地赞叹、景仰小说作者，他能够展开这样宏大的布局，还能够做到从开头到后续七八十回里，架构编织出缜密的行文逻辑。小说文本在期待着更认真的读者，那些千里伏脉、草蛇灰线的笔法和由此表现出的匠心独运，等待着读者的挖掘与发现。我们如果能够意识到这些，就能收获更多阅读的快乐，而那种揣度作者笔下的深意、与作者神交的幸福感觉，更是难以言表。

涉及回目

阅读问题

考查一下你的文本细读功夫，贾宝玉和贾环这两个儿子，在父亲贾政眼里分别是怎样的形象，请你在小说中找一找吧。

阅读要求

请继续阅读至第二十五回。

1.《礼记·学记》
2.《傅雷家书》，傅雷

第四讲
两个场景与两个人物

——让细读赏析渐入佳境

贾府是豪门贵族，家世荣耀，在文学阅读的经验里，那只是一个印象，具体到门第样貌、家居规范，则需要落实在每一章回的字字句句上。

王熙凤毒设相思局

贾天祥正照风月鉴

破除了人名恐惧症，梳理了贾府世系表，我们可以更加有心情静下来慢慢阅读，走上一条风景层次更丰富的红楼阅读旅途。本讲我们将从具体场景和文句的赏析入手，体味《红楼梦》在展现人情世态上的文笔特色。同时，我们将继续关注红楼男子，在人物关系网络中更好地了解他们的生命状态和个性特色。"世事洞明皆学问，人情练达即文章"（页69），这一张贴在宁国府上房内间的对联，让贾宝玉心中不快，但《红楼梦》的情节内容，却恰恰是对此对联最好的注解和阐释。

一、啊，宝玉的那颗小心脏——说说结论与细节

来看第二十三回里的几个文段，一起欣赏一下曹雪芹的巨笔纤毫："贾政、王夫人接了这谕，待夏守忠（宣谕的太监）去后，便来回明贾母，遣人进去各处收拾打扫，安设帘幔床帐。别人听了还自犹可，惟宝玉听了这谕，喜的无可不可。"（页309，下同）在元妃的恩赐下，贾府中的小姐们可以住进大观园里，而自己的宝贝弟弟宝玉也破例住进去，继续和姊妹们"厮混"，如此安排，既照顾了宝玉的心思，也是为了免得自己的母亲和祖母忧虑。我们来看宝玉的反应，"喜的无可不可"。这是《红楼梦》里的另一个高频词，用来形容宝玉内心一下子升腾起的欢欣愉悦。用现在的话说，就是红楼版的"高兴得不要不要的"。

"正和贾母盘算，要这个，弄那个，忽见丫鬟来说：'老爷叫宝玉。'宝玉听了，好似打了个焦雷，登时扫去兴头，脸上转了颜色，便拉着贾母扭的好似扭股儿糖，杀死不敢去。"专属于宝玉的"焦雷"打过来，宝玉只好在老太太那里腻歪，刚刚是一个谋略策划的小小少年，转眼就成了撒娇歪缠的浑小子，"好似扭股儿糖"，形容真是生动，就差地上打滚了。打滚是要赖，只会增人厌烦；"扭股儿糖"则显出跟祖母之间的感情，对于老一辈人来说，膝下天伦不仅有孝敬奉欢之时，也有这种无理取闹之时。贾母可是受用得很呢。

宝玉当然还是要去见父亲的。"宝玉只得前去，一步挪不了三寸，蹭到这边来。"（页310，下同）"宝玉只得挨进门去。"一个"蹭"字，一个"挨"字，宝玉的万般不情愿跃然纸上。"原来贾政和王夫人都在里间呢。赵姨娘打起帘子，宝玉躬身进去。只见贾政和王夫人对面坐在炕上说话，地下一溜椅子，迎春、探春、惜春、贾环四个人都坐在那里。一见他进来，惟有_____和_____、_____站了起来。"再来培养一下文本细读的习惯，考查一下文本细读的效果。请依据上下文和对红楼人物关系的了解，在横线上填写正确的人名。

从上面这段文字里，我们可以看出，姨娘身份的确是低微。赵姨娘在房间里，宝玉进门，打帘子的事情就不用劳烦别人了。子女辈都稳坐在椅子上，她却需侍立一旁。虽然她和老爷太太一辈，但身为妾室，就只能如此。她每月领取的月银还不如宝玉的丫鬟袭人多。我们还可以读出哪些信息呢？比如，请注意各人在房间里坐的座位，座位有尊卑之分、高低之别，地位尊高的人坐在炕上，其他人坐在椅子上。

小说中的其他多处文段，我们也可以读到互相参证的语句，了解到尊卑之礼是怎样具体呈现在生活中的。第四十三回，贾母打发人去请府里的人过来商量给王熙凤凑份子过生日："众丫头婆子见贾母十分高兴也都高兴，忙忙的各自分头去请的请，传的传，没顿饭的工夫，老的，少的，上的，下的，乌压压挤了一屋子。只薛姨妈和贾母对坐，邢夫人王夫人只坐在房门前两张椅子上，宝钗姊妹等五六个人坐在炕上，宝玉坐在贾母怀前，地下满满的站了一地。贾母忙命拿几个小杌子来，给赖大母亲等几个年高有体面的妈妈坐了。贾府风俗，年高服侍过父母的家人，比年轻的主子还有体面，所以尤氏凤姐儿只管地下站着，那赖大的母亲等三四个老妈妈告个罪，都坐在小杌子上了。"（页575）

炕上，是尊位，"薛姨妈和贾母对坐"。薛姨妈和王夫人是姐妹，从年龄上说王夫人还居长，但在贾府，王夫人在贾母面前是儿媳，薛姨妈则是外客，内外有别，座位安排上就不一样。贾母喜欢宝玉和孙女们，宝玉最受宠爱，坐在了贾母怀里，姐妹们也坐在炕上。邢夫人、王夫人坐在房门前椅子上。年纪大有体面的嬷嬷们坐在小杌子上；孙媳妇尤氏和王熙凤站立服侍。满屋子都是人，但坐的坐，站的站，很有秩序。

让我们回到第二十三回的内容。宝玉进入老爷夫人房屋的里间，老爷太太自然是有威仪地端坐着的，房间里的其他人，原来陪坐着的都是跟宝玉一个辈分的兄弟姐妹，宝玉进门，站起来的一定是比宝玉年龄小的。你看，曹雪芹写小说，好似是将脑海里的场景复现在纸面上一样。人物的举动言谈历历在目，他不是仅仅搭建起情节的构架，他是将整个架子上的一花一叶都描绘得真实生动。

"贾政一举目，见宝玉站在跟前，神彩飘逸，秀色夺人；看看贾环，人物委琐，举止荒疏；忽又想起贾珠来，再看看王夫人只有这一个亲生的儿子，素爱如珍，自己的胡须将已苍白：因这几件上，把素日嫌恶处分宝玉之心不觉减了八九。"（页310，下同）小说的视角一转，放在贾政身上，这段文字也能见出贾政的一份父母之心：宝玉风姿令人欣慰，相较之下，贾环便逊色太多。偏偏宝玉又不令自己放心，不刻苦攻读，不在仕进之途上下功夫，实在可气，要是贾珠还活着就好了。想起贾珠，不免又勾起丧子之痛。可是人死不能复生，嫡妻王夫人两个儿子只剩这一个，能不疼爱嘛！再加上这个儿子又生得这样好，还是不要对他那么苛刻了。贾政的心思真是千回百转，只是一瞬，却已在往昔今日、三个儿子的比对之间走了不知多少个回合。文字生动而细腻，读来令人感慨。

在曹雪芹笔下，所有人物的情感，所有事件的展开，都是随着生活自然而然铺陈出去的，每一件事的背后都会有情感的因果，我们随着人物的言行、跟着人物的情绪宕开去，也就能够更好地理解人物了。

让我们继续放慢阅读的节奏，仔细品味曹雪芹创造出来的情境。"半晌说道：'娘娘吩咐，说你日日外头嬉游，渐次疏懒，如今叫禁管，同你姊妹在园里读书写字。你可好生用心习学，再如不守分安常，你可仔细！'宝玉连连的答应了几个"是"。王夫人便拉他在身旁坐下。他姊弟三人依旧坐下。""半晌"，贾政好半天都在沉吟。这会儿也一定没有别人发出声响，屋子里安静异常，现场气氛压抑凝重。宝玉心里该是忐忑的吧？这次叫来，不知道是什么事情，自己哪个地方做得不对呢？

"同你姊妹在园里读书写字"，噢，原来是说这事儿。宝玉心里肯定慢慢放松下来。有意思的是，进园子和姊妹们在一起，一件令宝玉"喜的无可不可"的事情，在贾政那里，被表述为"禁管""你可仔细"这些胁迫性的表达，其实宝玉是不以为意的，只要能进园子就好了。贾政此刻内心是温柔的，但面子上的严厉一如既往。他恐怕有些担心，进了园子，宝玉八成会更加放纵，无法"禁管"，但嘴上却偏要如此表达——言语上恐吓恐吓，应该会略略起点儿作用吧！真是写出了一个心思矛盾、情感挣扎的中年父亲。

宝玉坐在了炕上，可见他在众儿女中的地位。宝玉坐下后，那站起来的弟弟和妹妹们才坐下。由此看出，贾政训诫宝玉时，是四个人一起站立着在听训话的。——当我们根据文字想象出画面，小说的世界就丰富生动起来了。

"王夫人摸挲着宝玉的脖项说道：'前儿的丸药都吃完了？'宝玉答道：'还有一丸。'王夫人道：'明儿再取十丸来，天天临睡的时候，叫袭人服侍你吃了再睡。'宝玉道：'只从太太吩咐了，袭人天天晚上想着，打发我吃。'"王夫人不仅让宝玉坐到炕上、坐到自己身侧，而且还摸挲儿子的脖项！真是怎么疼爱都不够。宝玉到邢夫人那里也是这样的待遇。第二十四回，宝玉到贾赦那里去问安，在邢夫人跟前，小说有相似的场景描写。"正说着，只见贾环、贾兰小叔侄两个也来了，请过安，邢夫人便叫他两个椅子上坐了。贾环见宝玉同邢夫人坐在一个坐褥上，邢夫人又百般摩挲抚弄他，早已心中不自在了，坐不多时，便和贾兰使眼色儿要走。贾兰只得依他，一同起身告辞。宝玉见他们要走，自己也就起身，要一同回去。邢夫人笑道：'你且坐着，我还和你说话呢。'宝玉只得坐了。"（页321）这段文字里，在座位安排上同样有两种待遇，情感亲近上更有明显的区别对待。宝玉在贾府受到所有人的宠爱，由冷子兴嘴里说出，那只是一个结论，具体到宝玉在贾府的生活，则是无处不在、细致入微的细节描写。

贾府是豪门贵族，家世荣耀，在文学阅读的经验里，那只是一个印象，具体到门第样貌、家居规范，则需要落实在每一章回的字字句句上。阅读的乐趣正在于鉴赏细节，揣摩文字。

从王夫人和宝玉的对话里，我们能感觉到，做母亲的心思要单纯一些，王夫人关心的是宝玉的身体，没什么大病也要吃些营养品。母子的问答都是家常的嘘寒问暖，房间里的气氛比较缓和。正当我们刚跟着小说里的人物定下神来，贾政却迅速、敏感地捕捉到了刚才谈话中的一个信息。谈话氛围陡然一转，成为父亲对儿子的审讯。"贾政问道：'袭人是何人？'王夫人道：'是个丫头。'贾政道：'丫头不管叫个什么罢了，是谁这样习钻，起这样的名字？'王夫人见贾政不自在了，便替宝玉掩饰道：'是老太太起的。'贾政道：'老太太如何知道这话，一定是宝玉。'宝玉见瞒不过，只得起身回道：'因素日读诗，曾记古人有一句诗云："花气袭人知昼暖。"因这个丫头姓花，便随口起了这个名字。'王夫人忙又道：'宝玉，你回去改了罢。老爷也不用为这小事动气。'贾政道：'究竟也无碍，又何用改。只是可见宝玉不务正，专在这些秾词艳赋上作工夫。'说毕，断喝一声：'作业的畜生，还不出去！'王夫人也忙道：'去罢，只怕老太太等你吃饭呢。'"（页310—311）慈母百般回护，严父自有标准。宝玉的心真是忽忽悠悠，一静一动，一沉一浮。这个片段写尽了家庭谈话中各种心理起伏。宝玉从母亲的抚爱中抽身，站起来，回答父亲的问题。

说到底，了解宝玉的还是这个总板着脸孔的父亲。贾政先是审，硬得很，接着是道明自己的判断，心里还是认可儿子的一份博览能力和秀气劲头的，一边说着可以不用改动名字，一边又恼恨儿子的不务正业，暴脾气瞬间上来，大骂大喝立即出口，"畜生""出去"，真是声肖毕至。王夫人的形象也是极为生动，天下几乎所有妈妈在丈夫冲着儿子发脾气时，大概都是如此，既要维护丈夫的尊严，也要安抚儿子的情绪。

"宝玉答应了，慢慢的退出去，向金钏儿笑着伸伸舌头，带着两个嬷嬷一溜烟去了。"（页311）宝玉在父亲面前一举一动都合乎规矩礼法，"退出去"，且是"慢慢的"，真有大家子弟风范。可是，离开父亲视线，他转眼便是另外一个样子，冲着小丫鬟伸舌头，一溜烟去了。与来时形成鲜明对照，读来令人忍俊不禁。

回过头来看，"焦雷"一词的形容真是再妥帖不过，既能体现出宝玉的惊惶、震动、恐惧、担心、害怕，又写出贾政教子时间上的短暂、效果上的迅忽。雷过之后，艳阳高照。贾政对于宝玉的管教，只是高悬的一根鞭子，悬在那里，自有震慑作用，却并不常用。因其不常用，才令人感觉更加冷硬。长此以往，便成了一个传说。其实，传说与实情总是有一些差距的。

二、祖孙两个之间的深深隔阂

"子不教，父之过"，贾府里哪个长辈不是狠狠地管教子孙的？《红楼梦》里，第一次上演打骂管教孩子情景的，并不是贾政打宝玉，而是贾代儒打贾瑞。中国历来有"隔代亲"的说法，但贾瑞父母早亡，祖父贾代儒主要承担了管教之责。第十二回里，"代儒道：'自来出门，非禀我不敢擅出，如何昨日私自去了？据此亦该打，何况是撒谎。'因此，发狠到底打了三四十板，不许吃饭，令他跪在院内读文章，定要补出十天的工课来方罢。"（页163）三四十板，跟宝玉承受的数目差不多。

宝玉挨打，分成两个步骤，先是贾政命令小厮们打了十来下，估计这十来下的重量是算不得什么的。贾政嫌打得轻，自己夺过板子，狠命又来了三四十下。宝玉挨打之后有详细描写，"王夫人抱着宝玉，只见他面白气弱，底下穿着一条绿纱小衣皆是血渍，禁不住解下汗巾看，由臀至胫，或青或紫，或整或破，竟无一点好处，不觉失声大哭起来，'苦命的儿呀！'"（页444）

贾代儒打孙子的时候也是发狠打的，但贾瑞挨打后还能跪在地上读书，宝玉则是当时就动弹不了了，脸色发白，气息短弱。两相比对，可能贾瑞的伤势略轻一点。分析原因，或许有以下几个：贾代儒年纪大了，贾政则五十岁左右，放在今天还是青壮年，手劲大，打得稳；贾瑞年龄要比宝玉大一些，二十岁左右的年轻人比十几岁的承受力大一些；贾瑞挨打是在腊月里，身上衣服穿得厚，宝玉挨打是在端阳节之后的夏季，身上衣服穿得少，带着狠劲儿的棍子和皮肤之间只隔着一层纱衣。

不过，其实宝玉挨打所受的只是外伤，而贾瑞的身体是强撑着，其内里状况却要更糟糕一些。贾瑞挨打事件发生在清早，他先在荣府穿堂里猫了一整个夜晚，受寒受冻，差点儿被冻死不说，还担惊受怕，慌乱心悸；回到家就是挨训挨打，爷爷不准吃早饭，还勒令他跪在地上补读十天的功课。

贾瑞挨打之后并没有收敛悔改，过了两天得空再次去找王熙凤，王熙凤将他支到后面一间小空屋子里，贾瑞自投罗网，东窗事发。抓住他错处的不是别人，正是贾蓉和贾蔷。贾蓉和贾蔷趁机各自勒索了他五十两的欠契，不仅如此，还诓骗他挨了一桶尿粪，贾瑞身上又臭又冷，心里又惊又惧，回到家一夜不能安睡。

我们细读贾瑞在贾蓉、贾蔷面前伏低求饶的文段，其祖父贾代儒倘若知道自己的孙子是这样的德行，真是要被活活气死。"贾瑞听了，魂不附体，只说：'好侄儿，只说没有见我，明日我重重的谢你。'贾蔷道:'你若谢我,放你不值什么,只不知你谢我多少?况且口说无凭,写一文契来。'贾瑞道:'这如何落纸呢?'贾蔷道:'这也不妨,写一个赌钱输了外人账目,借头家银若干两便罢。'贾瑞道:'这也容易。只是此时无纸笔。'贾蔷道:'这也容易。'说罢,翻身出来,纸笔现成,拿来命贾瑞写。他俩作好作歹,只写了五十两,然后画了押,贾蔷收起来。"(页164)

两个草字辈的抓了一个斜玉辈的现形。叔叔贾瑞向侄儿贾蔷求告,贾蔷要写下文契,"这如何落纸呢?"贾瑞知道,这样的丑事怎么能写下来呢?难道写自己对凤姐心怀不轨,被侄子辈发现,侄子承诺不告发,以后自己要感恩戴德,特立字据为凭?贾蔷说"这也不妨",写成赌债就好了,一下子解决了问题。贾瑞还想着能蒙混过去就蒙混过去,不料贾瑞的一句"这也容易"引来了贾蔷同样的一句"这也容易",纸笔早就预备下了。一个"命"字,已经让贾瑞虚与委蛇的侥幸心理全部消失,"作好作歹"一词提供了很大的想象空间,这个赌债写多少银两呢?贾蔷要价一定很高,贾瑞则一定再三哀求,实在是半点脸面没有。做下丑事,便只能接着丑态百出了。如果我们不好好想象一下两人讨价还价的情景,便不能体会"只"字的意味,五十两银子,对于贾瑞犯下的罪行来说,实在是个小数目,这还是人家贾蔷大发慈悲对贾瑞的恩赐呢。同样的用词在贾蓉那里又重复了一遍。贾瑞叩头恳求贾蓉也放过自己一码。"贾蔷作好作歹的,也写了一张五十两欠契才罢。"此时的贾瑞也不去想一百两的欠债如何筹措了,但求过了眼前的关口再说。

整个事件中,我们会发现贾蔷是主事者。贾蓉只是假扮冒充了凤姐,而揪住贾瑞,告诉贾瑞事态严重性,胁迫贾瑞,和贾瑞沟通具体事宜,将贾瑞骗到院外大台矶下向其倾倒尿粪,最后把臭烘烘的贾瑞带出后门的,都是贾蔷。贾蓉是宁国府长房长孙,身份尊贵,这些事情做甩手掌柜就好,说话做事跑腿是贾蔷的本分。贾蓉带着贾蔷玩,本身就是看得上贾蔷了。贾蔷那么聪秀，心里是明白的。

从头至尾，这件事都是有预谋的。同时，值得我们回味的是，当王熙凤在宁府花园里见到贾瑞，看贾瑞的眼神，听贾瑞的挑逗语言，她就明白贾瑞的色心了。但她并未跟自己的丈夫贾琏沟通，而是私下找来了贾蓉和贾蔷，当然，也有可能是贾蓉又找来了贾蔷，事件中还有其他仆妇的协助，这个特别行动小组一起策划并实施了贾瑞风波事件。

第九回里已经提到，"原来这贾瑞最是个图便宜没行止的人，每在学中以公报私，勒索子弟们请他；后又附助着薛蟠图些银钱酒肉，一任薛蟠横行霸道，他不但不去管约，反助纣为虐讨好儿。"（页135）薛蟠固然是个黑老大，但老大之所以横行，很大一部分责任是因为有贾瑞在。贾瑞在一群学生中间，是辈分大、年龄也大的长者。"图便宜没行止"，真可谓"小人穷斯滥矣"。觊觎王熙凤美色，罔顾人伦德行，贾瑞学堂内外的一系列做法都令人不齿。

贾瑞成长中的表现，是对祖父教育理想、教育实践最大的讥讽。贾代儒白发人送黑发人，儿子儿媳早逝，眼前只有这个孙子，故而家教极其严格。贾代儒担心自己孙子的学业，可是学业到底是什么？孩子养成优良的品性、举止言谈进退有度，难道不是学业里最重要的目标吗？也许贾代儒过于严苛的教管，使得贾瑞内心原本合理的诉求只能在黑暗中暗暗滋长，渐渐扭曲着长成了邪恶的大树，它们在贾瑞的身体里膨胀，膨胀到他的每一处神经末梢。欲令智昏、色令智昏，对钱财的欲望、对女色的欲望，毁掉了他正常思维的能力。贾瑞的生命停止在二十来岁的年纪，对他来说，或许是一个不错的结局。否则，苟活下去，便意味着沉沦为欲望的折磨对象。

可悲可叹的是，无论是在家里，还是在学堂里，无论是贾瑞站在自己面前，还是贾瑞不在自己面前，贾代儒根本不知道这个孩子在想什么。从故事的开头到故事的结尾，最不了解贾瑞的，是这位拉扯他长大、与他相濡以沫的隔代亲人。贾代儒的年纪，在小说中没有明确，但辈分摆在那里，就算比贾母小，也总得有六七十岁。他只有管教，没能给孙子提供一个正常的生活空间。

二十多岁的贾瑞，举动受限，学业无成，尚未娶妻。所谓饮食男女，人之性也。可是在贾瑞身上，生活本身成为了生命的障碍，每一个障碍都在碾压着他、粉碎着他。人在青春时期对于情爱的向往是非常正常的。然而，从贾瑞身上，我们看到的，却是一个年轻的男子被情欲折磨到了不堪的地步。

三、正面和背面是一面

风月宝鉴是贾瑞最后的自我拯救机会。跛足道人说："千万不可照正面，只照他的背面，要紧，要紧！三日后吾来收取，管叫你好了。"（页166，下同）本来三天即可痊愈，怎奈生死关头，贾瑞依然选择了顺从自己的欲望。

"这物出自太虚幻境空灵殿上，警幻仙子所制，专治邪思妄动之症，有济世保生之功。"贾瑞不是甄士隐这样的神仙一流人品，听不到、听不进"虚""幻""警"这样的字眼，他一味沉溺，任由自己沦陷，"邪思妄动"，几乎成为他生命最后阶段所有的生活内容。

按照事理逻辑，手上拿一面镜子，无论反正，照见的都是自己。而风月宝鉴在贾瑞那里，用正面一照，是王熙凤，用反面一照，是骷髅头。怎么理解呢？脂评本里有批注："千万不可照正面，【庚侧批：谁人识得此句！】【夹批：观者记之，不要看这书正面，方是会看。】只照他的背面，【夹批：记之。】要紧，要紧！三日后吾来收取，管叫你好了。"①自《红楼梦》问世以来，便有很多读者和红学专家引出很多考据，针对此段文字提出自己的看法。

---

① 曹雪芹，脂砚斋．脂砚斋评石头记 [M]．上海：上海三联书店，2011：126．

王熙凤在正面的镜子里"招手叫他",贾瑞很高兴地走进去;骷髅在反面的镜子里站立着,令贾瑞惊恐不已。其实,镜子里正反面照见的应该都是自己啊。王熙凤正是他内心的欲望,而骷髅正是对欲望的警醒和棒喝。贾瑞选择了听从和沉沦于欲望,放弃了自我警醒和自我拯救。他是一个被欲望吞噬的青年人。

贾瑞因为惧怕,他没有机会走进风月宝鉴的背面,我们便无从知道骷髅会对贾瑞做什么,会跟贾瑞说什么。假如让我们创作一段文字,拟想贾瑞走进风月宝鉴的背面的情景,我们会怎样写?也许作者在暗示我们,现实万千嘈杂炫目,我们很容易遗忘和忽略那些从本质、从内心、从良知深处传来的呼唤。

四、高颜值是王道

贾瑞之死整个事情的始末中,还有很多值得琢磨的地方。贾瑞除了在宁国府花园里见到王熙凤言语不当行为不够检点之外,他甚至还到王熙凤院里挑逗、调戏凤姐,先是说二哥哥贾琏在外面被人绊住脚,接着表态,自己可以过来给凤姐解闷,还发下誓言。"贾瑞道:'我在嫂子跟前,若有一点谎话,天打雷劈!只因素日闻得人说,嫂子是个利害人,在你跟前一点也错不得,所以唬住了我。如今见嫂子最是个有说有笑极疼人的,我怎么不来,——死了也愿意!'凤姐笑道:'果然你是个明白人,比贾蓉、贾蔷两个强远了。我看他那样清秀,只当他们心里明白,谁知竟是两个胡涂虫,一点不知人心。'"(页161)凤姐虚情假意,应对贾瑞,把他和"贾蓉、贾蔷两个"进行了对比,在口头上夸赞了他,那意思是自己原本挺属意于"贾蓉两个"的,可是他们却不解风情。凤姐真是懂得和什么人说什么话,和不堪的人只能说不堪的话。

贾蓉是王熙凤的晚辈,是贾琏和她的侄子。如有什么私情,便属不伦行为。而十六七岁的贾蔷正是青少年,用现在的网络词汇,就是小鲜肉一枚，和贾蓉站立在一起，一对翩翩佳公子，又带有阴柔之美，估计是人见人爱的类型。王熙凤虽是婶子，但年龄上也大不了他们多少岁，因颜值高而偏爱他们一些也无可厚非。刘姥姥求见王熙凤时，还没说几句话，贾蓉来找王熙凤借玻璃炕屏，看婶子和侄子之间的言谈情形，就显出交情非同一般。

在贾瑞事件中，王熙凤信任这两个侄子，两人为王熙凤出力办事，更拉近了他们之间的感情。王熙凤也在以后给了他们更多的机会。

荣宁二府就像一个大的家族产业，或者说是一个家族企业，董事长是贾母，本来 CEO 应该是贾敬（宁府）和贾赦（荣府），但宁府的贾敬好道，后来因为修道炼丹而死，死时"肚中坚硬似铁，面皮嘴唇烧的紫绛皱裂"（页880），京城人多少都知道实情，但慑于贾府的权势，并不敢多议论什么。宁府实际掌家的是贾珍，不仅袭了官爵，而且在宁府"一味高乐不了"（页27）。最后因为行为不检点，被御史所参，革职查办并抄家。

荣府的贾赦呢？贾赦好色。第四十六回，贾赦看上了贾母的大丫鬟鸳鸯，邢夫人一意顺从丈夫贾赦以求自保自便，就先去找王熙凤拿主意。王熙凤最开始想要劝止他们，她是这样说的："况且平日说起闲话来，老太太常说，老爷如今上了年纪，作什么左一个小老婆右一个小老婆放在屋里，没的耽误了人家。放着身子不保养，官儿也不好生作去，成日家和小老婆喝酒。"（页613）平儿、袭人碰到鸳鸯，安慰劝抚她。作为丫鬟，是不应该评定主子的，但到底是没忍住，连一向出语稳重平和的袭人都说："真真这话论理不该我们说，这个大老爷太好色了，略平头正脸的，他就不放手了。"（页618）

荣府真正主持家事的是贾琏夫妇。第一〇六回，贾府遭难，从东跨所（贾琏夫妇住处）抄家查出来了两箱房地契和一箱借票。贾政完全不清楚状况，他便过问贾琏："我因官事在身，不大理家，故叫你们夫妇总理家事。你父亲所为固难劝谏，那重利盘剥究竟是谁干的？

况且非咱们这样人家所为。如今入了官，在银钱是不打紧的，这种声名出去还了得吗！"贾琏连忙辩解，"跪下说道：'侄儿办家事，并不敢存一点私心，所有出入的账目，自有赖大、吴新登、戴良等登记，老爷只管叫他们来查问。现在这几年，库内的银子出多入少，虽没贴补在内，已在各处做了好些空头，求老爷问太太就知道了。这些放出去的账，连侄儿也不知道那里的银子，要问周瑞旺儿才知道。'"（页1431）

贾琏并没有说谎，第十五回的回目上半句是"王凤姐弄权铁槛寺"，讲的就是铁槛寺老尼受人之托求助于贾府，找到了王熙凤，王熙凤让来旺儿以贾琏的名义给长安节度使云光修书一封，云光因为在官场上受到贾府照应，自然全都照办。王熙凤从中私吞了三千两银子。第十六回里补记此事的结果，并且提到，"自此凤姐胆识愈壮，以后有了这样的事，便恣意的作为起来，也不消多记"（页202）。这一回里，还提到，王熙凤托来旺儿夫妻向外借银收取利息，成为她自己的体己钱。旺儿嫂子来送利钱银子，正好贾琏在家，平儿就撒谎骗过了贾琏。这并不是小说里第一次写旺儿媳妇来送利钱银子，早在第十一回里，就写了这件事，当时王熙凤不在家，三百两利钱银子由平儿代收。

王熙凤还随意扣发贾府内眷的月钱银子，以此做本钱放高利贷。仅此一项，一年便有千两银子的进项。贾府在财务上多年来捉襟见肘，不过，抄家时却从贾琏的屋子里抄走了七八万金，因为这些乃不义钱财，故而最终不了了之。

王熙凤在荣国府虽为内眷，但确有其威势，很多事情又做得巧妙，通过暗中操作，有时只是一两句话，便可以促成"红楼企业"的一个内部决策。比如，贾元春晋封后省亲，贾府要修盖省亲别院。这样的喜事也带来大量岗位需求。贾琏的奶妈来给自己的两个儿子谋职，贾芹的母亲来为儿子谋职，贾芸也想办法找到王熙凤谋职。

贾蔷在这群人中间竞争力最强，他可以有机会直接参与到省亲别院的筹谋中。第十六回里，他和贾蓉奉贾珍之命，一起来找贾琏，为的就是这件事。此外，他此次分配到的职权是，到姑苏城采买女孩子和乐器、戏曲演出的行头等。同行的还有管家的儿子，两个门客。连贾琏都说："这个事虽不算甚大，里头大有藏掖的。"（页211）那意思是说营私舞弊、从中抽取好处的机会太大了。这一项开销就是三万两银子。贾蓉示意凤姐，凤姐马上替贾蔷说话，也正好将贾琏乳母两个儿子的工作岗位安排在了贾蔷这里。贾蔷自然是满口欢喜，马上表示，凤姐、贾琏需要什么只管说，他自然会孝敬他们。贾蔷不仅颜值高，而且在人情世故方面实在通透，当然能获得王熙凤的信任和喜爱。

贾蔷后来成为大观园戏班的总管。在小说后面的情节中，宫中老太妃薨了，朝廷下令，各官宦家凡养优伶男女者，一概蠲免遣发。不愿离去的先是在园子里，后来又去了水月庵，交由贾芹总管。再往后，贾府抄家定罪时，贾蔷也在场。他虽然生于斯，长于斯，但在贾府诸事寥落、捉襟见肘的时候，他却偷典偷卖、酗酒聚赌，闹得不成体统。

在本讲内容中，我们重点赏析了两个场景——贾政为儿女进住大观园召见宝玉、贾瑞因对王熙凤图谋不轨被贾蓉和贾蔷胁迫；在细读文本的同时，重点梳理了贾瑞和贾蔷这两个人物的形象特点。阅读《红楼梦》，按照一定的节奏进行，时间长了，就可以获得一种能力——发现和品味文字和语句里包蕴着的空间感和层次感。

涉及回目

阅读问题

请你阅读第五回里写王熙凤的判词和词曲，根据小说中的相关内容，尝试分析这一人物形象的特点。

阅读要求

请继续阅读至第三十五回。

阅读推荐

1.《金锁记》，张爱玲
2.《白鹿原》，陈忠实

第五讲
贾府子弟与贾府的没落

《红楼梦》在为一个家族作传，在为一个走向没落的簪缨世家摹影写形，在为人间世事提供一个通鉴，在向天下所有子弟提出警示。

水月庵掀翻风月案

唏嘘过贾瑞的早亡，感慨于贾蔷的伶俐之后，让我们把目光放在更多的贾府子弟身上。《红楼梦》最开始，并没有出现太多荣宁二公的后代，直到第九回闹学堂，之后，因为贾元春被加封贤德妃，皇上开恩允准省亲，建造省亲别墅，于是有了红楼一梦大观园。一提起大观园，我们往往会说，这是一个青春王国，是一个美丽诗意的梦幻桃花源。这里的四季各有各的好，这里有假山有绿水，有亭台楼观，有乡野风情，有吟诗有联句，有鹿肉有梅花。

　　不过，我们也要了解，大观园从着手建造，就成为了众多人的生计维系之地。很多人、很多事情都开始与大观园有关。大观园不只是宝玉和姊妹们的。在宝玉和姊妹们那里，大观园是他们精神和灵魂的归宿；在更多人那里，大观园是一个人人争而分食之的大蛋糕。同样，荣宁二府的存在，也关系着几百人的生计与生存。

一、可惜谁也没有意识到这是一场公关危机

　　第二十三回里，贾芹谋得了一个美差事，成为元妃省亲时园子里玉皇庙和达摩庵共二十四个小沙弥、小道士的总管。这二十四个人被安置在贾府的家庙铁槛寺，他们的吃穿用度由贾府提供，按月支领银两。贾芹的工作就是按月领钱，至于每月在这二十四人身上用度具体是多少，那就无人知晓了。贾芹的入职情况是这样的："凤姐又作情央贾琏先支三个月的供给，叫他写了领字，贾琏批票画了押，登时发了对牌出去。银库上按数发出三个月的供给来，白花花二三百两。贾芹随手拈一块，撂与掌平的人，叫他们吃茶罢。于是命小厮拿回家，与母亲商议。登时雇了大叫驴，自己骑上；又雇了几辆车，至荣国府角门前，唤出二十四个人来，坐上车，一径往城外铁槛寺去了。"（页308—309）

　　如此，一个月支取一百两，用来解决二十四人的日常开销，应当是足够的。小说第六回，刘姥姥进贾府求告王熙凤，王熙凤给了刘姥

姥二十两，刘姥姥已经是喜出望外，正因这二十两银子可以救急解穷。刘姥姥第二次来贾府，正碰上贾府吃螃蟹，刘姥姥算了算账，说："这样螃蟹，今年就值五分一斤。十斤五钱，五五二两五，三五一十五，再搭上酒菜，一共倒有二十多两银子。阿弥陀佛！这一顿的钱够我们庄家人过一年了。"（页522）如果在《红楼梦》中读到关于银两的数字，我们难以判断多少，那么这二十两银子"够我们庄家人过一年了"，可以成为一个标准数，以作参照。贾芹显而易见明白这一点，所以他出手一下子阔绰起来。他是如何履职的呢？他的在岗情况又如何呢？

第五十三回，年底宁府分发赏赐年货，贾珍批评他，既然有了工作和生活进项，就不应该再觍着脸来拿这些东西了。贾珍还揭了贾芹的底细："你在家庙里干的事，打谅我不知道呢。你到了那里自然是爷了，没人敢违拗你。你手里又有了钱，离着我们又远，你就为王称霸起来，夜夜招聚匪类赌钱，养老婆小子。这会子花的这个形象，你还敢领东西来？领不成东西，领一顿驮水棍去才罢。等过了年，我必和你琏二叔说，换回你来。"（页722）

你看，没有监督机制的确是不行的，贾芹已经为所欲为了。本来是收入颇高的中产，手里有了钱便吃喝嫖赌，反倒落魄颓唐。当然，贾珍也只是恐吓一番，做个样子而已。人是贾琏任命的，钱是荣国府出的，他乐得省事，现在这状况，总比贾芹没了工作，自己作为宁府的负责人还要略略照管他要好一些吧。世上事多是这样，该知道的人总是最晚才知道。

第九十三回，"一日贾政早起刚要上衙门，看见门上那些人在那里交头接耳，好像要使贾政知道的似的，又不好明回，只管咭咭唧唧的说话"（页1290）。贾政自然不会忽略这样的古怪，叫上人来了解情况。这才知道，荣国府大门竟然被贴了大字报，而且不止一张，还贴得非常严实。白纸上云："西贝草斤年纪轻，水月庵里管尼僧。一个男人多少女，窝娼聚赌是陶情。不肖子弟来办事，荣国府内出新闻。"（页1291）

前面四句明确地指出贾芹的荒唐行径，后面两句则直接连带整个荣国府。贾政气得头晕目眩，找人赶快撕大字报，连同附近的胡同里，也要寻找是否还有没撕下来的。他问责于贾琏，贾琏派出赖大到水月庵去一趟。又叮嘱所有人不可声张，所谓家丑不可外扬。贾政决定不去衙门，就在书房等待审问贾芹了。可偏偏衙门传话，张老爷病了，需要贾政去当值。贾政没有办法，就只好去上班。这一去，便是一天一夜，第二天早上该下班了，又因为公事被耽搁，就传话给贾琏，让他好好查办。

　　赖大去到水月庵的时候，是明白无误地看到贾芹丑态的。他带着一干人等回到贾府。此事本当彻查，然而贾琏一来不想把这件事闹大，于贾府声名有亏，二来顾及贾芹和自己素来关系不错。他和赖大商量，请示王夫人。王夫人指示，将二十四个女子送回本籍，否则留着就是生事，以后在账面上撤销这项费用。"芹儿呢，你便狠狠的说他一顿。除了祭祀喜庆，无事叫他不用到这里来。"（页1297）

　　这件事情就这样处理过去了。看上去，很是利落，似乎是快刀斩乱麻。有意思的是，无论是王夫人还是贾琏、赖大，除了懊悔用错了人、批评贾芹不像话之外，他们不约而同地更加恼恨张贴大字报的人。王夫人说："但只这个贴帖儿的也可恶，这些话可是混嚼说得的么。"（页1296）贾琏想的是："又长那个贴帖儿的人的志气了。将来咱们的事多着呢。"（页1294）赖大说："那个贴帖儿的，奴才想法儿查出来，重重的收拾他才好。"（页1297）

　　细细思量一下，这纸是贴在贾府大门上的，策划此事的人就是要将丑闻公之于众，其目的已经达成。大门，无论古今，无论高门望族，还是小家小户，都代表着一个住家的体面和尊严。在大门上张贴纸张，揭发贾芹的所作所为，嘲讽荣国府治家不严，显然是一种公开的挑衅和侮辱，贾政、王夫人等人感到愤怒是有一定理由的。但他们只顾攘外，却忘了安内也是需要一番手段的。更何况，张贴的人最终也没查出来，贾芹更是没有受到更进一步的惩处。

贾芹作为宗族子弟，做出这样的事情，于家法于国法，都是有悖的。贪污克扣、作风不端、玷辱宫人、欺上瞒下，从事态的前后来看，除了贾政、贾琏、王夫人等，贾府内外、上上下下，恐怕早已疯传出去了。贾府地位非同寻常，是皇亲，又是功勋之家，齐家的水准在很大程度上是朝廷治国的一部分内容。贾政动不动提祖宗颜面、家族声威、皇家恩赐，其实正是因为他明白这个道理。即便放在今天，倘若省部级官员的亲戚犯法乱纪，也一定会议论纷纷，传言沸沸扬扬。

"晚上贾政回家，贾琏赖大回明贾政。贾政本是省事的人，听了也便撂开手了。"（页1298）荣国府已经陷入八卦的漩涡，他们站在了舆论的风口浪尖上，这个时候如何进行危机公关是非常重要的，越是想"省事"，便越会往更糟糕的方向上发展。王夫人想着赶快把这些尼姑道士们发卖出去，这事儿就算压下去了、解决完了，但外面立即有好事者传言，贾府里放出了二十多个姑娘们，这下，坊间倒是会滋生出更多的故事版本来。

细读《红楼梦》，越往后就越感觉贾府像一辆负重的马车，硕大，华丽，第一代铺下的路正越走越窄，马车却一再增加重量，每个部件又都因为失修而敷衍应付，驾车的人虽然模模糊糊地知道情况，但都既无心又无力，任由马车继续失控下去。水月庵风月案只是贾府日常管理的一个缩影。在之前的情节里，第五十八回宫里太妃去世，第六十三回贾敬去世，之后第九十五回元春去世，一旦生活中出现非常规事件，贾府内部便会随之失序很长一段时间。

二、极容易被忽略的一次打孩子事件

除了贾瑞挨打、宝玉挨打之外，《红楼梦》里还写过一次挨打事件，那便是贾琏挨打，贾赦下手同样很重。之所以读者极容易忽略这次挨打事件，是由小说讲述该事件的方式所致。第四十八回，平儿到大观园，正碰上宝钗领着香菱进园子，平儿问宝钗，是否知道新闻头条："老爷把二爷打了个动不得，难道姑娘就没听见？"（页643）整个事件由平儿之口，见缝插针地转述出来，只有一小段文字就过去了，和宝玉挨打搅起滔天浪的效果形成了鲜明的对照。

不过，这段文字是非常有深意的。我们来读一下平儿是怎么说的。"老爷听了就生了气，说二爷拿话堵老爷。因此这是第一件大的。这几日还有几件小的，我也记不清，所以都凑在一处，就打起来了。也没拉倒用板子棍子，就站着，不知拿什么混打一顿，脸上打破了两处。我们听见姨太太这里有一种丸药，上棒疮的，姑娘快寻一丸子给我。"（页644-645）

平儿着急来找宝钗，实际上是为了向宝钗讨要治疗棒疮的丸药，可见打的确不轻。贾琏站着挨了打，武器是什么都没弄清楚，混打一气，下手非常重。可见贾赦是气坏了，以至于都顾不上"走程序"，直接拿起手边的东西就打将过去，甚至都没替儿子顾及脸面，连脸都打破，看来那场面可能是胡扯胡抡。原因呢，倒并不是贾琏做错了什么，主要是他惹父亲生气了。

贾赦似乎有两件生活乐趣：其一自然是纵情声色，其二则是收集藏品。他想从石呆子手上弄到他家藏的二十把古扇，便把这件事情交给了贾琏，奈何贾琏除了会用钱买并没有什么其余办法，可是任其出多高的价钱，石呆子都拒绝卖扇子，并说要扇子如同要他的命。贾赦得不到古扇，便把气撒到贾琏身上，骂他没有能耐。贾雨村以权谋私，不管石呆子的死活，把这些上面有古人写画真迹、同时材质极佳、今天已不可复制的古扇以官价送到了贾赦手里。提起"官价"，我们不禁会想起白居易《卖炭翁》里的诗句，"一车炭，千余斤，宫使驱将惜不得。半匹红绡一丈绫，系向牛头充炭直。""官价"无非只是出极低的价钱做个样子罢了。

贾雨村为了在官运上得到更好的发展，便千方百计迎合贾赦的心意，估计他也没想到自己又碰上了一个呆子。先前，他保护了"呆霸王"薛蟠；这次，他迫害了"石呆子"。目的一样：讨好荣宁二府和王子腾这样的皇亲要员，为自己的仕途铺路。

"呆"有愚钝之意，又隐含着丰富的意蕴。中国文化就是这样，一个称谓，往往有多个含义、多重情感倾向。"呆"，有呆笨之意，有拙朴之意；有痴傻之意，有痴绝之意。这位石呆子便异于常人，他禀性非凡。自身都已难保，偏要死护着这些扇子，令人唏嘘不已。我们猜想，这位石呆子该是另一个末世之子的典型吧！因为一般的普通家庭，从何而得这些古扇呢？他没有守住家族的产业，最后什么都没了，还执拗地想守住这二十把古扇，却白白把自己的性命搭上。

贾琏，琏二爷，要风得风，要雨得雨，并不是一个道德楷模，他仗势欺人、欺上瞒下、无情无义的时候多了去了，但在石呆子这件事上，却难得地发出了正义的声音。"老爷拿着扇子问着二爷说：'人家怎么弄了来？'二爷只说了一句：'为这点子小事，弄得人坑家败业，也不算什么能为！'"（页644）两相对照，贾雨村为了能够进一步攀附贾府以便官运亨通，可谓无所不用其极，而贾琏却不把弄得别人家破人亡看作是一件什么值得夸耀的事情。

其实，贾赦对贾琏的不满早已积攒了一段时间，其中还有一个不太好说出口的原因，就是纳鸳鸯为妾而遭所有人反对一事。王熙凤一开始就劝邢夫人，无论是从鸳鸯本人的意愿，还是贾母的态度，此事都是不可能的。贾赦想从鸳鸯的父母入手胁迫鸳鸯，贾琏也告诉他行不通。贾赦恼羞成怒，骂贾琏"下流囚攮的，偏你这么知道，还不离了我这里！"（页622）他甚至怀疑鸳鸯之所以不愿意顺从自己，是嫌弃自己年老，猜疑鸳鸯喜欢的是宝玉，或者就是自己的儿子贾琏。

我们看到，贾赦行止完全不合情理，他恼怒了，不管三七二十一，痛打贾琏；他满意了，高兴了，就拿着自己的喜好标准来拉近与贾琏的父子亲情。第六十九回，贾赦因为儿子在外办事得力，除了奖励一百两银子外，还将自己身边一个十七岁的丫鬟秋桐赏给贾琏为妾。贾赦那里除了丽姬就是丫鬟。丫鬟有可能是未来的丽姬，丽姬差不多都是曾经的丫鬟。贾赦最终没有能够得到鸳鸯，硬是又花了八百两银子买了十七岁的嫣红。不仅如此，他还因为欠孙家五千两银子，最后把女儿迎春嫁给孙绍祖，相当于是嫁女偿债。贾赦被革职抄家后，孙绍祖却仍打发人来向贾政讨要银两。

贾琏呢，后来喜欢上了尤二姐。在贾敬出殡期间，贾珍之妻尤氏请自己娘家继母尤老太太来府中帮忙照看，尤老太带着两个未出嫁的女儿二姐、三姐一起过府，却未成想两个女儿此后皆因情事殒命。

贾琏偷娶尤二姐离不开贾珍、贾蓉父子的怂恿，而这父子二人之所以这样热心，帮着找房子安排外室，不过是因为在女色上，他们乐意共分一杯羹。"自古道'欲令智昏'，贾琏只顾贪图二姐美色，听了贾蓉一篇话，遂为计出万全，将现今身上有服，并停妻再娶，严父妒妻种种不妥之处，皆置之度外了。却不知贾蓉亦非好意，素日因同他姨娘有情，只因贾珍在内，不能畅意。如今若是贾琏娶了，少不得在外居住，趁贾琏不在时，好去鬼混之意。"（页 897—898）

难怪柳湘莲在得知薛蟠和贾琏为自己费心联姻的是宁国府的亲戚后，说："你们东府里除了那两个石头狮子干净，只怕连猫儿狗儿都不干净。我不做这剩忘八。"（页 922）其实，无论是尤氏姐妹，还是贾琏，最后都有洗心革面的决心和行动，奈何白色细布已然在染缸里了，"涅而不缁"，这样的说法，在没有相交、不是知音的人那里，往往是会受到质疑的。柳湘莲的断语，让我们知道贾府已经不仅仅是遭遇公关危机了，而是时时处在负面舆论里。

三、猴子立树梢，打一水果

贾府奴仆里有很多老人。这些老仆为贾府服务多年，他们在贾母等面前是仆，在后辈那里就是半个主子，地位是比较荣尊的。赖嬷嬷便是一个典型例子。"只见一个小丫头扶着赖嬷嬷进来。凤姐儿等忙站起来，笑道：'大娘坐。'又都向他道喜。"（页601）你看，在赖嬷嬷面前，凤姐这样的人物也要赶忙站起来说话打招呼。

赖嬷嬷来请贾母和王熙凤等到自己家里喝酒，因为自己的孙子当上了县官。老太太对孙子的际遇感恩不已，她告诉凤姐等，说自己是这样训导他的："你今年活了三十岁，……长了这么大，你那里知道那'奴才'两字是怎么写的！只知道享福，也不知道你爷爷和你老子受的那苦恼，熬了两三辈子，好容易挣出你这么个东西来。从小儿三灾八难，花的银子也照样打出你这么个银人儿来了。到二十岁上，又蒙主子的恩典，许你捐个前程在身上。你看那正根正苗的忍饥挨饿的要多少？你一个奴才秧子，仔细折了福！如今乐了十年，不知怎么弄神弄鬼的，求了主子，又选了出来。州县官儿虽小，事情却大，为那一州的州官，就是那一方的父母。你不安分守己，尽忠报国，孝敬主子，只怕天也不容你。"（第四十五回，页601—602）从这段文字中，可以看出，贾府的确宽待下人。贾府里的赖嬷嬷夫妇是赖家第一代，贾府奴才；其子赖大、赖二，是第二代，他们分别是荣、宁二府的管家；其孙，第三代，读书识字，捐前程，选为地方官员：一个有着独立门庭的家业开始诞生和振兴。

赖家连着三天在家大摆筵席，谢主子恩典，同时也是自庆自贺，借此炫耀和结交更多亲朋。"那花园虽不及大观园，却也十分齐整宽阔，泉石林木，楼阁亭轩，也有好几处惊人骇目的。"（页632）可与大观园比较的，《红楼梦》里似乎是除了江南甄家，便是赖家了。"好几处惊人骇目的"，把一个贾府奴仆赖家府第一语带过，又着实意味深远。

《红楼梦》里主仆关系有很多层，比如赖嬷嬷进了贾是奴，回到家，自己就成了老太君，是至高无上的主子奶奶，自有赖家的奴仆伺候着。周瑞、林之孝等无不是如此。赖嬷嬷家的花园从何而来呢？靠的是他们两三代人与贾府的主仆关系。然而待到主家失势，家族子侄都分崩离析，更何况与贾府仅仅是主仆关系的赖家呢？

第一一四回，贾政服老太太孝，清客相公们都已辞去，只有个程日兴还在，时常过府走动。程日兴说："我在这里好些年，也知道府上的人那一个不是肥己的。一年一年都往他家里拿，那自然府上是一年不够一年了。"他建议贾政认真彻查一番，"老世翁若要安顿家事，除非传那些管事的来，派一个心腹的人各处去清查清查，该去的去，该留的留，有了亏空着在经手的身上赔补，这就有了数儿了。……此时把下人查一查，好的使着，不好的便撵了，这才是道理。"甚至，他劝告贾政，不便只讲仁德，日子紧巴，即便伸手向这些管家的要，也合情合理，够支撑十年五载的。"我听见世翁的家人还有做知县的呢。"（页1524）贾政不愿意用家人们的钱，那样便意味着彻底败落了，但对于彻查家业田产，他内心是恐惧的，其实，他知道，那些产业怕是早已有名无实，已经被家人们以各种说辞和理由侵占、瓜分了。

第一一七回，贾政扶灵柩南下，贾琏因为接到书信说父亲病重，离家去父亲流放地看望贾赦，家中没了掌家的，一时间荣国府成了匪窝、赌窝。"一日邢大舅王仁来，瞧见贾芸贾蔷住在这里，知他热闹，也就借着照看的名儿时常在外书房设局赌钱喝酒。所有几个正经的家人，贾政带了几个去，贾琏又跟去了几个，只有那赖林诸家的儿子侄儿。那些少年托着老子娘的福吃惯了的，那知当家立计的道理。况且他们长辈都不在家，便是没笼头的马了，又有两个旁主人（指贾芸、贾蔷）怂恿，无不乐为。这一闹，把个荣国府闹得没上没下，没里没外。"（页1555—1556）贾环、贾芸、贾蔷，还有王仁（王熙凤的哥哥）、邢夫人的兄弟，叔辈、同辈、内亲外舅，这些人弄到钱就是王道，甚至把主意打到了巧姐身上，趁着贾琏不在家，打算赶快把事情办成，至于巧姐落在什么人手上，他们可就不管不顾了。

第一一八回，贾政带着母亲的灵柩南下安葬，遇到海疆官兵班师，水路堵塞，行程蹇滞，眼看盘缠不够，便修书一封向赖嬷嬷的孙子求助，差人到赖尚荣任上，借银五百两。可是等了几日，去的人只带回来五十两，是贾政所需的十分之一。贾政非常生气，让人将书信和银两全部都返还赖尚荣。赖尚荣知道这样行事不够妥当，"立刻修书到家，回明他父亲，叫他设法告假赎身出来。于是赖家托了贾蔷贾芸等在王夫人面前乞恩放出。贾蔷明知不能，过了一日，假说王夫人不依的话回复了。赖家一面告假，一面差人到赖尚荣任上，叫他告病辞官。王夫人并不知道"（页1565）。赖家选择的解决办法是，要么辞工，要么辞官。

义仆忠臣人间少有，一旦感觉到危险，自身求安是人之常情，故而，甄家在被抄家后，托付到贾家的包勇，其所作所为才显得难能可贵。当周瑞家的干儿子何三趁贾母出殡府中空虚引来盗贼时，包勇奋力支撑，一人迎战四五人，最终将盗贼赶跑。但他毕竟是外来人，无论是贾赦还是贾政，都没有特别看重过他。包勇眼见着甄家倒了，贾家也走到了难以支撑的地步。

让我们回想一下小说前半部分写的那个最为荣宠的正月，到了月底，元妃从宫里送出来灯谜，让大家猜谜取乐。贾母便乘兴让大家凑到一起写谜面、猜谜底。贾母出的灯谜是："猴子身轻站树梢。——打一果名。"贾政的灯谜是："身自端方，体自坚硬。虽不能言，有言必应。——打一用物。"（页302—303）

贾政随后读谜、猜谜，从元妃的灯谜到惜春和宝钗的灯谜，越看越戚伤，甚至回到房中夜难成寐，佳节之际，怎么大家的谜语都如此不祥？其实，从元妃、贾母到他自己，哪一个灯谜是吉祥的呢？元妃的谜底是爆竹，虽有震天一响，却最终消散全无。

贾母的谜底是荔枝，谐音"离枝"，再加上谜面的描述，不难让人联想到树倒猢狲散的俗语。贾政的灯谜看上去文气雅正，最是读书人的气象，谜底是文房四宝之一的砚台。只是，放在元妃、贾母的灯谜之后和子侄们的灯谜之前，"有言必应"，四个字一下子将所有不祥的灯谜变成了指向明确、必将实现的谶语。

《红楼梦》的文本中有很多这样的智慧游戏，作者频频设置精彩的问题，表达双关的意蕴，一旦我们品读出这些精心设置的妙处，我们便会发现这部小说的魅力所在，更能进一步感受到文字里惊心动魄、摇曳心旌的力量。

同一年的五月份，还是跟贵妃有关系，贾元春希望娘家人代替自己到清虚观打醮祈福。贾母等带着众人浩浩荡荡出发，到了清虚观，自然有很多法事，而贾府但凡有什么活动，日程安排中必定有看戏这一环节。只不过，在清虚观打醮，不是点戏，而是"神前拈戏"。"贾珍一时来回：'神前拈了戏，头一本《白蛇记》。'贾母问《白蛇记》是什么故事？'贾珍道：'是汉高祖斩蛇方起首的故事。第二本是《满床笏》。'贾母笑道：'这倒是第二本上？也罢了。神佛要这样，也只得罢了。'又问第三本，贾珍道：'第三本是《南柯梦》。'贾母听了便不言语。贾珍退了下来，至外边预备着申表、焚钱粮、开戏，不在话下。"（页398—399）此处行文淡淡写来，如流水账，无甚兴味，读来令人昏昏入睡。写完以上文段，来了一句"不在话下"，这意思是就没什么可说的了。其实细读之则不然，这段文字大有深意。其深意处，正在贾母的两个反应：一个反应是"笑"，第二个反应是"便不言语"。

神前拈戏，不知是怎么个具体操作法，是不是就跟现在寺庙里还能看到的"掣签"一样——把戏名写在一个个竹签上，放在一个竹签筒里，摇动竹签筒，摇出来掉在地上的，就是自己命定的因缘？

《白蛇记》，一个开创巨大基业的神迹演绎故事；《满床笏》，一个因战功卓著而荫子富贵的家族故事；《南柯梦》，一个当年显赫一时、最终失宠被驱逐的悲剧故事。贾母在听到拈戏里有《满床笏》时，说"神佛要这样，也只得罢了"，一个老年人享受了一辈子荣华富贵，心里洋溢着的满足的快乐和幸福，又略略感觉到一丝不安，她当然希望家族可以永葆这份尊崇，如果这样花团锦绣的生活是神佛的赐予，那便受享得心安理得了。从《白蛇传》到《满床笏》，寓意正是根基初创到繁茂鼎盛的家族发展轨迹，贾母正喜悦，就听到了《南柯梦》这一戏名，套用贾母刚刚脱口的那句话，"神佛要这样，也只得罢了"，便一下子揭示出最终结局的虚幻和荒凉，真令人心惊肉跳。试想，今日的子孙满堂、锦衣玉食、奴仆成群、高堂华屋，这一切都只不过是一个梦而已！梦幻一场，万事成空。正如甄士隐为《好了歌》做的解注："陋室空堂，当年笏满床；衰草枯杨，曾为歌舞场。"（页18）

　　一株大树，独木可成林。四大家族就是四株这样的大树，最终都走向凋零枯萎。薛家父辈早亡，薛蟠不学无术，后入狱，为搭救薛蟠不死，薛家家财散尽。（第一〇〇回）史家虚架子早已倒塌。第一〇七回，贾母问贾政家事，贾政告知母亲"旧库的银子早已虚空，不但用尽，外头还有亏空。……东省的地亩早已寅年吃了卯年的租儿了"。贾母听了"急得眼泪直淌"，说："怎么着？咱们家到了这样田地了么！我虽没有经过，我想起我家向日比这里还强十倍，也是摆了几年虚架子，没有出这样事已经塌下来了，不消一二年就完了。"（页1441—1442）本来王家还有一个王子腾，却在进京赴任内阁大学士的路上，因受了风寒用药不当而死。

　　那位仰仗贾府，从应天知府升到御史，再到吏部侍郎、兵部尚书，降级三等后又是贾府出力、助他成为京兆尹的贾雨村，却恰是最后落井下石的人，府里抄家的遭际与贾雨村有很大关系。（第一〇七回）

　　几株大树本来枝丫繁茂，形成仕宦生态，小鸟啁啾，吞吐天地，赏悦日月，形成云雨。可一旦根基不稳，大树倾斜，所有原本靠着荫蔽的人，能砍枝的砍枝，能揪叶的揪叶。这里成为反噬者们的一个乐园。

四、漫言不肖皆荣出，造衅开端实在宁

　　说是宁荣二府，实际上小说的故事场景大多在荣国府。较之宁国府嫡脉单薄（贾敬—贾珍—贾蓉），荣国府中子侄相对多一些，此外因为有了大观园，场景便多了很多，大了很多。

第五代有贾兰，但年龄尚小。第四代有贾琏、贾宝玉、贾环等。贾琏捐了同知，不好读书，在府中帮着料理家务。小说情节发展到后面，能够四处应酬、打点内外事务的，也就只有他一个。宝玉呢，宝玉是指望不上的，小说中多次这么提及，贾政自己也这么认为。这个人见人爱、花见花开的男主，诗词吟赋、怜香惜玉自是在行，然而其他一概不管不问。

第五十一回，袭人因母亲病重回家，晴雯不小心生了病，按照府里规矩，宝玉金贵，房间里如有人生病要送出去，以免传染。宝玉他们不想晴雯被送出去养病，便不想告知王夫人等，本来府里是有固定太医的，但现在因要隐瞒实情也不能请，他们只好自己想办法，不知从什么渠道请了医生来，看罢病，需当场支付诊疗费。

宝玉和麝月等便开始找银子。"于是开了抽屉，才看见一个小簸箩内放着几块银子，倒也有一把戥子。麝月便拿了一块银子，提起戥子来问宝玉：'那是一两的星儿？'宝玉笑道：'你问我？有趣，你倒成了才来的了。'麝月也笑了，又要去问人。宝玉道：'拣那大的给他一块就是了。又不作买卖，算这些做什么！'麝月听了，便放下戥子，拣了一块掂了一掂，笑道：'这一块只怕是一两了。宁可多些好，别少了，叫那穷小子笑话，不说咱们不识戥子，倒说咱们有心小器似的。'那婆子站在外头台矶上，笑道：'那是五两的锭子夹了半边，这一块至少还有二两呢！这会子又没夹剪，姑娘收了这块，再拣一块小些的罢。'麝月早掩了柜子出来，笑道：'谁又找去！多了些你拿了去罢。'"（页698）。何谓纨绔子弟？这是最日常、最生活、最细节处的表现了。银两分不出轻重，对钱财完全不上心，出了大门分不清东西南北，到了田野辨不出五谷秧苗。

第四十七回，宝玉在赖家见到柳湘莲，两人好不容易得到一个谈话的机会，一起回忆早已死去的他们共同的好友秦钟，宝玉问柳湘莲是否到秦钟坟上看看，他感慨："我只恨我天天圈在家里，一点儿做不得主，行动就有人知道，不是这个拦就是那个劝的，能说不能行。虽然有钱，又不由我使。"（页633）生活中的一切都不需要自己操心，也没有什么自主权，宝玉如同一只笼中的金丝雀。不过，想必他要真正自主了，该更令贾政等担心生气了吧。

后来，连神仙妹妹林黛玉都开始担心荣国府"后手不接"了，宝玉却很是想得开，"凭他怎么后手不接，也短不了咱们两个人的"。（页857）

第九十四回，脖颈上挂着的从不离身的宝玉莫名丢失，贾宝玉失去了灵光之气，在别人眼里更是时时糊涂，极少清醒。难怪贾政总会忍不住想起自己死去的长子贾珠。

贾环是贾政的第三子，可是众人皆不喜欢他，连丫鬟奴仆也不待见他。凡是重大场合，要么说他生病了，要么说他尚小，他总是错过。于是，他总也见不到大场面，也应付不了大场面。一定会参加的大场面，如祭宗祠，大家都在场，他也只是吃瓜群众一枚。

"我拿什么比宝玉呢。你们怕他，都和他好，都欺负我不是太太养的。"（页273）这话令人心酸，也令人不安。从很小开始，贾环就意识到，自己最大对手是宝玉，最大的敌人是掌家不公平的王熙凤。既是庶出，又是三子，存在感总是低的。在这样的环境里长大，难免会心生嫉恨。他做出的很多事情，都与这份嫉恨之心有关，前有想要用灯油烫瞎宝玉的眼睛，中有各种偷偷摸摸、强要巧夺的行径，后有出主意将巧姐卖给外藩王做丫鬟等。生母赵姨娘死去之后，贾环的心性越发乖离，特别是在巧姐一事上，他心恨王熙凤，报复心越来越重。"不言宝玉贾兰出门赴考。且说贾环见他们考去，自己又气又恨，便自大为王说：'我可要给母亲报仇了。家里一个男人没有，上头大太太（邢夫人）依了我，还怕谁！'"（页1577）他办的每一桩大事小事，

都摆不上台面，巧姐的事最终得来王夫人的一句例行操行评语："赵姨娘这样混帐的东西，留的种子也是这混帐的！"（页1582）

这样的子孙怎可肩负家族重担？

第二回，冷子兴演说荣国府，评论里面有一个大关节需要注意，他说："如今生齿日繁，事务日盛，主仆上下，安富尊荣者尽多，运筹谋画者无一；其日用排场费用，又不能将就省俭，如今外面的架子虽未甚倒，内囊却也尽上来了。这还是小事。更有一件大事：谁知这样钟鸣鼎食之家，翰墨诗书之族，如今的儿孙，竟一代不如一代了！"（页26）所谓旁观者清，冷子兴的话非常有见地，末世之际，钱粮家财日渐出现饥荒，这还不算什么。世间最重要的是人，人是最大的资源，特别是优秀人才。古语云：富不过五代，三十年河东三十年河西，臧极否来，只要后辈中能有芝兰玉树，自能扭转乾坤。然而，贾府没有，贾府没有能够孕育、培养出德才兼备的人物。

第九十二回，神武将军公子冯紫英来拜访贾政，拿来四种洋货，想看看贾府是否愿意购买敬献宫里，其中一件叫"母珠"。将一颗桂圆大的光华耀目的珠子放在盘中央，其余的散珠都会滴溜滴溜滚到大珠身边，粘在大珠上，甚是神奇。其余三件也都是宝物，四件总共要价两万两，奈何此时贾家哪里拿得出这样多的银两来购买这些洋货。想当初只是大观园里的花烛彩灯、帘栊帐幔便花销二万两呢。贾赦也承认："我们家里也比不得从前了，这回儿也不过是个空门面。"（页1281）

几个中老年人闲聊，聊起了仕途上起起伏伏的贾雨村。"冯紫英道：'人世的荣枯，仕途的得失，终属难定。'"（页1282）程乙本里，贾政有一番感慨："天下事都是一个样的理呦。比如方才那珠子，那颗大的，就像有福气的人似的，那些小的都托赖着他的灵气护庇着。要是那大的没有了，那些小的也就没有收揽了。就像人家儿，当头人有了事，骨肉也都分离了，亲戚也都零落了，就是好朋友也都散了。转瞬荣枯，真似春云秋叶一般……'"（见校记［一三］，页1284）

这段话可算是冯紫英版本和贾政版本的《好了歌》解注。贾政想起了江南甄家。"还有我们差不多的人家就是甄家,从前一样功勋,一样的世袭,一样的起居,我们也是时常往来。不多几年,他们进京来差人到我这里请安,还很热闹。一回儿抄了原籍的家财,至今杳无音信,不知他近况若何,心下也着实惦记。"(页1282,下同)殊不知,甄家的遭际正是贾府未来的命运。

"贾赦道:'咱们家是最没有事的。'冯紫英道:'果然,尊府是不怕的。一则里头有贵妃照应,二则故旧好亲戚多,三则你家自老太太起至于少爷们,没有一个刁钻刻薄的。'贾政道:'虽无刁钻刻薄,却没有德行才情。白白的衣租食税,那里当得起。'"这样的家世,要承认自己家门"没有德行才情",也是很不容易的。虽说是在冯紫英面前自谦,但要拉下架子来,也需要直面的勇气。第九十二回这个小场景,兄弟两个谈论荣国府的现状和未来,在另外一个世勋子弟面前,这样平和,这样理性,在小说里面是很少见、很难得的。

宁国府里则自始至终没有见到过类似的自我省察。第五回判词里的诗句值得读者思考:"漫言不肖皆荣出,造衅开端实在宁。"(页79)后面还有一句:"箕裘颓堕皆从敬。"这个"敬"指的就是贾敬。贾敬不管贾珍,贾珍更不从正路上养育贾蓉,到最后抄家败落,整个宁国府只留下了尤氏婆媳们。

五、警示早已出现

宁荣二府里最早意识到家族衰亡的人,居然是秦可卿。秦可卿是《红楼梦》中疑窦最大的一个,从《红楼梦》的版本学研究来看,她的故事在前八十回里是改动最大的,目前的通行本里,文本前后也多有矛盾。我们且不去讨论秦可卿的身世及她到底有没有情爱丑闻,不管怎样,她是金陵十二钗中最早离世的那个。

第十三回，王熙凤睡下，梦中秦可卿来告别，说自己有一心愿，说给别人不行，只能告诉婶子王熙凤才行。这一心愿关乎贾府的未来。秦可卿说："如今我们家赫赫扬扬，已将百载，一日倘或乐极悲生，若应了那句'树倒猢狲散'的俗语，岂不虚称了一世的诗书旧族了！"（页169）

她认定没有什么是可以永保无虞的，贾府也不例外，现在要着手的并不是保护贾府不出事，而是要思虑长远，为注定要来的衰世提前做些准备。"秦氏道：'目今祖茔虽四时祭祀，只是无一定的钱粮；第二，家塾虽立，无一定的供给。依我想来，如今盛时固不缺祭祀供给，但将来败落之时，此二项有何出处？莫若依我定见，趁今日富贵，将祖茔附近多置田庄房舍地亩，以备祭祀供给之费皆出自此处，将家塾亦设于此。合同族中长幼，大家定了则例，日后按房掌管这一年的地亩、钱粮、祭祀、供给之事。如此周流，又无争竞，亦不有典卖诸弊。便是有了罪，凡物可入官，这祭祀产业连官也不入的。便败落下来，子孙回家读书务农，也有个退步，祭祀又可永继。若目今以为荣华不绝，不思后日，终非长策。'"（页170，下同）秦可卿谋划，祖茔和家塾连在一起，在附近多置办田庄，而且还要立规矩，每房轮流掌管此份产业，如此，即便家族败落，贾府祠庙也不会受损，子孙也有退路，不至于烟消云散。在中国传统社会，耕读传家最长久、最安乐。

秦可卿后面还有几句提醒王熙凤的："眼见不日又有一件非常喜事，真是烈火烹油、鲜花着锦之盛。要知道，也不过是瞬息的繁华，一时的欢乐，万不可忘了那'盛筵必散'的俗语。此时若不早为后虑，临期只恐后悔无益了。"先暂且读到这里，不着急往下看，让我们猜测王熙凤的反应，她会怎么接话？她会说些什么？

如果进行角色代入，你是王熙凤，自己又会和秦可卿说什么？秦可卿前后说了两个谕示：其一是贾府必将败落，需要提前谋划；其二是贾府眼前将达到荣华顶峰。我们是全知全能的读者，当然会想，应该问问秦可卿，还有多长时间可以为衰世到来做准备；祖茔在金陵，怎么运作这件事才好；买多少田亩能更好地应对危机，等等。

可是，王熙凤恰恰问的是："有何喜事？"这当然是小说里的情节，却又完全符合生活的逻辑，并且恰恰就是生活的真相。应该要问的那些问题，都是过于理性的，而生活，却往往不按照理性的思维逻辑去迈步。

秦可卿是大智慧，王熙凤是小聪明。王熙凤已经很有优异之才了，她是个实干的行动派，她处理具体事务能够条分缕析，看她协理宁国府，不仅分析宁国府的弊病，还提出切实可行的解决措施，严于律下的同时能够率先垂范。然而她不是谋略家，她算计的都是小利。她以为自己聪明，却不知被人算计去了多少。比如那些一而再再而三的典当。金项圈她就当出去三个，每个当了二百两银子。每一次吩咐去当铺，她都是随口而来喊出一个数字，这个数字的多少，与她眼下需要多少钱有关，至于这物件价值多少，她并不曾想过。最有意味的一个物件，是自鸣钟。

第六回，刘姥姥第一次到王熙凤院里，"刘姥姥只听见咯当咯当的响声，大有似乎打箩柜筛面的一般，不免东瞧西望的。忽见堂屋中柱子上挂着一个匣子，底下又坠着一个秤砣般一物，却不住的乱幌。刘姥姥心中想着：'这是什么爱物儿？有甚用呢？'正呆时，只听得当的一声，又若金钟铜磬一般，不妨倒唬的一展眼。接着又是一连八九下。方欲问时，只见小丫头子们齐乱跑，说：'奶奶下来了。'"（页97）这段文字实在精彩，全以刘姥姥这位乡下老太太的视角去看这个"爱物儿"，她按照自己的生活常识来形容和描述它，它给刘姥姥带来的是慌乱、压抑、惊惶，刘姥姥并不知道这是什么东西，故而此物也一直并没有出现名称。

第七十二回，王熙凤与旺儿媳妇谈及放账、收账等事。凤姐说起自己掌家的不易，要估算府里的日常用度，解决府里的很多问题："前儿老太太生日，太太急了两个月，想不出法儿来，还是我提了一句，后楼上现有些没要紧的大铜锡家伙四五箱子，拿去弄了三百银子，才把太太遮羞礼儿搪过去了。我是你们知道的，那一个金自鸣钟卖了五百六十两银子。没有半个月，大事小事倒有十来件，白填在里头。"（页1000）到这里，我们知道，贾府里称这个为自鸣钟。刘姥姥再来贾府，可就见不着了，王熙凤卖了五百六十两银子。

到第九十二回，又出现了一个自鸣钟，是冯紫英带来的四件洋货之一。"还有一个钟表，有三尺多高，也是一个小童儿拿着时辰牌，到了什么时候他就报什么时辰。里头也有些人在那里打十番的。"（页1279）这个自鸣钟要价不高，五千两银子。买时贵，卖时贱。拿出来换当，自然不可能跟原价一样，但五千两和五百两之间的差距，还是太大了些。王熙凤也是世家小姐出身，又怎知其中获利的门道。

秦可卿虽有嘱托，但王熙凤并未依从嘱托行事。是啊，本来就是一个梦而已，梦醒便大抵都忘却了。

还是第九十二回，贾政让贾琏把洋货拿进去给老太太看看。这一回里，外厅和内室分成两拨，不约而同地讨论家族需要面对的问题。正像电影中的蒙太奇，阅读时，把他们想象成两相交叉着的电影场景，会更有意思。

凤姐表达了自己的观点："东西自然是好的，但是那里有这些闲钱。咱们又不比外任督抚要办贡。我已经想了好些年了，像咱们这种人家，必得置些不动摇的根基才好，或是祭地，或是义庄，再置些坟屋。往后子孙遇见不得意的事，还是有点儿底子，不到一败涂地。我的意思是这样，不知老太太、老爷、太太们怎么样。若是外头老爷们要买，只管买。"（页1280）祭地、坟屋、义庄，不动摇的根基，这就是当年秦可卿的嘱托啊。

"贾母与众人都说：'这话说的倒也是。'贾琏道：'还了他罢。原是老爷叫我送给老太太瞧，为的是官里好进。谁说买来搁在家里？老太太还没开口，你便说了一大些丧气话。'"（页1280—1281）贾母房里，凤姐的建议让贾母和王夫人有了一些心思，可贾琏立即把话头挑了开去，他觉得自己媳妇不懂道理，老太太还没发话呢，她倒说出一大套来，此外，好好的日子不过，反而尽想着退路，特别是当着贾母说什么"不得意"啊，什么"一败涂地"啊，实在是太丧气了。按照老规矩，别说是各种年节要讲忌口，平日里也总是要多说些吉祥话才好。只是这么一讲规矩，正事的讨论便也戛然而止。凤姐有望实施秦可卿的谋略的最后机会也没有了。

其实贾母和王夫人都已经意识到荣国府已力不能支。在第七十五回里，作者用非常细腻的笔触写贾母的餐饭，日常规矩，虽然儿子媳妇并不陪着一起用餐，但各房都有孝敬的菜碟和吃食，丫鬟媳妇们要一一上报贾母，大老爷、二老爷、外头老爷都敬献了什么。贾母慈爱地说，以后就都蠲免了吧。贾母喜欢将自己未吃完的餐饭特别指赐给具体的人，以示这一两天对某几个人的特别关照和体贴。

这天，贾母吃的是红稻米粥，尤氏来见贾母，一并在这里用餐。"因见伺候添饭的人手内捧着一碗下人的米饭，尤氏吃的仍是白粳米饭，贾母问道：'你怎么昏了，盛这个饭来给你奶奶。'那人道：'老太太的饭完了。今日添了一位姑娘，所以短了些。'鸳鸯道：'如今都是可着头做帽子了，要一点儿富馀也不能的。'王夫人忙回道：'这一二年旱涝不定，田上的米都不能按数交的。这几样细米更艰难了，所以都可着吃的多少关去，生恐一时短了，买的不顺口。'"（页1044—1045）

这样的细节在小说后半部分里有很多。如第五十三回里贾珍思量着荣国府的日子不好过；第七十二回里，贾琏和鸳鸯商量拿出贾母的东西去变卖，林之孝作为管家也为府里担心。正如西方宗教文化里的末日预言，末日并不是突然到来的，它不是某一个时间点，而是一个时间段。贾府的末世已经无声无息地到来了。

第一〇一回，王熙凤到大观园去探望即将远嫁的探春。她本来是带着丫鬟丰儿和小红的，中途因事，这二人都被她暂时打发了去。眼前的大观园，早没了昔日的热闹，树影重重，杳无人声，阴森凄冷。

先是一只瞪着灯光般眼睛的大狗把她吓了一大跳。惊魂未定之际，就在她快要到秋爽斋门口的时候，恍恍惚惚中听到身后有人说话，她竟遇见早已死去的秦可卿。秦氏对她说："婶娘只管享荣华受富贵的心盛，把我那年说的立万年永远之基都付于东洋大海了。"（页 1378）王熙凤只觉眼前的人儿貌美俊俏，身材风流，虽是眼熟，但又惊又惧之间，竟想不起她就是秦可卿。

《红楼梦》开篇言，"闺阁中本自历历有人"，书中的女子识见多高过男性。王熙凤再有千般错误，也并不是贾府没落衰败的直接责任人。

六、世袭罔替的欺骗性

甄家有包勇，贾家有焦大。焦大骂主子，是一个经典镜头。其实，他先骂的是宁府大总管赖二，把好差事给别人，让自己深更半夜地去送秦钟。贾蓉说了他几句，他就把贾蓉也骂进去了。"别说你这样儿的，就是你爹、你爷爷，也不敢和焦大挺腰子！不是焦大一个人，你们就做官儿享荣华受富贵？你祖宗九死一生挣下这家业，到如今了，不报我的恩，反和我充起主子来了……"趁着酒醉，焦大越骂越来劲："我要往祠堂里哭太爷去，那里承望到如今生下这些畜牲来！每日家偷狗戏鸡，爬灰的爬灰，养小叔子的养小叔子，我什么不知道？咱们'胳膊折了往袖子里藏'！"（页 114）

有两个人是见证过贾府荣华富贵的来处的，一个就是这位当年从死人堆里把太爷背出来、自己豁出命来救了主子的义仆焦大，还有一个是清虚观的张道长。

贾府的确是宽待下人，不过，却不够宽待焦大。这样对焦大，不是齐家之良策。焦大虽有倚功之态，但那是因为他没有得到贾府后人的尊重和礼遇。作为历史的亲历者，有很多事情无法与后人分享。电影《集结号》里，努力证明自己的战友当年牺牲在战场上，而不是下落不明（包括被怀疑是逃兵），成为了活着的人的责任和使命。谷子地在当年的战场、如今的煤场里使劲挖，拼了命地挖，凭着记忆要找到牺牲的战友。看到现在的挖煤工人拿着当年战友的头盔当尿壶，他怒不可遏。焦大和谷子地一样，他们不知道过去的就永远过去了，再英烈再忠勇，也都过去了。贾珍贾蓉等不知道，也不愿去了解，他们的今天是用怎样的昨天换得的。现实就是这样残酷。

对待焦大的态度，其实在很大程度上，体现了后代子孙对祖先的一个态度。只此一点，我们就可以断定，贾府的没落是必然的。慎终追远不能只表现在仪式化的礼节上，还要表现在生活中的方方面面，特别是表现在对人的情感上。从焦大的功劳来推测，贾府是依靠军功而封爵的。第六十三回里，还有一处细节的补充交待："究竟贾府二宅皆有先人当年所获之囚赐为奴隶，只不过令其饲养马匹，皆不堪大用。"（页878）

贾府宗祠上的御笔亲书表达了朝廷对贾府的感激与表旌之情。"勋业有功昭日月，功名无间及儿孙。""已后儿孙承福德，至今黎庶念荣宁。"荣宁二公敕建府第，爵位世袭。不过，细读文本，会发现，世袭的真实情况，与我们自己主观想象的不太一样。爵位的世袭是依代递减的。

第十三回，贾珍为了让秦可卿的出殡更风光一些，便想办法托门路，花了一千二百两银子，给贾蓉捐个好前程，以便灵幡经榜上挂出来时好看、有排场。捐前程需要先上报个人信息。以前的叫法，现在也还在用，就是履历。于是，我们看到了有关贾蓉身世的官方正式的表述方式。"江南江宁府江宁县监生贾蓉，年二十岁。曾祖，原任京营节度使世袭一等神威将军贾代化；祖，乙卯科进士贾敬；父，世袭三品爵威烈将军贾珍。"（页174）

宁国公一宅的世袭是这样：宁国公——世袭一等神威将军——世袭三品爵威烈将军（本为贾敬世袭，因贾敬在外修道，袭给贾珍）。所以，宁国公只有一个，就是贾演。荣国公也只有一个，就是贾源。子孙们的世袭不仅递减，而且一般只承袭三代。

我们看送殡的人里面有当初"八公"之另外六公的后代，从他们的称号中也能看出同样的信息。"那时官客送殡的，有镇国公牛清之孙现袭一等伯牛继宗，理国公柳彪之孙现袭一等子柳芳，齐国公陈翼之孙世袭三品威镇将军陈瑞文，治国公马魁之孙世袭三品威远将军马尚，修国公侯晓明之孙世袭一等子侯孝康；缮国公诰命亡故，故其孙石光珠守孝不曾来得。这六家与荣宁二家，当日所称'八公'的便是。"（页189）

这六公，第一代爵位为公，到现在来参加贾府丧礼的是第三代，看他们的封号，有的是伯，有的是子，有的是三品将军。到第四代，依照朝廷惯例，子弟必须要依靠奋发读书，自己谋取仕进了。这正是贾政每每由于宝玉不好好读书而焦虑的原因。

秦可卿出殡的队伍中，还有一位极尊贵秀丽的北静王水溶，他特别召见宝玉，并告诫贾政："只是一件，令郎如是资质，想老太夫人、夫人辈自然钟爱极矣；但吾辈后生，甚不宜钟溺，钟溺则未免荒失学业。昔小王曾蹈此辙，想令郎亦未必不如是也。"（页192—193）也是因为真喜爱宝玉才出此真诚之语。

说起学业，宝玉似乎没怎么正儿八经上过学。即便上学，我们也知道那校长为贾代儒、班主任为贾瑞的家学是怎样的一种学习氛围。"原来这贾家之义学，离此也不甚远，不过一里之遥，原系始祖所立，恐族中子弟有贫穷不能请师者，即入此中肄业。凡族中有官爵之人，皆供给银两，按俸之多寡帮助，为学中之费。特共举年高有德之人为塾掌，专为训课子弟。"（页132）这样的家族，自当看重子弟的教育，义学设置初衷正在于族里互有济助，子弟皆可求学。然而现实情况是："原来这学中虽都是本族人丁与些亲戚的子弟，俗语说的好：'一龙生九种，九种各别。'未免人多了，就有龙蛇混杂，下流人物在内。"（页133）

贾代儒并没有意识到家学和教育的意义和价值。宁荣二府的当家人也并未在这上面真正花些心思，下些气力。

我们再来看贾府世系表时，会有一些新的发现：

第一代	第二代	第三代	第四代	第五代
宁国公贾演	长子:贾代化袭官	长子:贾敷（八九岁夭折）		
		次子:贾敬（好道）袭官	贾珍袭官	贾蓉
	二房		亡	贾蔷
	三房			贾芹贾芸
	四房		贾璜（金氏）	
荣国公贾源	长子:贾代善袭官	长子:贾赦袭官	长子:贾琏	无子一女巧姐
			次子:贾琮	
		次子:贾政	长子:贾珠（已亡）	贾兰
			次子:贾宝玉	
			三子:贾环	
	贾代儒	子亡	贾瑞	
			亡（娄氏）	贾菌
				贾菖贾菱

最右列是第五代。先来看第五代，名姓故事俱齐的，贾蔷父母双亡；贾芹父亲早死；贾芸父亲早死；贾兰父亲早死；贾菌父亲早死。按照子又生孙、孙又生子的生育规律来看，第四代、第五代应该是贾府人数最多的。可是，贾府第四代早死的概率之大却超乎寻常。这不仅意味着人丁的零落，也意味着，第五代是缺失父亲的一代。在他们的成长中，父亲不在场，庭训几无。第三代人本是家族的顶梁柱，然而贾敬、贾赦等完全没有父亲应该有的样子。从这张世袭表上，我们可以总结出

这样的结论：

三世不能垂范，四世大多缺失，五世流于失教。

《红楼梦》是一本什么样的书，它在为一个家族作传，在为一个走向没落的簪缨世家摹影写形，在为人间世事提供一个通鉴，在向天下所有子弟提出警示。

我们看到了一个华丽家族的转身、谢幕：人丁衰落，父辈早亡；家教缺失，义学混乱；家大族大，各怀心思；坐吃山空，反噬根基；不思后日，终于沉沦。真如孔尚任《桃花扇》中"哀江南"的那段唱词："俺曾见金陵玉殿莺啼晓，秦淮水榭花开早，谁知道容易冰消。眼看他起朱楼，眼看他宴宾客，眼看他楼塌了。"①

当然，现在《红楼梦》通行本的故事结局是：抄家之后天恩浩荡，宁国府贾珍免罪，仍世袭；贾赦免罪；贾政世袭荣国世职，丁忧期满，仍升工部郎中；所抄家产，全部赏还；贾宝玉虽然出家，但参加科考考取第七名，圣上赏了一个"文妙真人"的道号，薛宝钗怀有了身孕；贾兰也考中，名列第一百三十名。贾府除却人口少了几个（贾母、王熙凤等）之外，似乎只是做了一场噩梦，噩梦醒来，生机焕然。

然而，天道哪有这样的好轮回。第六回，《红楼梦十二支曲》之《收尾·飞鸟各投林》，最后一句"好一似食尽鸟投林，落了片白茫茫大地真干净"（页86），其音不绝如缕，响彻全书。

涉及回目

① 孔尚任.桃花扇[M].北京：人民文学出版社，1959：260.

阅读问题

《红楼梦》第二回中，讲到贾雨村曾在扬州郊外走进一个破败庙宇，名为"智通寺"，寺门两侧有破旧对联："身后有馀忘缩手，眼前无路想回头。"请你结合相关人物和情节，谈谈自己对这一对联的领悟。

阅读要求

请继续阅读至第四十五回。

阅读推荐

1.《桃花扇》，孔尚任

2.《简·爱》，[英]夏洛蒂·勃朗特

第六讲
十二金钗细思量

这些女子们的生命体验似乎被整个天地自然的四季流转所牵连，她们每个人都特别在意生命中每一丝每一痕的消亡，她们会为了一点点改变而有所触动。

憨湘云醉眠芍药裀

一、此部大书的书名

作者在开篇便写明，此书为肺腑之言，忏悔之笔，血泪为之："当此，则自欲将已往所赖天恩祖德，锦衣纨袴之时，饫甘餍肥之日，背父兄教育之恩，负师友规训之德，以至今日一技无成、半生潦倒之罪，编述一集，以告天下人：我之罪固不免，然闺阁中本自历历有人，万不可因我之不肖，自护己短，一并使其泯灭也。虽今日之茅椽蓬牖，瓦灶绳床，其晨夕风露，阶柳庭花，亦未有妨我之襟怀笔墨者。"（页1—2）《红楼梦》乃作者罪己录，同时还是闺阁女子的传记。

小说接着引出石头的故事和一僧一道携石头历世的说法，之后是空空道人偶然经过，发现了石头显字、石头说话的神幻，空空道人将石头上的文字抄录下来，是为"石头记"。"从此空空道人因空见色，由色生情，传情入色，自色悟空，遂易名为情僧，改《石头记》为《情僧录》。东鲁孔梅溪则题曰《风月宝鉴》。后因曹雪芹于悼红轩中披阅十载，增删五次，纂成目录，分出章回，则题曰《金陵十二钗》。并题一绝云：满纸荒唐言，一把辛酸泪。都云作者痴，谁解其中味！"（页6—7）

这部小说，最重要的两个名字，便是"石头记"和"金陵十二钗"了。前者正与罪己录相对应，后者则与闺阁女子传记相呼应。两者合在一起，意思便是石头入世历幻，一无所成，悔恨不已，但见识到女子的灵秀风范，以书表彰之。中国古人有立德立功立言之说，无德无功，便借着自己和女子们的故事立言了。故而，《红楼梦》女性形象众多，落墨处大多在宁荣二府"兽头大门"之内，厅殿楼阁之间，内院闺阁之中。

《红楼梦》里有众多大场景，经典的如秦可卿出殡、元妃省亲、端午打醮、除夕大祭、中秋夜宴等。大场景里场面纷繁热闹，出场人物众多。特别是贾母，即便不是什么特定日子，身边也时时都是一大群人，丫鬟仆妇、儿子媳妇、孙子孙女，老太太又喜欢热闹，似乎只有睡觉的时候，才不那么前呼后拥。其他太太小姐们也一样，身边总是跟着人。这些人，也多是内帏的女性。

我们来看一下贾府千金小姐主子们的标配。第三回里有这样的文字，"黛玉只带了两个人来：一个是自幼奶娘王嬷嬷，一个是十岁的小丫头，亦是自幼随身的，名唤作雪雁。贾母见雪雁甚小，一团孩气，王嬷嬷又极老，料黛玉皆不遂心省力的，便将自己身边的一个二等丫头，名唤鹦哥者与了黛玉。外亦如迎春等例，每人除自幼乳母外，另有四个教引嬷嬷，除贴身掌管钗钏盥沐两个丫鬟外，另有五六个洒扫房屋来往使役的小丫鬟。当下，王嬷嬷与鹦哥陪侍黛玉在碧纱橱内。"（页51）

林黛玉虽然是巡盐御史林如海的掌上明珠，但进入贾府后，相较贾府的派势就比较寒素了，想来她的父母林如海和贾敏，虽有条件铺排享受，但并不特别在意这些，或者因为林家封侯袭爵五六世之后，已经经历了小说后半部分贾府的况味。进了贾府的林黛玉深得贾母怜惜宠爱，起居用度一例与亲孙女看齐。

贾府迅速为林黛玉做出如下安排：1个自幼乳母，4个教引嬷嬷，两个丫鬟贴身侍候，5—6个粗使丫鬟，"外亦如迎春等例"。也就是说，迎春等贾府小姐们每个人的仆妇标配不低于12人。这12个人在各房里分散着，主子的数量再乘以十二，才可以得出仆妇的总数量，做完这一道算术题，就得到了荣国府常住人口的大概数目。这还不算各个门上的守门仆役，还有贾政等人供养着的清客相公们。

第二十九回，贾府要打平安醮，去清虚观拈香祈福。贾母率领荣国府所有家眷出门，场面非常壮观。"荣国府门前车辆纷纷，人马簇簇。……少时，贾母等出来。贾母坐一乘八人大轿。李氏、凤姐儿、薛姨妈每人一乘四人轿。宝钗、黛玉二人共坐一辆翠盖珠缨八宝车。迎春、探春、惜春三人共坐一辆朱轮华盖车。"（页392，下同）估计荣国府总管为这趟出行总得忙活几日，方能安排妥帖。出行用具显示了等级礼法。贾母位尊，坐八人大轿，其他人的规格从四人轿到车，由高而低。

　　若只是这几个人出行，那就不是《红楼梦》了。"然后_____的丫头鸳鸯、鹦鹉、琥珀、珍珠，_____的丫头紫鹃、雪雁、春纤，_____的丫头莺儿、文杏，_____的丫头司棋、绣桔，_____的丫头待书、翠墨，_____的丫头入画、彩屏，_____的丫头同喜、同贵，外带着香菱、香菱的丫头臻儿，_____的丫头素云、碧月，_____的丫头平儿、丰儿、小红，并_____两个丫头也要跟了凤姐儿去的是金钏、彩云，奶子抱着大姐儿带着巧姐儿另在一车，还有两个丫头，一共又连上各房的老嬷嬷奶娘并跟出门的家人媳妇子，乌压压的占了一街的车。"

　　看着这些名字，是不是有点儿眼晕？请你根据自己在阅读中掌握的信息，尝试在横线上填写出主子们的名字吧。

二、那些丫鬟们的名字

　　丫头们起什么样的名字，往往与主子的性情、想法、学识相关。这些小姑娘也许原来有名字，当然八成是没什么正经的名字，一旦被卖进贾府，自然就由主子来赐名了。丫头也分等级，一般分三等，二等，一等。粗使丫头根本没有机会进入主子房内伺候，端茶倒水这样的事务不是一般丫头能轮得上的。小红最开始是宝玉怡红院里的，但只是负责在院里抬水烧茶炉子浇花等，本是没有机缘走近宝玉的。有一次宝玉要茶，小红见左右没有人应差，就进屋倒了茶水给宝玉，赶回来的秋纹、碧痕撞个正着，小红被臭骂了一顿。秋纹、碧痕这两个二等丫头说："没脸的下流东西！……你也拿镜子照照，配递茶递水不配！"（页331）

贾母将自己身边的一个二等丫鬟鹦哥给了黛玉，黛玉应该是不喜欢这样的丫鬟名字，就为她改名紫鹃了。这个名字令人想起诗文里的典故，如杜鹃啼血、望帝啼鹃，令人不禁联想到后来黛玉的以泪洗面、咳嗽咯血；前面又有一"紫"字，紫作为一种色彩，在中国传统文化中代表高贵。贾母又将自己身边的婢女名唤珍珠的给了宝玉，宝玉因其姓花，又有诗句"花气袭人知昼暖"，便回禀贾母，改其名曰袭人。

从丫鬟的名字也可以看到主子的影子。

林黛玉的丫鬟一个是紫鹃，一个是雪雁，这两个是她的贴身丫鬟。紫鹃刚才已经说过了，而雪雁呢，大雁秋冬南飞，可这名字却偏偏前面有"雪"字。黛玉还有一个丫鬟名叫春纤，虽然诗意，但也有细弱之意。总之，似乎都在寓意着黛玉的身世命运和敏感、孤傲的性格特点。

王熙凤是掌家孙媳妇，她能说会道，会察言观色，会使手段，但因为不识字、不曾读书，识见毕竟是低了一些，她给丫鬟起名都用极普通的字眼，平儿、丰儿、小红，叫着顺口就好。薛姨妈和王夫人是亲姐妹，都是大家族里的中年贵妇，求平稳、求富贵、求喜庆，薛姨妈的丫鬟就叫同喜、同贵，王夫人的是金钏、彩云。贾母年老，最喜欢和乐一堂，她喜动不喜静，爱玩儿，会玩儿。林黛玉进贾府，看到外祖母的正房大院里，"正面五间上房，皆雕梁画栋，两边穿山游廊厢房，挂着各色鹦鹉、画眉等雀鸟"（页38）。这里无论清晨傍晚，一定是风景秀丽，万籁有声，鸟鸣蝶舞的。她的丫鬟名字好几个干脆就是禽鸟的名字，她还喜欢金玉等象征财富和地位的宝贝，故而也将这些直接作为丫鬟的名字。李纨早寡，求心静，求素淡，她的丫鬟的名字叫起来，便是一片清冷淡雅，没有色彩，也不讲温度。素云、碧月，很合乎她的生活意境。薛宝钗丫鬟的名字，莺儿姓金，与金玉良缘里的"金"有关的，不仅有宝钗颈上的金项圈，还有这个丫鬟。按照惯例，薛宝钗如果嫁给贾宝玉，一定有随嫁的丫鬟，而这随嫁的丫鬟，也有可能成为丈夫的小妾。莺儿和文杏，这两个名字俗中含雅，用字平易。薛宝钗还给另外一个人起了名字，那就是香菱，香菱非常喜欢这个名字。后来薛蟠之妻夏金桂挑事儿，说菱有什么香气呢。香菱却说，草木花叶的清香是需要用心去体会的，荷叶莲蓬、菱角、苇叶在清晨深夜之时散发出来的清香，比花香还更让人神清气爽。夏金桂则蛮横地强调，桂花才是香的，愣是将香菱改为了秋菱。

　　贾府小姐的丫鬟名字也有一些说法，需要我们读到更多细处方能体会得到曹雪芹的巧思。迎春、探春、惜春贴身丫鬟分别是司棋、待书、入画。第十八回，贾元春省亲，与祖母、父母、兄弟姐妹见面，还有一人也赶忙上来叩见，就是元春带进宫里去的丫鬟抱琴。四春元、迎、探、惜的丫鬟名字，合在一起是"琴棋书画"。而三春进了大观园后，在自己房间里各自消磨时光的生活情趣也分别是下棋、写字、画画。

　　你看，哪怕是给小说中的丫鬟们取个名字，《红楼梦》里也是这么讲究，前后情节有照应、有补充，处处显出精细来。

三、到底是哪十二个女子

　　一部大书，其中女子甚多，主子丫鬟难以计数，重点写哪些人呢？

　　我们随便一列，贾母、王夫人、邢夫人、尤氏、王熙凤、李纨、贾元春、贾迎春、贾探春、贾惜春、秦可卿、林黛玉、薛宝钗、史湘云、袭人、香菱、晴雯等，就远远超过这个数字，光是前面那段文字，出门的主子就有九位，跟着的丫鬟已近三十个了。作为读者，我们惯常会认为，哪些是重要人物，应该看出场次数的多少，以此为标准便可判断。请拿出纸笔，尝试列出自己认为《红楼梦》中重要的女性形象。

　　第五回，我们跟着贾宝玉到了太虚幻境，随着他看了金陵十二钗图册，却未免仍感头绪混乱，细数十二钗，一时恐怕还是有点挠头。

"宝玉一心只拣自己的家乡封条看，遂无心看别省的了。只见那边厨上封条上大书七字云：'金陵十二钗正册'。宝玉问道：'何为"金陵十二钗正册"？'警幻道：'即贵省中十二冠首女子之册，故为"正册"。'宝玉道：'常听人说，金陵极大，怎么只十二个女子？如今单我家里，上上下下，就有几百女孩子呢。'警幻冷笑道：'贵省女子固多，不过择其紧要者录之。下边二厨则又次之。馀者庸常之辈，便无册可录矣。'宝玉听说，再看下首二厨上，果然写着"金陵十二钗副册"，又一个写着'金陵十二钗又副册'。"（页74—75）其实不止十二个，这里分作三橱，便有三十六个了。正册、副册、又副册，依"紧要"程度依次排序。十二钗图册里，每一个人的性情和命运都表述为两个部分，其一是图画，其二是图画下的词句，词句有一个专有名称，叫判词。

　　宝玉最先打开的并不是正册，而是又副册。首页上的图画是"满纸乌云浊雾"，后面有几行字迹。"霁月难逢，彩云易散。心比天高，身为下贱。风流灵巧招人怨。寿夭多因毁谤生，多情公子空牵念。"（页75，下同）接下去，图画是"一簇鲜花，一床破席"。词句是这样的："枉自温柔和顺，空云似桂如兰；堪羡优伶有福，谁知公子无缘。"图画和词句运用了多种手法，字意解说、谐音、图画寓意等，明确地指向女性的名字，并预示了她的结局和命运。"霁月""彩云"，暗含了晴雯的名字。晴雯重病之际被赶出贾府，很快一命呜呼，宝玉沉浸于悲痛中，为她写了一篇《芙蓉女儿诔》，聊表慰藉。图画上的鲜花和席子，暗含了花袭人的名字。袭人很早就将自己完全托付给了贾府，先是一心扑在贾母身上，之后又一心扑在宝玉身上，她对于宝玉有美好的情感和姻缘寄托，只是到头来还是与蒋玉函结合。排在又副册之首的是晴雯，排在又副册第二的是袭人。

　　之后，宝玉打开了副册橱门。拿出图册，打开看到的图画，是一株桂花在上面，下面一个干涸的池塘，莲枯藕败。其词曰："根并荷花一茎香，平生遭际实堪伤。自从两地生孤木，致使香魂返故乡。"（页

75—76）从判词的第一句上看，我们便知是香菱。香菱的命运最是凄惨，先是被人贩子偷走，之后被卖，再被薛蟠抢走，最后又被薛蟠娶的夏金桂折磨虐待。

副册的排序要优于又副册，问题是，按照我们的主观判断，如果依"紧要"程度而言，香菱怎么会比袭人和晴雯靠前那么多呢？同时，又副册里，袭人排在晴雯之后，晴雯怎么又会比袭人紧要呢？我们知道，袭人一回家，怡红院都乱套了。

最"紧要"的"十二冠首女子"，排在正册。正册上的十二个女性都是谁呢？我们可以向自己提出进一步的阅读要求，请列一列自己心目中的正册十二钗吧。大多数人在完成这一任务时，发现自己很难一下子全部写出来。因为不确定，便开始凑数。在列出来的名单中，林黛玉、薛宝钗、史湘云和王熙凤，基本都会名列其中，后面的就开始有出入。能写出李纨的不多，很少有人能写出巧姐。此外，袭人、晴雯、紫鹃等这些丫鬟，也可能会被排在正册里。

那红楼正册十二钗究竟是哪些人呢？原来是：薛宝钗、林黛玉、贾元春、贾探春、史湘云、妙玉、贾迎春、贾惜春、王熙凤、贾巧姐、李纨、秦可卿。

入选正册的标准是什么？副册、又副册的区分标准又在哪里？

四、从情天孽海而来的贵族之女

讨论十二钗，还要从记录收藏它的地方入手。宝玉受警幻仙姑的邀请，来到太虚幻境。"转过牌坊，便是一座宫门，上面横书四个大字，道是：'孽海情天'。……当下随了仙姑进入二层门内，至两边配殿，皆有匾额对联，一时看不尽许多，惟见有几处写的是：'痴情司''结怨司''朝啼司''夜怨司''春感司''秋悲司'。……抬头看这司的匾上，乃是"薄命司"三字，两边对联写的是：春恨秋悲皆自

惹，花容月貌为谁妍。"（页73—74）

不管正册还是副册，宝玉读到的金陵十二钗图册都出自"薄命司"。欧阳修的《再和明妃曲》中诗云："明妃去时泪，洒向枝上花。狂风日暮起，飘泊落谁家。红颜胜人多薄命，莫怨春风当自嗟。"红颜多薄命，成了一句俗语，流布甚广。且看薄命司门口两侧的对联。"花容月貌"，这些女子容貌出众，各具风情；"为谁妍"，可是最终坎坷一生，没有什么好归宿。"春恨秋悲"，她们情感细腻，心思敏感深沉，内心常感悲凉和伤感；"皆自惹"，在外人看来，她们已经千好万好，怎么会有悲恨之情呢？所谓"知我者为我心忧，不知我者谓我何求？"这副对联从世人眼光，对这些女子们做了评价，惋惜又略有不解。

在这一点上，最突出的便是林黛玉了。看大观园中的几次诗社雅集，林黛玉的应制诗文总是显得那么灵透深婉，既透出广览细研的阅读积累，又表现出她心性灵透的风流才情。

第三十七回，海棠诗社第一次雅集，林黛玉的咏白海棠诗在情思上独高一筹。"半卷湘帘半掩门，碾冰为土玉为盆。偷来梨蕊三分白，借得梅花一缕魂。月窟仙人缝缟袂，秋闺怨女拭啼痕。娇羞默默同谁诉，倦倚西风夜已昏。"（页492—493）她将白海棠的冰清玉洁、千愁万绪写了出来。苏轼有《红梅三首》，第一首中的前四句是这样的："怕愁贪睡独开迟，自恐冰容不入时。故作小红桃杏色，尚余孤瘦雪霜姿。"诗歌以拟人手法，自诉红梅与世周旋的委屈与坚守。林黛玉的《咏白海棠》却刻意抒发了自己的特立独行，"碾冰为土玉为盆"，将一份独守自赏推向了极致，哪怕知音不赏，也要在秋夜月色中将那种白色和幽香显于天地之间。难怪李纨评论林诗"风流别致"有余，"含蓄浑厚"不足。第二次雅集，林黛玉的《咏菊》《问菊》再次拔得头筹。（第三十八回）而她的一首《葬花吟》更是将惜春伤己、与天地万物同感共生的思绪表达得回肠九转。

第二十七回有一段文字，可看出黛玉的性情。"紫鹃雪雁素日知道林黛玉的情性：无事闷坐，不是愁眉，便是长叹，且好端端的不知为了什么，常常的便自泪道不干。先时还有人解劝，怕他思父母，想家乡，受了委曲，只得用话宽慰解劝。谁知后来一年一月的竟常常的如此，把这个样儿看惯了，也都不理论了。所以也没人理，由他去闷坐，只管睡觉去了。那林黛玉倚着床栏杆，两手抱着膝，眼睛含着泪，好似木雕泥塑的一般，直坐到二更多天方才睡了。"（页362）连身边最亲近的丫鬟都不能理解林黛玉哪里来的这么多愁绪，这么多眼泪。

再比如贾元春。《红楼梦》女性形象里，地位最高的就是贾元春，按世俗眼光来看，她几乎已经到达人生巅峰了吧？先是做了女史，接下去被皇帝看中，提拔为妃子，有了封号，准许她回家省亲，恩宠在身。在传统社会里，对于一个女子而言，再往上的地位就是皇后了。在世人眼里已是不能再好了。我们在其他作品里很少能够读到贵妃内心的真正感受。《红楼梦》里，贾元春正面出场的机会很少，大多数时候是侧面记叙：从宫里传来消息，她被选中了；宫里传信，她身体不舒服了。元妃成为贾府社会地位的象征符号之一。第十八回，元妃回到贾府，省亲车驾出园以后，她来到贾母正室，我们看到一个真实感人的家人团聚的场面。

"贾妃<u>满眼垂泪</u>，方彼此上前厮见，一手挽贾母，一手挽王夫人，三个人满心里皆有许多话，只是俱说不出，只管<u>呜咽对泣</u>。邢夫人、李纨、王熙凤、迎、探、惜三姊妹等，俱在旁围绕，<u>垂泪无言</u>。"（页239）贾政来行礼，元妃隔帘含泪说："田舍之家，虽齑盐布帛，终能聚天伦之乐；今虽富贵已极，骨肉各方，然终无意趣！"（页240）读这些文字，泪水氤氲。

贾元春对自己的身世有很多悲愁之感，她将皇宫形容为"那不得见人的去处"（页239）。元春见到父母，每每痛哭，小说后面写她病了，病重之际，也需皇帝发布诏令，才得以让自己的亲属进宫见上一面。贾元春在整部小说中，正面出现的次数很少，却足以让我们揣想她宫中生活的凄凉孤苦。

读第二十三回，这段文字是这样说的："如今且说贾元春，因在宫中自编大观园题咏之后，忽想起那大观园中景致，自己幸过之后，贾政必定敬谨封锁，不敢使人进去骚扰，岂不寥落。况家中现有几个能诗会赋的姊妹，何不命他们进去居住，也不使佳人落魄，花柳无颜。"（页309）贾元春在宫中自编大观园题咏，无人和，无人睬，当日省亲之景之情无人可诉，倘若大观园空置，与自己在宫中的境况何异？没有人欣赏，没有人歌咏，那不正是"寂寞开无主"吗？在她心里，一定认为春花秋月自当珍惜，最好还能做到"只恐夜深花睡去，故烧高烛照红妆"。《红楼梦》里恰好有人化用了苏轼《海棠》中的这两句诗。"黛玉笑道：'"夜深"两个字，改"石凉"两个字。'众人便知他趣白日间湘云醉卧的事，都笑了。"（页871）芍药盛开，众人雅坐，行令赋诗，醉罢卧于花丛，酒意甚浓时仍然口吐妙言。史湘云的海棠醉卧，想必元春应当同样欢喜、认可这一美好的意境。大观园从何而来？大观园由元妃赏赐而来。贾元春赞姐妹才情，惜园林空置，她认为，世间之美需珍惜，需歌咏。因此，由省亲别墅到大观园，从某种程度上说，是元妃的春恨秋悲成就了宝玉们的青春梦幻。

第七十六回，贾母率众人在山上凸碧堂宴饮赏月，黛玉和湘云两人在众人散去后，于安静的月色下联诗。他们在凹晶馆的卷棚下聊天。湘云说："贫穷之家自为富贵之家事事称心，告诉他说竟不能遂心，他们不肯信的；必得亲历其境，他方知觉了。就如咱们两个，虽父母不在，然却也忝在富贵之乡，只你我竟有许多不遂心的事。"黛玉也感叹："不但你我不能称心，就连老太太、太太以至宝玉、探丫头等人，无论事大事小，有理无理，其不能各遂其心者，同一理也，何况你我旅居客寄之人哉！"（页1063）

刘姥姥说，瘦死的骆驼比马大，贾府拔一根汗毛比她的腰还粗。（第六回）旺儿媳妇感叹，贾府任何一位太太的头面衣裳，折卖了都够普通人过一辈子的。（第七十二回）倘若只要解决吃穿住行的生计问题，就可以算是生活美满，那么动物园里的动物、笼子里的飞鸟便是最好的幸福标杆了。安身不易，安身也最易。

春恨秋悲是花前月下的悲叹，情丝绵长，为花叹，为情叹，为无来由的快乐和悲愁叹，为自己不由人愿的命运叹。这些情绪的发起由自己内心而来，需要自己的内心慢慢化解，难以化解便积郁下来。

这些女子的生命体验似乎被天地自然的四季流传所牵连，她们每个人都特别在意生命中每一丝每一痕的消亡，她们会为了一点点改变而有所触动。或者换句话说，一个人内心敏感，恰恰是因为她们把自己与这个世界联系得太过紧密，同时，又因为她们像古希腊神话传说中的水仙花一样自怜自爱。

五、妙玉的身世

妙玉何以也被列在正册？

大观园是一个小社会，甚至连建筑元素都是俱全的。元妃省亲，进大观园游赏，在正殿大开筵宴，挥墨赐名，赋诗咏园，看戏赐赏，"然后撤筵，将未到之处复又游顽。忽见山环佛寺，忙另盥手进去焚香拜佛，又题一匾云：'苦海慈航'。又额外加恩与一般幽尼女道。"（页248）

第十七回历数了筹建大观园的各项事宜。林之孝家的向王夫人汇报工作进展，十二个小尼姑、小道姑都已采买齐备。林之孝家的说，还有一个带发修行的。"因生了这位姑娘自小多病，买了许多替身儿皆不中用，足的这位姑娘亲自入了空门，方才好了，所以带发修行，今年才十八岁，法名妙玉。如今父母俱已亡故，身边只有两个老嬷嬷、一个小丫头服侍。文墨也极通，经文也不用学了，模样儿又极好。"（页234）

这令我们想起了另外两个人，一个是林黛玉，她曾跟贾母说过，三岁时癞头和尚说只要出家，便可将出生时带来的病除去，否则一生都不能好。（第三回，页39）还有一个是甄英莲，甄士隐抱着她，癞

头和尚大哭："施主，你把这有命无运、累及爹娘之物，抱在怀内作甚？""那僧还说：'舍我罢，舍我罢！'"（页10）

历来红学研究者都认为，《红楼梦》中塑造人物形象，常常"多用借影"，即两个或多个人物形象彼此勾连映衬，可以更显人物性格的多面性、复杂性和深刻性。

更重要的信息还有，"本是苏州人氏，祖上也是读书仕宦之家"（页234）。黛玉、英莲、妙玉都是苏州姑娘，都是望族出身，她们都遇到了癞头和尚，都未出家；妙玉则入了空门。

妙玉对于能够进入贾府，并不曾在意，甚至不太情愿。她有一种清贵气质，不愿奴颜侍人。王夫人的态度却极是恳切。出身好，模样好，经文熟，真是再好不过的人选。"他既是官宦小姐，自然骄傲些，就下个帖子请他何妨。"（页235）下帖子请，这在古代可算是非常正式的邀约，或者接近于聘书，可见，妙玉与那二十四个小道士和小尼姑的身份完全不同。

妙玉住持的寺庙，其名栊翠庵。这一寺名第一次出现是在第四十一回，贾母带着刘姥姥游园子，吃过饭后到的地方便是栊翠庵。栊翠庵的环境是"山环佛寺"，极是清雅幽静。第四十九回，连天大雪，雪霁之后，大观园成一琉璃世界。一早宝玉便出了怡红院，去参加大家雪晴后的诗社雅集。"出了院门，四顾一望，并无二色，远远的是青松翠竹，自己却如装在玻璃盒内一般。于是走至山坡之下，顺着山脚刚转过去，已闻得一股寒香拂鼻。回头一看，恰是妙玉门前栊翠庵中有十数株红梅如胭脂一般，映着雪色，分外显得精神，好不有趣！"（页663）它在大观园里，成为大家眼中的风景和净地。

此外，栊翠庵的地位也不同一般。第一一三回交待，"且说栊翠庵原是贾府的地址，因盖省亲园子，将那庵圈在里头，向来食用香火并不动贾府的钱粮。今日妙玉被劫，那女尼呈报到官，一则候官府缉盗的下落，二则是妙玉基业不便离散，依旧住下。不过回明了贾府"（页

1515）。因而，妙玉在大观园里，用度并不仰仗贾府，与贾府是君子之交，贾母和王夫人等皆以客待之，从不轻慢。第四十一回，贾母带着刘姥姥和众人到栊翠庵里，在栊翠庵所饮之茶、泡茶之水、饮茶之具，无不奢华而雅致，也无不体现着妙玉的清高脱俗。

这个最该慈悲为怀、清心寡欲、看众生平等、四大皆空的妙玉，却行事怪僻、清冷孤高。她中秋月夜听湘云、黛玉联诗，感悲戚之情（第七十六回）。她和宝玉在潇湘馆外的山石上坐着静听黛玉抚琴低吟，与宝玉细说琴歌的一叠一拍，感叹黛玉"忧思之深"，预感到黛玉音韵陡转"恐不能持久"，果然弦崩歌断。她通音律，又能由其音律而懂其心声。"恐不能持久"可谓一语双关，既指黛玉之琴，亦指黛玉之人。（第八十七回）宝玉说："我虽不懂得，但听他音调，也觉得过悲了。"（页1226）宝玉是一个普通的欣赏者，而妙玉可谓林黛玉的知音。

古人重琴音，因为琴音是生命状态的展现，情感思绪的表达。妙玉能够听懂黛玉。听懂的前提是，对方有的，自己也有；或者至少也得是，对方有的，自己即将有，受对方启发，一下子醍醐灌顶，恍然大悟。所以，妙玉是黛玉的"借影"，这说法是有道理的。

六、这部小说，不是为了写她

与之相对的，还有一类人，比如小红。她原名红玉，因为避宝玉和黛玉讳，大家就喊她小红。她是林之孝的女儿，林之孝夫妇为贾府世代旧仆，收管各处房田事务。十六岁的她一开始被分派到怡红院，是怡红院的三等丫头，她自恃容貌美，向上攀高是她的理想。可是宝玉这里她插不进去。有一天到外书房去，碰到了来找宝玉的贾芸。她的心思便又放在贾芸身上。（第二十四回）

十七岁时，她有机会见到了王熙凤，王熙凤差她去做了一件事，她回话时把平儿的话转述得清楚且周全，四五门子的亲戚关系，她一点儿都没弄错，得到了王熙凤的激赏。王熙凤觉得这个小丫头伶俐聪明，她想从宝玉这里讨要小红，问小红愿不愿意。小红的回答无比得体，实在是人事交往中应酬答语的最佳教材："愿意不愿意，我们也不敢说。只是跟着奶奶，我们也学些眉眼高低，出入上下，大小的事也得见识见识。"（页368）不敢说愿意，符合自己的身份，表达了自己的谦卑，这样的态度是王熙凤最喜欢的。接着就夸赞王熙凤这里是一个更高的平台，推崇了王熙凤，也含蓄地将自己的愿望表达得清楚明白。

红玉是一个很快就能明白高低上下、为自己的前途努力争取的一个人。第二十六回，佳蕙来找红玉，红玉为贾芸的事情怔忡，佳蕙不明就里，以为她是为奖赏不公平而生闷气。贾环将灯油倒在宝玉脸上，宝玉脸上的伤还未完全养好，又被马道婆施法魇住，好不容易养好病体，贾母高兴，便按照等级赏赐伺候宝玉的人。像红玉、佳蕙这样的，自然比不上袭人等的功劳大，佳蕙便有些气不过，红玉反过来宽解她："'俗语说的好，"千里搭长棚，没有个不散的筵席"，谁守谁一辈子呢？不过三年五载，各人干各人的去了。那时谁还管谁呢？'这两句话不觉感动了佳蕙的心肠，由不得眼睛红了，又不好意思好端端的哭，只得勉强笑道：'你这话说的却是。昨儿宝玉还说，明儿怎么样收拾房子，怎么样做衣裳，倒像有几百年的熬煎。'"（页350）红玉所言，乃绝对真理，然而，晴雯和袭人是绝对说不出这样的话的。佳蕙听完，都莫名难过起来，红玉却颇是冷静，兴许是大观园让红玉失望了，她没有留恋，没有不舍。红玉非常理智，她的道路在前方，她顾不上悲春伤秋。

第一一七回交代，王熙凤死了之后，小红和丰儿告假的告假，告病的告病，平儿只好一人照看巧姐。可见，小红先是离了宝玉，投了凤姐；等到凤姐已不可依恃，她便另寻他处了。

宝玉只看了金陵十二钗正册、副册之首和又副册的前两个，所以，我们不知道红玉在不在薄命司的册子里，也许她不在吧，这未尝不是一件幸事，因为，这样也就意味着她得以拥有平凡而顺和的生活。

小说最后一回，贾雨村和甄士隐再次相聚，在急流津觉迷渡口，贾雨村问起贾宝玉的下落，又问："'但是散族闺秀如此之多，何元妃以下算来结局俱属平常呢？'士隐叹息道：'老先生莫怪拙言，贵族之女俱属从情天孽海而来。大凡古今女子，那'淫'字固不可犯，只这'情'字也是沾染不得的。所以崔莺苏小，无非仙子尘心；宋玉相如，大是文人口孽。凡是情思缠绵的，那结果就不可问了。'"（页1599—1600）读到此处，我们便更加明白正册、副册、又副册的归册标准了。正册皆为贵族之女，都是侯府千金，官宦女子。

香菱之所以在副册，更加"紧要"一些，便在于香菱原本的出身是甄英莲，甄士隐的女儿，甄家当初可是姑苏城当地的望族，父亲神仙一流人品，母亲性情贤淑，深明礼义。小说中多次提到荣宁二府人对香菱的高度评价，男子中有贾琏、宝玉等，女子中则更多。夏金桂之所以虐待香菱，也是因为香菱的容貌和品性是她所不能比肩的。如此看来，《红楼梦》正副册的归册标准，在一定程度上是会考虑到女子的出身和地位的。

金庸先生的《书剑恩仇录》里有一个情节，乾隆送陈家洛玉佩，玉上刻字曰："情深不寿，强极则辱，谦谦君子，温润如玉。"[①]"情深"，也可以用来形容红楼女子们。正所谓"天若有情天亦老"。

红玉有红玉的思虑考量，贵族之女有贵族之女的春恨秋悲。毕竟，这些千金小姐不需要像红玉那样急于谋划生计和出路，她们的思想和境界，已远非红玉所能及。红玉作为一个鲜活的人物形象，虽然在书中有着自己的性情和故事，但是全书更加侧重的是与她不同的贵族小姐们。这部小说不是为了写她，虽然她也具有自己的独特光彩。《红楼梦》的意义和价值，不在于让我们知道红玉怎么生活，而在于让我们了解和红玉不同的人，他们是怎样生活的，他们是怎样理解生命的。

总结一下，身份尊、世运薄、悲自惹，这是十二钗正册的入选标准。

---

① 金庸. 书剑恩仇录 [M]. 北京: 生活·读书·新知三联书店, 1994: 293.

阅读问题

梳理你的阅读心得，选取十二钗中的一个，试分析其形象特点，并思考她的"借影"是谁。

阅读要求

请继续阅读至第五十五回。

阅读推荐

《傲慢与偏见》，［英］简·奥斯汀

第七讲
谜之十二

读《红楼梦》，为何我们往往不能准确地说出十二钗正册的姓名和排序？

这可能是因为，我们都是按照自己的喜好在挑选十二个女子，而曹氏有自己的定义和排序标准。

观景远望如艳雪图

十二，在《红楼梦》里，是一个不断出现的数字。

与"十二"联系最紧密的是"金陵十二钗"。上一讲，我们尝试梳理了"金陵十二钗"正副册的入选标准；这一讲，我们首先来分析一下十二钗是依据什么来排序的，这背后又包含着何种深意。

一、谁是正册十二钗之首？

《金陵十二钗》正册是有排序的，阅读《红楼梦》，在文本中找寻和解答排序的原因，是一个有意思的探究性问题。第一个问题，林黛玉和薛宝钗，谁是正册之首？

在《金陵十二钗》正册里，她俩一同出现在第一页上。"只见头一页上便画着两株枯木，木上悬着一围玉带；又有一堆雪，雪下一股金簪。也有四句言词，道是：可叹停机德，堪怜咏絮才。玉带林中挂，金簪雪里埋。"（页76）

描述图画的第一分句指的是林（两株枯木，字形法）黛玉（玉带，谐音法），第二分句指的是薛（一堆雪，谐音法）宝钗（金簪，字义法）。似乎林黛玉在前，薛宝钗在后。判词里第一句，很明确，指的是薛宝钗，赞其淑德；第二句，指的是林黛玉，夸其才情；第三句，指的是林黛玉，运用谐音法和嵌字法；第四句，指的是薛宝钗，运用谐音法和字义法。"可叹""堪怜"，是对二人命运和结局的哀怜和叹惋。

正册十二钗其他十人都是一人一页，上面各有一张图画、一首判词。作者却唯独吝啬于这两个排在前面位置的人，这两个"紧要"的人，竟然被放在一页里。因而便众说纷纭，喜爱黛玉的，便推黛玉为第一；喜爱宝钗的，便举宝钗为第一。

我们还可以参读《红楼梦》词曲求解答案。宝玉在太虚幻境先翻看了图册，接着又到了一个幽香扑鼻的房间，欣赏了《红楼梦》十二支套曲，从引子到尾声，其中十二支曲词与十二页判词是互相对应的，可以彼此参看。十二支套曲的第一支《终身误》，很明确写的是薛宝钗，第二支《枉凝眉》，写的是林黛玉。如此，我们就可以确知，小说中正册十二钗之首，是薛宝钗。

为什么是薛宝钗？是哪一方面使得林黛玉略略往后站了？她们都是贾府的亲戚，并非贾姓人。一个是王夫人的外甥女，贾宝玉的姨表姐；一个是贾母的外孙女，贾宝玉的姑表妹。同样是外姓女子，史湘云，贾母的侄孙女，就排在了后面的位置。

因为薛宝钗年龄大？如果以年龄论，那么她们两个都不应该排在前面。贾元春应该是第一，贾元春在这里面，不仅年最长，而且位最尊。这样一来，就引出了更多问题。比如，贾元春排在第三，贾探春排在第四，贾迎春、贾惜春却排在第七、第八，她们可是四姐妹呢；李纨比王熙凤大，却排在王熙凤后面；王熙凤比三春都大，可是却排在贾迎春、贾探春、贾惜春的后面。

如果以地位排序，贾元春当为第一，王熙凤应该排第二，李纨排第三。除了贵妃之外，一个是荣国府贾赦的长房媳妇，且是掌家媳妇，一个是荣国府贾政的长房媳妇。此外，贾巧姐无论如何不能排秦可卿之前，她们虽然都是第五代，但秦可卿是宁国府嫡长孙媳妇。

还有，妙玉为什么会排在第六位呢？是因为她聪慧吗？排在最后的秦可卿难道不聪慧吗？阖府没有不夸赞的，是贾母认定的重孙媳中第一个得意之人。"生的袅娜纤巧，行事又温柔和平"（页69），单是她临死托梦之言，便能看出其心思缜密。

或者，既然是薄命司，就看谁的际遇更糟糕？或者，谁的春恨秋悲更浓烈？或者，谁的容颜更美丽？

读《红楼梦》，为何我们往往不能准确地说出十二钗正册的姓名和排序？这可能是因为，我们都是按照自己的喜好在挑选十二个女子，而曹氏有自己的定义和排序标准。小说文本中的排序是这样的。

排序	姓名	排序	姓名
1	薛宝钗	7	贾迎春
2	林黛玉	8	贾惜春
3	贾元春	9	王熙凤
4	贾探春	10	贾巧姐
5	史湘云	11	李纨
6	妙玉	12	秦可卿

或许从又副册晴雯和袭人的判词里，我们可以获得启发。晴雯判词乃是："霁月难逢，彩云易散。心比天高，身为下贱。风流灵巧招人怨。寿夭多因毁谤生，多情公子空牵念。"（页75，下同）袭人的判词则为："枉自温柔和顺，空云似桂如兰；堪羡优伶有福，谁知公子无缘。"这两个人的判词分别表现了她们的性情，其中还同时出现了另外一个人，"多情公子空牵念""谁知公子无缘"，这两句里都有"公子"二字。晴雯和袭人很小就进了贾府，先是贾母的丫鬟，后来到宝玉房里，是贾母挑选出的一等一的满意人选，在她们的生命里，没有出现过第二个公子。晴雯早逝，袭人后来与蒋玉函结合，也是在宝玉出家之后的事情了。这个公子当然指的是贾宝玉。

顺着这样的思路，我们会有进一步的发现。与正册判词相呼应的，《红楼梦》曲词里的第一支是《终身误》，写的是薛宝钗："都道是金玉良姻，俺只念木石前盟。空对着，山中高士晶莹雪；终不忘，世外仙姝寂寞林。叹人间，美中不足今方信。纵然是齐眉举案，到底意难平。"（页82，下同）"金玉良姻"，是薛宝钗与贾宝玉的婚姻；"木石前盟"，是林黛玉和贾宝玉的恋情。这曲词，写的是薛宝钗的婚姻结局，表现的却是贾宝玉的情感天平、心中意愿。"空对着""终不忘""意难平"的主语都是贾宝玉。

《红楼梦》曲词里的第二支是《枉凝眉》，写的是林黛玉："一个是阆苑仙葩，一个是美玉无瑕。若说没奇缘，今生偏又遇着他；若说有奇缘，如何心事终虚化？一个枉自嗟呀，一个空劳牵挂。一个是水中月，一个是镜中花。想眼中能有多少泪珠儿，怎经得秋流到冬尽，春流到夏！"这曲词如果表演，应该设为两人对唱，眼眸流情，情深不已，最后的长句需要男女和声，两人都自怜到骨髓里，又被对方怜惜到骨髓里。这里面的两个人物一个是林黛玉，另一个是贾宝玉。于是，我们豁然开朗，十二钗的排序，要看其"紧要"程度。这"紧要"二字，不是之于贾母、贾政，也不是之于整个贾府，而是对宝玉而言的。因为是宝玉在读《金陵十二钗》图册，是宝玉在听《红楼梦》套曲。

薛宝钗是贾宝玉的嫡妻，自然应在排序第一的位置上。"俺只念""空对着""终不忘""意难平"，那不过是夜半梦回的呓语。故事的最后，薛宝钗怀有身孕，宝玉有后，令王夫人和薛姨妈很是安慰和高兴。之后是林黛玉，林黛玉是宝玉念念不忘之人，别人自然不可越位于前。

现在我们清楚了，薛宝钗是十二钗之首，但小说行文如此"纠缠"，恰可看出钗黛二人之于宝玉而言，于情，黛玉最紧要，于理，宝钗最紧要。

二、四春为什么没有排在一起？

薛宝钗、林黛玉之后，是贾元春。贾元春和宝玉，一母所出，血缘上最为亲近，此外，贾元春对宝玉是长姊如母。"当日这贾妃未入宫时，自幼亦系贾母教养。后来添了宝玉，贾妃乃长姊，宝玉为弱弟，贾妃之心上念母年将迈，始得此弟，是以怜爱宝玉，与诸弟待之不同。且同随祖母，刻未暂离。"（页238，下同）第八十三回，元妃宫中染恙，贾母、邢夫人、王夫人、王熙凤等四人可进里头探问，元妃还在问宝玉近来如何。

姐弟情深不说，贾元春不仅如母，更如师友。"那宝玉未入学堂之先，三四岁时，已得贾妃手引口传，教授了几本书、数千字在腹内了。其名分虽系姊弟，其情状有如母子。自入宫后，时时带信出来与父母说：'千万好生扶养，不严不能成器，过严恐生不虞，且致父母之忧。'眷念切爱之心，刻未能忘。"宝玉三四岁便由长姊开蒙读书，如此，贾元春可算得是宝玉的启蒙老师了。他对世界的最初探知、在学问上的起始入门，是在贾元春这里完成的。

更兼因为有了元春的赐予，才得以在这世间享有了大观园。大观园里的题撰、匾联，在元妃省亲之时，都用了宝玉初拟的文字，贾政深知元妃在宝玉身上的情意。"其所拟之匾联虽非妙句，在幼童为之，亦或可取。即另使名公大笔为之，固不废难，然想来到不如这本家风味有趣。【庚侧批：转得好！】更使贾妃见之知系其爱弟所为，亦或不负其素日切望之意。因有这段原委，故此竟用了宝玉所题之联额。"脂评本批注曰：【……且写得父母、兄弟体贴恋爱之情，淋漓痛切，真是天伦至情。】①

在十二钗的排序中，紧跟在贾元春之后的，是贾探春。贾探春与宝玉的血缘关系仅次于贾元春，他们二人是同父异母的兄妹。此外，贾探春文采风流，自有一种难得的聪慧和大度，与宝玉常能心气相合。贾探春每每攒了十几吊钱，就让贾宝玉帮她去外面买新奇的小玩意儿，"或是好字画，好轻巧顽意儿，替我带些来"，宝玉所买的"那柳枝儿编的小篮子，整竹子根抠的香盒儿，胶泥垛的风炉儿"，深得探春喜爱。她认为"朴而不俗、直而不拙者"便是最好（页369）。宝玉为探春带回好玩意儿，探春则费心费力地给宝玉做鞋，以表谢意。第三十七回中，宝玉在她病中多次探望，为探春送荔枝要特意配上一个缠丝白玛瑙碟子，宝玉说这样好看，果然，探春深以为然。他们两人一个是眼光不俗、体贴照顾的哥哥，一个是知性懂事的妹妹，这样的

---

① 曹雪芹，脂砚斋.脂砚斋评石头记[M].上海：上海三联书店，2011：183.

交往除却兄妹情深之外，又有知己之交的风度，令人神往。

四春元迎探惜按理该排在一起，虽然探春和宝玉的血缘关系更近，紧跟元春，但迎春和惜春同样是贾府小姐，似乎应该排在探春之后，可为什么史湘云和妙玉又排在了迎春和惜春之前？让我们借助一段文字来更好地了解一下贾府的三春。

贾琏偷娶尤二姐，将尤老太太母女三个安置在宁荣街后二里小花枝巷的一个院落。贾琏有时带着心腹小厮过来。一次，贾琏临时被老爷叫走，留下了兴儿。尤二姐趁此机会了解荣国府府内情形。贾府那么大，人那么多，有多少人就有多少张嘴，有多少张嘴就有多少流言蜚语。主子们难免不会成为家仆的茶余饭资，甚至说，家仆们最好的八卦对象便是主子们的生活。那应该是一个头条满天飞的世界，也是一个往往谣言即真相的天地。尽管处处是禁令，但明着不说，暗地里便滋长出各种传闻、多种说法。通过兴儿之口，我们可以了解到很多事情。

比如，兴儿这样评论王熙凤："奶奶的心腹我们不敢惹，爷的心腹奶奶的就敢惹。"（页912，下同）"估着有好事，他就不等别人去说，他先抓尖儿；或有了不好的事，或他自己错了，他便一缩头推到别人身上来，他还在旁边拨火儿。""嘴甜心苦，两面三刀；上头一脸笑，脚下使绊子；明是一盆火，暗是一把刀：都占全了。"（页913）这些语言生活气息浓厚，生动无比，使得人物形象跃然纸上。

尤二姐听得很专注，兴儿越说越高兴，便更加知无不言，言无不尽，个别时候还有些好为人师。尤二姐有不了解的事情，"兴儿拍手笑道：'原来奶奶不知道……'"（页913-914）他的表达欲望完全被激发出来了，于是，连对内帏奶奶太太们、千金小姐们的评价都脱口而出了。

贾迎春——"二木头"，戳一针也不知嗳哟一声。

贾探春——"玫瑰花"，又红又香，无人不爱，只是刺戳手。可惜不是太太养的，"老鸹窝里出凤凰"。

贾惜春——年龄小，不管事的。

在兴儿的描述中，三春的性情一览无余。贾迎春温良懦弱，下人对她都欺凌成性，乳母拿了她的首饰去典当赌博，她罢手不问，倒是丫鬟忍不住气，和乳母吵闹（第七十三回）。随后抄检大观园，她的丫鬟司棋和表弟潘又安私通的信物被搜出，她只能任由司棋被撵出贾府。连黛玉这样的人都要感慨："若使二姐姐是个男人，这一家上下若许人，又如何裁治他们。"（页1018）

其嫡母邢夫人首先气恼贾琏本是自己一房的，但却更听命于王夫人，其次则气恼迎春也向来不做明确的立场表态。于是她便挑唆迎春应该和探春争强，一比高下。邢夫人在迎春面前，先抱怨贾琏夫妇不照顾自己妹妹，接着就说探春的庶出身份和迎春是一样的，"你是大老爷跟前人养的，这里探丫头也是二老爷跟前人养的，出身一样。如今你娘死了，从前看来，你两个的娘，只有你娘比如今赵姨娘强十倍的。你该比探丫头强才是，怎么反不及他一半！"（页1012）邢夫人真是负能量携带高手，她第一最会离间人心亲情，第二最会讥刺挖苦。

从这段话中，我们了解了贾迎春的身世，一个有父母生、无父母养的可怜女孩儿。迎春后嫁孙绍祖，遭家暴致死。贾赦和邢夫人从未将这个女儿真正放在心上，否则也不会为了五千两银子，将迎春变相卖出去。

她既没有感受到家里的温暖，也没有得到培养才情的机会。虽然日日和大家在一起，但她总是存在感最低的一个。迎春话语不多，又难显才情。在园子里，她是总站在旁边为别人鼓掌的人。园子里大家起诗社，便纷纷想着起个雅号。迎春说："我们又不大会诗，白起个号作什么？"李纨也说："我和二姑娘四姑娘都不会作诗，须得让出我们三个人去。"（页489）李纨因为长嫂的身份，大家都敬她一分。于是，李纨做了诗社社长，迎春和惜春便做了副社长。有才情的，是社员，无才情的，做行政事务工作，很有意味的角色分配。

后来，迎春回娘家，向王夫人表达了谢恩之意，诉说了对姐妹们的想念。而她最后的心愿是，"还得在园里旧房子里住得三五天，死也

甘心了"。(页 1137)

读迎春的故事，我们会感到难以置信，这是传说中的贵族千金的生活吗？

同样令人唏嘘不已的是四小姐贾惜春。无母无父（其父贾敬，虽有如无，后贾敬因修道服食丹药而亡），年龄最小，兄长、姐姐们虽然每次都带着玩儿，但总还是像个拖油瓶。她和二姐迎春一样，都是来打酱油的。唯一被委任过的重任，便是贾母吩咐，让她把大观园的景致画下来。刘姥姥进园子，感叹比画上画的还美，贾母跟刘姥姥说，自己的小孙女会画画呢，等明儿画张送给她（第四十回）。以后凡是贾母进园子觉得特别美的时候，她就会扭头跟四丫头说，一定要把这个画下来啊。

为此，众人还隆重地开会讨论画园子事宜（第四十二回），宝钗委婉地说，四妹妹的画写意还可以，画这个园子可不是写意那么容易。惜春虽然年龄小，但非常清楚自己的画画水准。在哥哥姐姐们郑重其事的阵仗面前，惜春其实是有些苦恼的。等他们都搬离大观园了，这张图仍然没有画成。

惜春人生中有两件大事，第一件是画园子，第二件是出家。第一件她没干成，第二件她干成了。年轻的她看破了一切，看空了一切，她以出家的方式获得了自由。这是生命的代价，还是生命的解脱呢？

宝玉后来也常常去惜春那里看她画园子，也会为迎春的婚嫁而伤痛，但在精神契合度上，"四春"里的迎春和惜春就要远逊探春了。

虽然红楼梦里是十二钗，然稍加分析，你会发现，其实很多时候，她们在生活中并不是总有交集。元春在宫里；妙玉偶尔才出栊翠庵；巧姐年龄小，没有实质性地进入过这个圈子；秦可卿早亡。这样，时时厮混在一起的，只有八个人。而史湘云有时要回到自己家里，王熙凤要主持很多家庭事务。李纨相对来说要清闲一些，故而常常是她带着宝玉、宝钗、黛玉、三春在一起，特别时节里，就央求贾母把湘云接来。

第七十六回，贾母中秋节带领阖家于凸碧堂宴饮赏月，逐渐散去。黛玉因中秋之夜孤独一人垂泪。"宝钗姊妹家去母女弟兄自去赏月""宝玉近因晴雯病势甚重，诸务无心，王夫人再四遣他去睡，他也便去了。探春又因近日家事着恼，无暇游玩。虽有迎春惜春二人，偏又素日不大甚合。所以只剩了湘云一人宽慰他。"（页1061）可见，除了生活中各有各的一份小日子外，这几位在品性上，会渐渐分出异同。宝钗、黛玉、探春、湘云、宝玉，这五人看来是更为合得来的，而李纨则是迎春、惜春二姊妹和前面五人之间的黏合剂。

这一回里写到湘云和黛玉在月夜下联句，后又来了一位妙玉，三妹共同完成了《中秋夜大观园即景联句三十五韵》。暂不说她们的联句，单来看联句之前湘云和黛玉她们的谈话内容。

"湘云笑道：'这山上赏月虽好，终不及近水赏月更妙。你知道这山坡底下就是池沿，山坳里近水一个所在就是凹晶馆。可知当日盖这园子时就有学问。这山之高处，就叫凸碧；山之低洼近水处，就叫作凹晶。这'凸''凹'二字，历来用的人最少。如今直用作轩馆之名，更觉新鲜，不落窠臼。可知这两处一上一下，一明一暗，一高一矮，一山一水，竟是特因玩月而设此处。有爱那山高月小的，便往这里来；有爱那皓月清波的，便往那里去。只是这两个字俗念作'洼''拱'二音，便说俗了，不大见用，只陆放翁用了一个'凹'字，说'古砚微凹聚墨多'，还有人批他俗，岂不可笑。'林黛玉道：'也不只放翁才用，古人中用者太多。如江淹《青苔赋》，东方朔《神异经》，以至《画记》上云张僧繇画一乘寺的故事，不可胜举。只是今人不知，误作俗字用了。实和你说罢，这两个字还是我拟的呢。因那年试宝玉，因他拟了几处，也有存的，也有删改的，也有尚未拟的。这是后来我们大家把这没有名色的也都拟出来了，注了出处，写了这房屋的坐落，一并带进去与大姐姐瞧了。他又带出来，命给舅舅瞧过。谁知舅舅倒喜欢起来，又说：'早知这样，那日该就叫他姊妹一并拟了，岂不有趣。'所以凡我拟的，一

字不改都用了。如今就往凹晶馆去看看。'"（页1061—1062）

湘云在说山上赏月与水边赏月各有妙处，提到园林之趣，提到用"凸""凹"之妙，且对前人多有评点。林黛玉则紧跟湘云观点，以更多的文典来阐发，并告诉她此二处之名乃由自己拟定，得到了元妃的认可、贾政的同意。两人都没有逞强炫才之意，而表现为一种生命意趣的交流和阐发。

天地之景无处不在，能赏之人却并不常有。若能赏，需观览群书博闻强识，需诗词典故信手拈来，需腹有诗书心有秀灵，方能目遇之而成色，口言之而成辞章。能赏，恰身边又有可共赏之人，实在是一大幸事。风雅难，附庸风雅也不容易。

大观园里，红楼儿女们从海棠诗社咏海棠、咏菊花，到桃花诗社桃花诗、柳絮诗，真有兰亭雅集之盛事、滕王阁夸才之佳话。

妙玉，能够跻身前六，便在于其才情、品貌受到宝钗、黛玉、宝玉等人的激赏。

三、秦可卿为何排在最后？

十二钗里，秦可卿排在第十二位。为什么秦可卿的排位这么靠后呢？正是在她的房间里，宝玉睡去，在梦中到达太虚幻境。在太虚幻境，宝玉不仅得见十二钗的前世今生，而且还与警幻仙姑的妹妹、乳名兼美字可卿者，发生了男女之事，宝玉从后面的噩梦中醒来时，口中喊的是可卿的名字。也正是她，预言了荣宁二府必将败落的结局，并提出了不致宗祠不继、子孙流散的良方。

她虽在小说开篇不久就已死去，但其魂影却时不时飘荡出来，飘进了王熙凤和鸳鸯的幻象里。她既是《红楼梦》故事中的一个人物，同时也是故事的预言者、见证者。她应该拥有更靠前的位置。

不过，位置是否靠前，要看她之于宝玉的"紧要"程度。对宝玉而言，固然可以认为秦可卿是他男女性事的启蒙者，但也仅止于此。而且，我们知道，梦境中的可卿与醒来看到的秦可卿并不是同一个人。两人之间并无现实生活层面上深入的交往和交流。在秦可卿看来，虽然辈分上，宝玉是叔叔，自己是侄媳妇，但宝玉还是个孩子。的确如此，此时宝玉年龄尚小。

可以说，是秦可卿房间里的氛围，让贾宝玉的身体本能得到了萌发。这个房间一进去就是浓香扑鼻，一些生活用具和摆设物品都很意象化、符号化，在这样刻意营造出的香艳氛围里，宝玉做了一个春梦。

在宝玉的意识里，他在男女之事上的第一次是和袭人在一起发生的。小孩子的心性并不持久，在接下去的时间段里，宝玉更在意的是秦可卿的弟弟秦钟。"天下竟有这等人物！如今看来，我竟成了泥猪癞狗了。可恨我为什么生在这侯门公府之家，若也生在寒门薄宦之家，早得与他交结，也不枉生了一世。我虽如此比他尊贵，可知锦绣纱罗，也不过裹了我这根死木头；美酒羊羔，也不过填了我这粪窟泥沟。'富贵'二字，不料遭我荼毒了！"（页111）宝玉和秦钟每日上学的当儿，秦可卿已是渐渐病入膏肓。秦可卿死去，秦钟不久也夭亡。宝玉在心里一直思念的是秦钟。（第十六回）

秦可卿弥留之际和死后，留下的问题，都是关于贾府未来怎么应对的大事，而这并不在贾宝玉的考虑范围之内。

此外，秦可卿的出身也是一个问题。她是养生堂的孤儿，因父亲秦业没有儿女，便将她抱养过来。秦钟反倒是秦业五旬年纪上方得的儿子（第八回）。这一点，是不符合正册的选入标准的，但秦业现任营缮郎，她又是宁国府长房孙媳妇。《红楼梦》将其列为正册最后，综上两点，可为之做出解释。

与此相同，李纨的位置，甚至还在贾巧姐之后，也是因为她与宝玉的精神交往很少。

王熙凤排在正册第九的位置，只在女儿贾巧姐之前，也可以从这个角度考虑。虽然宝玉小时候常跟着王熙凤到这家做客，到那家游玩，但那只是小孩子的玩儿性，从王熙凤那里，宝玉可以得到照顾，但得不到启发和成长。反过来，王熙凤在某种程度上是因为宝玉的身份而抬高他，这也正是贾环深恨王熙凤的原因。

那巧姐又为什么排在李纨之前？

四、一切从"巧"字上来

小说最开始，这个小姑娘还没有正式的名字，刘姥姥第二次进贾府，告辞之前，受王熙凤邀请，给她取了一个正式的名字，因其恰好是七月初七生日，刘姥姥说，那就叫"巧"字好了。"这叫作'以毒攻毒，以火攻火'的法子。姑奶奶定要依我这名字，他必长命百岁。日后大了，各人成家立业，或一时有不遂心的事，必然是遇难成祥，逢凶化吉，却从这'巧'字上来。"（页560）

世间之事，总是这样就被说着了。刘姥姥不仅给巧姐起了名字，在她后来母亡父在外的情况下，是刘姥姥恰好赶到，把她从被自家叔舅兄长卖掉的厄运中解救出来。王夫人和平儿、贾巧等面对就在眼前的劫难，"只有大家抱头大哭"，刘姥姥了解之后道："这有什么难的呢，一个人也不叫他们知道，扔崩（rī bēng）一走，就完了事了。"（页1579，下同）平儿大吃一惊，事情哪有那么简单？"这可是混说了。我们这样人家的人，走到那里去！"王夫人后来同意平儿和贾巧一起秘密地离开贾府，到刘姥姥家暂避。她提醒"你们两个人的衣服铺盖是要的"。

让我们不禁想起第五十一回的一个细节，袭人母亲病危，袭人告假回家，本来是万分火急的时候，袭人却需要在服饰和提带的包袱上先做足功课。凤姐"又吩咐周瑞家的：'再将跟着出门的媳妇传一个，你两个人，再带两个小丫头子，跟了袭人去。外头派四个有年纪跟车的。要一辆大车，你们带着坐；要一辆小车，给丫头们坐。'周瑞家的答应了，才要去，凤姐儿又道：'那袭人是个省事的，你告诉他说我的话：叫他穿几件颜色好衣裳，大大的包一包袱衣裳拿着，包袱也要好好的，手炉也要拿好的。临走时，叫他先来我瞧瞧。'"（页691）袭人临走时，凤姐又嘱咐她："你妈若好了就罢；若不中用了，只管住下，打发人来回我，我再另打发人给你送铺盖去。可别使人家的铺盖和梳头的家伙。"（页692）袭人回的是自己母亲家，在母亲家里过夜，也只能用贾府送过去的铺盖。

现在王熙凤已经病逝，危急关头，王夫人让平儿和贾巧带上衣服和铺盖，经平儿提醒，她意识到迅速离开逃走才是当下最需要考虑的事情（第一一九回）。王熙凤如果地下有知，看到自己从未在外过夜的女儿仓皇离开，连衣服和铺盖都来不及收拾，不知该怎样痛惜和悔恨！

"可别使人家的"，从王夫人到王熙凤，她们的要求如出一辙。看来，这是贾府一直以来、历代相传的规矩。这里面自然有贾府时刻要顾及的体面的问题，也表现出贾府人已经在内心里完全地、彻底地确认自己是金贵之身的意识观念。

贫贱之徒看待自己微若尘芥，反倒在世上易于立足，随它什么，放开手脚，只管去做。刘姥姥的"扔崩一走，就完了事了"，实在精彩，令人叫绝。《红楼梦》里，每次读到跟刘姥姥有关的文段，眉头不由展开，嘴角不由上翘，总能从中获得宽解，获得喜乐。而所谓豪门世族，却在关键时刻一无所措，完全没有应对策略，明知前面就是深渊，却由不得不往下跳。

第七十四回，因为大观园里出现了什锦春意香袋，这在古代属淫秽物品，王夫人便恼怒于王熙凤，王熙凤为自己辩解之后，建议在园子里以查赌为名，暗地里查访，此外，趁着这个机会，把年纪大一些的丫鬟放出去婚嫁，这样可以减少管理成本。王夫人却不愿意，为什么呢？她说："你说的何尝不是，但从公细想来，你这几个姊妹也甚可怜了。也不用远比，只说如今你林妹妹的母亲，未出阁时，是何等的娇生惯养，是何等的金尊玉贵，那才像个千金小姐的体统。如今这几个姊妹，不过比人家的丫头略强些罢了。通共每人只有两三个丫头像个人样，馀者纵有四五个小丫头子，竟是庙里的小鬼。如今还要裁革了去，不但于我心不忍，只怕老太太未必就依。虽然艰难，难不至此。"（页1025）

王夫人这么一说，我们更加不知道"千金小姐的体统"应该是个什么样子了。刘姥姥看了现在的气派，就已经感觉五彩炫耀，眼睛都不知往哪儿看才好，嘴上要念无数个阿弥陀佛。没成想，林黛玉的母亲贾敏当年所拥有的，要更上一层楼。怎么表现呢？王夫人说现在姑娘们的丫头"竟是庙里的小鬼"，那么贾敏的丫鬟一定是有模有样，甚或是仙女一样的人品。以今日的丫鬟比衬贾敏在府中时的丫鬟，这是第一重对比衬托。由当年的丫鬟形貌揣想一下当年的小姐，那贾敏又当是怎样的人物呢？这是第二重侧面衬托，以丫鬟的样貌举止，来比衬贵族千金，角度实在是新颖。

第五十一回写晴雯生病，请了医生来看，"这里的丫鬟都回避了，有三四个老嬷嬷放下暖阁上的大红绣幔，晴雯从幔中单伸出手去。那大夫见这只手上有两根指甲，足有三寸长，尚有金凤花染的通红的痕迹，便忙回过头来。有一个老嬷嬷忙拿了一块手帕掩了。"（页696—697）这样的情景和场面，怎么会不让这位大夫以为自己诊治的是位小姐呢？

这两段文字恰好形成了对比和呼应，一则以今日丫头质量不够好，体现出主子们的可怜；一则以现在丫头的条件太好，来表现主子的金贵。两相对照，更加激发读者去揣测贾府当年主子们的金贵程度。然而，贾府终究走到了当下，贾母将自己的梯己拿出来，给子孙们留下了一二万两银子（第一〇七回）。虽然二十两银子可以让庄户人家过一年，但一二万两银子对于贾府而言，却是杯水车薪。

贾府最后的大事是贾母的丧事。想要把丧礼办得体面，却怎么也办不到了。王熙凤自己的私房钱全部被抄走，府里的公库早已亏空，邢夫人是长房媳妇，家里的银两在她手里，她则希望留下一些家底。其他人都不明就里，都埋怨凤姐（第一一〇回）。王熙凤所无法了解的是，等到自己死去，她的丧事则更加简陋，还是平儿拿出一些自己没有被抄尽的旧年东西，交由贾琏典当了，勉强支撑（第一一四回）。

从贾宝玉的角度看，巧姐是第五代里与他血缘比较近的，是宝玉的堂侄女儿。小说里，宝玉和贾巧的直接交往，是在第九十二回。十一月初一，按照往年惯例，贾母要在这一天办消寒会。在《红楼梦》里，日月流逝的标志就是一个一个的节气和节日。宝玉可以不用去上学。宝玉和巧姐在贾母房中相遇，巧姐向二叔叔请安。宝玉也问一声"妞妞好"，和别人对巧姐的称呼不同，一声"妞妞好"，透着一种亲切和宠爱。

巧姐跟二叔叔讲了自己的认字、读书情况，宝玉给她讲解《列女传》，巧姐很是受益。宝玉夸赞道："我瞧大妞妞这个小模样儿，又有这个聪明儿，只怕将来比凤姐姐还强呢，又比他认的字。"（页1275，下同）能得到宝玉如此认可，无论从血亲关系还是品性评价上，贾巧姐都得以位列正册十二钗。贾母在旁边提醒她也要学习女工针黹："咱们这样人家固然不仗着自己做，但只到底知道些，日后才不受人家的拿捏。"这本是一位多年历练的贵族主母的经验性智慧，却也是一位普通太奶奶满怀疼爱的告诫，一句话里，包含了进退之道。"咱们这样人家"终是不能持久，生活怎样才能不受人家的拿捏呢？那还是需要一定的技能的。

巧姐生当贾府末世，作为一个女孩儿家，只享受过夕照的最后一缕辉煌，需要面对女孩儿家必须要面对的问题，但她在家世败落后识清了一些人的面目，又在逃难的过程中经历了不小的风险，还在乡村生活中感受到田野的清新、乡人的朴实，品味过平淡的自由、美好的友情，既懂得了自己的尊贵，又了解了自己的庸凡，明白世界原来这么大，生活原来还有别样的滋味，我们真的应该为之庆幸，为之赞叹。

巧儿，这是一个好名字，刘姥姥说的没错。

如此分析下来，我们便得出一个结论，即正册十二钗的排序原则是，以贾宝玉为原点，看血亲远近、交情浅深的程度。其中，血亲远近是必要前提，交情浅深是决定性因素。

显然，正册十二钗，前六人和后六人可分为两组，左侧一组更表现了交情浅深这一决定性因素，右侧一组则更体现了血亲远近这一必要前提。

五、晴雯与袭人

晴雯和袭人在又副册上的排序也很好地说明了我们分析总结出的排序原则。

袭人很早就确定了自己与宝玉的关系，还在第六回里，宝玉将自己梦中太虚幻境的事情告诉了袭人，并初试云雨之事，可见小儿女之间的感情非别人可比。"自此宝玉视袭人更比别个不同，袭人待宝玉更为尽心。"（页90）袭人大宝玉两岁，一门心思扑在宝玉身上。在宝玉要赶着去家学和秦钟一起上学的时候，看她那一番叮咛，那一番嘱咐，真是尽心尽力。宝玉呢，也劝告她，自己不在，别闷在房间里，出去和林妹妹玩一玩。

在自己兄长有能力赎她回去的时候，袭人便明确表示，自己"至死也不回的"。

宝玉待袭人的样子，使得袭人的母亲和哥哥也放宽了心，自此再不提赎回的事情。袭人以自己识大体的性情得到了所有人的认可。特别是宝玉挨打之后，第三十四回，袭人向王夫人汇报了自己的想法和做法，尤为王夫人喜爱。到后来，在袭人早晚是宝玉房里人这一点上，从贾母到王夫人到王熙凤，到宝玉的丫鬟，已达成共识。王夫人跟王熙凤已经在月钱的分配上表达出了明确的态度（第三十六回）。

晴雯和袭人一样，是贾母从身边的丫鬟中挑选出来给宝玉的，晴雯貌美且灵秀，贾母认为她是丫鬟中的翘楚。晴雯行事更任性，她直言快语，顶撞宝玉是经常的事情。如果说袭人是个体贴的好姐姐，晴雯则像个精灵古怪的小妹妹。袭人的好，是各种周全考量后的好，有分寸，有温度；晴雯则用情尽力，瞻前不顾后，勇于往前走，绝不犹豫和彷徨。她俩也可分别看作是宝钗和黛玉的借影。所以三人的生活常态是，袭人哄劝宝玉，宝玉哄劝晴雯。

极有意思的是，宝玉挂念黛玉，想要打发人去，"只是怕袭人，便设一法，先使袭人往宝钗那里去借书"。（页455，下同）之前宝玉本想对黛玉表白，因为发呆，竟把赶来给他送扇子的袭人错当成黛玉，"睡里梦里也忘不了你"（页434）这样的话，就被袭人听了去。挨打之后，宝玉还是不改，如果袭人知道宝玉的想法和做法，她一定会拒绝，并哄劝宝玉，没准会流下眼泪来。温柔和体贴有时也会成为强大的力量，宝玉就会因袭人流泪苦劝而懊悔和失措。所以，最好的办法就是不让袭人知道这件事。

宝玉在袭人离开后，就找来晴雯，让晴雯去看黛玉。晴雯看上去泼辣，实则心思单纯。宝玉让晴雯送去的是两块旧手帕。晴雯不明白其中的缘由，宝玉则很确定，黛玉一定猜得到自己送两块旧手帕的含义。"你放心，他自然知道。"晴雯本以为黛玉会不收，但没想到，黛玉让她放下了。晴雯回去的路上，一直纳闷，不解何意。在宝玉的情感方面，晴雯成了一个不太知情的心腹。

《红楼梦》里面有很多文中之诗，文中之文。集中写一个人的最长的一篇文章是《芙蓉女儿诔》，共1700字，是宝玉写给晴雯的。《芙蓉女儿诔》不仅撰文最长，赋情也最深；对晴雯评价之高，只摘诔文中的四句便可明了："其为质则金玉不足喻其贵，其为性则冰雪不足喻其洁，其为神则星日不足喻其精，其为貌则花月不足喻其色。"（页1108）或许失去，也意味着永远的珍惜吧。

而且，宝玉出家后，袭人和蒋玉函结合，袭人的最终归宿在蒋玉函那里，她最后的身份是蒋家奶奶。又副册自然要排晴雯为首，袭人只能在晴雯之后。

六、又一组十二

女孩子多，是《红楼梦》的一大特点。一个大观园，勾连着宁荣二府、宫内宫外、都市乡村、四大家族等庞大的社会网络。

第四十九回，香菱进了园子，正在日夜精研学习写诗，大家共读她的梦中得诗。此时，小丫头婆子们来请他们认亲去，说来了好些姑娘奶奶们。大家来到王夫人上房，"只见乌压压一地的人"（页654，下同）。"原来邢夫人之兄嫂带了女儿岫烟进京来投邢夫人的，可巧凤姐之兄王仁也正进京，两亲家一处打帮来了。走至半路泊船时，正遇见李纨之寡婶带着两个女儿——大名李纹，次名李绮——也上京。大家叙起来又是亲戚，因此三家一路同行。后有薛蟠之从弟薛蝌，因当年父亲在京时已将胞妹薛宝琴许配都中梅翰林之子为婚，正欲进京发嫁，闻得王仁进京，他也带了妹子随后赶来。所以今日会齐了来访投各人亲戚。"邢家、王家、李家、薛家，四家都到了。贾母安排女孩儿们在大观园里住几天，逛逛再去。邢岫烟住到了迎春那儿，李婶和自己的两个女儿李纹、李绮住在李纨那儿，薛宝琴和贾母住在一起。保龄侯史鼐迁委为外省大员，很快要带家眷去上任。贾母舍不得湘云，便接到家中，史湘云与宝钗住在一起。

"此时大观园中比先更热闹了多少。李纨为首，馀者迎春、探春、惜春、宝钗、黛玉、湘云、李纹、李绮、宝琴、邢岫烟，再添上凤姐儿和宝玉，一共十三个。叙起年庚，除李纨年纪最长，他十二个人皆不过十五六七岁，或有这三个同年，或有那五个共岁，或有这两个同月同日，那两个同刻同时，所差者大半是时刻月分而已。连他们自己也不能细细分析，不过是'弟''兄''姊''妹'四个字随便乱叫。"（页657）一群青春飞扬的人在大观园这一青春王国、诗意乐园里齐聚，造就了《红楼梦》中最美丽的景观。

香菱进园子是在十月十四日，跟着学诗没几天，大家便共聚大观园，很快十月里头场雪纷纷扬扬洒下来。雪霁之后共烤鹿肉香诱众人，芦雪庵地炕烧得暖暖和和，大家即景联诗，先是轮次来，最后成了湘云、宝琴、黛玉三人争抢。湘云笑个不住，说："我也不是作诗，竟是抢命呢。"（页674）年轻人，总是有止不住的玩儿头，因宝玉落后，便罚他去栊翠庵管妙玉求一枝红梅来，梅花折来，大家又赋梅花七律诗。贾母来后，大家跟着去看惜春的画，宝玉和宝琴又一起去了一趟栊翠庵，妙玉送每人一枝梅花。随后大家跟着到了贾母房间，一起吃饭。是为宝玉和十二人的一天。

大观园里只有宝玉一个男性，这里是女儿的天下，是女孩儿的私密世界。贾芸带着匠役来种树、太医进来为晴雯看病，要事先发布通告，男性进来，不仅看不到千金闺秀，也看不到丫鬟们，甚至女儿们晾晒的衣物、近身用的器物都要事先收起来。宝玉进园子，自然是元妃一份特别的孝悌之心。因为这样的机缘，宝玉成了园林之好和女孩之美的见证者，成为生命荣衰哀乐的感同身受者。

然而，这样的美好却如同春光一般转瞬即逝。《红楼梦》里最是伶俐爽快、眨巴一下眼睛就能为贾母带来快乐的王熙凤，讲过两个冷段子。第五十四回，又是一年元宵夜，筵席之上，大家轮着讲笑话。大家都期待着王熙凤，凤姐开始讲，说一大家子，热热闹闹地过正月半，大家不知道她这次要编排谁。"贾母笑道：'你说你说，底下怎么样？'凤姐儿想了一想，笑道：'底下就团团的坐了一屋子，吃了一夜酒就散了。'"（页744，下同）王熙凤跟着又讲了一个："再说一个过正月半的。几个人抬着个房子大的炮仗往城外放去，引了上万的人跟着瞧去。有一个性急的人等不得，便偷着拿香点着了。只听'噗哧'一声，众人哄然一笑都散了。"湘云追问："难道他本人没听见响？"凤姐回答："这本人原是聋子。"

散了，散了，最后的结局，是散了。吃了一夜酒，就散了。炮仗再大，跟着看炮仗的人再多，只要点燃，众人就都散了。筵席再热闹，也会结束；炮仗再响亮，也会空无。如果没有人记录，没有人见证，就像那个聋子，连炮仗放过了都不能知晓。

七、一个神奇的数字

十二，这一数字在《红楼梦》里多次出现。

第三十七回，宝钗帮着湘云为海棠诗社做东，夜晚两个商量拟题。湘云希望作一首菊花诗，两人便商议，题目里有一个"菊"字，再在它之前或之后增加一个字，赋景又咏物。于是有了"菊梦""菊影""问菊""访菊"等，宝钗提议拟出十个来，湘云说："十个还不成幅，越性凑成十二个便全了，也如人家的字画册页一样。"（页501，下同）两人越来越上瘾，便弄出一个菊谱。"起首是《忆菊》；忆之不得，故访，第二是《访菊》；访之既得，便种，第三是《种菊》；种既盛开，故相对而赏，第四是《对菊》；相对而兴有馀，故折来供瓶为玩，第五是《供菊》；既供而不吟，亦觉菊无彩色，第六便是《咏菊》；既入词章，不可不供笔墨，第七便是《画菊》；既为菊如是碌碌，究竟不知菊有何妙处，不禁有所问，第八便是《问菊》；菊如解语，使人狂喜不禁，第九便是《簪菊》；如此人事虽尽，犹有菊之可咏者，《菊影》《菊梦》二首续在第十第十一；末卷便以《残菊》总收前题之盛。这便是三秋的妙景妙事都有了。"

组织主办诗社主题活动，真是构思奇巧，显出女孩子们的兰心蕙质。与贾府男子有条件便挥霍无度、滥吃淫色不同，大观园的女孩子们将生活艺术化，将艺术生活化。作诗的有五个人，但十二个题目都有人写。薛宝钗完成两个，林黛玉完成三个，贾宝玉完成两个，贾探春完成两个，史湘云完成三个。认题作诗的，除去宫里的贾元春和栊翠庵里的妙玉，也正是正册十二钗里，前六人一组中的四位。"凑成十二个便全了"，湘云的意思，在拟题时似乎已想象将诗作誊写在字画册页上了。十二首诗正好占满一本册页。

在中国文化里，十二，是一个跟圆满、齐全、完整等意义相关的数字。一提"十二"，我们想到的有十二个月、十二时辰、十二地支、十二生肖、十二经脉、十二年一个本命年、音乐十二律、中医十二藏等。古人发现月亮盈亏周期可以用来丈量岁的长短，十二次月圆为一岁。由此，"十二"便被中国人视为传达天意的"天之大数"。《春秋左氏传》记载，从穿衣戴帽到祭祀用牲，周礼有严格的等级规定，万物不可过十二之数，十二是神圣的"天之大数"，是最上等的数字。

在《红楼梦》里，有一种药是最难配置的，即便是贾瑞活命时需要的独参汤、林黛玉的人参养荣丸、秦可卿的益气养荣补脾和肝汤、王熙凤生病后的调经养荣丸等，都无法与之相比。因为这种药不是用钱就能买的。那就是宝钗服用的冷香丸。"东西药料一概都有限，只难得'可巧'二字：要春天开的白牡丹花蕊十二两，夏天开的白荷花蕊十二两，秋天的白芙蓉蕊十二两，冬天的白梅花蕊十二两。将这四样花蕊，于次年春分这日晒干，和在药末子一处，一齐研好。又要雨水这日的雨水十二钱……白露这日的露水十二钱，霜降这日的霜十二钱，小雪这日的雪十二钱。把这四样水调匀，和了药，再加十二钱蜂蜜，十二钱白糖，丸了龙眼大的丸子，盛在旧磁坛内，埋在花根底下。若发了病时，拿出来吃一丸，用十二分黄柏煎汤送下。"（页104—105，下同）

列表如下。

春天	白牡丹花蕊	十二两	雨水节气	雨水	十二钱
夏天	白荷花蕊	十二两	白露节气	露水	十二钱
秋天	白芙蓉花蕊	十二两	霜降节气	霜水	十二钱
冬天	白梅花蕊	十二两	小雪节气	雪水	十二钱
次年春分：晒干、研好 药末子（秃头和尚提供的药引）			蜂蜜		十二钱
			白糖		十二钱
服用：煎汤	黄柏	十二分			

春夏秋冬四个季节里，各种应季白色的花的花蕊，在恰好的节气上降落的水，单是凑齐药料便属不易。制作药丸的过程，可看作遵循天道的过程，追随着四季，感应着天时；制作出来的药丸，定当香甜纯净；服药时则需用苦苦的汤水，甘苦相济。在表格里有十一个十二，其实还隐含着时间上的一个十二，十二个月。十二个十二，天之大数的大数。

最神奇的是，这样难得的药丸，治疗的是什么疑难杂症呢？宝钗说，之前为治疗这个病，花了不知多少银子，来了一个秃和尚，和尚说"这是从胎里带来的一股热毒，"一般的药不能奏效。周瑞家的问宝钗，得到的回答很轻巧："也不觉甚怎么着，只不过喘嗽些，吃一丸下去也就好些了。"（页105）

不仅文学爱好者对此产生了好奇心，很多研究中医学、植物药理学等领域的学者，也纷纷查阅相关文献记载，以期解答心中的疑惑。不管怎样，我们能够感觉到，作者颇有深意地详解整部小说中出现的第一个药方，自然希望读者可以体会，这个药方周复四季轮转、缀连天地日月精华，可谓大矣，全矣。脂批本在此有批注，【甲戌侧批：凡用"十二"字样，皆照应十二钗。】

其实，故事一开始的时候，就已经有此照应了。"原来女娲氏炼石补天之时，于大荒山无稽崖炼高经十二丈、方经二十四丈顽石三万六千五百零一块。"（页 2）"高经十二丈"有【甲戌侧批：总应十二钗。】，"方经二十四丈"有【甲戌侧批：照应副十二钗。】。

小说第十八回妙玉出场那段文字，脂批本里有多个批注：【庚辰双行夹批：妙卿出现。至此细数十二钗，以贾家四艳再加薛林二冠有六，去秦可卿有七，再凤有八，李纨有九，今又加妙玉仅得十人矣。后有史湘云与熙凤之女巧姐儿者共十二人，雪芹题曰"金陵十二钗"，盖本宗《红楼梦》十二曲之义。后宝琴、岫烟、李纹、李绮皆陪客也，《红楼梦》中所谓副十二钗是也。又有又副删〔册〕三断词乃晴雯、袭人、香菱三人而已。（按：香菱应为副册之首），余未多及，想为金钏、玉钏、夗央〔鸳鸯〕、苗云〔茜雪〕（按：书中不见此人，想是彩云？）、平儿等人无疑矣。观者不待言可知，故不必多费笔墨。】【庚辰眉批：是处引十二钗总未的确，皆系漫拟也。至末回警幻情榜方知正副再副及三四副芳讳。壬午季春。畸笏。】①

由此可见，在曹雪芹构建的文学世界里，金陵十二钗分为五个层次，是一个由六十金钗组成的立体世界。正册是金陵冠首十二女子。副册之首是香菱，其他还有薛宝琴、邢岫烟、李纹、李绮等，也许还有尤二姐、尤三姐。又副册之首是晴雯，之后是袭人，还有金钏、玉钏、鸳鸯、彩云、平儿等人。紫鹃、五儿等可能也在这又副册里。此外，还有三副册和四副册，我们已无从得知。十二个戏官，还有水月庵的小尼姑智能，应该会放在这两个副册里。出现在册子中的女孩子，是小说里描绘的女性人物。她们有主有次，构筑了一个各有特点、形象丰满的女性世界。

其实，十二钗的说法并不是曹雪芹的原创。《红楼梦》面世之前和之后，都出现过有这样提法的小说，不过，绝大多数的情节都是，一男拥有十二美妾、众女共侍一夫，佳人才子一见钟情，暗约私奔，偷

---

① 曹雪芹，脂砚斋．脂砚斋评石头记 [M]．上海：上海三联书店，2011：180．

香窃玉，淫秽粗俗。①

《红楼梦》则完全跳脱这样的窠臼，金钗们不仅有男子所不及的超凡才情，更有细腻丰富的情感；她们不再是男子的附庸，她们有独立的精神世界，更有超越时代的人格追求和独特的价值观。每个女性性格中的光彩和缺憾，成就了人性的复杂和真实，每个人物结局都是身为美好却被摧残、被践踏，铺就了小说"千红一窟（哭）""万艳同杯（悲）"的悲剧底色。

贾宝玉在警幻仙姑那里翻阅了金陵十二钗的图册，听了红楼十二曲。警幻仙姑在哪里？在离恨天之上，灌愁海之中。她的职责是什么？司人间之风情月债，掌尘世之女怨男痴。（第五回）

《红楼梦》中有男女情爱，有男女性爱，也能看到男性同性恋行为。譬如薛蟠强抢英莲，宝玉和他的丫鬟们厮混，宝玉和秦钟情非一般，秦钟与水月庵的小尼智能情不能已私下交往，贾瑞贪恋凤姐美色，贾琏和鲍二媳妇搞出轨事件，贾芸和林红玉私相授受，贾琏、贾珍们和尤二姐淫乱滥交，贾赦欲纳鸳鸯为妾，宝玉的小厮茗烟与一个名叫卍儿的丫鬟苟且偷欢，迎春丫鬟司棋与她的表弟潘又安私定终身……

随着阅读的推进、理解的深入，我们会发现书中主要人物故事，与上面我们理解的"风情月债""女怨男痴"完全不同。我们需要认真读一读这些文字，"更有一种风月笔墨，其淫秽污臭，屠毒笔墨，坏人子弟，又不可胜数。至若佳人才子等书，则又千部共出一套，且其中终不能不涉于淫滥，以致满纸潘安、子建、西子、文君，不过作者要写出自己的那两首情诗艳赋来，故假拟出男女二人名姓，又必旁出一小人其间拨乱，亦如剧中之小丑然。且鬟婢开口即者也之乎，非文即理。故逐一看去，悉皆自相矛盾、大不近情理之话"（页5）。

① 施晔.《红楼梦》与十二钗故事的历史流变 [J]. 红楼梦学刊，2007（3）：268.

为了说明此故事与他故事的不同，《红楼梦》将这一观点重章复唱，还是第一回，甄士隐梦中听一僧一道在对话中也这样阐发："历来几个风流人物，不过传其大概以及诗词篇章而已；至家庭闺阁中一饮一食，总未述记。再者，大半风月故事，不过偷香窃玉、暗约私奔而已，并不曾将儿女之真情发泄一二。想这一干人入世，其情痴色鬼、贤愚不肖者，悉与前人传述不同矣。"（页8—9）

《红楼梦》立了无数靶子，以此书敌一类书。他强调此书的写作原则："虽其中大旨谈情，亦不过实录其事，又非假拟妄称，一味淫邀艳约、私订偷盟之可比。"（页6）《红楼梦》写情，写真情，写不同人心中的情之百态，写情欲和情爱的不同，写多样的情之表达方式和宣泄方式；《红楼梦》写情，写深情，写情之懵懂、情之豁朗、情之缠绵、情之真挚的展开，写情里的愚笨和智慧，写因情而来的愁闷、欢愉、感动、痛苦；《红楼梦》写情，写情之所起，写四季轮回、花草枯荣的因境生情，写欢宴聚散、身世际遇、生老病死的因事生情，写观戏听曲、写诗填词的性灵之情。一部《红楼梦》，怎一个情字了得？

《红楼梦》里包含了多个维度的"十二"，可谓大矣全矣，这个大和全，其意并不在于真实和立体地表现了当时的社会生活和时代特点，而在于它突出表现了人的精神情感和心灵活动的丰富和复杂。

涉及回目

阅读问题

请阅读文本，找到与史湘云相关的情节，分析史湘云的性格特点，并为她的正册排序位置做一些自己的解读。

阅读要求

请继续阅读至第六十五回。

阅读推荐

1. 《西厢记》，王实甫
2. 《古诗十九首》

第八讲
那十二支宫花

更有意思的是，十二支宫花，是宫里的新样式，连带着贾元春，一路送过去，送到红楼女儿们手上，我们发现，这个过程，完全可以看作是对正册十二钗里目前出现的十钗的巡礼。

宝钗谈病配冷香丸
薛姨妈托周瑞家的送花
金钏、周瑞家的笑香菱

与"十二"这个数字有关的，还有一处情节。且让我们慢慢读来。

刘姥姥第一次进贾府，找到周瑞家。周瑞家的听说，便走出门来迎接刘姥姥，两人进屋交谈，此处你来我往的语言描写、心理描写真是精彩至极。周瑞家的是怎样把刘姥姥这个远房亲戚的请托办好的呢？她先带着刘姥姥到倒厅安顿好。倒厅在王夫人院落的最后面，再往后过了影壁墙，便是贾琏和王熙凤的院子。王熙凤要陪着王夫人伺候贾母吃早饭，尚未下来（从长者房间、院子回到自己院落）。周瑞家的先知会平儿，告诉她："当日太太是常会的，今日不可不见，所以我带了他进来了。"（页96）以便托王夫人之尊，让平儿看重此事。平儿果然做主将刘姥姥祖孙两个让进院子里。

王熙凤回来了。周瑞家的和平儿赶忙出去伺候，待王熙凤用过早饭，"周瑞家的笑嘻嘻走过来，招手儿叫他（刘姥姥）"（页97—98）。这意味着，她已经向王熙凤汇报了这件事，王熙凤也给了她肯定的答复。"周瑞家的又和他唧咕了一会，方过这边屋里来。"（页98）临推到前台了，还要再三辅导。周瑞家的的确很上心。王熙凤摆足了钟鸣鼎食之家接见穷苦亲戚的架子，但这种架子又与其他富贵人家的不同。王熙凤问周瑞家的，这件事王夫人是否知道。周瑞家的马上回答："如今等奶奶的示下。"（页99，下同）

这正是周瑞家的精于应酬的另一体现。周瑞是王夫人的陪房，周瑞家的自然也是王夫人派系的，而刘姥姥是来找王夫人的，似乎直接禀报王夫人即可。这么做看上去无可厚非，但周瑞家的明白，王熙凤是主家奶奶，她这里是无论如何都绕不过去的，即便王夫人应准，事情最后还是要王熙凤来主持，而王熙凤怎么主持，王夫人是不会再过问的。所以，周瑞家的并没有直接通报王夫人，而是恭恭敬敬地来找王熙凤，不但表达了对王熙凤的尊重，也表明了自己的立场，即自己完全听令于王熙凤。

后面，刘姥姥难为情地仍然只是说，是来看望姑太太、姑奶奶的，周瑞家的则提醒刘姥姥，"若有话，只管回二奶奶，是和太太一样的。"趁着安排刘姥姥去吃早饭的空当儿，王熙凤问王夫人的回话，周瑞家的说，夫人说了不得闲，让王熙凤自己看着办。王夫人不出来见刘姥姥，这本身就是一个明确的态度。因而，王熙凤便随便给了刘姥姥二十两银子。对于贾府而言，二十两银子连微毫都算不上，但对刘姥姥来说，则是一笔起死回生的大数目。刘姥姥最终得到贾府的接济，整个事件过程中，周瑞家的是导演和主要演员之一。（第六回）周瑞家的把刘姥姥从后门送走，她还需要去跟王夫人回话。在贾府，做事应有的规矩是，凡事事前有请示，事后有汇报。

王夫人去找薛姨妈闲话，周瑞家的便到梨香院里来，引出了新的故事情境。《红楼梦》就是这样，看似散散淡淡，信笔写来，却驰荡起伏，时而俯视，时而近观，往往能从细微小事之中窥见复杂的人性与沉浮的世事，笔法瑰奇。

一、从甄英莲到香菱

"刚至院门前，只见王夫人的丫鬟金钏儿，和一个才留了头的小女孩儿站在台阶坡上顽。"（页103）王夫人的一等贴身丫鬟金钏出场了。旁边还有一个小女孩儿，却不道明。只是知道她年龄尚小，"才留了头"，旧时女孩儿幼时剃发，长大一些，便从头顶开始留，再到满头留发。

王夫人和薛姨妈在说话，周瑞家的不敢惊动。便先到里间，和宝钗闲聊。于是引出了"冷香丸"的内容。之后插个空儿，周瑞家的便将刘姥姥的事情回复了王夫人。正待退出，薛姨妈却麻烦她一件事，让她帮着给姑娘们送宫花。说着，薛姨妈便叫了一个名字——"香菱"。

香菱出场。原来就是刚才和金钏在台阶上一起玩的那个小女孩儿。香菱在薛姨妈的吩咐下，给周瑞家的拿出盛放宫花的锦盒。周瑞家的接过薛姨妈的任务，走出房门，金钏仍在房门口晒太阳。周瑞家的便跟金钏打听香菱的事情。很多信息、很多情节在《红楼梦》里就是这样极其自然地穿插进来的。

"周瑞家的因问他道：'那香菱小丫头子，可就是常说临上京时买的、为他打人命官司的那个小丫头么？'金钏道：'可不就是他。'正说着，只见香菱笑嘻嘻的走来。周瑞家的便拉了他的手，细细的看了一会，因向金钏儿笑道：'倒好个模样儿，竟有些像咱们东府里蓉大奶奶的品格儿。'金钏儿笑道：'我也是这们说呢。'周瑞家的又问香菱：'你几岁投身到这里？'又问：'你父母今在何处？今年十几岁了？本处是那里人？'香菱听问，都摇头说：'不记得了。'周瑞家的和金钏儿听了，倒反为叹息伤感一回。"（页105—106）从周瑞家的问话里，可以看出，香菱的来历是贾府近来的一大八卦内容，是当时宁荣二府的新闻头条。"为他打人命官司"，这样的说法，跟今天生活里的很多网络传播事件成为热点的炒作方式没有什么两样。本是薛蟠的胡作非为，转眼香菱就成为问题原点了。

很多时候最令人无语的，恰是香菱所面对的这种情形——当着香菱的面儿，开始去寻找更不为人所知的细节。之后，再像鲁迅小说《祝福》里鲁镇上的人，面对祥林嫂的悲剧一样："有些老女人没有在街头听到她的话，便特意寻来，要听她这一段悲惨的故事。直到她说到呜咽，她们也就一齐流下那停在眼角上的眼泪，叹息一番，满足的去了，一面还纷纷的评论着。"[1] 不幸是能够引发同情的，但痛苦也是可以用来赏鉴的，是可以令他人感到满足的。

"笑嘻嘻的走来""不记得了"，香菱的表现和回答，令人眼泪都要流下来。生活总是要继续，四五岁以后便再也找不到自己的亲生父母，在人贩子身边的日子终是不好过，又被薛蟠强抢过来，人生不断有变

---

① 鲁迅. 鲁迅全集：第二卷 [M]. 北京：人民文学出版社，2005：17.

故，但香菱的日子还是要在"笑嘻嘻"里继续。脂批本里，在"一个才留了头的小女孩儿"旁边，有一行批注是这样写的：【甲戌侧批：莲卿别来无恙否？】

香菱第一次在小说中出现，是甄士隐和妻子封氏珍爱无比、粉妆玉琢、乖觉可喜的独女，之后在一个元宵节夜里丢失。那时，她的名字是甄英莲。（第一回）现在，甄英莲改名香菱，再一次在小说中出现，甄英莲已成前尘往事。

当然，在此之前，她的故事已经以他人转述的形式告知读者了。贾雨村得到贾府提携，被授为应天府知府，审理的第一个案件就是薛蟠的人命案。贾雨村手下的一名差役，当年是葫芦庙里的小和尚，了解过往的一切。他不仅提醒贾雨村，薛蟠是"护官符"上富贵权势之家列表中的薛家子弟，而且告诉贾雨村甄家小姐丢失后他所了解的情况。"况且他眉心中原有米粒大小的一点胭脂痣，从胎里带来的，所以我却认得。偏生这拐子又租了我的房舍居住，那日拐子不在家，我也曾问他。他是被拐子打怕了的，万不敢说，只说拐子系他亲爹，因无钱偿债，故卖他。我又哄之再四，他又哭了，只说'我不记得小时之事！'"（页60）

"他是被拐子打怕了的，万不敢说"，四岁被拐子偷走，昔日记忆还留下多少，很难说，但令她彻底忘记过去的，是拐子的打骂。在香菱的成长记忆里，只要在别人面前否认拐子是自己的父亲，必定会遭受一顿痛打。香菱在挨打生涯中度过了漫漫几年的光阴，这一段经历造成的结果是，从别人那里发出的所有试探性问话，带来的都是生理和心理双重的条件反射。

陈凯歌导演的电影《霸王别姬》里，小豆子（后来的程蝶衣）学戏时有一句唱词"我本是女娇娥，又不是男儿郎"，他最开始张口总是"我本是男儿郎，又不是女娇娥"，因为唱错，曾遭受师父几番毒打。从总是唱错，到终于唱对，这个过程里面既表现了性别意识的变化，也表现出人格意志在强大压力下的被迫屈从。

被拐卖后，香菱的生活经验是，若想不受皮肉之痛，最好的应对办法就是，一概回答"不记得了"。先是贾雨村手下的门子"哄之再四"，后来到了贾府，周瑞家的问她，英莲的回答都是"不记得了"。"不记得了"，成为香菱自我保护的下意识反应。香菱屈从了自己的命运。她没有像鲁迅小说《祝福》里的祥林嫂一样，一遍一遍叙说自己的哀伤，因为没有什么人可以伸出有实质性帮助的援手。

门子断定这个小女孩是甄英莲又如何，虽然不忍，最后仍是坐视不管；贾雨村，地方要员，了解了所有内情，虽然嘴上说不可因私废法，最终还是顾及薛家、贾家的姻亲关系而徇私枉法。

香菱第四次出现，是在第十六回里，贾琏带着林黛玉料理林如海的丧事回到京都之后，和王熙凤交流夫妻分别一段时间以来的事情。贾琏说，自己回来后到薛姨妈那里去请安，碰见了一个年轻的小媳妇子。"说话时因问姨妈，谁知就是上京来买的那小丫头，名叫香菱的，竟与薛大傻子作了房里人，开了脸，越发出挑的标致了。那薛大傻子真玷辱了他。"（页206，下同）这话里话外，都透出了对香菱的觊觎之心，难怪王熙凤会讥笑他，对他不满。

"那薛老大也是'吃着碗里看着锅里'的，这一年来的光景，他为要香菱不能到手，和姨妈打了多少饥荒。也因姨妈看着香菱模样儿好还是末则，其为人行事，却又比别的女孩子不同，温柔安静，差不多的主子姑娘也跟他不上呢，故此摆酒请客的费事，明堂正道的与他作了妾。过了没半月，也看的马棚风一般了，我倒心里可惜了的。"我们从王熙凤的对话中可以看到夫妻两个看待和分析同一时间、同一人物的侧重点有多么不同。

夫妻二人评说香菱，有一个共同点，便是香菱很好；不同点也很清楚，贾琏更侧重长相美；王熙凤和众女性眼里的香菱，则不只是样貌好，而且端庄稳重，王熙凤认可薛姨妈的做法，香菱值得薛姨妈用正规的仪式为薛蟠迎娶，虽然是妾，但比香菱被不清不楚地侵占和凌辱要好很多；还有一个不同点，贾琏觉得香菱给了薛蟠，是便宜了他，言外之意，似乎，香菱属于自己才是合适的；王熙凤则认为，薛蟠不懂得香菱的珍贵，为香菱惋惜。

薛蟠自然是不配拥有香菱的。他后来央缠着娶回了夏金桂，香菱跌入被折磨的深渊。他恣心纵欲，喜新厌旧，无法无天，不仅沉溺于女色，还喜好男色。在赖大家的酒宴上，他缠住柳湘莲，最后，被柳湘莲骗到城北门外的苇子坑里痛打了一顿。多亏贾珍吩咐贾蓉去寻，送到家里。

薛蟠被打，母亲、妹妹自然会愤怒、心疼。但有意思的是，"香菱哭得眼睛肿了"。（页638，下同）贾珍、贾蓉父子等虽然帮了薛蟠，不过，都认为"他须得吃个亏才好"，连薛宝钗都劝母亲，"这才好呢。他又不怕妈，又不听人劝，一天纵似一天，吃过两三个亏，他倒罢了"。只有香菱，为薛蟠哭肿了眼睛。香菱贤淑温和，沉静柔美，她的哭，一定是默默地流眼泪。不管薛蟠在外怎样，不管薛蟠是不是把自己放在心上，香菱知道，自己的一生所能仰仗和依靠的，只能是薛蟠了。她并没有因为薛蟠将自己抢了来而怨恨薛蟠，也从来没有对薛家心怀报复之心，相反，她尊重薛姨妈，她敬服薛宝钗和大观园里的其他女孩子。

在香菱身上，命运显得格外残酷无情。甄英莲，谐音，真应怜；香菱，谐音，相怜；后来，又被夏金桂改为秋菱，谐音，求怜。

宫崎骏执导、编剧的动画电影《千与千寻》，讲的是荻野千寻和父母在搬家途中误入灵异世界，父母因为贪吃被辖治此地的汤婆婆变成了猪。千寻留下来救出了父母。汤婆婆为了控制荻野千寻，将她的名字改为小千。她在这里认识了一个男孩白龙。白龙提醒她，一定要记得自己的名字。白龙说：名字一旦被夺走，就再也找不到回家的路了。经过一番历险，在白龙的帮助下，千寻勇敢地完成了自己的使命，并成功唤醒了白龙的记忆，白龙记起自己的名字是"赈早见琥珀主"。《千与千寻》可以看作是一部关于名字的电影，忘记名字，便意味着忘记过往，忘记自我。

名字一旦被夺走，就再也找不到回家的路了。这个寓意在香菱身上表现得最为明显，令人心伤。

二、请注意她们的居处

薛姨妈唤了香菱，让她捧出个小锦盒来，烦请周瑞家的将宫里头新样式的宫花送给女孩子们。可见，这会儿，香菱还是薛姨妈身边的丫鬟，还未成为薛蟠的妾。周瑞家的接了宫花，就往王夫人正房后头来。梨香院在宁国府东北角上，第七回开篇，周瑞家的在上房没有找到王夫人，"便转出东角门至东院，往梨香院来"。（页103）在院落布局上，《红楼梦》里的文字就好像带着读者真的走了一圈一样。

"原来近日贾母说孙女儿们太多了，一处挤着倒不方便，只留宝玉黛玉二人这边解闷，却将迎、探、惜三人移到王夫人这边房后三间小抱厦内居住，令李纨陪伴照管。"（页106）迎、探、惜三春，宝玉、黛玉二玉，这几位贾府的孙辈都是跟贾母在一起生活的，贾元春未进宫时也是如此，所以，他们都和祖母非常亲近。贾母病重临危之时，心里也是把所有的孙辈都想了一遍。

贾母现在觉得挤着不方便，便将三春挪到了王夫人正房后边的小抱厦内，留下了宝玉、黛玉二玉。这样的安排带出了老太太在情感上的偏向。宝玉最受贾母宠爱，黛玉在外祖母心里也有很重的分量。第三回黛玉进贾府，奶娘来问黛玉的房舍。贾母说："今将宝玉挪出来，同我在套间暖阁儿里，把你林姑娘暂安置碧纱橱里。等过了残冬，春天再与他们收拾房屋，另作一番安置罢。"（页51，下同）

宝玉原来的居所是碧纱橱，黛玉来了，贾母让黛玉住在碧纱橱里，宝玉和自己一起在套间暖阁里。无论是碧纱橱还是套间暖阁，都是大房间里用隔扇隔断的小开间，都是紧挨着贾母的地方，二玉和贾母同居一处。宝玉却接过话头，说："好祖宗，我就在碧纱橱外的床上很妥当，何必又出来闹的老祖宗不得安静。"如此看来，宝玉和黛玉的居所是靠得最近的，他们两个小儿女的床之间仅隔着碧纱橱的隔断。"当下，王嬷嬷与鹦哥（贾母赏的，即后来的紫鹃）陪侍黛玉在碧纱橱内。宝玉之乳母李嬷嬷，并大丫鬟名唤袭人者，陪侍在外面大床上。"

按理说，黛玉来了，应该将其居所放在三春一处，但贾母却将二玉放在了一起，诚如以后宝玉哄林妹妹时所说的："咱们两个一桌吃，一床睡，长的这么大了……"（页276）对黛玉的安排，表现出贾母的宠爱之心。贾母对黛玉之情，首先是顾念女儿之情，贾母和黛玉一见面，聊的自然首先是贾敏："不过说些黛玉之母如何得病，如何请医服药，如何送死发丧。不免贾母又伤感起来，因说：'我这些儿女，所疼者独有你母，今日一旦先舍我而去，连面也不能一见，今见了你，我怎不伤心！'说着，搂了黛玉在怀，又呜咽起来。"（页39）其次，黛玉身体怯弱，风度不俗，言谈举止灵慧，令人不禁怜爱万分。

黛玉在贾府是寄寓于外祖母家，虽然时时思乡，然一则家乡已无亲人，特别是林如海去世之后，她已无处可去；另外，因为祖母的喜爱，林黛玉在贾府的地位是非常特殊的。宝玉是孙辈第一，黛玉则是贾母另一个心尖尖上的人。薛宝钗进贾府之后，虽然贾母也喜爱非常，但在贾母和贾府人心里，薛姨妈一家是客人，需待客有道。抄检大观园之时，王熙凤很明确地跟王善保家的说："要抄检只抄检咱们家的人，薛大姑娘屋里，断乎检抄不得的。"（页1029，下同）王善保家的也同意："岂有抄起亲戚家来的。"

整部《红楼梦》里，只有一个女孩子在受贾母宠爱的程度上略略能赶上林黛玉。她就是薛宝钗的堂妹薛宝琴。

三、一个完美的过客

　　第四十九回，王夫人上房里"乌压压一地的人"，怡红院里随之炸开了锅。"然后宝玉忙忙来至怡红院中，向袭人、麝月、晴雯等笑道：'你们还不快看人去！谁知宝姐姐的亲哥哥是那个样子，他这叔伯兄弟形容举止另是一样了，倒像是宝姐姐的同胞兄弟似的。更奇在你们成日家只说宝姐姐是绝色的人物，你们如今瞧瞧他这妹子，更有大嫂嫂这两个妹子，我竟形容不出了。<u>老天，老天，你有多少精华灵秀，生出这些人上之人来</u>！可知我井底之蛙，成日家自说现在的这几个人是有一无二的，谁知不必远寻，就是本地风光，一个赛似一个，如今我又长了一层学问了。除了这几个，难道还有几个不成？'一面说，一面自笑自叹。袭人见他又有了魔意，便不肯去瞧。晴雯等早去瞧了一遍回来，嗤嗤笑向袭人道：'你快瞧瞧去！太太的一个侄女儿，宝姑娘一个妹妹，大奶奶两个妹妹，倒像一把子四根水葱儿。'"（页654—655）贾宝玉已经"喜欢的无可不可"了，晴雯也是个"心比天高"的人，其赞语也不可不信。

　　在这新进入大观园的四个女孩子中，大家公推薛宝琴最佳，薛宝琴不仅在这四个女孩子中是翘楚，探春甚至还下了一个论断："据我看，连他姐姐并这些人总不及他。"（页655，下同）贾母的喜爱，则直接奠定了薛宝琴至高无上的地位。老太太一见，"喜欢的无可不可"，让王夫人认作干女儿，决定自己来养活薛宝琴，并让她跟着自己住在一处。

　　那薛宝琴的安寝之处在哪儿呢？第四十九回，雪霁晴好，一大早宝玉逛到芦雪庵，之后和探春一起去贾母处请安用餐。到了那儿之后，看到"宝琴正在里间房内梳洗更衣"（页664）。第五十二回，宝玉要外出庆贺舅老爷生日，一早过来辞别贾母。"贾母犹未起来，知道宝玉出门，便开了房门，命宝玉进去。宝玉见贾母身后宝琴面向里也睡着未醒。"（页710）读到这里，我们就清楚了，原来贾母已经喜欢到让宝琴和自己睡在一张大床上了。这可是林黛玉也没有过的待遇。甚至，贾母还允许薛宝琴在除夕之日进入了贾家宗祠（第五十三回）。《红楼梦》写作手法非常有意思，要不断地增加对这个家族的全面描写，就会不断有新的人物视角来观看，祭宗祠就是通过薛宝琴的眼光来描写的。

在贾母的箱子里，放着俄罗斯国的两件大氅。一件是拿孔雀毛拈了线织的，名"雀金呢"；一件是拿野鸭子头上的毛做的，名曰"凫靥裘"。雀金呢"金翠辉煌，碧彩闪灼"，凫靥裘同样是"金翠辉煌"。贾母先把凫靥裘给了薛宝琴，后把雀金呢给了宝玉。湘云说宝琴："可见老太太疼你了，这样疼宝玉，也没给他穿。"（页658，下同）她从来心直口快，"这一件衣裳也只配他穿，别人穿了，实在不配"。

贾母到大观园里赏雪，回去的时候，看到山坡上的白色世界里，宝琴披着凫靥裘，身后一个丫鬟抱着一瓶红梅，在粉妆玉砌的园子里成为一道亮丽的景色。看得贾母心里大喜，这样的人品，这样的衣裳，又有梅花，她说连仇十洲的《双艳图》也没有这样好，"那画的那里有这件衣裳？人也不能这样好！"（页681）老太太一时非常顺遂得意，甚至有些自傲自恋——在我们的园子里边，居然有这么好看的人，有这么赏心悦目的景。

这薛宝琴，贾母喜爱，湘云喜欢，就连大家认为素日小性的林黛玉也管宝琴叫妹妹，两人彼此欣赏赞佩，其亲敬程度更与别人不同。为何薛宝琴有如此大的魅力？薛宝琴颜值高，此不必再说。她才情高。芦雪庵联诗，宝琴才思敏捷。宝玉折得红梅归，众人的赋梅诗里，宝琴之诗独推为高。（第五十回）

在《红楼梦》的女性人物形象中，薛宝琴和林黛玉一样诗情洋溢，她把自己去过的古迹与所知的典故融合在一起，写成十首怀古诗，这十首诗同时还是谜面，各打一物，等待着读者去猜一猜。

她见识广。因为从父行商，京都及各地她都去过，见到的风情多，见到的人物多，听到的故事多，读过的书也很多。薛姨妈说："他从小儿见的世面倒多，跟他父母四山五岳都走遍了。他父亲是好乐的，各处因有买卖，带着家眷，这一省逛一年，明年又往那一省逛半年，所以天下十停走了有五六停了。"（页682）贾府中的小姐哪有这样的经历和体验？她性格好。薛宝琴天真烂漫，热诚亲切，宠爱集于一身，她能安然处之，大方接纳，同时不骄矜，也不故作清高。她有黛玉之才情，无黛玉之刻薄；有宝钗之心机，无宝钗之算计；有湘云之爽朗，无湘云之憨直。

红楼女子个性丰满，立体真实，有优点便有缺点，薛宝琴可算得上是相对最完美的人物了。她美艳绝伦而不涉人间凡尘，她闺中作诗而能有历史开阔。宝琴在贾府是一道风景，贾府也是宝琴的一道风景。这里不是她的归宿，她只是一个过客。和宝琴去过的三山五岳一样，大观园是一段旅途中的落脚点，她从他们的世界里走过，从红楼的世界里走过。

薛宝琴本是为待嫁而来，进贾府之前，她已经许配给梅翰林之子，她跟这里的人没有过多情感纠葛，更多时候她只是一个旁观者。第七十回，林黛玉和史湘云一起商量重起桃花诗社，此次活动的主题，是以柳絮为题填词。宝琴填了一首《西江月》："汉苑零星有限，隋堤点缀无穷。三春事业付东风，明月梅花一梦。几处落红庭院，谁家香雪帘栊？江南江北一般同，偏是离人恨重。"（页972）词中使用"汉苑""隋堤"两个典故。汉代皇家宫苑如长杨宫，多植柳树，暮春时节一定是柳絮飘扬。不过，其情景远不及隋堤两岸柳絮迷蒙的壮阔，为了建大运河，开通济渠，百万民工被征调，自洛阳到扬州水渠旁修御道，两岸种垂柳，游龙一般蜿蜒南北。宝琴之词起笔不凡，同为柳絮，自古而今，飘零千年。

"三春事业付东风"，一种对于时间无可挽回的无奈和伤痛跃然纸上，柳絮飘飞，暮春时节最是伤春惜春。这句诗还让我们想起了秦可卿跟王熙凤说的警戒之语："三春去后诸芳尽，各自须寻各自门"。（页

170）"三春"，在此意在双关，既指整个春天，也指贾府未嫁的三个女孩儿。等到贾府败落，物是人非，就让薛宝琴这个旁观者，在记忆中永存这群儿女们曾经的自由美丽吧。"明月梅花一梦"，月、梅，清、香，在这样的夜晚，是怎样的一场梦啊？那些过去了的，不就是一场梦吗？

薛宝琴是第一个带着非常明确的婚姻目的走入大观园的。她年龄最小，在所有同辈那里，她的称谓一直都是妹妹，但她却已经有婚姻的对象了，此次兄长薛蝌送她进京正是为了与都中梅翰林之子完成聘嫁仪式的。薛宝琴的加入，意味着美好的时光马上就要走到尽头。

宝琴的故事后来怎样？第五十七回，宝钗说梅家全家在任上，后年进京。第七十四回，抄检大观园，没有抄检薛宝钗的住所。第七十六回，这年的中秋节，贾母凸碧堂设宴赏月，提到宝钗姊妹回家和母亲兄弟一起过节。第七十八回，薛宝钗正式从大观园里搬走，宝玉跟着贾政出门，带回来很多人的赠礼，其中就有梅翰林送的。这段时间里，宝琴肯定离开贾母，回到薛姨妈那里了。此时，薛家正因为夏金桂的嫁入而频生波折，薛姨妈每日里感叹家门不幸。很快，薛蟠打死了张三，被拘捕进去。薛家再次惹上了人命官司。

第九十回，薛蝌安慰薛姨妈，提到宝琴还没有嫁出去，是薛姨妈的烦心事，至于自己和邢岫烟的婚事，请薛姨妈先不必放在心上。第九十二回，贾母要在十一月初一办消寒会，让把大家都请过来。薛姨妈便带着宝琴过来。第一〇八回，贾母和出嫁回门来请安的史湘云说，薛宝琴因为她公公死了尚未满服，还没有嫁到梅家。第一一〇回，贾母丧礼上，众人向李纨夸赞贾兰，批评宝玉娶亲后行为还是乖张，提到宝琴仍然还在。第一一八回，王夫人提道："那琴姑娘梅家娶了去，听见说是丰衣足食的很好。"（页1567）如此，薛宝琴总算是好事多磨，进入了相夫教子的生活阶段，有了一个平和安稳的结局，但在有着疯痴心性的贾宝玉看来，那是一个正在由珍珠变为鱼眼的过程。

薛宝琴，一个完美的过客。薛宝琴等人的加入，成就了大观园中最热闹的时光。曹雪芹将青春繁华放在了一季冬雪里。第二年春天，林黛玉所作桃花诗在宝玉看来直是"哀音"，回首看几个月前的白雪红梅世界，已是恍若梦境。

四、惜春与她的小伙伴儿

周瑞家的拿着宫花锦匣，先到王夫人这边房后的三间小抱厦内，这里是李纨带着三春的居所。迎春、探春正在窗下下围棋。迎春的丫鬟是司棋，探春的丫鬟是待书。"二人忙住了棋，都欠身道谢，命丫鬟们收了。"（页106，下同）迎春、探春非常有礼数，周瑞是王夫人的陪房，周瑞家的自然是家里的长辈老仆，小姐们在礼数上不可轻慢。

惜春在另外一个房里。"只见惜春正同水月庵的小姑子智能儿一处顽耍呢，见周瑞家的进来，惜春便问何事。周瑞家的便将花匣打开，说明原故。惜春笑道：'我这里正和智能儿说，我明儿也剃了头同他作姑子去呢，可巧又送了花儿来；若剃了头，可把这花儿戴在那里呢？'说着，大家取笑一回，惜春命丫鬟入画来收了。"惜春的丫鬟是入画。入画帮着收了宫花。

惜春是贾敬的女儿，贾珍的胞妹，估计生下来就被抱到贾母这边了。三春是堂姐妹，迎、探、惜的父亲分别是贾赦、贾政、贾敬。三春中只有探春有生母，即赵姨娘，给探春带来无穷烦恼，探春的嫡母是王夫人。其余迎春丧母，嫡母是邢夫人；惜春却既无生母，也无嫡母。

惜春是怎么长大的？当然，贾府小姐有十一二人的标配，穿衣吃饭起居坐卧，都有人照顾，没有问题。不过，"长大"是个含义很丰富的词语。她的性格怎样养成？她的性情如何生发？她的感情从哪里获得满足？她快乐过吗？她孤单过吗？她害怕过吗？长大的过程中有怎样的甘苦？我们在《红楼梦》中很难直接得到答案。

上面的文字告诉我们，惜春在和水月庵的小尼姑智能儿一起玩儿呢。这一下子提醒我们一个问题，豪门贵族的儿女们有玩伴吗？他们的玩伴可能是什么样的孩子？我们发现，就算是个男孩子，贾宝玉似乎也没有几个朋友，秦钟夭折，蒋玉函和柳湘莲不常在，而后两者是优伶。还有几个，就是薛蟠、冯紫英等，看看第二十八回里他们的聚会场面，便知宝玉与他们面上热闹，然而热闹终究是他们的。为了蒋玉函的事情，宝玉还被贾政痛笞。宝玉很仰慕北静王水溶，水溶也喜爱宝玉，不过宝玉在水溶面前不敢造次，水溶也难以真正放下架子。

第二十六回，贾芸应宝玉邀请，到怡红院里去找宝玉玩儿。怡红院里金碧辉煌，丫鬟们俏丽美貌，贾芸很难自然安坐。"那宝玉便和他说些没要紧的散话。又说道谁家的戏子好，谁家的花园好，又告诉他谁家的丫头标致，谁家的酒席丰盛，又是谁家有奇货，又是谁家有异物。那贾芸口里只得顺着他说，说了一会，见宝玉有些懒懒的了，便起身告辞。"（页353）一席话下来，估计宝玉只能得出一个结论，便是，和贾芸没有什么可说的。上面那些聊天的内容，应该并不是宝玉愿说的，可不说这些，又没有其他话题可聊。本来应是一次轻松的、渴盼已久的交友机会，反倒使得宝玉在送走贾芸后，更加无聊和懈怠。袭人让他出去逛逛，宝玉却说："可往那去呢？怪腻腻烦烦的。"（页354）

其实，没有谁是从一开始就完全能够忍受孤独的，但也没有哪个人愿意把生命和时间浪费在泛泛之交上。清人张潮说，人无癖，不可交。宝玉也算是有癖之人，值得交。可是放眼红楼世界，我们发现，能够和宝玉进行深层交流的，也就是那些女子们了。

宝玉尚且如此，惜春是一个千金小姐，侯门深似海，便更难得小伙伴了。一般小家小户的女孩儿，没有什么机会接近她；同一阶层里的千金，也很难凑巧成为总角之交。倒是智能儿等尼姑道士，这些方外人士因为主子们需要，能够方便地出入府邸内院。智能儿一来年龄小，与惜春相仿，二来对贾府比较熟悉，故而这样的交往反倒自然真诚了很多。我们看惜春有说有笑，两人相处甚欢。只是不知道，惜春儿时的一句玩笑话，居然成了她的命运。"我明儿也剃了头同他作姑子去呢"，这句话，要等读完小说，再回过头来看时，方感觉到其惊心动魄处。

智能儿，就是后来和秦钟在水月庵里彼此情投意合的小尼姑，她凡心已动，秦钟又少年情切，在姐姐秦可卿殡葬的水月庵里便开始卿卿我我。智能儿在秦钟返回家后，从水月庵私逃出来找秦钟，被秦钟父亲秦业发觉，将她逐出，智能儿的去向不知所终。秦业被气得旧病复发，而后身亡。秦钟身体本来就弱，也因此葬送性命。秦业，谐音，情孽；秦钟，谐音一曰情种，一曰情钟。不知惜春知道了智能儿的故事后，会作何感想。

随着年龄的增长，大观园里的诗情画意并没有给惜春带来更大的欢乐。诗会虽热闹，但惜春在这方面的才情有限。

贾母说，惜春会画画，可以将大观园画出来。惜春便借此向李纨请假一年，同时苦恼地说："原说只画这园子的，昨儿老太太又说，单画了园子成个房样子了，叫连人都画上，就像'行乐'似的才好。我又不会这工细楼台，又不会画人物，又不好驳回，正为这个为难呢。"（页567—568）这会儿，我们才发现这位以绘画才能名闻贾府的四小姐，手里有的画画材料着实有限："我何曾有这些画器？不过随手写字的笔画画罢了。就是颜色，只有赭石、广花、藤黄、胭脂这四样。再有，不过是两支着色笔就完了。"（页570）贾府，并没有特意给惜春供应过什么，惜春，也并没有为发展才艺而提出什么额外要求。

一个小女孩儿，在艳羡、压力、恐惧中长大，渐渐懂得人情世故，不知不觉中，惜春开始变得冷静、理智、绝情。

丫鬟入画因为私自接受了自己哥哥蒙主子赏的银两，受到责罚，惜春将嫂嫂尤氏叫来，表明自己要和入画一刀两断的态度，"这些姊妹，独我的丫头这样没脸，我如何去见人。……我今日正要送过去，嫂子来的恰好，快带了他去。或打，或杀，或卖，我一概不管"（页1035）。甚至，惜春还表示了与宁国府不相往来的意思，让尤氏又气又闷。"古人说得好'善恶生死，父子不能有所勖助'，何况你我二人之间。我只知道保得住我就够了，不管你们。从此以后，你们有事别累我。"（页1036）"古人曾也说的'不作狠心人，难得自了汉'。我清清白白的一个人，为什么教你们带累坏了我！"（页1037）

这些话，每一句都是在做了断，断舍离，惜春年纪不大，便已经是"心冷口冷心狠意狠"了。尤氏认为她年轻糊涂。惜春却说："我虽年轻，这话却不年轻。你们不看书不识几个字，所以都是些呆子，看着明白人，倒说我年轻糊涂。"（页1036）对于人生，惜春似乎已看够，也已看透。这些话的确显出说话人的心理年龄不是那么年轻，好似这人已在红尘中滚过千年万年。得是经过多少煎熬，惜春才能心灰到这种地步。

再往后，迎春遇人不淑，探春即将远嫁，两个姐姐的现在提醒着惜春的未来。惜春怎是不懂世事之人呢？姊妹们之间，最先了解黛玉和宝玉的情感以及他们面临的问题的，是惜春。惜春感慨："林姐姐那样一个聪明人，我看他总有些瞧不破，一点半点儿都要认起真来。天下事那里有多少真的呢。"（页1162）

惜春也了解妙玉对宝玉的一份情思。第八十七回，宝玉来找惜春，惜春正跟妙玉对弈。妙玉见到宝玉，脸上屡屡泛红，夜里禅坐便走火入魔，做了被人强娶、被强盗抢劫的噩梦。惜春听了妙玉的事情，则暗暗想道："我若出了家时，那有邪魔缠扰，一念不生，万缘俱寂。"（页1228）

贾母出殡之际，惜春留下看家，凤姐因病重，也留在家里，周瑞的干儿子何三趁此机会带领匪徒偷窃，何三被包勇打死。其余匪徒因贪恋妙玉美色，第二个夜晚，又潜入栊翠庵将妙玉劫走。自此，惜春愧疚自责，出家的心思一日坚过一日。

第一一五回，地藏庵的尼姑来看望惜春，尼姑们的话语甚合惜春心意："那些诰命夫人小姐也保不住一辈子的荣华。到了苦难来了，可就救不得了。"（页1529，下同）"姑娘你还不知道呢，要是人家姑娘们出了门子（嫁人），这一辈子跟着人是更没法儿的。若说修行，也只要修得真。那妙师父自为才情比我们强，他就嫌我们这些人俗，岂知俗的才能得善缘呢。"最后却是这两个尼姑将女性的命运分析得这样透彻。诰命夫人、千金小姐又能如何？谁又能做得了自己的主？往往是出身平凡的人才能得善缘。不禁令人想起了苏轼的《洗儿诗》："人皆养子望聪明，我被聪明误一生。惟愿孩儿愚且鲁，无灾无难到公卿。"

回顾惜春短暂的前半生，惊讶地发现，她的伙伴，能够和她说说笑笑，能够陪她说说心里话的，竟然不是尼姑，便是道士。这也就不难理解，惜春连做个字谜，谜底都是佛前海灯。

此时，我们不禁想起了贾巧姐。巧姐金贵，但能够认识一个乡下姑娘做朋友，也是她的幸运。刘姥姥曾经带着自己的孙女青儿到贾府，巧姐和青儿一见如故，不舍得青儿走，青儿便在贾府住了一段时间，两人成了好伙伴；后来，巧姐避难住在刘姥姥家，也有青儿陪着；巧姐可以回府的时候，两个女孩儿难舍难分，不忍相别，青儿便第二次来到贾府住下。

相较之下，巧姐虽然丧母遭难，但伙伴儿给她的精神慰藉，使她不至于过早地失去青春的活泼和对美好生活的向往。而惜春，却没有这么幸运。惜春不惜，她不惜亲人之亲，不惜情感之情，不惜青春之盛。因为，这些她都没有真正拥有过。

一个决绝的出家人，这是惜春的人生方向。

五、黛玉第二次说话

周瑞家的和智能儿闲聊了一会儿，便往凤姐院里去。"穿夹道从李纨后窗下过，隔着玻璃窗户，见李纨在炕上歪着睡觉呢，遂越过西花墙，出西角门进入凤姐院中。"（页107）李纨因为是寡妇，不便戴花，这份礼物中是没有李纨的。

周瑞家的由梨香院而来，从东角门进入王夫人院内，之后从西角门出去，经影壁墙，进入凤姐院内。她先到东屋，这里是奶妈带着大姐儿睡觉的房间。因为是中午，大家都在歇午觉，院里很安静。贾琏正和凤姐在一起。周瑞家的不便见凤姐，由平儿转达薛姨妈的心意。平儿很快出来，拿着两支宫花，让底下人送到东府里小蓉大奶奶处。周瑞家的最后来到贾母处，到黛玉房中，不过黛玉不在自己房里，正在宝玉房里解九连环。

黛玉刚到贾府时，黛玉、宝玉吃住都和贾母在一处，晚上睡觉一个在碧纱橱内，一个在碧纱橱外。他们此时已经各自有了自己的房间，但平时仍常常一同在贾母处。

周瑞家的锦匣里现在只剩下两支宫花了。"黛玉冷笑道：'我就知道，别人不挑剩下的也不给我。'"（页108）周瑞家的不敢接话、辩驳。实际上，最后到贾母这里，并不是有意为之，只是顺路而已。三春和王熙凤在接过宫花时，都答复感谢周瑞家的，感谢薛姨妈。然而黛玉却全然不顾这些。这是黛玉进贾府之后，小说中第二次具体写她开口说话，她一说话，我们便发现林黛玉变化非常大。

刚进贾府，林黛玉"步步留心，时时在意"（页37），她仔细观察荣国府的宅院，记取行路拜见长辈的路线，揣摩座位的尊卑，观察贾府人的言行，对答问题忖度再三，为惹得宝玉摔玉而心下不安，这是一个心思缜密、聪慧美丽、纤弱而又坚强的小女孩儿。

此时面对周瑞家的，黛玉仿佛变了一个人，她口无遮拦，毫不忌惮。在很多读者心目中，林黛玉寄人篱下，孤苦可怜，不过，此处她的语调和神情，很是令人吃惊。从小心谨慎到肆无忌惮，这样的变化怎么会如此之大？其实，原本中间还有一个阶段的："自在荣府以来，贾母万般怜爱，寝食起居，一如宝玉，迎春、探春、惜春三个亲孙女倒且靠后；便是宝玉和黛玉二人之亲密友爱处，亦自较别个不同，日则同行同坐，夜则同息同止，真是言和意顺，略无参商。"（页68，下同）

"言和意顺，略无参商"，在宝黛之间的关系上，林黛玉是有过性情温和的阶段的。那是什么让她发生了第二次改变呢？

"不想如今忽然来了一个薛宝钗，年岁虽大不多，然品格端方，容貌丰美，人多谓黛玉所不及。而且宝钗行为豁达，随分从时，不比黛玉孤高自许，目无下尘，故比黛玉大得下人之心。便是那些小丫头子们，亦多喜与宝钗去顽。因此黛玉心中便有些恼郁不忿之意，宝钗却浑然不觉。"黛玉有其缺点，"小性儿"，可谓是对"孤高自许，目无下尘"的俗解。而宝钗不仅容貌出众，性情也豁达平和。

"那宝玉亦在孩提之间，况自天性所禀来的一片愚拙偏僻，视姊妹弟兄皆出一意，并无亲疏远近之别。其中因与黛玉同随贾母一处坐卧，故略比别个姊妹熟惯些。既熟惯，则更觉亲密；既亲密，则不免一时有求全之毁，不虞之隙。"（页68—69）宝玉的心情更合常理。恰是因为将黛玉看得亲密了些，却反而对黛玉求全责备了。关系越亲近，难免越苛责。宝玉多说话，又会进一步惹黛玉生气，黛玉生气了，宝玉便总是妹妹长、妹妹短的俯就她，宝玉就是这样在意黛玉。

黛玉在送宫花这件事上做得并不得体，宝玉似乎已经见惯了，而且不以为意，他既没有安慰黛玉，也没有附和黛玉。这似乎是不错的处理方式。他立即将话题转换了一下，他问周瑞家的，宝姐姐在家做什么，周瑞家的说宝钗身体不舒服。

"宝玉听了，便和丫头说：'谁去瞧瞧？只说我与林姑娘打发了来请姨太太姐姐安，问姐姐是什么病，现吃什么药。论理我该亲自来的，就说才从学里来，也着了些凉，异日再亲自来看罢。'"（页108—109）宝玉要打发人去问候宝钗，黛玉却也不反对。黛玉在这一次的正式出场里，每次表现，似乎都出人意表。

其实，正是因为在宝玉的言辞里，黛玉已经听出了宝玉此刻情感上的远近亲疏。"我和林姑娘"，宝玉表明，请安问好，是我们两个人一起做的事情，我们总是这样一起做事情的，他没有将黛玉放在一旁；"才从学里来，也着了些凉"，听到宝钗身体不舒服的消息，应当立即去看望，不过，这会儿正在陪林妹妹呢，而且，林妹妹没有说去看，宝玉自然也先不去看了，那就只能随便拉一个借口搪塞过去。

六、一个兜兜转转的差事

周瑞家的接了薛姨妈的差事，先到王夫人正房后头的三春处，又前往凤姐那里，最后，往贾母处找黛玉。路上碰到自己的女儿从婆家过来，女儿说自己丈夫酒后与人有了纷争，被告到衙门里了。周瑞家的说，"这有什么大不了的事""这有什么，忙的如此""小人儿家没经过什么事，就急得你这样了"。(页108)俗话说，一人得道，鸡犬升天。在贾府做奴仆，府里是奴，出府后，在外人看来却是手眼可通天的人物，摆平诉讼官司，是一件小事。

"原来这周瑞的女婿，便是雨村的好友冷子兴，近因卖古董和人打官司，故教女人来讨情分。周瑞家的仗着主子的势利，把这些事也不放在心上，晚间只求求凤姐儿便完了。"(页109)冷子兴，原来是周瑞的女婿，怪不得他可以演说荣国府呢，却原来他的岳父岳母都是荣国府的奴仆啊。

读到这里，恍然大悟。不止薛蟠不怕人命官司在身，不止贾雨村讨好荣宁二府和王子腾，多少人都依傍这棵大树呢。《红楼梦》写四大家族炙手可热，并不仅仅表现为主子们的显赫富贵，更巧妙处恰表现在这些小配角、小人物目无王法、自得自大上。

第八十八回，鲍二(曾由贾珍安排侍候尤二姐，尤二姐进入荣国府后，鲍二便跟了贾珍)和周瑞起了争执，在争执中周瑞辩解说："奴才在这里经管地租庄子，银钱出入每年也有三五十万来往，老爷太太奶奶们从没有说过话的，何况这些零星东西。若照鲍二说起来，爷们家里的田地房产都被奴才们弄完了。"（页1234）贾珍如果此时调查一番，也还算是有头脑的。周瑞一定是辜负了主子的信任。但贾珍让鲍二的赶紧走，让周瑞干自己的事儿去，相当于什么问题都没解决。周瑞的干儿子何三为周瑞抱不平，来找鲍二，两人打起来。贾珍命人将两人各打了五十鞭子。别说争执双方矛盾没有得到解决，就是其他下人听了也议论纷纷。这便是贾珍管家的方法。这一事件为后来鲍二告发何三引来盗贼等埋下了伏笔。这也是为什么抄家之后，贾政等才知道，所有的田产已是寅吃卯粮了。

《红楼梦》写了上层人物的龌龊不堪，但它也写出了下层人物的见利忘义。周瑞是王夫人的陪房，在贾府事务里，周瑞主要负责春秋两季地租，从后面的情节可以看出，周瑞从中获得巨大盘剥利润，贾府主子们疏于管理，最后竟是一摊烂账。

周瑞的妻子，也就是小说中称呼为"周瑞家的"，她只管跟太太奶奶们出门的事，有时也应承一下各处主子们的吩咐。薛姨妈让她去给姑娘们送宫花，并不是什么难办的差事，不过，却也够她遛一大圈儿的。

这一兜兜转转的差事，让我们再次温习了贾府后院的布局，让更多的小丫头们正式出场，让我们知道了甄英莲的故事进展，道明了冷子兴的身份，说清了宝钗的冷香丸，表现了林黛玉的性格变化。更有意思的是，十二支宫花，是宫里的新样式，连带着贾元春，一路送过去，送到红楼女儿们手上，我们发现这个过程，完全可以看作是对正册十二钗里目前出现的十钗的巡礼——贾元春、薛宝钗、三春、李纨、贾巧姐、王熙凤、秦可卿、林黛玉，只差史湘云和妙玉。

这便是红学家们所称道的，《红楼梦》娴熟运用"一笔多带"写作手法的具体表现。

涉及回目

阅读问题

刘姥姥一出场，小说行文便幽默轻松。你有没有注意过，刘姥姥一共进过几次贾府？请阅读文本，找到刘姥姥历次进贾府的情景，进行情节梳理，赏析人物语言。

阅读要求

请继续阅读至第七十五回。

阅读推荐

1. 《祝福》，鲁迅

2. 电影《千与千寻》

第九讲
『我但凡是个男人』
——探春之志

她能看到世事无常，能看透人情冷暖，而在清醒与无奈之余，她还抱有对生活的希望与热爱，期盼着阖族的太平与兴盛，本是弱者的她偏要有一番挣扎，有一番忧虑。

欺幼主刁奴蓄险心

敏探春兴利除宿弊

时至暮春时节，湘云感怀飘舞的柳花，便作了一首词："岂是绣绒残吐，卷起半帘香雾，纤手自拈来，空使鹃啼燕妒。且住，且住！莫使春光别去。"（《如梦令》）（页970—973，下同）众姐妹的评价是"情致妩媚"——暮春时节，柳絮纷飞，春意将尽，但湘云却用一双纤手将飞舞的柳絮拈来，永远把它留住，不使春光离去。

湘云起意，女孩子们填起了柳絮词。宝钗写下"好风频借力，送我上青云"（《临江仙》），气势宏大，志向高远，黛玉写下"嫁与东风春不管，凭尔去，忍淹留"（《唐多令》），情致细腻，悲切凄凉；薛宝琴写下"三春事业付东风，明月梅花一梦"（《西江月》），婉转多姿，无奈落寞。探春只写出了半首词："空挂纤纤缕，徒垂络络丝，也难绾系也难羁，一任东西南北各分离。"（《南柯子》上半阕）

词虽短，意却长。"纤纤缕""络络丝"写出了柳枝的柔美、柳絮的眷恋，摇摇曳曳，仿佛要牵挽住空气中看不见的春意。翩翩而至的春意种在心里，美好在春光中荡漾，是年轻的生命最留恋、最不舍的光华。"空"与"徒"却大煞风景；紧跟着一句"也难绾系也难羁"，无论生命中有多少美好的年华，时间永远向前，相聚最后都会"一任东西南北各分离"！无论今日的聚会如何热闹欢腾，离别总是不期而遇，正如王勃所言："胜地不常，盛筵难再。兰亭已矣，梓泽丘墟"[1]，"聚少离多"是人生常态，分离之后，只能各自去寻各自门。

离开大观园，红楼女儿们最终要推开的那扇门就是婚姻。门后的世界是好是坏，是美是丑，在没有推开它时，谁也不知道。受到命运女神的眷顾，遇到心意相投之人，恩恩爱爱，白头偕老，这是最大的幸福。但谁又能保证生命中遇到的那个人就是自己的"真命天子"呢？即使在女性解放的现代社会，即使是自由恋爱，也不能保证所有婚姻都幸福美满，更何况是古代的"父母之命，媒妁之言"呢？

---

[1]　陈宇光.唐文选注 [M]. 北京：人民文学出版社，1981：20.

所以，探春只写了半首词，她不知道自己的那扇门在哪里。不过，宝玉为她补上了后半首："落去君休惜，飞来我自知。莺愁蝶倦晚芳时，纵是明春再见隔年期！"（《南柯子》下半阕）"君休惜""我自知"，峰回路转永远是我们对生活报以希望的理由。生命本如此，只有向前看，才有更多可能。但，这又恰恰是最矛盾的地方——时光毕竟是溜走了，哪怕是春去春又来，那也是下一个年头了！

薛宝钗的"好风频借力，送我上青云"让众姐妹拍案叫绝，果然不落俗套，不伤情多愁，算是令人长舒一口气，但又能怎样呢？到头来薛宝钗不依然还是"金簪雪里埋"吗？

于是，探春慨叹："我但凡是个男人，可以出得去，我必早走了，立一番事业，那时自有我一番道理。"（页752）

一、贾探春的三个"一"

在小说中的多个故事情境里，探春往往是三春里第一个开口说话的。

第三回林黛玉进贾府时，三姐妹都露了面，但开口说话的只有贾探春一人。宝黛相见，气氛活跃了起来，宝玉向林妹妹不停地问东问西，黛玉只是回答，并不多言语，其他人更是如此。宝玉给黛玉起了"颦颦"二字作为她的表字，这时探春开始说话，她先问了此字的出处，当得知是《古今人物通考》时，便笑道："只恐又是你的杜撰。"（页50）

一个"又"字，说明宝玉不是一次两次这样做了，可见宝玉和探春平日里经常交流读书写作的心得，她是很了解宝玉的。宝玉本身就是一个不拘于庸碌工夫的人，对科举考试从不感兴趣，他更喜爱贴近生活、贴近生命的阅读与感悟。所以，探春说这个典故怕又是宝玉"杜撰"的。

此时，一大家子人都在这里，有刚到贾府的林妹妹，有作为长辈的贾母、王夫人等。探春能够如此落落大方地质疑宝玉，一点儿都不扭捏，说明探春与宝玉的关系比之二春更为亲密；初步表现了探春的性情，与迎春、惜春大不一样，她更大方，更果敢，更洒脱。

第四十六回，贾赦执意要纳鸳鸯为妾，惹怒了贾母。贾母对着王夫人发了一通火："你们原来都是哄我的！外头孝敬，暗地里盘算我。有好东西也来要，有好人也要，剩了这么个毛丫头，见我待他好了，你们自然气不过，弄开了他，好摆弄我！"（页624，下同）这顿火发得在情理之中，但骂的对象和内容却是意料之外。要纳鸳鸯的是贾赦，他是王夫人的大伯子，这种事情王夫人又怎能知道呢？知道了也不好管。所以，王夫人是被冤枉的，但她不能还嘴，只能听着："王夫人忙站起来，不敢还一言。薛姨妈见连王夫人怪上，反不好劝的了。李纨一听见鸳鸯的话，早带了姊妹们出去。"

王夫人不敢解释，薛姨妈因贾母的这番话牵连上了自己的姐姐，再劝贾母就会有偏着姐姐的嫌疑，所以也不好说话；李纨更是机灵人，她如果不走会很尴尬，做儿媳妇的怎能看着婆婆受气不说话，但若要说话又能说什么呢？替婆婆求情只能让老太太更生气，顺着老太太说话又不能，因此，三十六计走为上计。

但是当李纨往外走时，贾探春却偏偏要走进去。"探春有心的人，想王夫人虽有委曲，如何敢辩；薛姨妈也是亲姊妹，自然也不好辩的；宝钗也不便为姨母辩；李纨、凤姐、宝玉一概不敢辩；这正用着女孩儿之时，迎春老实，惜春小，因此窗外听了一听，便走进来陪笑向贾母道……"

探春已经把情况想得清清楚楚了，除了王夫人、薛姨妈不能辩，宝钗也不能辩，因为王夫人是她的姨母。不仅宝钗、凤姐在这种情况下也不能替王夫人辩，作为王夫人的侄女，她得避嫌；作为知情者，她更要避嫌（避免嫌疑）。而迎春俗称"二木头"，太老实，断不会说话；惜春还是个孩子，更说不出什么。这时候能为王夫人出头的就只有贾探春了。所以，她机智地说道："这事与太太什么相干？老太太想一想，也有大伯子要收屋里的人，小婶子如何知道？便知道，也推不知道。"

道理谁都知道，可是在场的每个人都牵连在人际关系中，谁都不好说，谁都不敢说，这时候，胆大心细的探春化解了一场危机，于是——"犹未说完，贾母笑道：'可是我老糊涂了！姨太太别笑话我。你这个姐姐他极孝顺我，不像我那大太太一味怕老爷，婆婆跟前不过应景儿。可是委屈了他。'"

贾母是明理的人，而接下去贾母让宝玉替她向王夫人道歉、她自己编排凤姐的不是则更为有趣。"因又说道：'宝玉，我错怪了你娘，你怎么也不提我，看着你娘受委屈？'……贾母又笑道：'凤姐儿也不提我。'"（页625，下同）

贾母消了气了，这些人便一个个地恢复伶牙俐齿的状态了。贾宝玉既说明了自己不能表态的原因，也将他母亲的高风亮节表扬了一番；尤其是王熙凤，在面对老太太的指责时更是能言善辩。"凤姐儿笑道：'我倒不派老太太的不是，老太太倒寻上我了？'"此话一出，叫人摸不着头脑，贾母有什么不是？于是贾母认真听凤姐怎么说自己的错，结果王熙凤一说，原来是欲扬先抑："谁教老太太会调理人，调理的水葱儿似的，怎么怨得人要？我幸亏是孙子媳妇，若是孙子，我早要了，还等到这会子呢。"王熙凤深得贾母欢心，因为她会说话，王熙凤总能巧妙地找到夸赞老太太的角度，还总能以撒娇耍赖的方式化解贾母的尴尬和怒火。于是——"贾母笑道：'这样，我也不要了，你带了去罢！'凤姐儿道：'等着修了这辈子，来生托生男人，我再要罢。'"

都说凤姐的能力和心思是男人万不及一的，但在这件事上，探春的胆略和心思也不比凤姐差，难怪凤姐会夸赞探春："他虽是姑娘家，心里却事事明白，不过是言语谨慎；他又比我知书识字，更利害一层了。"（页760）凤姐没有说错，探春确实是厉害角色，正如黛玉初次见探春时，曹雪芹对她的描写："削肩细腰，长挑身材，鸭蛋脸面，俊

眼修眉，顾盼神飞，文彩精华，见之忘俗。"（页38）

　　眼神中透出的灵气与超凡脱俗的气质使她于众儿女中脱颖而出。曹雪芹写人物相貌，同中求异：同样是身量苗条，王熙凤是一身妖娆，贾探春则是自然天成；同样是神采飞扬，王熙凤是贵气威严，贾探春是灵动脱俗；同样是精明能干，王熙凤是世俗世界中的伶牙俐齿与狠毒算计，而探春正因"知书识字"，便在伶俐中更具高雅的人文修养，为人也更加端庄大方、磊落爽直。所以，连王夫人都夸奖她是一个"舒朗"的女孩子。

　　让我们来读一封信，其发信人和收信人都在"大观园"里。

　　"娣探谨奉　二兄文几"（页485，下同），字面意思是妹妹探春恭敬地将这封信放在二哥哥的书桌上，表明这封信是探春写给宝玉的。"前夕新霁，月色如洗，因惜清景难逢，讵忍就卧，时漏已三转，犹徘徊于桐槛之下，未防风露所欺，致获采薪之患。"信的开篇，先说明前段时间自己身体抱恙的原因：怜惜美景难得，所以在室外逗留太久因而感冒着凉；新霁之天必然万里无云，通透干净，月色如洗，又让人感到晶莹与澄澈，探春爱这秋景之清爽，竟不忍离去。"昨蒙亲劳抚嘱，复又数遣侍儿问切，兼以鲜荔并真卿墨迹见赐，何痌瘝惠爱之深哉！"此句写出了兄妹情深，宝玉不仅送去物质慰问——荔枝，荔枝在古代可不是想吃就能吃到的，它长在南方，运输中的保鲜成本很高，所以才有杜牧的怀古讽喻诗句"一骑红尘妃子笑，无人知是荔枝来"（《过华清宫》）；宝玉还送去了精神慰问"真卿墨迹"，探春喜爱文墨，喜爱字帖，还记得吧，连她的丫鬟都取名"待书"。不仅如此，她还喜欢"朴而不俗，直而不拙"的东西，它们洗尽铅华却饱含韵味，贴近自然又能生出雅趣。由此可见探春的品位。"今因伏几凭床处默之时，因思及历来古人中处名攻利敌之场，犹置一些山滴水之区，远招近揖，投辖攀辕，务结二三同志盘桓其中，或竖词坛，或开吟社，虽一时之偶兴，遂成千古之佳谈。"（页485—486，下同）探春不仅不俗，此生之志也不在小。她生病时想什么呢？她想了古时男子们的雅集。

大观园中的这些姑娘小姐自是闲人，闲了难免无聊，这些女性形象中的翘楚在消闲之际寻求气静神闲的自若与安然，追求精神的饱满与充实，表现出超越功利世界的自足与广阔。所以，贾探春的病榻思绪让我们看到，她在心灵世界里驰飞高蹈，欲与优秀古人比肩，远超一般小家碧玉的境界。

"娣虽不才，窃同叨栖处于泉石之间，而兼慕薛林之技。风庭月榭，惜未宴集诗人；帘杏溪桃，或可醉飞吟盏。孰谓莲社之雄才，独许须眉；直以东山之雅会，让馀脂粉。若蒙棹雪而来，娣则扫花以待。此谨奉。"这一段写得诗意盎然，既写出一种巾帼不让须眉的气势，又写出她见贤思齐的品质：文采飞扬如薛宝钗、林黛玉，潇洒倜傥像史湘云。信中用典，"棹雪而来"说的是王羲之的儿子王子猷冒雪乘舟夜行访问戴安道的故事，意思是愿宝玉能乘兴而来；"扫花以待"，化用杜甫《客至》一诗中的"花径不曾缘客扫，蓬门今始为君开"，向宝玉表明自己诚心以待的期盼。

信中既有诚心又有雅趣，短短一封信，竟用了七个典故，写得如此动情在理，难怪王熙凤要羡慕她会读书识字！

探春第一次开口亮相，亮出了自己的大方磊落；第一次劝贾母，劝出了自己的胆略与坦诚；第一次写信，写出了自己的雅趣与志向。这个探春真是不一般！

二、豪宅的秘密

刘姥姥进大观园，先后参观了潇湘馆、秋爽斋、蘅芜苑和栊翠庵，这里每个地方都有鲜明的特点，能够很好地展现居住在里面的主人的性格。

探春居所是"秋爽斋"，其中"爽"字恰合探春心性。与黛玉"潇湘馆"的小巧不同，秋爽斋的"大"是有目共睹的："探春素喜阔朗，这三间屋子并不曾隔断。当地放着一张花梨大理石大案，案上磊着各种名人法帖，并数十方宝砚，各色笔筒，笔海内插的笔如树林一般。那一边设着斗大的一个汝窑花囊，插着满满的一囊水晶球儿的白菊。西墙上当中挂着一大幅米襄阳《烟雨图》，左右挂着一副对联，乃是颜鲁公墨迹，其词云：烟霞闲骨格　泉石野生涯……案上设着大鼎。"（页537—538，下同）好一个"闲野"之心！这样的住所实在令人心驰神往。

首先是阔大：三间屋子连在一起，一览无余，大气开阔。其间能放下一张"花梨大理石"的"大"案，书案上放置着各种书法用具。请注意啊，不是一本字帖，而是各种名人法帖；不是一方砚台，而是数十方；不是一个笔筒，而是各色笔筒；笔，则是如树林一般！还有笔海和大鼎！可想而知，地上放的这张花梨大理石几案得有多大！这样的房间布局得有多超前、多现代！这一段描写中出现次数最多的字就是"大""多"，所有物品都是大个的，都有一定的数量。再看下文：

"左边紫檀架上放着一个大观窑的大盘，盘内盛着数十个娇黄玲珑大佛手。右边洋漆架上悬着一个白玉比目磬，旁边挂着小锤。……东边便设着卧榻，拔步床上悬着葱绿双绣花卉草虫的纱帐。"还是"大"，数十个大佛手！那盘子得有多大！不止书案上有鼎；屋内还有紫檀架、洋漆架；洋漆架上竟然还有白玉材质的磬。鼎、磬是文玩，是古代的礼器，是最见档次的装饰品。

还有她的拔步床。拔步床不同于一般的卧床，它体形巨大，占地面积极广，与其说它是一张床，不如说它是一个以卧床为主的小型私人活动空间。架子床外还附增一间"小木屋"，有桌有柜。拔步床放在房中，类似房中房，平常人家的居所估计摆都摆不下。

作为小姐的闺房，秋爽斋自有一种阔朗之气，与众不同，特别是与同一回目里前面提到的潇湘馆形成鲜明对照。

"……贾母因隔着纱窗往后院内看了一回，说道：'后廊檐下的梧桐也好了，就只细些。'"秋爽斋后院廊檐下还有一株梧桐树。梧桐在中国古代是有寓意的，它可招引凤凰。凤凰"非梧桐不止，非练实不食"①。大观园的居所里，有梧桐的是探春的秋爽斋，有练实的是林黛玉的潇湘馆。练实即竹子的果实，潇湘馆遍植翠竹。

综上，秋爽斋是一个"豪宅"。"豪"不仅体现在居所面积大，陈设布置古雅贵重，更表现出一种审美品位和精神特质。这里少脂粉气，更多的是笔墨的芬芳；这里布局敞亮，大气非凡。

正如同潇湘馆之于林黛玉一样，"秋爽斋"也是探春精神世界的外化，它的与众不同正表明了探春的非同寻常。在这方天地里，她追求精神自主，竭力忘掉女儿身，忘掉宿命。正如归有光在项脊轩中"偃仰啸歌，冥然兀坐"②。

虽然总有一天，她会永远和这里告别。

三、宁为玉碎，不为瓦全

探春和黛玉一样有才华，但她有黛玉没有的健康。探春和宝钗一样有胸怀，但她有宝钗没有的热情。探春和湘云一样渴望快乐，但她有湘云没有的精致。探春和王熙凤一样精明能干，但她有凤姐没有的学识与修养。

这四春中，论归宿，似乎也属她最好，她没有像元春那样进宫，去了见不得人的地方，也不像迎春那样嫁给一个"中山狼"，也没有像惜春那样薄情寡欲，到头来枯守青灯。然而她是贾政的庶出女儿，她的母亲是赵姨娘，这是她如何努力都无法改变的事实。

当然，四春中，只有元春是贾政和王夫人的嫡女，迎春、探春、惜春也是庶出。三春都从小在贾母处长大，吃穿用度也一概相同。不

---

① 郭庆藩. 庄子集释 [M]. 北京：中华书局，1961: 605.
② 归有先. 震川先生集 [M]. 上海：上海古籍出版社，1981: 429.

过迎春和惜春的生母早已过世，而探春的生母赵姨娘还在贾府安好。本来应该是幸福的娇娇女，可也正是因为赵姨娘，探春的生活充满了复杂性。赵姨娘与贾政育有一女一子，即探春和贾环。别的方面且不说，单看她对儿女的教育引导，便能看出这个人物形象的可怜与可恨。

贾环在宝钗那里赶围棋耍钱玩，结果输了钱耍赖被哥哥宝玉教育了一通便回来了，赵姨娘当头就是一句："又是那里垫了踹窝来了？"（页274，下同）"垫踹窝"就是供人践踏，代人受过。用现在的话来说，就是："你自己又去作死招贱了吧！"没人能接受自己母亲的这种言语，可贾环正是在这样的环境中长大，怪不得他的表现有时很是没有风度，甚至在性格上有些扭曲偏执。

接下去赵姨娘知道了事情原委后，竟然又骂道："谁叫你上高台盘去了？下流没脸的东西！那里顽不得？谁叫你跑了去讨没意思！"这句话骂得就更没道理了。孩子们一起玩，输了或是吵了嘴是再正常不过的事，和自尊有什么关系？"下流没脸的东西"是在骂儿子还是骂自己？难怪探春说她满脑子都是"阴微鄙贱"的念头。

赵姨娘欲望极强烈，却又粗鲁愚笨，她想要很多东西却又不知道该怎么争取。她知道自己的身份很低卑，便总想借着探春和贾环来改变、提升自己的地位。然而，她的眼界学识和气质修养不足以支撑她扭转乾坤，因此就造成了很可笑的情形：一方面，她希望贾环有出息，能够比过贾宝玉，今后靠着环哥儿翻身做主；但另一方面，她又总在诋毁贾环，不惮用最恶意的脏话来辱骂他。一方面她期望能讨好老太太、王夫人，但另一方面她又认为之所以自己地位不高，就是因为有了王熙凤和贾宝玉的存在。

这种荒唐的逻辑使得赵姨娘失去了基本的判断力，仇恨与恐惧同时存在于她的世界中，各种蛮不讲理的索取、小心眼的撒泼打滚就成为了她保护自己的唯一办法。贾环有这样一个母亲，也真是可怜！这个孩子慢慢变得越来越自卑，也变得越来越不堪。赵姨娘能够请马道婆来魇宝玉，贾环妄图用热油烫瞎宝玉的眼睛也就不奇怪了。贾环还在贾政面前诬陷宝玉，致使宝玉挨打。

幸好探春不在赵姨娘身边长大，否则怎能有现在这个舒朗、大方、聪慧的女孩儿呢？但探春的生身之母是赵姨娘，这是永远无法改变的事实。母女之间相安无事也好，可赵姨娘偏偏总是要生出些事端来。

第五十五回，凤姐小产，要休养调理身体。王夫人缺少人手，便让儿媳李纨协理家中事务。由于李纨是一个"尚德不尚才"的老实人，所以王夫人就让贾探春协助李纨一起裁断相关事宜。这时候，作为母亲的赵姨娘应该全力支持女儿工作才是，可恰恰相反，她偏偏要拆女儿的台。

探春第一次当家，难免有媳妇婆子欺软怕硬，比如吴新登家的就是这样的人。她来讨问赵姨娘的兄弟赵国基死了该给多少银子，说完了就一句不多说。这种人的心思最阴险："彼时来回话者不少，都打听他二人办事如何：若办得妥当，大家则安个畏惧之心；若少有嫌隙不当之处，不但不畏伏，出二门还要编出许多笑话来取笑。"（页750）可见欺软怕硬是人的本性，尤其大家族里的下人们，但凡自己有点权势便要可劲儿地使出来。吴新登家的一定明白事情应该如何做，却要特意以此试试老实的李纨和年轻的探春。若这件事二位毫无主见被吴新登家的牵着鼻子走，那往后便难免事事受牵制。李纨对此不明白或不在意，但探春却聪慧，看出了其中的门道。

探春先问李纨的意见，这是对嫂子讲礼数。李纨果然老好人，给了赵姨娘弟弟一家四十两银子的丧葬慰问金——和袭人妈妈去世后一样。但探春却有保留意见，"你且回来"，她叫住了刚要走的吴新登家的。

首先，她提出问题："那几年老太太屋里的几位老姨奶奶，也有家里的也有外头的这两个分别。家里的若死了人是赏多少，外头的死了人是赏多少，你且说两个我们听。"（页750—751，下同）"家里的"就是在自家长大的丫头，"外头的"就是从外面买来的丫头。探春作为一个小姐，能知道在安抚慰问标准上，家生下人和外头买来的下人的不同，说明她平日里对治家理财多少关注了一些，下了点儿功夫。这一问明里是询问给钱的旧例，暗里却是告诉吴新登家的不要糊弄她和李纨。

吴新登家的颇有些狡猾，探春使出第一招后她并没有屈从，而是继续虚与委蛇，先说自己也忘了，再说"这也不是什么大事，赏多少谁还敢争不成？"这句话里是有陷阱的，大家族里，钱财管理都有账本，有严格的进出制度，不能谁想要多少就给多少。

于是探春笑着说——此处的"笑"字，让我们看出探春的谋算，她没有因为对方敷衍塞责而恼怒，反倒显得温和亲切——"你办事办老了的，还记不得，倒来难我们。你素日回你二奶奶也现查去？若有这道理，凤姐姐还不算利害，也就算是宽厚了！还不快找了来我瞧。再迟一日，不说你们粗心，反像我们没主意了。"笑容亲切，言语上却不疏漏，这几句话分明是在驳斥对方怠慢不敬的态度，一下了戳穿了吴新登家的鬼心思，让她无处可躲，无处可藏。这种不急不慢、绵里藏针的态度显示了探春的风范和能力。

询查之后，我们得知根据贾府的惯例，给自己家生奴仆的抚恤金是二十两，外头来的是四十两，也有赏过更多的，但都有特殊原因。于是，探春便做了一个决定，亲生舅舅去世后抚恤金是二十两银子，从此处的文本细节来看，赵姨娘先前是家生丫头。

这件事探春做得很得体，没有利用职权徇私舞弊，出手也很爽利，在众人心中立下了威势。这时，一般说来，赵姨娘可能会有以下几种反应：第一，面对结果，能够通情达理地认识问题，事情本来就应当如此处理；第二，理解女儿的处境，毫无怨言地接受探春的决定，支持女儿的工作，获得女儿的尊敬；第三，接受探春的决定，支持女儿工作，但心里有怨言，私下和女儿说，母女一起商议，通过其他渠道帮衬自己弟弟一家，赢得女儿的理解与感激；第四，心里本来有期待，但事与愿违，自己只能忍气吞声；第五，不接受探春的决定，跑到探春面前，公开去闹，让女儿为难，下不了台。

第一、二种反应看似很无奈，但其实表现出当事人极高的修为和高远的眼界，对赵姨娘来说，其生活境遇没有能够给她提供这样的可能性；第三种本在情理之中，是正常的母女之间应有的沟通状态，但仍需要赵姨娘有较高的见识，需要母女之间建立良好的互动关系；第四种，赵姨娘如果可以隐忍，那就不是赵姨娘了；第五种，是最糟糕的反应和表现，既然闹得很是不像样子，那么钱无论是公开给，还是私下贴补，都是不可能的了。不仅如此，生母这样不讲道理，还会让探春非常为难。赵姨娘满脑门子的利益和脸面，哪儿还能想这么多，于是她选了最后一种。

正如探春所说："如今因看重我，才叫我照管家务，还没有做一件好事，姨娘倒先来作践我。倘或太太知道了，怕我为难不叫我管，那才正经没脸，连姨娘也真没脸！"（页752，下同）赵姨娘想不明白这个道理，女儿的脸面不就是她的脸面吗？和贾环一样，赵姨娘既恨探春从小不在自己身边长大，觉得她是巴结高枝儿，又想借着这个能上高枝儿的女儿提高自己和贾环的地位，所以她才会说出："太太疼你，你越发拉扯拉扯我们。你只顾讨太太的疼，就把我们忘了。"说到底，还是那"阴微鄙贱"的念头。怎么拉扯呢？赵姨娘认为现在探春当家，多偏袒自己赵家是应该的，不多给银两便是不孝。赵姨娘不懂自己的女儿，她觉得世上所有人都和她一样，只知道占小便宜，却不能从母亲的角度体贴女儿的心思。

探春在这样的处境下，难免会有这样的向往："我但凡是个男人，可以出得去，我必早走了，立一番事业，那时自有我一番道理。"她想做一个男人，能够为一份事业而奋斗，能够闯出自己的一片天地，能够自己决定自己的命运。可是，她偏偏是个女孩，更偏偏有这样一个生母。

如果说这件事只是赵姨娘贪便宜的小心思作怪，是那种"蝎蝎螫螫"的猥琐做派，那么当她得知探春要远嫁之时的心理活动，却令人匪夷所思，毛骨悚然。"却说赵姨娘听见探春这事，反欢喜起来，心里说道：'我这个丫头在家忒瞧不起我，我何从还是个娘，比他的丫头还不济。况且泼上水护着别人。他挡在头里，连环儿也不得出头。如今老爷接了去，我倒干净。想要他孝敬我，不能够了。只愿意他像迎丫头似的，我也称称愿。'"（页1374）

这段话里有四个反常之处：其一，母亲欢喜女儿远嫁；其二，母亲认为自己比女儿低贱；其三，弟弟不能出头是因为姐姐挡着；其四，亲生母亲盼着女儿婚姻不幸，以此获得心理平衡。这哪里是亲生母亲？她已经没有做母亲的慈爱与温情了，女儿不孝敬我，所以活该嫁得远；女儿平时太强势，所以就该有个更厉害的男人管教管教她。亏得探春不知道赵姨娘的这番心愿，否则该如何伤心！

四、好一朵玫瑰花

阅读《红楼梦》，关注一下人物的称谓，会有一些有趣的发现。

凤姐身边的兴儿向尤二姐介绍贾府情况，说到王熙凤时用了一个"她"，这是不符合规矩的。兴儿应该称呼王熙凤"二奶奶"，他对着尤二姐直接用"她"称呼王熙凤，其实是表明了一种态度：拥护尤二姐。

在传统大家族里，下人们应按照礼制称呼主子，但他们私底下可就没那么规矩了。比如迎春的浑名就是"二木头"，迎春半天说不出一句话，受了欺负也很少吭声。李纨的浑名是"活菩萨"，因为她是个老好人。再如王熙凤，下人都叫她"母夜叉"。探春自然也有浑名，那就是"玫瑰花"，玫瑰花的特点是虽然漂亮但是刺手。

第七十四回，探春显示出了自己的厉害。邢夫人身边的王善保家的想借着抄检大观园的机会作威作福，便任意在大观园中搜检女儿们的住处，亏着王熙凤挡在前头，否则连林黛玉都要被彻查一番。

搜到探春处时，她的表现可真是不一般："又到探春院内，谁知早有人报与探春了。探春也就猜着必有原故，所以引出这等丑态来，遂命众丫鬟秉烛开门而待。"（页 1030，下同）这里有三处细节写出了探春的厉害：第一，探春有人手安排，有人为她传递信息；第二，探春对此事有冷静的认识，能够看到"丑态"；第三，采取了积极的应对策略，"秉烛开门而待"，化被动为主动，这气势，颇像"空城计"。

等凤姐和王善保家的进去之后，凤姐委婉地表达了此举的无可奈何，于是有了接下去的精彩。"探春冷笑道：'我们的丫头，自然都是些贼，我就是头一个窝主。既如此，先来搜我的箱柜，他们所有偷了来的都交给我藏着呢。'说着，便命丫头们把箱柜一齐打开，将镜奁、妆盒、衾袱、衣包若大若小之物一齐打开，请凤姐去抄阅。"

"先来搜我""一齐打开"，本来处于弱势的探春，一下子扭转了局面，既表明了自己的清白，也表达自己对这种行为的态度。于是，"凤姐陪笑道：'我不过是奉太太的命来，妹妹别错怪我。何必生气。'因命丫鬟们快快关上。平儿丰儿等忙着替待书等关的关，收的收"。凤姐自然最是知道探春的脾气，所以不想惹她生气。于是"探春道：'我的东西倒许你们搜阅；要想搜我的丫头，这却不能。我原比众人歹毒，凡丫头所有的东西我都知道，都在我这里间收着，一针一线他们也没的收藏，要搜所以只来搜我。你们不依，只管去回太太，只说我违背了太太，该怎么处治，我去自领。'"。此话说得很厉害，第一层，我的院落严谨有方，丫鬟们的一言一行都在我的管教之下。第二层，探春爱护手下，是手下的顶梁柱、大后方，要搜搜我就行，丫鬟们绝对没问题！第三层，你们如果有意见就去告诉王夫人，我不怕违背王夫人的吩咐，因为这是原则问题！如果平时管教严格，关键时刻不能以身作则，就会失去人心和威望。之前能够有人为她报信，大概与探春的人品和威望有关系。就此可以看出，贾探春绝对是治家好手！

贾探春的厉害不是尖酸刻薄的讽刺挖苦，不是费尽心机的机关算尽，也不是蛮横无赖的撒泼打滚，她能看到世事无常，能看透人情冷暖，而在清醒与无奈之余，她还抱有对生活的希望与热爱，期盼着阖族的太平与兴盛，本是弱者的她偏要有一番挣扎，有一番忧虑。

探春的厉害还不止于此。"'你们别忙，自然连你们抄的日子有呢！你们今日早起不曾议论甄家，自己家里好好的抄家，果然今日真抄了。咱们也渐渐的来了。可知这样大族人家，若从外头杀来，一时是杀不死的，这是古人曾说的"百足之虫，死而不僵"，必须先从家里自杀自灭起来，才能一败涂地！'说着，不觉流下泪来。"这段文字表现出探春之才华非同一般：探春的认识已经超越了一个女孩自我保护的本能范畴了，她从这种自家人不信任自家人、萧墙之祸的行为中看到了家族末世的影子。

贾府已经到了末世，身处其中的人都还在富贵大梦中迷失。而探春，一个闺阁中的女儿，竟然能够有此见识，实在不简单，更何况，她还说出了一般女性，特别是贵族女儿意识不到的痛楚："我说倒不如小人家人少，虽然寒素些，倒是欢天喜地，大家快乐。我们这样人家人多，外头看着我们不知千金万金小姐，何等快乐，殊不知我们这里说不出来的烦难，更利害。"（页989）富贵终究是一场梦，终要败落，正如归有光在《家谱记》中所说："源远而末分，口多而心异。"各人各怀私心，又怎能维持富贵不灭呢？这样的认识已经是在探讨生命本体上的幸福感受了。

探春在不可为的境况中竭力"有为"，她不骄不躁，不卑不亢，梳理人事关系，还能够注意开源节流。平儿看赖嬷嬷家的园子，只觉得还没有大观园的一半大，这是富贵人家惯常之想，可是探春的眼光却不在此，她看到的是："那么个园子，除他们带的花、吃的笋菜鱼虾之外，一年还有人包了去，年终足有二百两银子剩。从那日我才知道，一个破荷叶，一根枯草根子，都是值钱的。"（页763）一般的小姐哪里会留意这些事情，而探春却偏偏对这些事情上心；一年进项二百两银子对于贾府来说，实在是微不足道，可是探春已经意识到，这不仅

仅是生财有道的问题，还涉及人事管理制度的变革。倘若内宅大管家王熙凤有此见识，那么贾家在败落之后也许尚可留下一些根基。

如果她是一个男人呢？

唉，还是算了，她要是个男人，也许会在赵姨娘那儿变成第二个贾环吧。

五、春天的风筝

第五回，贾宝玉在太虚幻境看到了十二钗的命运判词。贾探春的是："才自精明志自高，生于末世运偏消。清明涕送江边望，千里东风一梦遥。"（页76—77）那判词上的画面就是一只风筝，而探春在大观园里还真放过一次风筝。

"探春正要剪自己的凤凰，见天上也有一个凤凰，因道：'这也不知是谁家的。'众人皆笑说：'且别剪你的，看他倒像要来绞的样儿。'说着，只见那凤凰渐逼近来，遂与这凤凰绞在一处。众人方要往下收线，那一家也要收线，正不开交，又见一个门扇大的玲珑喜字带响鞭，在半天如钟鸣一般，也逼近来。众人笑道：'这一个也来绞了。且别收，让他三个绞在一处倒有趣呢。'说着，那喜字果然与这两个凤凰绞在一处。三下齐收乱顿，谁知线都断了，那三个风筝飘飘摇摇都去了。"（页975）哈哈，读了《红楼梦》才知道，原来放风筝是去晦气的，一定要将线绳剪断，让不好的事情全都随风筝一起飞走。

探春放了一只凤凰风筝，后来她果然做了王妃，而那另一只凤凰和那个大大的喜字不就是在暗示着探春的姻缘吗？这个婚姻是否幸福，我们不知道，但我们知道的是，探春远嫁。

探春远嫁有多远呢？判词中有一句："千里东风一梦遥"。"千里"，即使遥遥，走也是能走到的。但这千里的距离实际上却是走不到的。因为后面还有"一梦遥"，千里如同现实与梦的距离。这种距离几乎是不可消融的，探春真的再也回不来了，这应该是曹雪芹的本意。虽然小说最后，提到探春回京（第一一九回），无论衣服还是面貌都较先前更有神采，但想想远嫁边塞的王昭君，可还能回到家乡？这就是贾探春最后的归宿。

大观园中优秀的女孩子们在成长过程中有着无数的可能性，她们有见识、有能力、有胆略，但最终不管有多少可能性，她们的未来只有一种可能，就是结婚嫁人。

如果她们都是男孩子呢？她们的将来会是怎样的呢？她们会不会去追求自己的理想，去为了实现自己的理想而奋斗呢？这样的揣想实在有些过于穿越化，其实，曹雪芹是在提醒我们看看《红楼梦》中那些男人们都在做什么：贾雨村在以权谋私，追求利益；贾敬修仙炼道，最终中毒而亡；贾赦世袭了荣国公的爵位，却只知道荒淫享乐；贾珍、贾琏、贾蓉、贾蔷……这些贾家的男人们，又有几个是能够干出一番大事业的呢？贾宝玉，他是男人中的一双醒眼，看透了世事的污浊，看透了女儿命运的束缚，却此生为情所困，亦难有所作为。

最终，该嫁的还是嫁了，大观园终究还是荒了。毕竟探春不是清末的秋瑾，秋瑾写下诗句"身不在男儿列，心却比男儿烈"，壮烈捐躯，探春却不能手持龙泉剑，直指自己心中的理想世界。

六、另一种中性美

曹雪芹写十几个小姐姑娘，没有一个雷同的，每一个人物都被赋予了独特的性格特点和精神风貌，令人读之印象深刻。探春感慨自己不是男儿身的同时，"大观园"中还有一个女孩，她干脆直接将自己打扮成男人，那就是史湘云。

史湘云一出场就被林黛玉评价为"大说大笑"，可见其性格的开朗、豪放，不拘小节，丝毫没有大家闺秀的矜持。读者爱湘云，也与她的性格特点密不可分。在第四十九回"琉璃世界白雪红梅 脂粉香娃割腥啖膻"中，史湘云的衣着更是与众不同："只见他里头穿着一件半新的靠色三镶领袖秋香色盘金五色绣龙窄裉小袖掩衿银鼠短袄，里面短短的一件水红妆缎狐肷褶子，腰里紧紧束着一条蝴蝶结子长穗五色宫绦，脚下也穿着麂皮小靴，越显的蜂腰猿背、鹤势螂形。"（页661—662）众人都说"偏他只爱打扮成个小子的样儿"（页662）。

"蜂腰猿背"，显出湘云体格的健美；"鹤势螂形"，看出湘云身材修长、气质风流、行动敏捷伶俐。这哪里是一个女儿身，更像是武林中的美少年，难怪黛玉说她是"孙行者"。当她大口吃鹿肉大口喝酒时，自己还自有一套说辞："你知道什么！'是真名士自风流'，你们都是假清高，最可厌的。我们这会子腥膻大吃大嚼，回来却是锦心绣口。"（页665）好一个真名士自风流！就这一句话得骂倒多少伪君子！外在的行为好装饰，内在的性情却是难以伪装的。

这样的女孩，更是心直口快、好打抱不平。她不在意人情世故，会毫不顾忌地冲口而出说那演戏的龄官像黛玉，惹出黛玉的不痛快；她也会细心地记住别人的生日，邢岫烟的生日虽与宝玉他们同一天，却没有人记得，多亏湘云说出来众人才知晓；她听说邢岫烟受了气，定要去骂那婆子为邢岫烟和二姐姐出口气，结果被黛玉说是"荆轲聂政"，这评价也恰好说明了湘云的侠女气质。

这样一个心无城府、豪爽健康、明朗快乐的女孩子，其身世却惹人唏嘘。史湘云是贾母史太君的孙侄女，她和林黛玉一样自小便没了父母，由叔父养大。平日里还要经常做女红干家务，最高兴的事就是来姑奶奶这里和众姐妹生活。在贾府，她与众人的亲缘关系比不上林妹妹，甚至比不上薛宝钗，但她依然是最受欢迎的那一个。她待人真诚，毫无小姐架子，和丫鬟翠缕谈阴阳，极其耐心，说得头头是道，毫无不屑厌烦之感。

第七十六回，和黛玉在凹晶馆联诗时，身处神清气净、一片纯明的夜景之中，湘云直接说道："怎得这会子坐上船吃酒倒好。这要是我家里这样，我就立刻坐船了。"（页1063）"立刻"二字何等干净利落，毫无扭捏之态。这句话一定是湘云才能说，一方面道出了自身的性格，一方面道出了自己的家世——在别人家做客毕竟不如在自己家自由，可是，在自己家里，她就能自由吗？她是史侯家小姐，但从小便品尝了世事艰辛，却依然能够心向快乐！

可以说，史湘云是一个具有现代精神的女孩子。她追求自由、平等，她不为女儿身所羁绊，她想喝就喝，想吃就吃，想笑就笑，想说就说，她可以直接睡在石头上，被芍药花盖了一身，她行事不拘于世俗，做什么都是酣畅淋漓。

可是，几缕飞云，一湾逝水。无论如何，女儿都要嫁人的，即使豪气爽朗的史湘云，最终也逃不过家族败落、身世坎坷的命运，大观园中的春夏秋冬便成为她们最美好的青春纪念。

涉及回目

第七十六回　凸碧堂品笛感凄清　凹晶馆联诗悲寂寞
第一〇〇回　破好事香菱结深恨　悲远嫁宝玉感离情

阅读问题

1. 阅读第五十六回，列举出贾探春管理大观园的具体举措，并谈一谈这些措施的好处有哪些。

2. 请你结合相关章回，比较王熙凤和贾探春二人的理家才能有何异同之处。

3. 历来人们对贾探春对赵姨娘的态度有不同意见，有人认为赵姨娘也是可怜之人，她的言行举止也是迫不得已为之，你是怎么认识的呢？你如何评价探春对待赵姨娘的态度？

阅读要求

请继续阅读小说至八十五回。

阅读推荐

《飘》，[美] 玛格丽特·米切尔

刘姥姥初游潇湘馆

第十讲
潇湘妃子湘水情

泪，因由衷深情，因爱之默许；非到情深处不能抛洒，非到情浓时不能宣泄；而一到深处浓时便真是奔涌而出了。

第二十六回，林黛玉晚饭后去找贾宝玉。不巧院门已关，于是她便扣门，谁知正赶上晴雯心情不好，吼了句"都睡下了，明儿再来罢！"（页359，下同）黛玉常来怡红院，清楚丫鬟们的性情，以为今日又是玩耍，便高声说道："是我，还不开么？"

"高声"一词，不禁让人展开联想：黛玉把头略微仰起，一手攥着手帕放在胸前，一手去扣门，并努力提高嗓门来喊。林黛玉身体素来底子薄，再高声也只略比平常音量大一些而已。正如脂砚斋点评：【想代〔黛〕玉高声，亦不过你我平常说话一样耳，况晴雯素昔浮躁多气之人，如何辨得出，此刻须得批书人唱大江东的喉咙嚷着，是我林代〔黛〕玉叫门方可……】①

所以，这门终究没有开。不仅没开，晴雯还甩出一句话："凭你是谁，二爷吩咐的，一概不许放人进来呢！"（页359—360，下同）凭林妹妹的口才，与晴雯斗嘴应该是不会吃亏的，可偏偏这次黛玉没有回嘴，她一句话也没有说。

晴雯做事情往往自作主张，还爱拿宝玉说事儿，动辄便是"二爷吩咐的"，让人不好回驳。本来黛玉已经看到宝钗先于自己进到怡红院里了，现在晴雯又偏说，是宝玉不让别人再进去了，她便只能"气怔在门外"。瞬间，孤独感被放大百倍千倍。她想到自己父母双亡，想到自己背井离乡，想到自己寄人篱下，想到自己无依无靠，她想，"如今认真淘气，也觉没趣"，于是便"滚下泪珠来"。

此时，屋内又传来宝钗与宝玉的笑语之声，心内更感气恼和悲戚。由于早些时候刚刚与宝玉生过气，黛玉便认为宝玉的确是不想见她。于是，自己越想越伤心，最后竟独自立于墙角边的花荫下哭泣起来。林妹妹的哭，最开始是眼泪一颗一颗滚下来，扑簌扑簌地往下掉，接下来便是悲悲戚戚不住地呜咽，她对宝玉的痴情和哀怨，对自身身世

---

① 曹雪芹，脂砚斋．脂砚斋评石头记[M]．上海：上海三联书店，2011：281．

的伤感与无奈，一时间全部交汇在哭声中，怎能不让人怜惜？

原文这样写："原来这林黛玉秉绝代姿容，具希世俊美，不期这一哭，那附近柳枝花朵上的宿鸟栖鸦一闻此声，俱忒楞楞飞起远避，不忍再听。"林黛玉的哀泣令万物为之同感。此时正是春日，柳垂条，花满枝，好时节却有如此悲伤的哭声，乐景中的哀情竟一下子惊动了宿鸟栖鸦，改变了大自然的节候——融融春日转眼就变成"苍苔露冷，花径风寒"。

在作者笔下，黛玉不是一般的美，她一哭天地都要为之变色，花鸟都要为之落泪。她和万物自然是有心灵感应的。因为，她曾经是方外世界的一株仙草。

一、这个妹妹我曾见过

明代戏曲家汤显祖有"临川四梦"，其中以《牡丹亭》最有名。《牡丹亭》中的杜丽娘经历了生生死死与心上人柳梦梅终成眷属。汤显祖在该剧题词中写道："如丽娘者，乃可谓之有情人耳。情不知所起，一往而深。生者可以死，死亦可生。生而不可与死，死而不可复生者，皆非情之至也。"[①]《红楼梦》中的林黛玉同样是一个天下情之至者。

林妹妹是从西方灵河岸上而来。她的第一世是一株生于三生石畔的绛珠仙草。这株仙草得了赤瑕宫神瑛侍者的日夜浇灌后便久延岁月，有了神力，后来竟得到天地精华，又得雨露滋养，修成了一个女体，便是绛珠仙子。绛珠仙子是林黛玉的第二世。她吃的是"蜜青果"，喝的是"灌愁海水"，"蜜青"即"觅情"、"灌愁"即"惯愁"，五脏六腑内蕴积着要向神瑛侍者报恩而不得的愁绪，终日不得解脱。神瑛侍者凡心偶炽，"意欲下凡造历幻缘"，未偿的灌溉之情可以趁此了结。绛

---

① 汤显祖.牡丹亭[M].北京：人民文学出版社，1963：6.

珠仙子道："他是甘露之惠，我并无此水可还。他既下世为人，我也去下世为人，但把我一生所有的眼泪还他，也偿还得过他了。"（页8）就这样，她从天而降，成为了贾宝玉一生挂念的林妹妹。林黛玉是绛珠仙草的今生今世。

"两弯似蹙非蹙胃烟眉，一双似泣非泣含露目。态生两靥之愁，娇袭一身之病。泪光点点，娇喘微微。闲静时如姣花照水，行动处似弱柳扶风。心较比干多一窍，病如西子胜三分。"（页49，下同）我们来看林黛玉的这段外貌描写，这是贾宝玉眼中林妹妹的样子。宝玉眼中黛玉的眉眼是"似蹙非蹙""似泣非泣"，与黛玉眼中宝玉的眉眼"怒时而若笑，嗔视而有情"相呼应。多情人的面容时时刻刻随心情而变化，哭与笑只在一瞬之间。宝玉一眼就看出黛玉深蕴的情泪，黛玉也一眼就看出宝玉的多情。黛玉心里大惊："何等眼熟到如此！"宝玉则直接笑曰："这个妹妹我曾见过的。"这一惊一笑，恰都出于同心。想那三生石畔之恩，必要此世还清。

王熙凤看林妹妹长得标致，众人见黛玉"举止言谈不俗，身体面庞虽怯弱不胜，却有一段自然的风流态度"（页39），这些观感与林黛玉的本质相应和：其前生是草胎卉质，所以此生不可能健壮丰满；前生一直觅情灌愁，所以此生常常蹙眉生情；前生欲报灌溉之恩，此生因要还泪，所以常常泪光点点。

宝玉断言"这个妹妹我曾见过的"（页49），读过第一回，再读到这儿便和宝黛、和作者心有灵犀。不过，前缘虽续，可今生已是换了人间。贾母笑话宝玉"胡说"，宝玉应承"心里就算是旧相识，今日只作远别重逢"（页50，下同），他为黛玉起字"颦颦"，他问黛玉是否有玉，他为黛玉没玉而恼怒于自己有玉。"家里姐姐妹妹都没有，单我有，我说没趣；如今来了这们一个神仙似的妹妹也没有，可知这不是个好东西。"宝黛初次见面，黛玉小心谨慎，宝玉任性痴狂。他们带着前世的命定展开了今生的纠葛。

二、一朵雨做的云

林黛玉的所有故事可以用两字来概括——"还泪"。

林黛玉自出生身体便不好，三岁时遇到癞头和尚，癞头和尚要化她出家，林如海和贾敏自是不舍。癞头和尚警示："若要好时，除非从此以后总不许见哭声；除父母之外，凡有外姓亲友之人，一概不见，方可平safe了此一生。"（页39）林黛玉的泪水便是她的生命之泉，泪水枯竭，生命便到尽头；想要保全性命，便不可见泪水。然而，她的一生恰与癞头和尚的警示相违逆。母亲贾敏去世，黛玉"哀痛过伤"，父亲林如海将其送往外祖母家（"外姓亲友之人"）；一见外祖母，外祖母大哭，"黛玉也哭个不住"（页38）；宝黛初次见面，当晚黛玉因宝玉摔玉而自怨自艾"淌眼抹泪"。

林黛玉到了贾府，外祖母对她是极疼爱的，荣国府上下也并不曾亏待她，将黛玉看作是和三春一样的自家小姐，但这些并不能扭转黛玉"还泪"的生命走向。

林黛玉在大观园里的居所是潇湘馆。潇湘馆最大的特征就是"里面数楹修舍，有千百竿翠竹遮映"（页221），贾政曾说过："若能月夜坐此窗下读书，不枉虚生一世。"（页221）林黛玉喜欢潇湘馆，"爱那几竿竹子隐着一道曲栏，比别处更觉幽静"（页311）。

后来姐妹众人成立了海棠诗社，每个人都要取个雅号，林黛玉便因那些竹子得名"潇湘妃子"。这个雅号中暗含了一个传说：当年舜帝南巡，走到九嶷山时死去。舜有两个妃子娥皇和女英，她们都是尧帝的女儿，是姐妹。两姐妹因为想念舜帝，便在后面一路追随着舜南巡的脚步，但最终也没追上。等她们见到舜时，舜已经死去。姐妹俩悲痛万分，在舜的坟墓前痛哭流涕，哭了整整九天九夜，都哭出了血泪，她们的眼泪溅洒在竹林上，从此那座山上的竹子就显现出点点泪斑，人称"湘妃竹"，也称"斑竹"。这些都暗含了以下信息：林黛玉的外在居所环境，还有她的诗社雅号，都与其性格命运相统一；林黛玉注定是要还泪的，她的生命和爱情注定是一个悲剧。

中国古典文学中的故事大多偏好大团圆、大欢喜的结局，《红楼梦》却是在写作初衷上与传统世俗小说迥异的一部艺术作品，王国维先生评价《红楼梦》是"彻头彻尾之悲剧"。在林黛玉身上，作者更是附着了他对宇宙自然一切生命由爱而忧的幽微细腻的感伤。体弱的林黛玉敏感多情，捧读、赋诗、赏花、望月、哀叹、怜惜，是她的生命姿态。波德莱尔在《恶之花·忧郁与理想》中说："痛苦是人的唯一贵显。"林妹妹体弱多病，身世孤凄，心绪多愁。无论是《葬花吟》还是《秋窗风雨夕》，都能看出她将自己的情感世界投射到自然万物的生长与凋零上，"以我观物，故物皆著我之色彩"，似乎她的呼吸都伴随着四季更迭的节奏。艺术，往往脱胎于生活的苦难，林黛玉是生命的体验者，也是生命体验的创造者，她是个诗人，她把自己的心绪都写在诗中，她的诗便成为她生命最好的注解。

有首歌名为"风中有朵雨做的云"，林黛玉恐怕就是这样一朵云，无依无靠，随风飘荡。林妹妹先丧母后丧父，孤苦无依，只能一生寄住在外祖母贾家。

第三回，林黛玉进贾府，看到了自己的外祖母。贾母一见黛玉，便一把将其搂在怀中，"心肝儿肉叫着大哭起来。当下地下侍立之人，无不掩面涕泣，黛玉也哭个不住"（页38），这是她进入贾府后第一次流泪，流下的是丧亲之泪。哭的是亲人已逝，哭的是自己远行，哭的是身世遭际。

进贾府后第二次流泪，是在这天晚上。曹雪芹这一笔安排得极妙。当时宝玉摔玉，全家人都忙乱安抚，唯独不写林黛玉有何反应。事情平息许久之后，才写到林妹妹晚间一个人偷偷地抹眼泪。袭人去看她，鹦哥笑道："林姑娘正在这里伤心，自己淌眼抹泪的说：'今儿才来，就惹出你家哥儿的狂病，倘或摔坏了那玉，岂不是因我之过！'"（页52）这一句话里，大概能听出一个孩子在外人家里寄人篱下时的恐惧与委屈。

林黛玉进贾府是"时时留心，步步在意"的，宝玉问起她是否有玉时，她也是思虑在前、忖度再三后才回答的，未曾想到却引来宝玉摔玉之举。宝玉摔玉，想必黛玉在侧是惊惧不已的，众人皆去照顾宝玉，贾母也好生抚慰，将玉"亲与他带上"，所有人的关注点都在宝玉身上，宝玉心神安定下来了，一切便都妥当了，至于惊惧的黛玉是否同样需要亲人长辈的安抚，却没有人放在心上。接着便写贾母安排林黛玉的住处、安排伺候林黛玉的丫鬟嬷嬷。在吃穿用度这些身外之事上，贾府是周到体贴的，但在情感的需求上，却大多数时候是空缺式供应。黛玉便只能自我消遣、自我调整。

《红楼梦》之所以值得反复品读，从"宝玉摔玉"这一经典场景的描述文段也可以看出，其文字的丰富性需要读者仔细揣摩和品味。天性敏感的林黛玉在白天的摔玉事件中自然很快意识到，虽然外祖母等也疼爱自己，但毕竟不是在自己家，撒娇耍赖不是自己的特权，委屈不快只能自己承受。再加上晚上入睡之时最是念亲难过，故而偷偷地、悄悄地抹泪，这是林黛玉作为一个小女孩真切自然的反应。这第二次哭，流下的是感怀身世之泪，夹杂着些许的委屈与忐忑不安。

随着情节的发展，林黛玉流泪的次数不可尽数。"紫鹃雪雁素日知道林黛玉的情性：无事闷坐，不是愁眉，便是长叹，且好端端的不知为了什么，常常的便自泪道不干的。先时还有人解劝，怕他思父母，想家乡，受了委曲，只得用话宽慰解劝。谁知后来一年一月的竟常常的如此，把这个样儿看惯，也都不理论了。"（页362）看来，不仅是读者早就习惯了，书中人也早就习惯了。

林黛玉的眼泪为何而流？第五回的红楼曲词《枉凝眉》道不尽宝黛情感的无限伤痛："一个是阆苑仙葩，一个是美玉无瑕。若说没奇缘，今生偏又遇着他；若说有奇缘，如何心事终虚化？一个枉自嗟呀，一个空劳牵挂。一个是水中月，一个是镜中花。想眼中能有多少泪珠

儿，怎经得秋流到冬尽，春流到夏！"（页82）

贾宝玉、林黛玉自小生活在一起，可谓两小无猜，但自从薛宝钗进入贾府，宝玉的情感便有了分心之处，宝钗容貌美丽，心地善良，待人十分宽厚，贾府上下没有一个不喜欢她的。她还有一个金锁，在人心舆情的认识里，正好与宝玉的玉相合相配，是为金玉良缘。还有一位史湘云，她性格爽朗，不拘小节，又极其喜欢贾宝玉，宝玉也凡事都想着史湘云。巧的是，她也有一个金麒麟。

黛玉无法直接明说自己的想法，便只能借由一些小事发泄出来，与宝玉之间的摩擦也越来越频繁。"正说着，宝钗走来道：'史大妹妹等你呢。'说着，便推宝玉走了。这里黛玉越发气闷，只向窗前流泪。没两盏茶的工夫，宝玉仍来了。林黛玉见了，越发抽抽噎噎的哭个不住。"（页276）

不到一百个字，曹雪芹将小儿女的情态写得极为生动。林妹妹因为宝哥哥从宝姐姐那里来就不高兴了，奈何宝玉一句"只许同你顽，替你解闷儿。不过偶然去他那一趟，就说这话"（页275）更是刺中了黛玉的敏感处和自尊心，于是黛玉一扭头便走了。贾宝玉自然要追出来，追上后两人便开始"死了""活了"地拌嘴。黛玉耍小性儿，宝玉一认错，两人就会很快和好，可偏在这时，宝钗不明就里地出现了，叫走了宝哥哥。宝哥哥一走，林妹妹的火气还没消下去，自然越发憋闷了。"没两盏茶的工夫，宝玉仍来了。"宝玉虽然去接待史湘云，但心里挂记着林黛玉，很快便返回。林黛玉见宝玉回来，原本是"只向窗前流泪"，现在却一下子"越发抽抽噎噎的哭个不住"。贾宝玉赶着回来，说明心里有黛玉，为什么黛玉却哭得更厉害呢？只能说明，这个哭是林妹妹在撒娇——要哭给宝玉看；同时，我们也就明白了，林黛玉在情感上是倚赖贾宝玉的，她也明白宝玉在心里是在意自己的。但这二人难免在面对各种人情世故时，互生猜疑抵牾之心，因而相似的情况下，林黛玉便流了不少"情误之泪"。

在林黛玉和贾宝玉关系逐渐深入，二人开始慢慢明确对方的心意时，也不是阳光灿烂的，同样是泪水淋漓。爱到浓时应是幸福，怎么还有泪？其实情到深处，往往不是笑靥相对，而是悲喜交加，更何况，他们的情感本来只是私下之交，并未得到家长的同意。

"林黛玉天性喜散不喜聚。"（页417，下同）这倒和贾宝玉正好相反，她的道理是："人有聚就有散，聚时欢喜，到散时岂不清冷？既清冷则生伤感，所以不如倒是不聚的好。比如那花开时令人爱慕，谢时则增惆怅，所以倒是不开的好。"林黛玉身世浮萍，无人能为她的婚姻做主；可叹她身体羸弱，谁知道能活到几时；她渴望美好的爱情，但却又很难持守，难以步入婚姻。林妹妹如果不爱宝哥哥，那么她会一生与书本为伴，甚至会像妙玉、惜春那样跳出红尘，因为世上本无可留恋。可她偏偏深爱宝哥哥，所以她为了爱苦留住自己。林黛玉对自然外界敏感，是因为时间的流逝会带给她惊惧与无奈，这些女性角色里，恐怕她是大观园中最害怕长大成人的女孩子。

第三十四回，林妹妹看望挨打后的宝玉，眼睛哭成了桃子。王熙凤也来看望宝玉，黛玉怕她笑话自己便匆匆地走了。夜间宝玉放心不下黛玉，便让晴雯送给她两方家常旧帕子，拿到这两方手帕，黛玉便悟出了其间的情味，不觉神魂驰荡，写下了三首诗。这三首诗中有一个反复出现的意思——流泪。从"暗洒"到"偷潜"，从"点点""斑斑"到"湘江旧迹"，一切都是"泪"。

宝玉担心黛玉会一直为自己哭，所以送去手帕让她拭泪；宝玉要林妹妹知道，这是我的旧手帕，用我的手帕擦拭你的眼泪，就如同我为你擦去眼泪一样；在这两块旧手帕上，你的泪和我的泪已经融为一体，暗示着彼此之间的情意。还有什么比这更动人的情话吗？这根本不是手帕，而是无字的情书。宝玉和黛玉身边的丫鬟都不懂，但宝玉说，妹妹自会明白；果然，黛玉本说自己不缺帕子，但晴雯告知是宝玉的旧手帕时，黛玉立时领会了宝玉暗藏在心间、寄托在帕子上的深情。林妹妹因此哭得更厉害了。"宝玉这番苦心，能领会我这番苦意，又令我可喜；我这番苦意，不知将来如何，又令我可悲。"（页456）

又如第三十二回，黛玉听到宝玉说："林姑娘从来说过这些混帐话不曾？若他也说过这些混帐话，我早和他生分了。"（页432）从而想到："你我虽为知己，但恐自不能久待；你纵为我知己，奈我薄命何！"（页433）因为世上有一个知己，所以才会用全部身心去爱；用全部身心去爱，才会更害怕失去，才会流下更多的眼泪。这便是情深之泪。

林黛玉的情深之泪，不仅为人，也为世间万物，为生命本身。比如第二十三回，宝黛共读西厢之后，黛玉一人回潇湘馆，路过梨香院便听到里面"笛韵悠扬，歌声婉转"（页316）。曹雪芹特别提了一笔，林妹妹不喜欢看戏文，却在听到"原来姹紫嫣红开遍，似这般都付与断井颓垣"时停住了脚步。于是有了后文的描写。"又听唱道是：'良辰美景奈何天，赏心乐事谁家院。'听了这两句，不觉点头自叹，心下自思道：'原来戏上也有好文章。可惜世人只知看戏，未必能领略这其中的趣味。'想毕，又后悔不该胡想，耽误了听曲子。又侧耳时，只听唱道：'则为你如花美眷，似水流年……'林黛玉听了这两句，不觉心动神摇。又听道'你在幽闺自怜'等句，亦发如醉如痴，站立不住，便一蹲身坐在一块山子石上，细嚼'如花美眷，似水流年'八个字的滋味。忽又想起前日见古人诗中有'水流花谢两无情'之句，再又有词中有'流水落花春去也，天上人间'之句，又兼方才所见《西厢记》中'花落水流红，闲愁万种'之句，都一时想起来，凑聚在一处。仔细忖度，不觉心痛神痴，眼中落泪。"（页317）

这是伤物之泪。这里的"物"，指的是寄存于天地间的生命之光。真是有情小姐警多情小姐，黛玉为之神伤的就是这年华之美的易逝之悲，任你再美，也抵不过时间，时间正为刀剑，砍削着生命的华光。黛玉说世人只知道看戏，未能领略其间的趣味。其实，生命正如花朵，它要有岁月和时间做土壤，也需要眼泪和真心的滋养。

因为体弱，四季的变化征兆黛玉总是可以很敏锐地捕捉到；因为感性，自然的繁华凋敝黛玉总是能够与之共鸣共感。她以悲伤、空寂为情感底色，执着地留恋一切美好，在她身上，蕴藏了人世间最强烈最浓重的诗意。

黛玉情之所起，为自我、为宝玉、为青春。泪，因由衷深情，因爱之默许；非到情深处不能抛洒，非到情浓时不能宣泄；而一到深处浓时便真是奔涌而出了。

三、林妹妹的"三变"

林妹妹爱哭，爱使小性儿，似乎是一个书里书外公认的事实，这一形象设定是从始至终没有变化过呢，还是也不尽然呢？

虽然《红楼梦》中很少提及人物的具体年龄，但我们可以通过各种细节了解人物的年龄大小。比如，第二十三回，贾宝玉和众姐妹搬到大观园后，他喜得无可不可，便开始吟诗，作了大观园四季集锦诗，传到了外面。大家都赞美，说这诗写得真好，完全不像十二三岁的公子哥所作。我们得知进大观园时宝玉十二三岁。又如，贾宝玉被马道婆施魔法给魇住，和尚道士来救他，和尚把那块玉捧在手里说："青埂峰一别，展眼已过十三载矣！"（页346）那便意味着这一年贾宝玉的年龄很明确是十三岁。知道贾宝玉的年龄，就可以推算出林黛玉的年龄，林黛玉比贾宝玉小一岁，所以这时的林黛玉是十二岁。

林妹妹进贾府时尚是女童，夭亡于宝玉和宝钗成亲之日，她在贾府经历了从孩童到少女的成长过程，性格是否发生了变化？变化的原因又来自哪里呢？

初进贾府的林妹妹自伤自怜，处处都要小心留意，无论是言语还是行事都很谨慎规矩，她的容貌举止得到了贾府上下的高度赞美和认可。虽有摔玉之意外，但上至贾母，下至姐妹，大家都疼惜黛玉。林妹妹在贾府最开始的"社交"状态是这样的："如今且说林黛玉自在荣府以来，贾母万般怜爱，寝食起居，一如宝玉，迎春、探春、惜春三个亲孙女倒且靠后；便是宝玉和黛玉二人之亲密友爱处，亦自较别个不同，日则同行同坐，夜则同息同止，真是言和意顺，略无参商。"（页68，下同）这里面最值得注意的是，此时宝玉和黛玉之间的相处模式是"言和意顺，略无参商"，两人之间完全没有分歧，没有任何不满，和谐，自在。既然"言合意顺"，便不会有争吵；既然"略无参商"，便无从耍小性。

直到薛宝钗进入贾府。小说中这样写："不想如今忽然来了一个薛宝钗，年岁虽大不多，然品格端方，容貌丰美，人多谓黛玉所不及。"此即第一层被比下者——外在。谁不喜爱健康饱满的生命呢？"而且宝钗行为豁达，随分从时，不比黛玉孤高自许，目无下尘，故比黛玉大得下人之心。"此即第二层被比下者——内在。谁不喜爱宽厚明理的心性呢？"便是那些小丫头子们，亦多喜与宝钗去顽。"此即第三层被比下者——人缘。

综合以上三种，宝钗自然更招人喜爱。"因此黛玉心中便有些悒郁不忿之意，宝钗却浑然不觉。"宝钗是不觉自己备受众人喜爱，还是不觉黛玉的"悒郁不忿之意"？恐怕两者都有。毕竟她们此时还都是小学生的年纪。若如此，为何黛玉要生闷气呢？仅仅是因为宝钗更招人喜欢吗？

"那宝玉亦在孩提之间，况自天性所禀来的一片愚拙偏僻，视姊妹弟兄皆出一意，并无亲疏远近之别。"小孩子喜欢和谁一起玩是会随心情改变的，他们往往对情感还没有太深的认识，一切都随本性，况且宝玉不同黛玉，他是从小被宠大的，所以在他看来这个家里所有人都好，"并无亲疏远近之别"。可是，黛玉不是这样认为的。在黛玉那里，虽是姐妹兄弟在一起，但情感上分明是有亲疏远近的。这成了黛玉心中的一个痛，为什么？因为黛玉是寄养在这里的，在贾府的几年，渐渐地，无形之中贾宝玉已成为她精神上的一个依赖对象。换句话说，林妹妹在贾府中找到的那个精神依赖对象不是贾母，不是三春姐妹，更不是王熙凤，而是她的知音，是她的前世缘分，也是她今生的还泪对象——贾宝玉。

其实，贾宝玉在心里也自觉与黛玉更亲近。"其中因与黛玉同随贾母一处坐卧，故略比别个姊妹熟惯些。既熟惯，则更觉亲密；既亲密，则不免一时有求全之毁，不虞之隙。"（页68—69）宝玉认为既然和黛玉的关系更好一些，也就对林黛玉的要求更多了一些；偏黛玉则认为，既然我们之间的关系更好，那么就应当不必去管别人的闲事。可见，宝黛关系从很大程度上左右着林妹妹的性格变化。况且黛玉在贾府的待遇非常好，贾母如此疼爱她，宝玉和她如此亲近，可想她是会放下戒备，慢慢释放自己的真性情，不比刚到贾府时的小心谨慎了。

自此之后，黛玉就逐渐长成了我们熟悉的那个形象：心性敏感，急于反击，语言尖刻。她在神情语气上也毫不掩饰，说出一些令人难以招架的话语时常伴以"冷笑"。周瑞家的送来薛姨妈分给姐妹们的宫花，林黛玉冷笑道："我就知道，别人不挑剩下的也不给我。"（页108）第八回中，在薛姨妈那里，李嬷嬷劝宝玉别喝酒，林黛玉也冷笑，说出的话把那上了年纪的嬷嬷都噎在那里。可以说，冷笑，是黛玉的一个常用招数。

第十六回林如海去世，贾琏带着林黛玉回到贾府，宝玉再见到黛玉特别高兴，就把北静王赠给自己的鹡鸰香串送给黛玉。但黛玉的反应很直接，一个动作"掷回"，干净利落得绝情。黛玉的其他一些反应性动作也迅猛彻底，比如甩手帕、摔帘子、撂剪子、焚诗稿、蹬门槛子、啐一口等。这些可统称为她的另一个常用招数：狠动作。这些狠动作一旦施展开来，便常常会令事态急转直下，更容易走向极端。

此外，林黛玉惯会挖苦取笑他人。比如第二十回，她便拿湘云的口音"爱（二）哥哥"来打趣，专挑别人的毛病。同时，她还说粗话，不仅说李嬷嬷是"老货"，还为刘姥姥发明了"母蝗虫"的绰号，说史湘云是"小骚达子"。

从小说第二十回到第二十九回，回回宝黛都要闹不愉快，我们来大致梳理一下。第二十回：宝玉去看宝钗，黛玉不高兴。宝玉认为黛玉小气，黛玉生气。第二十二回：史湘云说龄官长得像黛玉，贾宝玉向湘云使眼色，黛玉生气。第二十六回：贾宝玉看《西厢记》后，无意忘情地对紫鹃说出一句："好丫头，'若共你多情小姐同鸳帐，怎舍得叠被铺床？'"（页355）黛玉生气。第二十七回：晴雯闹脾气，没听出外面是黛玉敲门，不给开门，让黛玉产生了误会，她又听到屋内有宝钗的笑声，故而生气。第二十九回：清虚观打醮时，张道士要给宝玉提亲，宝玉又捡了一个金麒麟要送给湘云，黛玉生气。

综上，黛玉不高兴的点大多在贾宝玉对薛宝钗和史湘云的态度上，宝玉自然知道自己的心意，但在黛玉看来，宝钗和湘云也有可能与宝玉生情，所以心里便多有抵触情绪。宝玉内心无意，自然就觉得黛玉过于小心眼。众人不解二人之间的情意，只当是自小便玩得好，不往男女之情上想，也会觉得黛玉器局过小了些。

所以，在这个阶段中，宝黛的关系最微妙，谁也没有道明彼此内心的情感，但谁都又渴望着让彼此的关系更进一步，有矛盾自然是难免的。

黛玉的变化与她的成长密不可分，从幼童到少女，她对自我情感的认识自然慢慢开始发生变化，变得更加敏感，也更加清楚自己的心意，对于情感的追求也更明确了。于是，有了第三十二回中的"知己"之说，林黛玉说了一句："有什么可说的。你的话我早知道了！"（页434，下同）贾宝玉听此言又犯了痴病，竟错拉着袭人的手说出了心里话："睡里梦里也忘不了你！"

随着宝黛之间情意的彼此相知，林黛玉的性格表现又再次发生了变化。第四十二回，黛玉在行酒令时不小心说出了《西厢记》里的唱词，立即被宝钗知觉，宝钗与黛玉之间进行了一次比较深入的谈心。作为姐姐，宝钗劝黛玉："既认得了字，不过拣那正经的看也罢了，最怕见了些杂书，移了性情，就不可救了。"（页566）这番道理使林妹妹毫无反驳之力，无论是男性还是女性，书读错了，心用错了，都是危险的。人不启蒙还罢了，最怕的就是启蒙后走偏了道，比那一片懵懂无知更可怕。

第四十五回，宝钗关心黛玉的身体，黛玉向宝钗说明苦衷："请大夫，熬药，人参肉桂，已经闹了个天翻地覆，这会子我又兴出新文来熬什么燕窝粥，老太太、太太、凤姐姐这三个人便没话说，那些底下的婆子丫头们，未免不嫌我太多事了。"（页606，下同）大家族不比小户人家，人多嘴杂爱惹是非，黛玉不是不懂。"你看这里这些人，因见老太太多疼了宝玉和凤丫头两个，他们尚虎视眈眈，背地里言三语四的，何况于我？"贾母再疼林黛玉，毕竟她是外姓人。"况我又不是他们这里正经主子，原是无依无靠投奔了来的，他们已经多嫌着我了。如今我还不知进退，何苦叫他们咒我？"看来，黛玉之前一切恶劣言行的根由也有此原因。使小性儿是为了强调自己和贾宝玉之间的关系，尖酸刻薄的性格也是出于一种天然的自我保护意识。宝钗安慰黛玉，说自己的处境和她一样，黛玉进一步补充道："我是一无所有，吃穿用度，一草一纸，皆是和他们家的姑娘一样，那起小人岂有不多嫌的。"（页607）大家族不是只有富贵享乐，人多的地方更容易身不由己。成长能让人一点点意识到生活的复杂和不易，小时候由着性子来，长大后就慢慢地收敛了。黛玉锋芒入鞘，为人圆润温和了很多。"黛玉听说笑道：'难为你。误了你发财，冒雨送来。'"（页611）她竟然会给送燕窝的老妈妈几个喝酒钱，说出的话也极为贴心，与之前我们印象中的黛玉似乎判若两人。

林黛玉知晓了贾宝玉的心意，解开了对宝钗的心结，"冷"字不见了踪影，从此之后，大观园的世界宁静了下来，才会有赏雪、赏梅花，才会有海棠诗社，各种各样的诗情画意。

宝玉还是担心黛玉心里会有很多不痛快，特别是宝琴来到贾府后，黛玉与宝钗宝琴互称姐妹，看上去极是亲密融洽，但宝玉还是特意去看黛玉，黛玉和宝玉说了对宝钗的新认识，但说起宝琴，果然黛玉想起自己孤身一人，不免又哭了。宝玉最了解黛玉，黛玉也只有在宝玉面前，才表现出最真实的内心。宝玉安慰她，黛玉拭泪却道："近来我只觉心酸，眼泪却像比旧年少了些的。心里只管酸痛，眼泪却不多。"（页660）读至此，我们一面感动于二人的日常彼此牵挂，一面不免心悸了一下，黛玉眼泪少了，看似是好事，实际却宣告着黛玉的生命开始渐渐走向消亡。她虽然情感上安宁了，但眼泪也流得差不多了。她本为还泪而来，泪尽之时，岂不就是她将要走向青春陨落之日？

这之后，黛玉步入她生命的第三个阶段，也是最后一个阶段。黛玉虽然不常哭了，但咳嗽越来越严重，预示着她开始走向死亡。

四、林妹妹的负担

林黛玉说："我曾见古史中有才色的女子，终身遭际令人可欣可羡可悲可叹者甚多。"（页890）于是，她便为五位女子各写了一首诗，被宝玉定为"五美吟"。（页891—893）誊录于此：

西　　施
一代倾城逐浪花，吴宫空自忆儿家。
效颦莫笑东村女，头白溪边尚浣纱。

虞　　姬
肠断乌骓夜啸风，虞兮幽恨对重瞳。
黥彭甘受他年醢，饮剑何如楚帐中。

明　妃

绝艳惊人出汉宫，红颜命薄古今同。

君王纵使轻颜色，予夺权何畀画工？

绿　珠

瓦砾明珠一例抛，何曾石尉重娇娆。

都缘顽福前生造，更有同归慰寂寥。

红　拂

长揖雄谈态自殊，美人具眼识穷途。

尸居馀气杨公幕，岂得羁縻女丈夫。

　　这五位女子定是林妹妹特别欣赏、喜爱，或者令她特别感怀、怜惜的女子：虞姬、西施、王昭君、绿珠、红拂女。在黛玉看来，五位美女的命运虽不相同，但她们却有一个共同点：大女人。她们都有跌宕起伏的人生经历，而非小女子的期期艾艾，这或许是黛玉的感慨之一。虞姬自刎、绿珠跳楼是女性对坚贞感情的一种守护，是对自我生命尊严的一种维护，士为知己者死，女人也可以选择自己的生命价值；西施以身救国，为越国奉献了自己的青春年华；昭君出塞，加深了汉匈的和谐共处与交流；红拂女更是一个有志识的女子，她对李靖的判断和对自我命运的把握都极具独立精神。

　　五位女子的才华与容貌确实令人可欣可羡，但她们的美也成为人生悲剧的根源之一。古话说"红颜薄命"，说"怀璧其罪"，好东西人人喜欢，人人争抢，因此也最容易被人利用。像红拂女那样靠着自己的智慧和胆略成就生命巅峰的女人在历史上毕竟是少数。所以，黛玉会叹息，叹息西施终究随水而逝，还不如平凡女子能安然度过一生；也叹息绿珠这样美好的生命，只能在黄泉路上成为石崇的慰藉；黛玉还在诗中有所讽喻，她讽刺了黥布、彭越为了功名背叛项王，最终落得悲惨结局；也讽刺了汉元帝堂堂天子，竟然被一个画工蒙蔽而酿成遗憾。黛玉说，写下这些诗是"以寄感慨"，她在感慨什么？

这五位女子的命运都与死亡和离别有关，这与黛玉的生命观是如此相似，怕黛玉也是在为自己的未来担忧吧。这五位女性虽然结局并不完美，却胜过很多男人，得以名留青史。尤其是红拂女，"岂得羁縻女丈夫"，那种豪情与气概正是黛玉最为欣赏的。

每每读到这五首诗，都会有种感觉：黛玉被她的身体连累了，也被她的家世连累了。反观薛宝琴，她从小便和父亲走过不少地方（第五十回），饱览了大好山河，难怪林黛玉见到她会如此亲热喜爱。后来薛宝琴做了十首怀古诗，每一首暗含一处古迹，宝钗认为最后两首在历史上无考，不如再作两首，被林妹妹拦了下来，说道："这宝姐姐也忒'胶柱鼓瑟'，矫揉造作了。这两首虽于史鉴上无考，咱们虽不曾看这些外传，不知底里，难道咱们连两本戏也没有见过不成？那三岁孩子也知道，何况咱们？"（页689—690）这句话与当年宝玉为林妹妹拟字号时表达的意思几无二致，宝黛果然是心有灵犀。

如果说香菱一生是有命无运，黛玉一生就是有运无命了。无福消受的美好，不如没有！就如春花，既然要落，不如不开。林黛玉看得透，但她也无可奈何，她说："原是有了我，便有了人；有了人，便有无数的烦恼生出来，恐怖，颠倒，梦想，更有许多缠碍。"（页1268）黛玉这番话正是哲学中所强调的主客体之分，"我"就是主体，正是因为有了"我"的主体意识，"人"便成了与"我"相对的客体。每个人既是主体，又是客体——主体必定要从客体中有所取，同时又要将自身中的某些舍给他人。所以，取舍的抉择就是人来世上一遭的智慧。平衡好了便便了无烦恼，平衡不好便生出无数欲望和苦恼。

林黛玉看得透，参得清，却放不下。

1. 请你将《葬花吟》和《秋窗风雨夕》背诵下来。
2. 请你谈一谈宝哥哥每次哄好生气的林妹妹的法宝是什么。

阅读要求

请继续阅读小说至九十五回。

阅读推荐

1.《牡丹亭》，汤显祖

2.《撒哈拉的故事》，三毛

3.《虬髯客传》，杜光庭

第十一讲
小王子、狐狸和玫瑰花

《红楼梦》中的贾宝玉既是那块顽石，又是那位神瑛侍者——既是红尘中的受享者，也是情感里的觉迷者。

宴宁府宝玉会秦钟

贾政带着贾宝玉等人在观赏大观园时，走到最后，发现这样一处所在："穿过一层竹篱花障编就的月洞门，俄见粉墙环护，绿柳周垂。贾政与众人进去。一入门，两边都是游廊相接。院中点衬几块山石，一边种着数本芭蕉；那一边乃是一颗西府海棠，其势若伞，丝垂翠缕，葩吐丹砂。"（页230，下同）

　　真可谓是未见其居，先临其境。"粉墙环护"，足见其境之净；"绿柳周垂"，可睹其境之雅。大观园中其他各处，院中必有特征：如潇湘馆的千竿修竹、稻香村的百株红杏、蘅芜苑的异草生香、栊翠庵的红梅傲雪。此处最突出的便是那一株海棠和数本芭蕉。本来无甚，众人也都并不在意，可这红绿相映却被贾宝玉看中了，他说："此处蕉棠两植，其意暗蓄'红''绿'二字在内。若只说蕉，则棠无着落；若只说棠，蕉亦无着落。固有蕉无棠不可，有棠无蕉更不可。"

　　芭蕉叶柄粗大，叶子宽厚，绿意盎然；海棠花生长繁茂，红晕施脂，娇艳无比。若只有其绿，恐过于冷，若只有其红，恐过于闹，所以红绿交相辉映是最好的组合。因此宝玉才会为之起名为"红香绿玉"，只是后来元妃省亲时不喜"香""玉"二字，将其改为"怡红快绿"。"怡"与"快"，让人自然而然地感受到一种放松开心的氛围。这里还可以理解为使"红"怡，使"绿"快，"红"，是海棠花，也可以暗指众女儿，"绿"是芭蕉叶，也可以暗指贾宝玉。这里后来成为贾宝玉在大观园的居所。

　　第二十六回另有一段文字描写这处所在。"贾芸看时，只见院内略略有几点山石，种着芭蕉，那边有两只仙鹤在松树下剔翎。一溜回廊上吊着各色笼子，笼着仙禽异鸟。上面小小五间抱厦，一色雕镂新鲜花样隔扇，上面悬着一个匾额，四个大字，题道是'怡红快绿'。"（页352）《红楼梦》多次使用多人视角对同一事物展开精细描写，借助贾芸之眼，我们再一次看到了怡红院。此时并非海棠花期，海棠不太显眼，芭蕉却因其叶片的形状和色泽给贾芸留下了印象。与之前尚无人入住时不同，此时院子中多了很多仙禽异鸟，那两只在松树下悠闲自在的仙鹤更是颇为惹人瞩目，为此处居所增添了很多雅趣。

宝玉居住的内室如何呢？贾政、宝玉和众人初次参观："只见这几间房内收拾的与别处不同，竟分不出间隔来的。原来四面皆是雕空玲珑木板，或'流云百蝠'，或'岁寒三友'，或山水人物，或翎毛花卉，或集锦，或博古，或万福万寿。各种花样，皆是名手雕镂，五彩销金嵌宝的。一榻一榻，或有贮书处，或有设鼎处，或安置笔砚处，或供花设瓶、安放盆景处。其榻各式各样，或天圆地方，或葵花蕉叶，或连环半璧。真是花团锦簇，剔透玲珑。倏尔五色纱糊就，竟系小窗；倏尔彩绫轻覆，竟系幽户。且满墙满壁，皆系随依古董玩器之形抠成的槽子。诸如琴、剑、悬瓶、桌屏之类，虽悬于壁，却都是与壁相平的。"（页231）这里精致华丽，陈设机巧，宝器众多，花样繁复，令人眼花缭乱、叹为观止。虽是居所，却亦是藏宝阁、展示柜。荣国府众儿女们，能够入住此处的，除却贾宝玉这位贵公子哥儿，更有何人可与这般"花团锦簇"相匹配呢？

后来，贾芸来看望宝玉，进到屋内，"抬头一看，只见金碧辉煌，文章闪灼"。贾芸守规矩，不敢肆意观望，只是略略打眼，"金碧辉煌，文章闪灼"是整体风格，华屋贵器难免给贾芸带来强烈的压迫感。

《红楼梦》中进到怡红院里的客人并不多，贾芸是一个，刘姥姥是另一个。她不仅进了怡红院，还睡在了宝玉的床上："刘姥姥掀帘进去，抬头一看，只见四面墙壁玲珑剔透，琴剑瓶炉皆贴在墙上，锦笼纱罩，金彩珠光，连地下踩的砖，皆是碧绿凿花，竟越发把眼花了，找门出去，那里有门？左一架书，右一架屏。"（页556）刘姥姥最大的感受就是："这是那个小姐的绣房，这样精致？我就像到了天宫里的一样。"（页557）

精致、雅趣、富贵、巧妙，这里就是贾宝玉的"温柔乡、富贵场"。住在这样一个地方的男子，到底是个怎样的人呢？

一、世上有多少个宝玉

想了解贾宝玉，我们先问一个问题：这世界上到底有多少个宝玉？先来看看这张表（请试着填填看）。

回目	原文内容	说话人
第二回	不想次年又生了一位公子，说来更奇，一落胎胞，嘴里便衔下一块五彩晶莹的玉来，上面还有许多字迹，就取名叫作＿＿＿＿。	冷子兴
第二回	那年周岁时，政老爹便要试他将来的志向，便将那世上所有之物摆了无数，与他抓取。谁知他一概不取，伸手只把些脂粉钗环抓来。政老爹便大怒了，说："将来＿＿＿＿耳！"因此便大不喜悦。	贾政
第三回	黛玉亦常听得母亲说过，二舅母生的有个表兄，乃衔玉而诞，＿＿＿＿，极恶读书，最喜在内帏厮混；外祖母又极溺爱，无人敢管。	贾敏
第三回	但我不放心的最是一件：我有一个孽根祸胎，是家里的"＿＿＿＿"……	王夫人
第五回	吾所爱汝者，乃＿＿＿＿也。	警幻仙姑
第三十二回	所喜者，果然自己眼力不错，素日认他是个知己，果然是个＿＿＿＿。	林黛玉
第三十三回	我养了这＿＿＿＿，已不孝；教训他一番，又有众人护持；不如趁今日一发勒死了，以绝将来之患！	贾政
第三十五回	他自己烫了手，倒问人疼不疼，这可不是个＿＿＿＿？	婆子们
第三十七回	天下难得的是富贵，又难得的是闲散，这两样再不能兼有，不想你兼有了，就叫你"＿＿＿＿"也罢了。	薛宝钗
第四十二回	我说你是＿＿＿＿，说了一声你就问去。 我说你＿＿＿＿！那雪浪纸写字画画写意画儿，或是会山水的画南宗山水，托墨，禁得皴染。	薛宝钗
第六十三回	如今他自称"槛外之人"，是自谓蹈于铁槛之外了；故你如今只下"＿＿＿＿"，便合了他的心了。	邢岫烟

回目	原文内容	说话人
第八十一回	探春道："再没见像你这样＿＿＿＿。"	贾探春
第九十回	林姑娘是个有心计儿的。至于宝玉，＿＿＿＿，不避嫌疑是有的，看起外面，却还都是个小孩儿形象。	王夫人

在西方，一千个读者眼中就有一千个哈姆雷特；在中国，一千个读者心中就有一千个贾宝玉。不用说读者，仅在故事里，每一个人物心中都有一个贾宝玉。

又是孽根祸胎，又是混世魔王，又是不肖的孽障，又是酒色之徒，又是天下古今第一淫人，又是知己，又是富贵闲人，又是无事忙，又是没用的，又是呆子，又是槛内人，又是卤人，又是呆头呆脑……，以上这些称呼都是谁给宝玉的呢？

"酒色之徒"和"不肖的孽障"是宝玉的父亲贾政给他的评价，前者是在宝玉抓周抓了脂粉钗环时所说，后者是在痛打宝玉时骂出的。"孽根祸胎""混世魔王"和"呆头呆脑"，都是宝玉的母亲王夫人给他的评价。前两个是向黛玉谈及宝玉时所言，后者是与贾母讨论宝黛关系时所说。"富贵闲人"是大观园中起诗社时，宝钗给宝玉起的雅号。"槛内人"是妙玉对贾宝玉的判断，恰与自己的"槛外人"相对。"卤人"是探春对她这个性急毛躁的哥哥的断语。"呆子"则是贾府中婆子们对宝玉不顾自己烫伤却要关心丫鬟玉钏是否受伤这种可笑行为的评价。

这些称呼，几乎都是负面的，无论是品行还是德性，无论是能力还是才华，无论是性情还是精神，这些称呼都是对宝玉某一方面的否定。宝钗的"富贵闲人"听上去很令人羡慕，但看看之后她对宝玉的两次评价——"无事忙"和"不中用"（页569—570），你就明白"富贵闲人"在薛宝钗心里的意思了：没有前途，不能经世致用。

一般人面对这些负面评价早就抓狂了，可宝玉却安之若素。因为他本来意不在此，更何况，在他心里，只要有一个人对他进行正面评价就足矣，这个人就是林黛玉。当贾宝玉对史湘云劝他读书考学感到厌烦时，说了一句："林姑娘从来说过这些混帐话不曾？若他也说过这些混帐话，我早和他生分了。"（页432）就是这句话让窗外的林妹妹感到五味杂陈——又惊又喜，又悲又叹——从而更坚定地将宝玉看作是自己的"知己"。

一部《红楼梦》，相互之间能称得上"知己"的有几人？宝玉别的都不在意，只要有林妹妹这一个"知己"就足矣。

二、无用之用，方为大用

《红楼梦》中还有一位女子也可称得上是万分了解宝玉的，她就是警幻仙姑。当贾宝玉梦游太虚幻境时，警幻仙姑对他做过一个评价："吾所爱汝者，乃天下古今第一淫人也……如尔则天分中生成一段痴情，吾辈推之为'意淫'。'意淫'二字，惟心会而不可口传，可神通而不可语达。汝今独得此二字，在闺阁中，固可为良友，然于世道中未免迂阔怪诡，百口嘲谤，万目睚眦。"（页87）不愧是仙姑，看得明了，说得真切。以上众人对宝玉的评语，除了林黛玉，那真就是"百口嘲谤""万目睚眦"，甚至包括自己的亲生父母也不能看透。

但是，人毕竟是生活在现实世界中的，没有真本事怎能立足于世呢？光有细腻体贴的情思，在现实生活中是远远不够的，正如宝钗所言，"富贵闲人"多是无用之人，若是一朝没有了"富贵"，"闲"又该于何处落脚？

《红楼梦》中宝玉得此嘲谤，皆因众人对他有期待。寄厚望于宝玉的，不仅是当世人，还有已亡者，他们都想方设法让宝玉走上正途。贾府的宁荣二公也曾闪耀登场，为教育宝玉而颇费心机，他们教育子孙后代的方法十分前卫——"今日原欲往荣府去接绛珠，适从宁府所过，偶遇宁荣二公之灵，嘱吾云：'吾家自国朝定鼎以来，功名奕世，富贵传流，虽历百年，奈运终数尽，不可挽回者。故遗之子孙虽多，竟无可以继业。其中惟嫡孙宝玉一人，禀性乖张，性情怪谲，虽聪明灵慧，略可望成，无奈吾家运数合终，恐无人规引入正。幸仙姑偶来，万望先以情欲声色等事警其痴顽，或能使彼跳出迷人圈子，然后入于正路，亦吾兄弟之幸矣。'"（页79—80）

　　二位先祖实在没有办法了，才恳求警幻仙姑援手，并想出如此决绝的招数。他们的这段话里有四层意思。第一层，贾家的家运已走到尽头。这是势，不可挽回。第二层，家族需要能够担起重任、可以继业的子孙，但无奈香火寥落。这是命，不可抗拒。第三层，家族中，人才不济，只有宝玉一人有望，但家族教育式微，无力扭转局面。这是运。第四层，求警幻仙姑警醒宝玉。如何警醒？以毒攻毒，以情治情。这是术。

　　不幸的是，宝玉虽已见过"兼美""可卿"，但醒后依然不忘"袭人""晴雯"。宝玉与袭人的云雨情事正说明了警幻仙姑此法之无效，真是可惜了两位先祖的良苦用心。看来，到头来，术还是不能逆势、抗命、转运啊！

　　庄子曾言："人皆知有用之用，而莫知无用之用也。"[1]在庄子看来，那棵长了千年的树正是因为其无用才能保以天年，于世无用确实是今生之憾，但于己之身却是大大的有用，正是"巧者劳而知者忧，无能者无所求，饱食而敖游，泛若不系之舟"[2]。

　　贾宝玉无意于世事功名，却独钟于儿女之情；不留心于外在现实，却用力于内心情感，恐怕这是他为人诟病的主要原因。当被林妹妹和史湘云之间的女孩儿心思纠缠烦扰得不可解脱之时，宝玉也想过要奔向莫须有之乡，远离是是非非，"赤条条来去无牵挂"（页297），投身于老庄之中，寻找自我的心灵净土，众人为此忧虑，黛玉却对他很放

① 郭庆藩 . 庄子集释 [M]. 北京：中华书局，1961：186.
② 同上，1040.

心。宝玉写了偈语"你证我证，心证意证。是无有证，斯可云证。无可云证，是立足境"（页298）之后，黛玉只说了"无甚关系"四字，后又为他续上了"无立足境，是方干净"（页299）。宝玉为情读书、为情烦恼、为情写诗、为情悟道的本质，黛玉能够看得透彻。

宝玉于世无用，于情有大用。他是看不穿的，若是看穿了，怕就要像甄士隐那样舍家出世，像柳湘莲那样斩断情丝了。这样的话，故事就到该结束的时候了。

三、仙界的一场事故

宝玉的"无用"其实来源于一场仙界事故。

《红楼梦》中第一首点题诗便提到了此次事故："无材可去补苍天，枉入红尘若许年。此系身前身后事，倩谁记去作奇传？"（页4）女娲补天，是这个故事的神话源头。女娲在盘古开天地之后，抟土造人，开化万物，成为中华文化的创世女神。而后，水神共工氏和火神祝融氏大战，共工氏大败而怒撞不周山，导致天倾地裂，"于是女娲炼五色石以补苍天，断鳌足以立四极"[①]。《红楼梦》说女娲炼出了三万六千五百零一块五色石，但只用了三万六千五百块。

石头本身没有生命，只是承受自然的风雨霜露，随着时间的推移而改变自身形态而已。但，这块多出来的石头，不同于一般顽石，它是一块本可补天的五色石，曾被期许以大用，曾有被锤炼的过往，可最终为何其他石头都被选中，偏偏自己终被弃用呢？于是它只能"日夜悲号惭愧"，抱怨命运对自身的不公。

偏偏在某一天，一僧一道来到大石头身边，大谈红尘世界中的繁荣富贵。石头既然通了灵性，此时又苦于不能施展抱负，自然对这闻所未

---

① 何宁. 淮南子集释 [M]. 北京: 中华书局, 1998: 479.

闻的新奇世界感到好奇。于是他不得已开口说了人话："大师，弟子蠢物，不能见礼了。适闻二位谈那人世间荣耀繁华，心切慕之。弟子质虽粗蠢，性却稍通；况见二师仙形道体，定非凡品，必有补天济世之材，利物济人之德。如蒙发一点慈心，携带弟子得入红尘，在那富贵场中、温柔乡里受享几年，自当永佩洪恩，万劫不忘也。"（页3，下同）

顽石果然是受过神仙的锻炼，这段话说得在情在理，有礼有范，叫人很难拒绝。但这段话也点明了此刻这块石头的心理状态。试想，顽石听到二位仙师的对话，正常反应难道不应该是"既然我不能补天，那么就让我下凡去济世吧"？正常逻辑难道不应该是不能白锻炼，一个人（一块石头）的本事总要有用武之地才好吗？

可是，这块顽石说出的愿望竟然是"在那富贵场中，温柔乡里受享几年"。由此可见，经过不知多长时间的"日夜悲号惭愧"，石头已然雄心不再，"衰矣，无能为也已"。这块顽石已然在自怨自艾的岁月中消磨掉了当初的志向，而转为了对"受享"的期待。石头凡心炽烈，毫不顾忌二位仙师的警告，执意要下凡。于是，仙师便将其幻化为一块扇坠大小、鲜亮莹洁的美玉，再镌刻上文字，"使人一见便知是奇物方妙"。

可见，娲皇氏留下的小事故还引出了一段奇缘啊。就这样，顽石借着神瑛侍者下凡的机会，便开始了在"昌明隆盛之邦，【甲戌侧批：伏长安大都。】诗礼簪缨之族，【甲戌侧批：伏荣国府。】花锦繁华地，【甲戌侧批：伏大观园。】温柔富贵乡【甲戌侧批：伏绛芸轩。】"①里的游历。

在原文中，有一处细节可要好好品读："石头听了，喜不能禁，乃问：'不知赐了弟子那几件奇处，又不知携了弟子到何地方？望乞明示，使弟子不惑。'那僧笑道：'你且莫问，日后自然明白的。'"（页3—4）"奇处"不是"能力"，而是天生的禀赋特质。"能力"是后天修炼而成，"奇处"是先天自然而存。一个生命最大的奇处就在于他不知

---

① 曹雪芹，脂砚斋．脂砚斋评石头记 [M]．上海：上海三联书店，2011：2.

道自己的奇处。倘若一个人知道自己有何奇处，那么他难免自矜，自矜之时就会丧失天性的淳朴与难得，人就会变得刻意与矫揉。"天地有大美而不言"①正是此理。

其实，一块"高经十二丈、方经二十四丈"的巨大石头，瞬间幻化成"一块鲜明莹洁的美玉，且又缩成扇坠大小的可佩可拿"（页3），本身已是奇处生奇了；又"须得再镌上数字"，其效果自然是"使人一见便知是奇物方妙"。果然，贾宝玉"一落胎胞，嘴里便衔下一块五彩晶莹的玉来，上面还有许多字迹"（页28，下同），所有人都惊异无比，认为其来历不小，"万人皆如此说"。

这块假宝玉、真石头，一直深受荣国府上下人等的重视，被视作是贾宝玉的"命根子"。在王熙凤、贾宝玉梦魇五鬼之生死关头，是和尚用通灵宝玉将他们两个拯救了回来。特别是在贾宝玉失玉之后，因其变得痴呆傻楞，"竟是神魂失散的样子"（页1315），更印证了多年来贾府的珍视是有道理的。

它的奇处恰恰就在于，虽是顽石，然已通灵性；虽被弃置，然本可补天；可为大用，却只求享受。这正是招致世俗之人都嘲讽它的根由。

单有石头的奇处，还不是完整的贾宝玉。石头毕竟是石头，还不曾幻化为人形，它是被"夹带"着到了贾宝玉身上的。这位仙界人物也是凡心偶炽，要下凡造历幻缘，于是，石头和他便合为完整的贾宝玉。这位仙界人物就是神瑛侍者。神瑛侍者在西方仙界也干了一件奇事：日夜用甘露浇灌绛珠仙草。最终仙草化得人形，想要报答其灌溉之恩，于是便要随他下世为人，"但把我一生的眼泪还他"（页8）。

因此，贾宝玉在林妹妹的眼中是这样的："头上戴着束发嵌宝紫金冠，齐眉勒着二龙抢珠金抹额；穿一件二色金百蝶穿花大红箭袖，束着五彩丝攒花结长穗宫绦，外罩石青起花八团倭缎排穗褂；登着青缎

---

① 郭庆藩. 庄子集释 [M]. 北京: 中华书局, 1961: 735.

粉底小朝靴。面若中秋之月，色如春晓之花，鬓若刀裁，眉如墨画，面如桃瓣，目若秋波。虽怒时而若笑，即瞋视而有情。项上金螭璎珞，又有一根五色丝绦，系着一块美玉。"（页47—48）从对人物形象的描写来看，这里面有一种中性美，像菩萨一样，既有男性的帅气又有女性的多情。其前世既有宝玉（顽石），也有神瑛侍者，两者并合在一起，成为今生的贾宝玉。

再看下一段对宝玉的描写："天然一段风骚，全在眉梢；平生万种情思，悉堆眼角。看其外貌最是极好，却难知其底细。后人有《西江月》二词，批宝玉极恰，其词曰：无故寻愁觅恨，有时似傻如狂。纵然生得好皮囊，腹内原来草莽。潦倒不通世务，愚顽怕读文章。行为偏僻性乖张，那管世人诽谤！富贵不知乐业，贫穷难耐凄凉。可怜辜负好韶光，于国于家无望。天下无能第一，古今不肖无双。寄言纨绔与膏粱：莫效此儿形状！"（页48—49）

上文只写衣着与外貌，此段用一句"看其外貌最是极好，却难知其底细"巧妙地转到了对宝玉内在的分析。两首《西江月》便将那块石头说得无处藏身。外形虽经神仙幻化成了美玉，但本质却还是一块无材可去补苍天的顽石——好一个"于国于家无望"！在仙界不能补天，入了红尘依然是"枉入红尘若许年"。

因此，仙界的一场事故，让一块石头和一个神仙结下了凡缘，这成为贾宝玉的"人设"。

四、贾宝玉与"贾雨村"们

《红楼梦》用很大篇幅讲了少年人的故事，而不是成年人的故事。同学或者同伴，在一个人的少年时代是非常重要的一种社会关系。从小能够有一个志同道合、彼此信任默契的同龄朋友会是一种幸运。正如秦钟所言："再读书一事，必须有一二知己为伴，时常大家讨论，才

能进益。"（页112）

　　贾宝玉自然要读书。于是，听到这句话的宝玉第一次也是唯一一次主动提出要去家塾念书。这个秦钟何许人也？为何有如此大的魅力？整本书中宝玉除了见林黛玉之外，就属见秦钟最有感慨了："那宝玉自见了秦钟的人品出众，心中似有所失，痴了半日，自己心中又起了呆意，乃自思道：'天下竟有这等人物！如今看来，我竟成了泥猪癞狗了。可恨我为什么生在这侯门公府之家，若也生在寒门薄宦之家，早得与他交结，也不枉生了一世。我虽如此比他尊贵，可知锦绣纱罗，也不过裹了我这根死木头；美酒羊羔，也不过填了我这粪窟泥沟。'富贵'二字，不料遭我荼毒了！'秦钟……心中亦自思道：'果然这宝玉怨不得人溺爱他。可恨我偏生于清寒之家，不能与他耳鬓交接，可知'贫窭'二字限人，亦世间之大不快事。'"（页111）

　　这二人相见真是有千里觅知音的感觉，《红楼梦》的行文从来都是冷静而深刻的，此处二人的心理描写分明道出了残酷的现实——"富贵"与"贫窭"，而生活环境大多数时候会成为知音相交的障碍。二人尚且年幼，彼此相见恨晚，当秦钟提到自己目前还没有学上的时候，宝玉便马上提出可以和他一起去上家塾。这家塾"原系始祖所立，恐族中子弟有贫穷不能请师者，即入此中肄业。凡族中有官爵之人，皆供给银两，按俸之多寡帮助，为学中之费。特共举年高有德之人为塾掌，专为训课子弟"（页132）。于是，秦钟和宝玉便成了同学。而这家塾中其他同学又如何呢？

　　对一个大家族而言，最重要的就是子孙后代的教育问题，但贾家义学的状况却着实堪忧：先生贾代儒年纪大，并不管事；他的孙子贾瑞充当班主任的角色，但却是一个贪财好利心术不正之人；班里的同学们有一大部分心思不纯，不好好上学却净想乌七八糟的事情；再加上薛蟠这个"呆霸王"，虽然不常上学，影响力却很大。和这些人一起学习，能有什么收获呢？所以，一场滑稽的闹剧过后，上学的事情也就不了了之了。

秦可卿丧葬之时，秦钟与水月庵的姑子智能儿卿卿我我，不仅伤了身体，还气死了父亲，自己竟也一病不起。宝玉看他最后一眼时，他却劝宝玉要好好读书："并无别话。以前你我见识自为高过世人，我今日才知自误了。以后还该立志功名，以荣耀显达为是。"（页215）"荣耀显达"，这是多少读书人渴求的结局。少年人心中的自视甚高到最后也要落回现实，要一步一步走起。正如那块顽石一样，"受享"之后才会感叹"枉入红尘若许年"。当然，这句临终遗言宝玉此时不会赞同，也不会在意。宝玉虽无功名之志，却也算得上荣耀显达，一个专意"受享"的人怎会认真思忖这方面的忠告？秦家姐弟都曾用生命点化过宝玉，但都没有成功。

秦钟死后，宝玉伤心了好久。还有什么其他人可以称得上是宝玉成长过程中的伙伴吗？他有一个弟弟，贾环，但这个庶出的弟弟对其恨之入骨；他还有一个侄子，贾兰，还有贾蔷、贾芸等，但都隔着辈分，也都各自怀揣着心思。除此之外，薛蟠倒是和他年龄相仿，只比他略大一点，但如若贾宝玉和他厮混熟了恐怕不是什么好事。当然，除了家里人，社会上也有贾宝玉的朋友圈，如冯紫英、北静王，这是官场上的名人后代，不曾见他们有深交的机会；又如蒋玉菡和柳湘莲，一个是名伶，一个是落魄世家子弟，和他们结交，又需要担着一份名声受损的风险。如此看来，在贾宝玉的生活圈子里，很难找到能够成为他精神伙伴的同龄人。最贴心的怕也只有那些姐姐妹妹了吧。

所以，他能和林妹妹一起共读《西厢记》，可以响应探春成立诗社，还能陪伴惜春画画，这些都要比和那些男性朋友在一起时更有趣味，更有格调。只可惜，她们是一群女孩子，不是社会责任的主要承担者，所以世人都觉得贾宝玉性情怪诞迂阔，不务正业。

宝玉不爱读"四书五经"，却在诗词歌赋上有极高的造诣；不爱读经世治学之书，却对老庄、中医、艺术等情有独钟。他能分辨出"蘅芜苑"中的各种植物——"那香的是杜若蘅芜，那一种大约是茝兰，这一种大约是清葛，那一种是金簦草，这一种是玉蕗藤，红的自然是紫芸，绿的定是青芷。想来那《离骚》《文选》等书上所有的那些异草，也有叫作什么藿蒳姜荨的，也有叫作什么纶组紫绛的，还有石帆、水松、扶留等样，又有叫什么绿荑的，还有什么丹椒、蘼芜、风连。如今年深岁改，人不能识，故皆像形夺名，渐渐的唤差了，也是有的。"（页 227）谁说贾宝玉不读书？不读书能随口引用，说出出处？他能将阅读和生活结合起来，让生活充满书香气息。

宝玉能为逝去的晴雯写出情深意真、引经据典的诔文——其中典故 20 多处，多来自《离骚》《楚辞》《庄子》。他不仅读书，还饱览群书，因为从各种迹象来看，宝玉的阅读量很大，大量涉猎杂书，他只是不爱读"四书五经"这类科举考试框架下的"教科书"。

同时，他在读书之余还有自己的理解与感悟。要他写出颇具禅理的偈语和长篇古体诗更是不在话下，古体诗尤以第七十八回他和贾政携手完成的《姽婳词》为最，其中"天子惊慌恨失守，此时文武皆垂首。何事文武立朝纲，不及闺中林四娘？"（页 1106）四句写得更是酣畅淋漓，充满了对世事的讽刺意味——满朝文武们邀功请赏的多，倒有几个能够在生死关头冲锋陷阵的？

他还能准确地分辨出医生为晴雯开的药方中的不当之处——"宝玉看时，上面有紫苏、桔梗、防风、荆芥等药，后面又有枳实、麻黄。宝玉道：'该死，该死，他拿着女孩儿们也像我们一样的治，如何使得！凭他有什么内滞，这枳实、麻黄如何禁得。'"（页 697）他不拘泥，懂得中医微妙之处便是用药的轻与重，药量要根据患者的体质和病情来酌情使用。

因此，贾宝玉不是一个不学无术的人，只是他的身份地位使得他缺乏实际生活技能（例如：不知道一锭银子有多少）；他的性情又使得他对考取功名极度反感——他最讨厌贾雨村这种人，管他们叫"禄蠹"。在应对现实生活上，宝玉的确"于国于家无望"，然而看他成长的土壤，我们又多少为他感到有些遗憾，在他的生活世界里，他很难找到志同道合者；富贵场温柔乡的家境，让他不可能真正体会到生活的艰辛；社会中的"贾雨村"们对利益的欲望太大，个人品行又实在不堪，让一个有精神洁癖的少年无法对其寄予希望。

鲁迅说："在我的眼下的宝玉，却看见他看见许多死亡；证成多所爱者，当大苦恼，因为世上，不幸人多。"① 贾宝玉存在的意义在于，他是一个"看见者"，一个"证成者"，他在繁华里看见凋亡，他在博爱里体味苦恼。

五、看似是小事的大事

贾宝玉是一个特别懂礼的人。比如，第四十一回，贾母邀请刘姥姥游玩大观园，宴请刘姥姥时，"不一时，只听得箫管悠扬，笙笛并发。正值风清气爽之时，那乐声穿林度水而来，自然使人神怡心旷。宝玉先禁不住，拿起壶来斟了一杯，一口饮尽。复又斟上，才要饮，只见王夫人也要饮，命人换暖酒，宝玉连忙将自己的杯捧了过来，送到王夫人口边，王夫人便就他手内吃了两口。"（页548—549）饮酒要有气氛，值此良辰美景之下，"爽籁发而清风生，纤歌凝而白云遏"（《滕王阁序》），任谁都要畅饮一番，别说贾宝玉，连王夫人都想饮上一口。于是，"连忙""捧""送""就他手内"，一连串的动作写出了宝玉和王夫人之间温馨、美好、和谐的母子互动。

第五十二回写道，"宝玉在马上笑道：'周哥，钱哥，咱们打这角门走罢，省得到了老爷的书房门口又下来。'周瑞侧身笑道：'老爷不在家，书房天天锁着的，爷可以不用下来罢了。'宝玉笑道：'虽锁着，

---

① 鲁迅. 鲁迅全集：第八卷 [M]. 北京：人民文学出版社，2005：179.

也要下来的。'"（页710—711）。经过父亲的书房，要下马，这是对长辈的尊重。宝玉不仅记得清清楚楚，而且还很有慎独精神。"笑"字写出了宝玉对下人所言的理解，"虽""也"则写出了其对规矩的坚守。

再如，第五十四回，元宵节夜宴上，"贾珍在先捧杯，贾琏在后捧壶。虽祇二人奉酒，那贾环弟兄等，却也是排班按序，一溜随着他二人进来，见他二人跪下，也都一溜跪下。宝玉也忙跪下了。史湘云悄推他笑道：'你这会又帮着跪下作什么？有这样，你也去斟一巡酒岂不好？'宝玉悄笑道：'再等一会子再斟去。'"（页732）贾宝玉并没有恃宠而骄，反而更显谦谦君子的风度，有拳拳孝子之心。

第五十六回里写道，甄家四个女人来看贾母，见到宝玉后便"上来拉他的手，问长问短"，宝玉"忙也笑问好"（页772，下同）。这四个女人对宝玉表现出极大的兴趣，而宝玉也极其懂事——"忙"和"笑"写出他见到客人时的热情。贾母的一番话正说出了大家族调养子孙辈的道理："可知你我这样人家的孩子们，凭他们有什么刁钻古怪的毛病儿，见了外人，必是要还出正经礼数来的。若他不还正经礼数，也断不容他刁钻去了。就是大人溺爱的，是他一则生的得人意，二则见人礼数竟比大人行出来的不错，使人见了可爱可怜，背地里所以才纵他一点子。若一味他只管没里没外，不与大人争光，凭他生的怎样，也是该打死的。"所以，贾宝玉不是嚣张任性的纨绔子弟，但他却每天被人骂着又痴又傻又呆，那么，他的痴和呆又表现在什么地方呢？

首先，他见到好姑娘就想往自己家里拉。第十五回，在去铁槛寺的路上，对农户人家的二丫头念念不忘，"宝玉恨不得下车跟了他去，料是众人不依的，少不得以目相送"（页195）。第十九回，在袭人家，对袭人的穿红衣服的表妹赞叹不已，认为"怎么也得他在咱们家就好了"（页259）。

其次，内心活动极为细腻，体贴女儿极为周到。得知茗烟连与其相好的女孩的年龄都不知道时，他会感叹："连他的岁属也不问问，别的自然越发不知了。可见他白认得你了。可怜，可怜！"（页255）见到红玉，想要直接将其留在身边使唤时，却会担心袭人寒心，又怕自己莽撞看错了人，所以一直犹犹豫豫，故而闷闷不乐，只坐着出神。在被热粥烫到后，不管自己是否受伤，要先问玉钏儿是否被烫到。在看龄官画蔷之时，不管自己也在淋雨反而提醒龄官避雨。因为金钏儿投井死了，所以五内俱伤。晴雯死后，见到芙蓉花，因为想起小丫鬟说晴雯可能做了芙蓉花神，便又喜又悲，开始为晴雯撰写诔文。当平儿被凤姐冤枉，打了巴掌后，他对平儿的照顾竟然比袭人还要细心精致，换衣、梳头、化妆、打扮，"色色想的周到"（页592），一个擦脸的粉，宝玉都能说出道理来，实在是让人感叹。不仅如此，宝玉还亲自为平儿洗手绢、熨衣服。这些事情在常人眼里看来，自然是令人感到匪夷所思。

第四十四回的题目是"喜出望外平儿理妆"，"理妆"的是平儿，"喜出望外"的是贾宝玉。为何喜？"宝玉因自来从未在平儿前尽过心——且平儿又是个极聪明极清俊的上等女孩儿，比不得那起俗蠢拙物——深为恨怨。今日是金钏儿的生日，故一日不乐。不想落后闹出这件事来，竟得在平儿前稍尽片心，亦今生意中不想之乐也。"（页593）贾宝玉在功名上不求进取，他另有一番本事。因为他是神瑛侍者，他的使命就是想办法让世间美好的事物和情感更长久，更丰满。

香菱的裙子被弄脏了，宝玉细心地为她想办法，还将斗草前采的夫妻蕙和并蒂莲挖坑掩埋起来。连香菱都说他："怪道人人说你惯会鬼鬼祟祟使人肉麻的事。"（页862）这个评价真准确！

最后，多情总被无情恼。第五十八回，当他大病初愈，来到园中，看到杏花已落时，竟会想到"能病了几天，竟把杏花辜负了！不觉已到'绿叶成荫子满枝'了！"（页800，下同）。古诗中本就多有伤春悲秋之情。但贾宝玉更进一步——他"因此仰望杏子不舍。又想起邢岫烟已择了夫婿一事，虽说是男女大事，不可不行，但未免又少了一个好女儿。不过两年，便也要'绿叶成荫子满枝'了。再过几日，这杏树子落枝空，再几年，岫烟未免乌发如银，红颜似槁了，因此不免伤心，只管对杏流泪叹息"。宝玉先是不舍一树的杏子，继而从这一树的杏子想到刚刚择婿的邢岫烟，又从择婿想到嫁人，从嫁人想到生子，又从生子想到岁月流逝，青春不再，从而想到现在的红颜只怕难保，不免又伤了心。

有了以上三个方面的表现，贾宝玉又呆又痴又傻的特点算是定性了。

正如前文所说，这样的宝玉真是"于国于家无望"，他不在乎学业，不在乎功名，不在乎利益，他对身外之物仿佛全然无知，就如他对林妹妹所说："凭他怎么后手不接，也短不了咱们两个人的。"（页857）按照那块顽石所言，它实现了愿望，真的是在富贵场温柔乡中"受享"来了。可是，他的"受享"中却有无尽的烦恼与忧伤，他的烦恼与忧伤全部来源于对美好生命的关怀与呵护，他会关注大观园中每一个可爱的女孩子，怜惜她们，理解她们。这在一般男人看来是不可理喻的，像贾琏、薛蟠、贾赦之流，女人对于他们，只是填补欲望和挥霍男权的工具。而宝玉却是生来的侍者，所以，他能够从春天的流逝中看到红颜的衰老，他能够从芙蓉的凋谢中预感到晴雯的死亡。

第二十八回，当他听林妹妹唱《葬花吟》后，竟情不自禁地想到："林黛玉的花颜月貌，将来亦到无可寻觅之时，宁不心碎肠断！既黛玉终归无可寻觅之时，推之于他人，如宝钗、香菱、袭人等，亦到无可寻觅之时矣。宝钗等终归无可寻觅之时，则自己又安在哉？且自身尚不知何在何往，则斯处、斯园、斯花、斯柳，又不知当属谁姓矣！——因此一而二，二而三，反复推求了去，真不知此时此际欲为何等蠢物，杳无所知，逃大造，出尘网，始可解释这段悲伤。"（页373）这般百转千回，从一个女儿生命的归处想到了众多女儿生命的归处，从众多女儿生命的归处又想到自身生命的归处，继而又想到整个贾府的归处，最后均是"无可寻觅"四字。

最后只得自我排遣，想要不悲伤，须得抖落万千挂念方可，但有"侍"这一字，他又怎能脱身呢！因此，鲁迅先生说贾宝玉是"爱博而

心劳 ①”，真是一点儿都没错。

宝玉认为，自己生命最大的意义就是让众姐妹守着他，看着他，让生命最美好纯洁的年华都凝定在他的身上。他深知生比死更重要，正如他和袭人讨论生死时所说："那些个须眉浊物，只知道文死谏，武死战，这二死是大丈夫死名死节。竟何如不死的好！"（页479—480）纵然古往今来有不少伟大的人以死来维护信仰，坚守原则，但那些真正努力去实现理想而挣扎活下来的人却一样伟大，他们在现实中要承受更大的精神压力和心理负担，他们要隐忍，要苟活，要在险恶中求生存，只为有朝一日能践行自己的信仰。司马迁在《报任安书》中说："人固有一死，或重于泰山，或轻于鸿毛，用之所趋异也。"人这一生，既然注定要有一死，那就要死得其所！要让自己受的苦难值得！司马迁怕的是"文采不表于后也"，贾宝玉怕的是眼睁睁看着年华老去，看着岁月荒芜，所以他说："我此时若果有造化，该死于此时的，趁你们在，我就死了，再能够你们哭我的眼泪流成大河，把我的尸首漂起来，送到那鸦雀不到的幽僻之处，随风化了，自此再不要托生为人，就是我死的得时了。"（页480）他想要的是"面朝大海，春暖花开"，要的是"千红一哭，万艳同悲"，要的是用自己的死换来最深情的眼泪。

然而，这一切，却在与林妹妹的相守中悄悄地发生了变化。

六、春风十里不如你

林妹妹眼泪不断，宝玉一般需要赔尽小心。二人之间的矛盾也并不难化解：宝玉请罪赔不是，就能和好如初。但也曾吵得天翻地覆，连贾母和王夫人都被惊动了。

第二十九回的回目起得好："痴情女情重愈斟情"，"痴情女"自

---

① 鲁迅 . 鲁迅全集：第九卷 [M]. 北京：人民文学出版社，2005：237.

然指的是林黛玉。林黛玉自己都是承认这一点的："人人都笑我有些痴病，难道还有一个痴子不成？"（页373）"痴子"是林妹妹给宝哥哥的又一个绰号，然而此处称对方为"痴子"，却恰恰印证了林妹妹送给宝哥哥的另一个称呼——"知己"。两个"痴子"走在一起，真可谓"痴心一片"、惺惺相惜了。"痴心人"必然"情重"，这两个字也可看作是"秦钟"的谐音，而它们却又与"秦可卿"正反对举——"秦可卿"即"情可轻"。一方面说人不能将情看得太重，世间最可看轻、最要看破的就是"情"字；另一方面说"情"乃是生命的底色，世间最难得、最恒久的就是一个"情"字。

宝哥哥与林妹妹偏偏就是一对"情重"之人，于是，误会便接二连三地发生了。端阳节清虚观打醮，只因张道士要为宝玉提亲，便惹得宝玉万分不自在。以往都是林妹妹心里吃醋，今日却是宝哥哥心中不自在。一是怕妹妹误会，二是担心妹妹的身体。于是不去看戏，特地来看望妹妹。黛玉因怕他担心，犯痴病，便催他去看戏。这一催不要紧，倒将宝玉催伤了心：本来是要与妹妹说说体己话，解解心头的烦恼，没想到却换来林黛玉的一盆冷水。

此处原文描写极为精彩，四段内心独白让人五脏六腑都为之颠倒曲折，一句"两个人原本是一个心，但都多生了枝叶，反弄成两个心了"（页402，下同）。实在是将天下重情人的心结都写尽了。何为"误会"？不用心便没有"误会"，正是因为看重才会在意，在意才会多心，多心才会误会。宝哥哥从来不和宝姐姐吵架，不和湘云吵架，那是因为他欣赏她们的美好，但却很少将这美好与自己关联在一起。宝玉渐渐将自己的情感都集中到黛玉身上。黛玉也同样，对于她来说，世上只有两种男人，一种是贾宝玉，一种是贾宝玉之外的其他男人。

此次吵架和往日一样，由彼此担心对方而起。心意各有，却使得误会升级，使得彼此心里都有着无限的委屈，宝玉甚至为了表明心意，再次摔玉、砸玉，黛玉则气得将自己为宝玉结的穿玉的穗子剪坏，两下分明是绝交的态势。正是"求近之心，反弄成疏远之意"。

因此，当听到贾母说他俩"不是冤家不聚头"时，二人都如参禅的一般觉解恍悟，不由潸然泪下。后面的描述极为精彩："虽不曾会面，然一个在潇湘馆临风洒泪，一个在怡红院对月长吁，却不是人居两地，情发一心！"（页404）好一个"情发一心"，更显情重。

最后，自然是宝玉去赔礼道歉。这次宝玉是如何道歉的呢？第一步，明确关系。"我知道妹妹不恼我。但只是我不来，叫旁人看着，倒像是咱们又拌了嘴的似的。若等他们来劝咱们，那时节岂不咱们倒觉生分了？不如这会子，你要打要骂，凭着你怎么样，千万别不理我。"（页407，下同）此段重点词是"咱们"，"咱们"与"他们"形成对比，意在表明自己与妹妹始终在一起的立场，而之前宝玉在与袭人论生死时，确实一口一个"你们"的。第二步，柔情战术。"又把'好妹妹'叫了几万声"，也有的《红楼梦》版本此处写的是"几百声"，"几百声"和"几万声"并不是实指，主要还是体现宝玉认错态度之真诚。

林妹妹见到宝玉来，不禁数度流泪。本就有些懊悔，宝玉又主动来赔礼，但嘴里说出的话偏要绝情："你也不用哄我。从今以后，我也不敢亲近二爷，二爷也全当我去了。"宝玉表态，要跟着黛玉去。明明是黛玉先说"我死了呢？"，引出了宝玉的一句话"你死了，我做和尚！"，可是黛玉知道这样的话对于宝玉和荣国府来说是禁忌之语，所以她赶紧批驳宝玉"想是你要死了，胡说的是什么！你家倒有几个亲姐姐亲妹妹呢，明儿都死了，你有几个身子去作和尚？"，宝玉也立即明白这话不够得体。

上有祖母、父母等长辈，小小年纪将死挂在嘴上，大为不妥，不吉，也不孝；此外，黛玉死，宝玉说自己要出家，这是生死相随的承诺，已有私定终身之嫌，不合礼制规矩，因而黛玉马上将自己与宝玉的几个亲姐姐亲妹妹放在一起，以洗清嫌疑。

其实，也不是只有和黛玉在一起时，宝玉才会谈到死亡问题。袭人被王夫人暗许为宝玉以后的妾室，宝玉得知后，很高兴，高兴的是这样袭人就不会再提回自己家的事情了。袭人心里是愿意的，不过她开玩笑，和宝玉说，哪有什么必须得跟着他的道理，如果是自己死了呢？宝玉便赶紧阻止了这个话头："罢，罢，罢，不用说这些话了。"（页479）虽不让袭人再说关于死的话，但宝玉却和袭人谈到自己对死亡的观点，以及对自己死去状态的设想。他说："趁你们在，我就死了，再能够你们哭我的眼泪流成大河，把我的尸首漂起来，送到那鸦雀不到的幽僻之处，随风化了，自此再不要托生为人，就是我死的得时了。"（页480）在宝玉看来，如果自己的死亡换来的是"你们"的滂沱泪水，便算死得其所。

不过，这样的话他不会对林妹妹说，因为袭人是"你们"，宝玉和林妹妹是"咱们"。林妹妹就是贾宝玉的玫瑰花，是那朵小小的、娇气的，总需要小王子为她摘虫、浇水的玫瑰花。

法国作家圣·埃克苏佩里的《小王子》，讲述了一个来自遥远星球的小王子的故事。他是那个小星球上唯一的居民，他有一株玫瑰花，玫瑰花得到了小王子的精心照顾，小王子后来离开了自己的星球。当他在地球上看到了一片有五千朵玫瑰花的花园时，他惊诧而难过，因为他的玫瑰花曾经宣告过，自己是这个宇宙里举世无双的玫瑰花。

小王子为此而趴在草丛里痛哭的时候，他遇到了狐狸。狐狸告诉他何为驯化，如果你把我驯化了，我们就彼此需要了。对我来说，你就是独一无二的。对你来说，我就是独一无二的了。一个人在他的成长过程中如果能够遇到启蒙者，那是一件美妙而幸运的事情。小王子的生命启蒙者便是狐狸。

宝玉生命中的狐狸角色又是什么人来承担的呢？

比如，龄官。龄官是当年兴建省亲别墅后从苏州采买来的小女伶，小女伶共十二人，她是其中之一。这群小女伶被安排在梨香院里，每日里学习练唱，遇到节庆之日需要她们演出时便为荣国府上演剧目。

宝玉对龄官并不熟悉，他们第一次真正相遇是在第三十回，这一回的回目是"龄官划蔷痴及局外"，宝玉先是在王夫人那里与金钏亲近被发现，导致金钏被赶出贾府，宝玉当时早一溜烟跑走了，进入大观园，在蔷薇花架那里听到哽咽声，偷眼看去，见一个女孩子蹲在花下，一遍一遍画写着"蔷"字，直到大雨袭来。

第三十六回，宝玉闲来无事，听说小旦龄官唱《牡丹亭》最好，便来梨香院，发现龄官便是五月里盛暑之时蔷薇花架下痴画了成百上千个"蔷"字的人。龄官不仅躲避宝玉的亲近，而且拒绝了宝玉听曲的要求。恰巧贾蔷来到梨香院看望龄官。宝玉先看她痴画，又在梨香院中见到了她与贾蔷的痴缠吵嘴，"宝玉见了这般景况，不觉痴了，这才领会了划'蔷'深意。自己站不住，便抽身走了"。（页482，下同）

宝玉为何而痴？他从龄官和贾蔷的争吵中领悟到了什么？宝玉痴痴地回了怡红院，痴痴地对袭人说："昨夜说你们的眼泪单葬我，这就错了。我竟不能全得了。从此后只是各人各得眼泪罢了。"从而更是暗伤："不知将来葬我洒泪者为谁？"宝玉原本渴望得到所有女孩子的眼泪，此后他开始意识到，为自己洒泪者终究只会有一个人。而且宝玉也逐渐领悟到，只要一人为自己洒泪就已足够，宝玉开始对情感归属有所追求。

随着宝黛情感上逐渐心意相通，黛玉和宝玉的争吵减少了，甚至二人之间的话语也少了，然而他们的知音之感却更加令人动容了。

又是一个春天，众姐妹传看一首桃花诗，此时诗社已经散了一年，湘云说，诗社春天再兴，主生盛，又有一首这么好的桃花诗，提议将海棠诗社改为桃花诗社。宝玉忙着要看诗，大家让宝玉猜是谁做的，宝玉看完这首题为"桃花行"的古体诗，"并不称赞，却滚下泪来。便知出自黛玉，因此落下泪来，又怕众人看见，又忙自己擦了"（页967）。尽管宝琴调笑，争抢此诗的作者，但宝玉深知，"泪眼观花泪易干，泪干春尽花憔悴"，这样的哀音也只有林妹妹这种曾经离丧之人方能写出。

"滚下泪来"，这是宝玉读黛玉诗作情不自禁的反应，可见宝玉对黛玉的爱怜深入骨髓。他们越来越明白彼此的缘分和心意，也越来越清楚这世间有很多事是拗不过去的，不是一个"情"字就可以解决的。既然你流泪，那我便暂且陪你流泪。

第九十一回，宝黛二人再次借机明确彼此的心意。"宝玉呆了半晌，忽然大笑道：'任凭弱水三千，我只取一瓢饮。'黛玉道：'瓢之漂水奈何？'宝玉道：'非瓢漂水，水自流，瓢自漂耳！'黛玉道：'水止珠沉，奈何？'宝玉道：'禅心已作沾泥絮，莫向春风舞鹧鸪。'黛玉道：'禅门第一戒是不打诳语的。'宝玉道：'有如三宝。'"（页1269）简单做个解释——宝哥哥说：妹妹你放心，春风十里不如你！林妹妹说：我要是如春风一般走了呢？宝哥哥说：你已经进入了我的世界，要走也要把我带走。

《红楼梦》中的贾宝玉既是那块顽石，又是那位神瑛侍者——既是红尘中的受享者，也是情感里的觉迷者。

贾宝玉最后考中了进士，但却俗缘已毕，了断了此生此世。最后用探春的一句话作结："大凡一个人不可有奇处。二哥哥生来带块玉来，都道是好事，这么说起来，都是有了这块玉的不好。若是再有几天不见，我不是叫太太生气，就有些原故了，只好譬如没有生这位哥哥罢了。果然有来头成了正果，也是太太几辈子的修积。"（页1585）

那块石头不是想知道自己的"奇处"在哪里吗？以上全部，都是它的"奇处"！

涉及回目

第七回　送宫花贾琏戏熙凤　宴宁府宝玉会秦钟

第九回　恋风流情友入家塾　起嫌疑顽童闹学堂

第十五回　王凤姐弄权铁槛寺　秦鲸卿得趣馒头庵

第十七回至十八回　大观园试才题对额　荣国府归省庆元宵

第十九回　情切切良宵花解语　意绵绵静日玉生香

第二十回　王熙凤正言弹妒意　林黛玉俏语谑娇音

第二十二回　听曲文宝玉悟禅机　制灯谜贾政悲谶语

第二十三回　西厢记妙词通戏语　牡丹亭艳曲警芳心

第二十五回　魇魔法姊弟逢五鬼　红楼梦通灵遇双真

第二十六回　蜂腰桥设言传心事　潇湘馆春困发幽情

第二十九回　享福人福深还祷福　痴情女情重愈斟情

第三十回　宝钗借扇机带双敲　龄官划蔷痴及局外

第三十三回　手足眈眈小动唇舌　不肖种种大承笞挞

第三十五回　白玉钏亲尝莲叶羹　黄金莺巧结梅花络

第三十六回　绣鸳鸯梦兆绛芸轩　识分定情悟梨香院

第三十七回　秋爽斋偶结海棠社　蘅芜苑夜拟菊花题

第四十一回　栊翠庵茶品梅花雪　怡红院劫遇母蝗虫

第四十二回　蘅芜君兰言解疑癖　潇湘子雅谑补馀香

第五十四回　史太君破陈腐旧套　王熙凤效戏彩斑衣

第五十六回　敏探春兴利除宿弊　时宝钗小惠全大体

第六十二回　憨湘云醉眠芍药裀　呆香菱情解石榴裙

第六十三回　寿怡红群芳开夜宴　死金丹独艳理亲丧

第七十回　林黛玉重建桃花社　史湘云偶填柳絮词

第八十一回　占旺相四美钓游鱼　奉严词两番入家塾

第九十回　失绵衣贫女耐嗷嘈　送果品小郎惊叵测

第九十一回　纵淫心宝蟾工设计　布疑阵宝玉妄谈禅

第一一九回　中乡魁宝玉却尘缘　沐皇恩贾家延世泽

先读一段原文，然后回答下面的问题。

"宝玉道：'妹妹这两天可大好些了？气色倒觉静些，只是为何又伤心了？'黛玉道：'可是你没的说了，好好的我多早晚又伤心了？'宝玉笑道：'妹妹脸上现有泪痕，如何还哄我呢。只是我想妹妹素日本来多病，凡事当各自宽解，不可过作无益之悲。若作践坏了身子，使我……'说到这里，觉得以下的话有些难说，连忙咽住。"（第六十四回）

宝玉咽住的是哪些话？这些话为什么难说？

阅读要求

请继续阅读小说至一〇五回。

阅读推荐

1.《小王子》，[法] 圣·埃克苏佩里
2.《报任安书》，司马迁

《石头记》大观园全景

第十二讲
红楼记历历几何

小说是时间的艺术，像《红楼梦》这样的长篇著作，时间与人物几乎处于同等地位，甚至可以说时间也是主要的角色之一。那么，《红楼梦》讲述了多长时间的故事呢？

《红楼梦》的情节里，有几桩大事，需要认真梳理一下。

第十三回，秦可卿弥留之际托梦于王熙凤："如今我们家赫赫扬扬，已将百载，……眼见不日又有一件非常喜事，真是烈火烹油、鲜花着锦之盛。"（页169—170）王熙凤很想知道这件喜事是什么，但是秦氏说"天机不可泄露"，接着便从二门上传来报凶丧大事的四声云板。秦可卿逝世。到第十六回，宁荣二府正在庆贾政生辰，宫中突然宣贾政入朝陛见，贾府上下惶惶不安。原来是个好消息，大小姐贾元春晋封为凤藻宫尚书，加封贤德妃。贾政等入宫谢恩，亲朋庆贺，贾府热闹得意非同一般。接着圣上降恩，允嫔妃回家省亲。贾府开始筹建省亲别墅。

第九十五回，元妃薨，是年十二月十九日，卯年寅月，存年四十三岁。元妃无子女，谥曰"贤淑贵妃"。第九十六回，舅太爷王子腾刚刚升任内阁大学士，朝堂上预备正月二十日宣麻（朝堂上正式任命），在赶往京城的路上，偶感风寒，误用药物而死去，消息传来的时候是正月十七日。谥曰文勤公，命本宗扶柩回籍，家眷回南。同一回目，二月，贾政外放江西粮道，政务在身，不日启程。第一〇二回，贾琏得到消息，贾政被节度使（探春之夫婿家）参劾，着降三级，加恩仍以工部员外上行走，即日回京。

第一〇五至一〇七回，贾政回家，亲朋送戏接风之时，贾府被抄。贾珍引诱世家子弟赌博，强占良人妻女为妾，凌逼他人致死（尤二姐、尤三姐之事），宁国府为此被抄没；贾珍革去世职，派往海疆效力赎罪。贾赦在平安州包揽词讼、勒索古扇等事情被御史参劾，荣国府贾赦之院落被抄没，连带着贾琏和王熙凤的院落；贾赦被流放到台站（边远地区的驿站）效力赎罪；贾琏违例收利，革去职衔，免罪释放。后圣上宽宥，将荣国府世职着贾政世袭。第一一〇回，贾母去世，享年八十三岁。第一一四回，王熙凤去世，是年二十五岁。

小说从一开始，就告诉我们，贾府已是末世光景。具体的败落过程怎样？哪一个回目可看作是贾府败落的节点？

小说是时间的艺术，像《红楼梦》这样的长篇著作，时间与人物几乎处于同等地位，甚至可以说时间也是主要的角色之一。那么，《红楼梦》讲述了多长时间的故事呢？让我们从几个小问题入手吧。

一、林黛玉几岁进贾府

这是一个很经典的问题。解答这个问题，还是从文本入手，不可臆断。

第二回，贾雨村到扬州巡盐御史林如海家做西宾，小说介绍了林如海一家。

"今如海年已四十，只有一个三岁之子，偏又于去岁死了。虽有几房姬妾，奈他命中无子，亦无可如何之事。今只有嫡妻贾氏生得一女，乳名黛玉，年方五岁。夫妻无子，故爱如珍宝，且又见他聪明清秀，便也欲使他读书识得几个字，不过假充养子之意，聊解膝下荒凉之叹。"（页23—24）林黛玉此时五岁。

"堪堪又是一载的光阴，谁知女学生之母贾氏夫人一疾而终。女学生侍汤奉药，守丧尽哀，遂又将辞馆别图。林如海意欲令女守制读书，故又将他留下。近因女学生哀痛过伤，本自怯弱多病的，触犯旧症，遂连日不曾上学。雨村闲居无聊，每当风日晴和，饭后便出来闲步。"（页24）林黛玉六岁丧母。

贾雨村在乡野村肆中遇到旧日都中旧识冷子兴，冷子兴演说荣国府，又遇到当日一同被参革职的同僚张如圭，他告诉贾雨村起复旧员的喜讯。第二天，贾雨村和林如海商议此事。林如海提到，贾母"前已遣了男女船只来接"（页35），并且为贾雨村打点好了一切，说"已择了出月（出了这个月，即下月）初二日小女入都，尊兄即同路而往，岂不两便？"（页36）

林黛玉应该在丧母当年就到了外祖母家。贾母安排黛玉安寝之处时，说："等过了残冬，春天再与他们收拾房屋，另作一番安置罢。"（页51）可见，是这年的冬季时节。所以，林黛玉六岁进入贾府。林黛玉见王夫人，王夫人提醒黛玉不要理睬自己的儿子宝玉，这是个"混世魔王"，他们二人聊天，提到贾宝玉大黛玉一岁。因而，这一年，贾宝玉七岁。

林黛玉进贾府是《红楼梦》中浓墨重彩书写的情节，通过林黛玉的眼睛，我们游览了荣国府的公侯府邸，观赏了庭院居所和家私陈设，领略了豪门贵族的礼仪之风、门户之谨、尊卑之严，而众多贾府人物也在这段情节中一一出场。行文中多有黛玉的心理描写，"黛玉便知""黛玉纳罕道""心下想时""黛玉度其位次""一面吃茶，一面打谅""心中想着""便吃一大惊""心下想到""黛玉便忖度着"，其心理活动远多于其外在的言谈举止，足见林黛玉的"步步留心，时时在意"，也表现出这个小女孩心智聪慧远超一般人。

第六回，有一个同样大小的孩子进入贾府，这就是刘姥姥的小外孙板儿。"那板儿才五六岁的孩子，一无所知，听见带他进城逛去，便喜的无不应承。"（页93，下同）板儿，和黛玉年龄差不多大，却是"一无所知"，可见童蒙未开。刘姥姥每次都要事先"教训了几句""又教了板儿几句话"。板儿的表现更符合我们常理所想象的状况。

"板儿一见了，便吵着要肉吃，刘姥姥一巴掌打了他去"（页97）；"板儿便躲在背后，百般的哄他出来作揖，他死也不肯"（页98）。《红楼梦》写板儿，用的多是动作描写，很客观地记叙，不像写林黛玉，多心理描写。两相对照，差别明显。

板儿就是我们常说的什么事儿也不懂的小屁孩儿。在田野里长大的孩子，保留着孩子的天真；不曾得到礼仪教化、知识训导的板儿，只是懵圈地走了一趟贾府，他记得的，可能是一顿好吃的饭菜、一些看上去很好看的人。

林黛玉进贾府，一路上表现得细腻敏感，心思缜密，头脑灵活，一方面是小说叙事的需要，另一方面也是人物特点的表现。正因为林黛玉进贾府时心思缜密，因而她进贾府的年龄常常会被读者想当然地多增长了好几岁。

第二回冷子兴演说荣国府时，特别提到了几个人的年龄，其中说宝玉，"如今长了七八岁"（页28），虽不是确数，不过与黛玉六岁进贾府、当年宝玉七岁是相合的；但说到另外一个人时，表述却很明确，"这位珍爷倒生了一个儿子，今年才十六岁，名叫贾蓉"（页27）。

小说行文至第十三回，秦可卿死，贾珍为了要在丧礼上有更大的体面，便花一千二百两银子给贾蓉捐了一个五品龙禁尉，向大明宫掌宫内相戴权递交了一份红纸黑墨的履历，履历表上写得清楚，贾蓉"年二十岁"。可见，从林黛玉进贾府到秦可卿去世，过去了四年的时间。

秦可卿去世前后和殡葬之时，林黛玉正由贾琏陪同，回到扬州看望重病的父亲林如海，"这年冬底（秦可卿一天病重一天的冬季），林如海的书信寄来，却为身染重疾，写书特来接林黛玉回去"（页167）。王熙凤协理宁国府时，接到贾琏发回的信，"林姑老爷是九月初三日巳时没的。二爷带了林姑娘同送姑老爷灵到苏州，大约赶年底就回来"。（页187）

第十六回交代，元春晋封之际，一家人大喜，只有宝玉心里念着秦钟的病重，每日愁闷。终于得到一个令他高兴的事情，"且喜贾琏与黛玉回来，先遣人来报信，明日就可到家，宝玉听了，方略有些喜意。细问原由，方知贾雨村亦进京陛见，皆由王子腾累上保本，此来后补京缺，与贾琏是同宗弟兄，又与黛玉有师从之谊，故同路作伴而来。林如海已葬入祖坟了，诸事停妥，贾琏方进京的。本该出月到家，因闻得元春喜信，遂昼夜兼程而进，一路俱各平安。宝玉只问得黛玉'平安'二字，馀者也就不在意了"。（页204）可见，元春晋封是在同一年。当贾府为元春晋封而欢天喜地的时候，林黛玉的父亲去世刚刚两三个月。这年，林黛玉十岁，贾宝玉十一岁。

林黛玉焚稿断痴情，是在第九十七回，这也是贾宝玉和薛宝钗成婚的时候。贾政、王夫人、王熙凤等与贾母商议，在很短的时间内，便在元妃薨、宝玉失玉、宝玉神志昏昏的情况下，操办了宝玉的婚事，黛玉当晚气绝。第二天，贾政外放江西粮道，启程赴职，临行前叮嘱王夫人，"明年乡试，务必叫他下场"（页1345）。

第一二〇回，宝玉参加科举，中了第七名举人。之后失踪出家，与贾政在雪地里跪拜辞别，跟着和尚道士走了。贾政叹道："岂知宝玉是下凡历劫的，竟哄了老太太十九年！如今叫我才明白。"（页1592）可见，贾宝玉十八岁结婚，十九岁中举、出家。由此推算，林黛玉死去时年仅十七岁。

林黛玉六岁进入贾府，一直到她十七岁死去，除了从九岁的年底到十岁的年底回到扬州和苏州，她在贾府和宝玉及众姊妹在一起，整整生活了十年的时间。不过，她的最后遗言却是："我这里并无亲人。我的身子是干净的，你好歹叫他们送我回去。"（页1351）她拒绝承认贾府人是亲人。也许是因为，没有了宝玉，这里什么都不是，什么都没有。

二、大观园存在了多少年

这个问题在阅读《红楼梦》时，也是很重要、需要解决的问题。一旦弄清楚答案，心里就一下子豁亮起来了。我们先从它筹建说起。

贾宝玉十一岁，元春晋封，并允省亲，贾府开始筹建省亲别墅。荣宁二府大起工程，虽忙乱，却喜庆。这正是秦可卿所说的"烈火烹油、鲜花着锦之盛"（页170）的大喜事。

那这个工程的地点在哪里呢？细看文本，我们发现，它就在宁荣二府的中间。"自此后，各行匠役齐集，金银铜锡以及土木砖瓦之物，搬运移送不歇。先令匠人拆宁府会芳园墙垣楼阁，直接入荣府东大院中。荣府东边所有下人一带群房尽已拆去。当日宁荣二宅，虽有一小巷界断不通，然这小巷亦系私地，并非官道，故可以连属。会芳园本是从北拐角墙下引来一股活水，今亦无烦再引。其山石树木虽不敷用，贾赦住的乃是荣府旧园，其中竹树山石以及亭榭栏杆等物，皆可挪就前来。如此两处又甚近，凑来一处，省得许多财力，纵亦不敷，所添亦有限。全亏一个老明公号山子野者，——筹画起造。"（页212—213）

山子野是大观园的总设计师，在会芳园和宁府旧院的基础上，向北扩展，利用原有的水源和山势地貌，修建了一个富丽堂皇的省亲别墅。工程所需的很多材料，有很多是从会芳园和荣府旧园挪过来的，所以，工程说小不小，说大不大。"又不知历几何时，这日贾珍等来回贾政：'园内工程俱已告竣。'"（页217）这样一个工程，历时多长时间呢？

第四十二回，李纨等邀请大家商议惜春为画园子而请假的事情，"黛玉道：'论理一年也不多。这园子盖才盖了一年，如今要画自然得二年工夫呢。又要研墨，又要蘸笔，又要铺纸，又要着颜色，又要……'刚说到这里，众人知道他是取笑惜春"（页567）。从他们的对话中可以了解到，整个工程用时一年。因而，贾宝玉十二岁时，省亲别墅落成。

"王夫人等日日忙乱，直到十月将尽，幸皆全备：各处监管都交清帐目；各处古董文玩，皆已陈设齐备；采办鸟雀的，自仙鹤、孔雀以及鹿、兔、鸡、鹅等类，悉已买全，交于园中各处像景饲养；贾蔷那边也演出二十出杂戏来；小尼姑、道姑也都学会了念几卷经咒。贾政方略心意宽畅，又请贾母等进园，色色斟酌，点缀妥当，再无一些遗漏不当之处了。"（页235）筹建省亲别墅，工程大小倒在其次，费心费力的是在这些方面：古董文玩和鸟雀兽禽的购置、戏班的训练、尼姑道姑的培养等。大观园真可谓大观矣。

第十八回，贾元春于正月十五傍晚回到贾府省亲。第二十三回，她下谕让宝玉和诸姊妹们搬进园里。二月二十二日，红楼儿女们正式入园。贾宝玉和林黛玉一起商量挑选住所，"林黛玉正心里盘算这事，忽见宝玉问他，便笑道：'我心里想着潇湘馆好，爱那几竿竹子隐着一道曲栏，比别处更觉幽静。'宝玉听了拍手笑道：'正和我的主意一样，我也要叫你住这里呢。我就住怡红院，咱们两个又近，又都清幽。'"（页311）。他们两个一个在潇湘馆，一个住怡红院。潇湘馆和怡红院是大观园里相隔距离最近的两处院落。这一年，贾宝玉十三岁，林黛玉十二岁。

来看看怡红院附近吧。"贾芸看时，只见院内略略有几点山石，种着芭蕉，那边有两只仙鹤在松树下剔翎。一溜回廊上吊着各色笼子，笼着仙禽异鸟。上面小小五间抱厦，一色雕镂新鲜花样隔扇，上面悬着一个匾额，四个大字，题道是'怡红快绿'。贾芸想道：'怪道叫'怡红院'，原来匾上是恁样四个字。'"（页352）山石、芭蕉、松树、仙鹤、各色禽鸟，真如仙境。

宝玉走出怡红院，能看到什么呢？他常常去哪里呢？袭人让他四处逛逛，宝玉"晃出了房门，在回廊上调弄了一回雀儿；出至院外，顺着沁芳溪看了一回金鱼。只见那边山坡上两只小鹿箭也似的跑来，宝玉不解其意。正自纳闷，只见贾兰在后面拿着一张小弓追了下来。一见宝玉在前面，便站住了，笑道：'二叔叔在家里呢，我只当出门去了。'宝玉道：'你又淘气了。好好的射他作什么？'贾兰笑道：'这会子不念书，闲着作什么？所以演习演习骑射。'宝玉道：'把牙栽了，那时才不演呢。'"（页354，下同）大观园里有山石，有水流，还有奔跑的两只小鹿，贾兰这个小孩子正把这里当作是射猎场！

"说着，顺着脚一径来至一个院门前，只见凤尾森森，龙吟细细。举目望门上一看，只见匾上写着'潇湘馆'三字。"宝玉"顺着脚"就到了潇湘馆，可见，到潇湘馆找林妹妹是宝玉有事没事、无意识中就做出的选择。

潇湘馆、怡红院、稻香村、蘅芜苑、秋爽斋、凸碧堂、凹晶馆、芦雪庵……，这里成了红楼儿女们的幸福乐园。人数最多的时候，有香菱、李纹、李绮、邢岫烟、薛宝琴的加入，还有不愿被遣散离去的七八个小戏官们。宝玉和他的姊妹们在这个用围墙围起来的独立、自由的天地里，彼此相知、相爱、相怜，共同的诗才和文情，构筑出一个青春王国、梦幻世界。一切的美好都值得称道，所有的任性都具有审美价值。

　　然而，主子们及各类副主子们任情恣意，随之带来的，是钱财的挥霍、管理的松懈、派系的倾轧，大观园表面上晴好，实则风云暗涌。于是，要对大观园严格管理。第七十四回，抄检大观园，司棋、入画、晴雯被撵出，宝钗回到薛姨妈处。小戏官们遣散的遣散、出家的出家。之后，迎春出嫁。宝玉丢玉，病重，搬出园子到贾母处。接着，黛玉死。宝玉娶亲之后，住在荣禧堂后面的院落。

　　到第九十九回的时候，大观园只住着李纨、探春和惜春。第一〇二回，探春起行远嫁，所有人搬出园子，回到旧所。大观园空落。这期间，前有王熙凤到园子里看望探春，回来生病，后有尤氏抄近路进园子送探春起身，尤氏、贾珍、贾蓉相继生病，于是园子闹鬼、花木皆妖的说法沸沸扬扬。"以致崇楼高阁，琼馆瑶台，皆为禽兽所栖"（页 1395）。抄家后，贾政做了一个决定，"将房产并大观园奏请入官，内廷不收，又无人居住，只好封锁"（页 1449）。园内还只有一个栊翠庵，现在算是远离了人境。第一一二回，妙玉深夜被劫走。最后又住进去了一个惜春。

　　宝玉从十三岁搬入大观园，到十八岁搬出来，在大观园生活了五年的时间。大观园里，宝黛共读西厢，芒种节大家饯行花神，龄官画蔷，晴雯撕扇，黛玉题诗于帕，众人建海棠诗社，大家咏螃蟹诗，雪中赏红梅，后再建桃花诗社，宝玉、妙玉潇湘馆外听琴音。

　　曾经花红柳绿，倩影穿行；曾经芝兰玉树，各逞才情；曾经万般愁绪，千行泪珠；曾经痴性不改，一往情深。最终不过是《鲁智深醉

闹五台山》里的那支《寄生草》所写的那般："没缘法转眼分离乍。赤
条条来去无牵挂。那里讨烟蓑雨笠卷单行？一任俺芒鞋破钵随缘化！"
（页294—295）

三、红楼记历历几何

第一〇三回，贾雨村升任京兆府尹兼管税务，在知机县急流津的
一座小庙里，看到茅庐中的一位道士，道士说自己"岂似那'玉在匮
中求善价，钗于奁内待时飞'之辈耶！"（页1408，下同），将贾雨村
当年在葫芦庙中所吟一联说了出来。贾雨村认定这就是甄士隐。甄士
隐却拒绝与贾雨村相认，也不愿跟随贾雨村。"雨村复又心疑：'想去
若非士隐，何貌言相似若此？离别来十九载，面色如旧，必是修炼有
成，未肯将前身说破。'"从这句心理描写中，我们可以得知，《红楼
梦》里的故事发展到此时，倏忽之间，十九年过去了。

第一二〇回，"甄士隐详说太虚情　贾雨村归结红楼梦"，贾雨
村和甄士隐第三次相遇，还是急流津，在觉迷渡口，此时，贾雨村
因为犯了婪索（收受贿赂罪、贪污罪）的案件，本已审明定罪，今遇
大赦，褫籍为民。这次，甄士隐和贾雨村相认。两人说起了宝玉和众
钗，还有自己的女儿甄英莲。甄士隐说："昔年我与先生在仁清巷旧
宅门口叙话之前，我已会过他（宝玉）一面。"（页1599）贾雨村很
是诧异，一个在苏州，一个在京都，怎么可能会面？甄士隐回答：
"神交久矣。"

再将《红楼梦》翻至第一回，便会明白，所谓"神交"，便是甄
士隐书房一梦。梦中，一僧一道且行且谈，讲到了绛珠草与神瑛侍者
的灌溉之情与以泪还恩的前世今生，趁此机会，要将一个"蠢物"夹
带于中，使他去经历一番。甄士隐要来"蠢物"一看，原来是一鲜明
美玉。僧道带着这块美玉前往太虚幻境警幻仙姑那里，交割清楚后让

它随之下世经历。在梦中，僧道二人提醒甄士隐，"到那时不要忘我二人，便可跳出火坑矣"。（页9）甄士隐后来再见疯跛道人，应该是想起了此梦，随他飘然而去。在梦里，甄士隐想跟随僧道二人前往太虚幻境，"方举步时，忽听一声霹雳，有若山崩地陷。士隐大叫一声，定晴一看，只见烈日炎炎，芭蕉冉冉，所梦之事便忘了大半。又见奶母正抱了英莲走来"。（页10）

第一回里，甄士隐梦醒之际，恰是贾宝玉即将降生之时。从时令和景物看，宝玉生日当在夏至前后或再晚一点儿的暑热伏天之中。贾宝玉十九岁出家，正与贾雨村所说"别来十九载"相合。却原来，红楼一梦，前后十九年。

《红楼梦》从开头，到结尾，一共讲了人世间十九年的光阴故事。十九年过去，当年三岁的英莲如今的香菱已二十二岁，二十二岁的她由甄士隐接引而去。只是不知，在弥留之际，英莲是不是见到了自己的父亲，并与父亲相认。

四、宝玉的十三岁

梳理过时间之后，我们再一起来看几个有意味的年份。

第二十三回，元妃省亲的这一年，二月二十二日，贾宝玉和诸姊妹搬进了大观园。是年，宝玉十三岁。"薛宝钗住了蘅芜苑，林黛玉住了潇湘馆，贾迎春住了缀锦楼，探春住了秋爽斋，惜春住了蓼风轩，李氏住了稻香村，宝玉住了怡红院。每一处添两个老嬷嬷，四个丫头，除各人奶娘亲随丫鬟不算外，另有专管收拾打扫的。至二十二日，一齐进去，登时园内花招绣带，柳拂香风，不似前番那等寂寞了。"（页311）

这些院落名称日后也大多成了他们建诗社时各人雅号的来源。林黛玉——潇湘妃子；薛宝钗——蘅芜君；李纨——稻香老农；贾探春——蕉下客；贾迎春——菱洲；贾惜春——藕榭。贾宝玉的雅号由大家随意叫，有时他自署"绛洞花主"，有时又署名"怡红公子"。（第三十七回）史湘云后来进园子参加海棠诗社，因贾母提到原来史侯家曾有"枕霞阁"，便号曰"枕霞旧友"。（第三十八回）

那大观园的日常生活是怎样的呢？"且说宝玉自进花园以来，心满意足，再无别项可生贪求之心。每日只和姊妹丫头们一处，或读书，或写字，或弹琴下棋，作画吟诗，以至描鸾刺凤，斗草簪花，低吟悄唱，拆字猜枚，无所不至，倒也十分快乐。"（页311—312）宝玉的四季夜晚即事诗，最能看出一个少儿郎称心快意、无所事事的样子。

《红楼梦》不以情节取胜，重在细节渲染，特别是情感的多样多维。读《红楼梦》，我们得以窥知一群少年少女心灵世界中的精神成长与情思萌发历程。

特列表如下。

回目	重要事件	时间	地点	主要人物
二十三	共读《会真记》。	三月中（中旬）	沁芳闸桥边桃花树下	宝玉和黛玉
	黛玉听《牡丹亭》。	同上	梨香院墙角	黛玉
二十四	小红为宝玉倒茶。	某日从北静王府回来后	怡红院	宝玉、小红等
二十五	宝玉脸被烫伤。	某日王子腾夫人寿诞，晚间归来	王夫人房内	王夫人、凤姐、贾环、宝玉等
	黛玉看望宝玉。	同一晚上	怡红院	黛玉、宝玉
	马道婆行骗作祟。	烫伤后第三天	荣国府各房	贾母、赵姨娘、马道婆等
	凤姐取笑黛玉吃了贾家的茶，为什么不做贾家的媳妇。	宝玉被烫伤的日子里	怡红院	凤姐、黛玉、宝玉、李纨、宝钗等

回目	重要事件	时间	地点	主要人物
二十五	马道婆做法，凤姐和宝玉发作疯病，癞头和尚和跛足道人为宝玉医治，和尚对着宝玉说："青埂峰一别，展眼已过十三载矣。"摩挲之后，说三十三日之后，病会痊愈。	紧挨着吃茶事件	王夫人上房	贾母、贾政、王夫人、宝玉、凤姐
二十六	贾芸来访宝玉。	三十三天过去，烫伤基本痊愈之后的一个上午，当是四月下旬	怡红院	贾芸、宝玉、袭人等
	宝玉到潇湘馆，提道《西厢记》中的词曲"若共你多情小姐同鸳帐，怎舍得叠被铺床"，黛玉生气。	之后	潇湘馆	黛玉、宝玉、紫鹃
	薛蟠骗出宝玉，与詹光、程日兴、胡思来、单聘仁、冯紫英等吃酒，提前贺薛蟠五月初三的生日。	之后	薛蟠书房	薛蟠、宝玉、詹光、程日兴、胡思来、单聘仁、冯紫英等
	黛玉来探看宝玉，看到宝钗入院，自己却被晴雯关在门外，黛玉哭泣。	同一天晚饭后	潇湘馆门外	黛玉
二十七	大观园内饯行花神。宝钗扑蝶。小红接受王熙凤差遣。宝玉、探春兄妹诉苦楚。黛玉花冢葬花魂。	四月二十六日，芒种	大观园内	宝钗、红玉、探春、宝玉、黛玉等

回目	重要事件	时间	地点	主要人物
二十八	宝玉向黛玉赔不是，在王夫人处又再次惹恼黛玉。	同上	王夫人房内	宝玉、黛玉、宝钗、王夫人等
	宝玉到冯紫英家赴宴，与蒋玉函（琪官）相识并互换汗巾子，晚间将汗巾子交与袭人。	同上	冯紫英家	宝玉、薛蟠、冯紫英、蒋玉函等
	袭人回复宝玉昨天的事情：凤姐要走了小红。元妃赏赐端午节礼物，宝玉与宝钗的一样。宝玉在贾母处看宝钗的红麝手串。	四月二十七日	怡红院、贾母处	宝玉、袭人、黛玉、宝钗等
二十九	清虚观打醮，张道士说亲，神前拈戏，宝玉在道士们的贺物中要了金麒麟，想送给史湘云凑成一对。	五月初一	清虚观	贾母、凤姐、宝玉、黛玉、宝钗等
	黛玉因金麒麟一事，与宝玉生气，宝玉摔玉，黛玉剪坏穿玉的穗子。两人争吵，惊动了贾母和王夫人。	五月初二	潇湘馆	宝玉、黛玉等
	薛蟠生日，宝黛都没去庆祝，贾母感叹他们两个"不是冤家不聚头"。	五月初三	大观园	宝玉、黛玉、贾母等
三十	宝玉来到潇湘馆，两人和好。宝钗嘲笑宝玉，黛玉反过来也讥讽他。宝玉在王夫人房内与金钏调笑；在大观园里蔷薇架下看一个小女孩画"蔷"字；回到怡红院踢门踹人。	五月初四	潇湘馆、贾母处、怡红院、王夫人处、园子里	宝玉、黛玉、宝钗、金钏、龄官、袭人等

回目	重要事件	时间	地点	主要人物
三十一	端阳赏午会后，宝玉回到怡红院，恼怒晴雯失手将扇子跌落，晴雯使性，黛玉劝和。晚间宝玉从薛蟠酒会上回来，晴雯撕扇。	五月初五端阳节	怡红院	宝玉、黛玉、袭人、晴雯
三十二	湘云来到贾府，为姊妹们带来绛纹石戒指。湘云正好捡到宝玉丢失的金麒麟。	五月六日	贾母处、大观园	湘云、黛玉、宝玉、宝钗、袭人等
三十二	黛玉担心宝玉因金麒麟而与史湘云拉近情感，便赶到怡红院，正好听到宝玉以自己为知音的话。一句"你放心"，正是肺腑之言。金钏跳井。	同上	怡红院、大观园各处、王夫人处	湘云、宝玉、袭人、黛玉、宝钗、王夫人
三十三	宝玉被贾政痛打。	同上	贾政书房、贾母处、怡红院	贾政、宝玉、贾母、王夫人、袭人等
三十四	宝钗为宝玉送药。傍晚时候，黛玉来看宝玉。袭人去见王夫人，建议将宝玉挪出园子住。	同上	怡红院、王夫人处、潇湘馆、薛姨妈处、蘅芜苑	宝钗、袭人、王夫人、黛玉
三十四	晚上宝玉差晴雯给黛玉送两条旧手帕，黛玉作题帕诗。宝钗因薛蟠言语不谨而委屈哭泣。		潇湘馆	黛玉、晴雯、宝钗、薛蟠、薛姨妈

回目	重要事件	时间	地点	主要人物
三十五	宝玉要吃荷叶汤。玉钏被差遣来送汤。宝玉在玉钏面前赔小心。 傅试家的两个老嬷嬷来探望宝玉，出去时奚落宝玉的呆气。 袭人得到王夫人特别的赐菜。	五月七日	怡红院	玉钏、宝玉
三十六	贾母吩咐，过了八月才准宝玉出门。宝玉园内游卧养伤。王夫人决定以后袭人的月钱由自己出，与姨娘的一样多，暗中确定了袭人的未来身份。 宝玉到梨香院，明白了龄官对贾蔷的情感，也懂得了每个人的情感都各有其归属。 湘云告辞回家。		怡红院	王夫人、袭人、宝钗
三十七	八月二十日，贾政担任学差，离京赴任。宝玉自此园中任意纵性。 探春提议，起诗社，咏海棠。李纨定于每月初二、十六开社。 宝玉想起去请湘云。晚上，在蘅芜苑，宝钗帮助湘云策划主持开社的事情。	秋天 八月二十日	秋爽斋、蘅芜苑	宝玉、探春、黛玉、宝钗、迎春、惜春、李纨等
三十八	湘云邀请贾母吃螃蟹。大家开社咏菊花，写螃蟹诗。		藕香榭	贾母、凤姐、王夫人、李纨、宝玉、黛玉、宝钗、探春、迎春、惜春、湘云等

回目	重要事件	时间	地点	主要人物
三十九	聊天间，袭人问起月钱为何还未发，平儿道出实情。 刘姥姥和板儿再进贾府。贾母见刘姥姥。		藕香榭、贾母处	平儿、袭人、刘姥姥、贾母
四十	贾母和王夫人回请史湘云。在大观园摆下宴席，刘姥姥进大观园。贾母带领刘姥姥参观游玩。在晓翠堂用早饭。缀锦阁下吃酒行令。	某天	大观园各处	贾母等所有人
四十一	藕香榭的戏曲声穿林度水而来。栊翠庵里吃茶。刘姥姥吃多了酒，误进怡红院。	同上	大观园各处	同上
四十二	刘姥姥辞别。刘姥姥为王熙凤女儿起名。 宝钗问罪于黛玉行酒令时念出的《西厢记》《牡丹亭》的词句。 大家商量惜春画园子事宜。	次日	稻香村	李纨、宝玉、黛玉、宝钗、三春
四十三	贾母提议攒份子给王熙凤过生日。王熙凤九月初二生日。宝玉偷偷出去祭拜金钏。	九月初二	荣国府	贾府众人
四十四	凤姐因喝酒过量提早回家，发现贾琏和鲍二家的偷情，夫妻吵闹。平儿两头受气。平儿进入怡红院，宝玉尽心安抚伺候。	九月初二、初三	怡红院、贾母处	凤姐、平儿、宝玉

回目	重要事件	时间	地点	主要人物
四十五	王熙凤为诗社拿出五十两银子做东道。 赖嬷嬷来请贾府人去吃家宴，感谢主子恩情，自己的孙子赖尚荣得以成为地方官。 宝钗看望黛玉，两人坦诚相待。晚上黛玉写《秋窗风雨夕》。宝玉来看望黛玉。宝钗让人送来燕窝和梅片雪花糖。	九月初三之后	凤姐处、潇湘馆	众姊妹
四十六	贾赦谋纳鸳鸯为妾，鸳鸯拒绝。	同上	贾母处	鸳鸯、平儿、凤姐等
四十七	贾府赴赖嬷嬷家宴，薛蟠纠缠柳湘莲，遭打。	九月十四日	赖大家	薛蟠、宝玉、柳湘莲等
四十八	薛蟠外出做生意。香菱进入大观园，并学习作诗。	十月十三日及之后	大观园内	黛玉、宝钗、香菱、宝玉等
四十九	邢岫烟、李纹、李绮、薛宝琴等进入大观园。湘云也被贾母接入贾府。宝琴、黛玉等相处甚是融洽。大家商量起社作诗。芦雪庵烤新鲜鹿肉。	十月里第一场雪后	稻香村	湘云、宝玉、宝钗、宝琴、贾母、凤姐等
五十	众人即雪景联诗。宝玉去栊翠庵妙玉处折红梅。大家咏红梅。贾母问薛姨妈宝琴年庚八字等。	同上	芦雪庵、贾母处	同上及薛姨妈等
	大家看惜春画园子，编制灯谜。	第二天	暖香坞（惜春卧室）	李纨等众姊妹、宝玉

回目	重要事件	时间	地点	主要人物
	薛宝琴展示自己的怀古诗暨谜语。	同上	同上	
五十一	袭人因母病重回家，晴雯、麝月伺候宝玉。晴雯受寒生病。怡红院悄悄为她请医生。 凤姐和王夫人商议，天冷日短，大观园另起一个小厨房。	天寒时节	怡红院	宝玉、晴雯、麝月等
五十二	晴雯发烧烧了两天。大家聚在潇湘馆，听薛宝琴分享她的经历。众人走后，宝玉关心黛玉的身体、睡眠状况等。	同上	怡红院、潇湘馆	平儿、麝月、宝琴、黛玉、宝钗等
	宝玉去给舅老爷过生日。贾母赐他金雀呢。晚上宝玉回来，金雀呢后襟被烧了一个洞，晴雯花费一夜工夫将其补好，身体大亏。	同上	怡红院、贾母处	宝玉、晴雯
五十三	晴雯病逐渐好转。袭人母殡后回来。李纨感冒，诸人有事。诗社空了好几次。 贾府领春祭恩赏，乌进孝年底进奉宁国府。除夕祭宗祠。	腊月	大观园、宁国府、贾府宗祠	晴雯、宝玉、袭人、贾珍等
	初一进宫朝贺，回来再次祭列祖。年节各种应酬吃酒看戏。 正月十五元宵节，荣国府大花厅摆家宴。	新年正月	荣国府	宁荣二府人员

从第二十三回，一直到第五十三回，《红楼梦》用了三十一回的篇幅，整部小说四分之一的部头，写了宝玉的十三岁，写了他的春夏秋冬，写了他的纨绔胡闹和博爱深情。

其描述侧重于一群女孩子的日常，从每个人各具特色的言谈举止中，展现了她们的才识、性情。"最喜在内帏厮混"的宝玉是重要的见证者、衷心的赞美者。他在女孩子们面前自轻、自卑、自惭形秽，诗写得比不过，他总是心服口服；平儿、鸳鸯等受了委屈，他为能够尽心伺候而幸福满足；他独具慧眼，可以领略女性们的才貌品性，并深为折服。宝玉比拟自己和女孩子们："我和你们一比，我就如那野坟圈子里长的几十年的一棵老杨树，你们就如秋天芸儿进我的那才开的白海棠。"（页699）正因为此，贾宝玉很难为一般世人所理解，"外像好里头糊涂""呆子""可笑"。（页469）

当然，这里面还有宝玉和黛玉之间情感的发展脉络。他们从孩童的两小无猜、争吵打闹，逐渐发展成心神相通，相怜相惜，一往情深。两人之间的情感互动，成为几百年来的爱情经典文本。一点情，千万思绪；两颗心，门庭重重。《红楼梦》写小儿女情感，从不空写，一定有一事，或有一言、一动，恰如击向水面的一粒石子。其写情重点，又不在石子，而在石子泛起的涟漪，圈圈向外延展，情感的涟漪正在表现情感的微妙；又不只写水面的涟漪，还能写出水面之下的冲撞和荡漾，往往几层情感韵味，纷纷浮上来。

五、宝玉的十六岁，没有春天

时间，任谁都敌不过时间！成长，成长意味着必须懂得世故、面对无奈。当年贾宝玉在秦可卿带领下，走进上房内间，读到《燃藜图》上的对联："世事洞明皆学问，人情练达即文章。"（页69）读《红楼梦》，正是在品"世事""人情"。

第五十三回里，贾母元宵家宴，便已透出贾府的支离零落："贾母也曾差人去请众族中男女，奈他们或有年迈懒于热闹的；或有家内没有人不便来的；或有疾病淹缠，欲来竟不能来的；或有一等妒富愧贫不来的；甚至于有一等憎畏凤姐之为人而赌气不来的；或有羞口羞脚，不惯见人，不敢来的：因此族众虽多，女客来者只不过贾菌之母娄氏带了贾菌来了，男子只有贾芹、贾芸、贾菖、贾菱四个现是在凤姐麾下办事的来了。"（页729）

第五十四回，凤姐讲个笑话，"吃了一夜酒就散了""众人哄然一笑都散了"，（页744）成了整部小说里最冷的笑话。第五十五回以后，小说笔调也随之一变：凤姐小产，失于调养，病重告假；探春暂管，家奴轻慢，立威树德；太妃丧葬，贾母随侍，家中无主，诸事纷起。写作重心开始向更多的丫鬟们、仆妇们倾斜，蔷薇硝、玫瑰露、茯苓霜、小厨房风波等，表现出一个更下层小女儿的生活世界。

第六十二至六十三回，宝玉十四岁生日，是大观园将散之前的最后一次欢乐大聚会。第六十三回，贾敬去世。之后主要写贾琏、尤二姐、凤姐等人的故事，尤二姐死在冬季。这也为后来宁荣事发抵罪埋下伏笔。第七十回，又到年底。转眼仲春，黛玉写桃花诗，探春三月初三生日，是时宝玉十五岁。贾政原定六月中进京，可回来的途中海边遭逢海啸，需奉旨查看赈济，年底方回。

第七十一回，贾母生日在八月初三，可见又是一年。此时宝玉十六岁。尤氏因为在贾母生日之际帮忙，晚间便住在稻香村李纨处，通过尤氏的眼睛，我们看到大观园里管理处处松懈，各个岗位上的人员心不在焉，同时从主子到奴仆，各成派系，互拉帮派。特别是大观园的门户管理，最为紧要，也最容易成为隐患。第七十二回，贾琏向鸳鸯告借贾母东西，以便解决府内开支问题。接着，便是荣国府内派系之间彼此争斗，大观园内进行清查，宝钗避嫌离开大观园；宁国府贾珍聚赌，行污滥之事。大观园这片所谓的自由乐土，渐渐呈现出复杂诡谲的一面。自由容易带来无序，平等之后难免是僭越，独享的背面是他人的嫉恨，表面的和洽底下却是疑虑和猜忌。曹雪芹并没有刻意美化这块方外之地，他没有将其写成世外桃源，相反，他毫不留情地提醒读者，大观园正是一个贾府的缩影。

第七十五至七十六回的中秋节赏月，格外冷清，贾母也感叹人少，不够热闹。第七十七回，司棋、入画、晴雯、四儿（蕙香）、芳官等都被清出大观园，司棋自尽、晴雯病死、芳官为尼。下一层的小儿女们开始凋零陨落。王夫人吩咐："你们小心！往后再有一点分外之事，我一概不饶。因叫人查看了，今年不宜迁挪，暂且挨过今年，明年一并给我仍旧搬出去心净。"（页1080）"难道我通共一个宝玉，就白放心凭你们勾引坏了不成！"（页1079）王夫人的一句话能够表明，为何要搜检整治大观园。老婆子们则感觉大快人心："阿弥陀佛！今日天睁了眼，把这一个祸害妖精退送了，大家清净些。"（页1078）

第七十九回，林黛玉劝告宝玉："我劝你把脾气改改罢。一年大二年小，……"（页1119）不怎么劝宝玉的林妹妹，也开始有不一样的言辞。时光催促着，改变了四季风景，改变了人的所思所想。年龄的增长，使得他们开始面对新的问题。迎春许给了孙绍祖，离开了大观园。香菱忙着张罗薛蟠迎娶夏金桂的各项事宜。

第八十一回，宝玉听闻迎春的苦楚，对着黛玉大哭："我只想着咱们大家越早些死的越好，活着真真没有趣儿！"（页1140）"这不多几时，你瞧瞧，园中光景，已经大变了。若再过几年，又不知怎么样了。"（页1140—1141）

贾政和王夫人觉得，宝玉这几年没有干什么正经事，要重新进家学学习，"限你一年，若毫无长进，你也不用念书了，我也不愿有你这样的儿子了。"（页1148）对宝玉来说，这样野马上了笼头的日子则分外难过。下学回来，他一进园子，就到了潇湘馆，跟黛玉说："好容易熬了一天，这会子瞧见你们，竟如死而复生的一样。"（页1151）晚间，黛玉做了一个被逼嫁的噩梦，身体变得更加糟糕。宝玉也同样被魇住了，半夜忽然心疼起来。

第八十三回，贾元春宫中染恙。之后病愈。第八十四回，贾母、贾政、王夫人开始筹谋宝玉的亲事。贾母赞叹宝钗，感叹黛玉身体太差，心性不够宽和耽待。凤姐提出了金玉良缘的说法。薛姨妈同意了，只等薛蟠回来确定这门婚姻。贾政升了郎中，大家来庆贺。宝玉、黛玉待要多说几句，又不好说什么。王夫人提到后日是林黛玉的生日。林黛玉生日是二月十二日。故而，这是又一年的起始了。贾宝玉迈进十七岁的门槛，林黛玉也十六岁了。

贾宝玉的十六岁，没有春天，直接进入了秋冬，大观园萧飒凋零。下一层女儿们的离去，已经开始铺染"千红一窟（哭）""万艳同杯（悲）"的结局。十六岁的宝玉品尝了分离、生死的味道，他开始明白，"大约园中之人不久都要散的了"。（页1099）园内笼罩着一片悲凉之雾，这份失落，竟使他一病不起，经月方才痊愈。（第七十九回）在十七岁的初冬时节，宝玉丢失了从出生起便从未离身的宝玉。这年年底，宝玉搬离大观园。腊月十九日，贾元春薨。

一切都已成烟云。红楼小儿女将最美的时光、最灵的心性、最真的情感、最痴的妄想，深深埋在了大观园，与大观园一起凋零、上锁、尘封、荒凉。

六、宝姐姐大几岁

林妹妹，宝姐姐，这已经成了大家熟知的固定称谓，姐姐妹妹之间相差几岁呢？薛宝钗什么时候进入贾府的？

小说第一回，甄英莲三岁，甄士隐梦中遇到一僧一道携了"蠢物"去交割清楚，这正是贾宝玉降生之际。甄英莲比宝玉大三岁。第六回，宝玉初试云雨情，是和袭人在一起。说袭人比宝玉大两岁。

《红楼梦》中共有三十一处提到了生日，第六十二回写的宝玉生日是其中比较重要的一个。小说有详细描述。"这日宝玉清晨起来，梳洗已毕，冠带出来。至前厅院中，已有李贵等四五个人在那里设下天地香烛，宝玉炷了香。行毕礼，奠茶焚纸后，便至宁府中宗祠祖先堂两处行毕礼，出至月台上，又朝上遥拜过贾母、贾政、王夫人等。一顺到尤氏上房，行过礼，坐了一回，方回荣府。"（页845，下同）

彼时因宫中一位老太妃薨，荣宁二府从贾母到贾琏全都不在家，王熙凤因身体不好没有跟随，为了看家，贾府又想办法让尤氏留了下来。长辈们都不在家，宝玉仍然很庄重地祭奠行礼。"先至薛姨妈处，薛姨妈再三拉着，然后又遇见薛蝌，让一回，方进园来。晴雯、麝月二人跟随，小丫头夹着毡子，从李氏起，一一挨着比他长的房中到过。复出二门，至李、赵、张、王四个奶妈家让了一回，方进来。虽众人要行礼，也不曾受。回至房中，袭人等只来说一声就是了。王夫人有言，不令年轻人受礼，恐折了福寿，故皆不磕头。"

宝玉过生日，要拜天地，敬宗祠，给长辈行礼，到就近的亲戚家问候，给比自己年长的行礼，最后接受家仆丫鬟们、弟弟妹妹们、晚辈们给寿星主子磕头。

宝玉和宝琴、平儿、岫烟四人是同一天生日。"探春笑道：'倒有些意思，一年十二个月，月月有几个生日。人多了，便这等巧，也有三个一日、两个一日的。大年初一日也不白过，大姐姐占了去。怨不得他福大，生日比别人就占先。又是太祖太爷的生日。过了灯节，就是姨太太和宝姐姐，他们娘儿两个遇的巧。三月初一日是太太，初九日是琏二哥哥。二月没人。'袭人道：'二月十二是林姑娘，怎么没人？就只不是咱家的人。'"（页846）

我们根据其他各回目的个人生日信息列出如下表格。

月份	日期	生日
正月	初一	贾元春、贾演
	二十一	薛宝钗
二月	十二	林黛玉、袭人
三月	初一	王夫人
	初三	贾探春
	初九	贾琏
四月		贾宝玉、薛宝琴、平儿、邢岫烟
五月	初三	薛蟠
七月	初七	巧姐
八月	初三	贾母
九月	初二	王熙凤

这么多人的生日要记，难怪宝玉在被催着去给舅老爷过生日的时候抱怨："一年闹生日也闹不清。"（页705）那么贾宝玉生日是哪天呢？这是贾宝玉几岁的生日呢？

这是一个百花齐放的季节，芍药花开得正好，夜晚大家坐在一起宴饮，因为天热，宝玉建议大家把大衣裳脱下来。第二天晚上，平儿还席，嫌芍药栏内的红香圃太热，改在了榆荫堂。从环境描写来看，这应该是一个初夏时节，或者盛夏之际。与第一回甄士隐梦醒之后的景象相合。周汝昌等很多红学家就此问题做过推证和研究，周先生认为宝玉生日是四月二十六日，其他研究者也提出四月二十八日、四月三十日等多种说法。

没有了大人的参与和管教，宝玉和大观园里的女孩子们共同度过了一个美好自由的生日。（第六十三回）晚上大家在怡红院夜宴，行令掣花签。"袭人便伸手取了一支出来，却是一枝桃花，题着'武陵别景'四字，那一面旧诗写着道是：桃红又是一年春。注云：'杏花陪一盏，坐中同庚者陪一盏，同辰者陪一盏，同姓者陪一盏。'众人笑道：'这一回热闹有趣。'大家算来，<u>香菱</u>、<u>晴雯</u>、<u>宝钗</u>三人皆与他同庚，黛玉与他同辰，只无同姓者。芳官忙道："我也姓花，我也陪他一钟。"（页872）

这里写得很清楚，袭人、香菱、宝钗、晴雯，她们四个人同岁。那就是说，如果从第一回的内容来看，她们比宝玉大三岁。如果从第六回的内容来看，她们比宝玉大两岁。

那么，宝钗到底比宝玉大两岁，还是大三岁呢？或者是香菱记得不确切？毕竟，袭人虽然父亲早亡，家里被逼无奈将其卖进了贾府，但是自己的身世、年龄应该还是记得清楚的。或者旧时孩子的年龄往往虚着一岁，甄英莲第一回里是虚岁三岁。

《红楼梦》里有的地方，时间记得非常清楚，有的地方又很模糊。比如第三十九回，贾母初见刘姥姥，问她多大年纪，刘姥姥回答是七十五岁，贾母感叹："这么大年纪了，还这么健朗。比我大好几岁呢。我要到这么大年纪，还不知怎么动不得呢。"（页523）"大好几岁"，怎么也得大个三岁左右吧，那就是说，贾母至多也就七十二岁左右。第七十一回，则写了贾母的八旬之寿。

如果从贾母的角度说，从第三十九回到第七十一回，已经过去了七八年的时间，但是从贾宝玉的角度看，是从十三岁到十六岁，只有三年的光阴。《红楼梦》从手抄本到现在的一二〇回本，不知多少人次的传抄补写可能导致了这样的错乱。当然，我们也可以从纯粹感性的角度来理解——或许，衰老总是很快，而成长，总是感觉很慢吧。

晴雯比宝玉大两岁，宝玉十六岁的秋天，晴雯死去，她当年十八岁。宝玉所写的《芙蓉女儿诔》的开篇却说："窃思女儿自临浊世，迄今凡十有六载。其先之乡籍姓氏，湮沦而莫能考者久矣。而玉得于衾枕栉沐之间，栖息宴游之夕，亲昵狎亵，相与共处者，仅五年八月有畸。噫！女儿曩生之昔，其为质则金玉不足喻其贵，其为性则冰雪不足喻其洁，其为神则星日不足喻其精，其为貌则花月不足喻其色。姊妹悉慕娱娴，姬媪咸仰惠德。孰料鸠鸩恶其高，鹰鸷翻遭罦罬；蒨葹妒其臭，茝兰竟被芟鉏！"（页1108）文中说，晴雯死时十六岁。

这篇长长的诔文中，有一句原为"自为红绡帐里，公子情深；始信黄土垄中，女儿命薄！"（页1111），后来在黛玉的建议下，两人一起修改，黛玉在听完宝玉的定稿"茜纱窗下，我本无缘；黄土垄中，卿何薄命"（页1118，下同）后，"怦然变色，心中虽有无限的狐疑乱拟，外面却不肯露出，反连忙含笑点头称妙"。

"我""卿"，这样面对面的口吻；又有"眉黛烟青，昨犹我画；指环玉冷，今倩谁温？鼎炉之剩药犹存，襟泪之馀痕尚渍"（页1109）这样酷肖黛玉状况的语句；再加上掣花签时黛玉抽到的正是芙蓉花，故而，很多人都认为，这篇诔文是为黛玉而写。不过，我们也不妨将其看作是为二人的情感而写，它预示着宝玉、黛玉的感情结局。宝玉在他十六岁时，已经为他和黛玉的爱恋写下了祭歌。

现在且从第六十三回的说法，袭人、香菱、宝钗、晴雯她们大宝玉两岁，我们再来看第四回。第四回，提到薛蟠十五岁，妹妹薛宝钗小两岁，也就是说，这个时候薛宝钗十三岁。薛宝钗十三岁进入贾府。这年，宝玉十一岁，黛玉十岁。黛玉六岁进贾府，薛宝钗在她十岁的时候来到贾府。那么便意味着，宝玉、黛玉耳鬓厮磨，在一起的时间有四年。这四年里，他们"日则同行同坐，夜则同息同止，真是言和意顺，略无参商"。（页68）

到第十九回的时候，我们还能看到二人同一张床，面对面躺在一起，说悄悄话，挠胳肢窝，宝钗进来，三人也不以为意。我们也就能够理解宝玉哄林妹妹、让与自己和好时所说的："你这么个明白人，难道连'亲不间疏，先不僭后'也不知道？我虽糊涂，却明白这两句话。头一件，咱们是姑舅姊妹，宝姐姐是两姨姊妹，论亲戚，他比你疏。第二件，你先来，咱们两个一桌吃，一床睡，长的这么大了，他是才来的，岂有个为他疏你的？"（页276，下同）林黛玉辩解："我难道为叫你疏他？我成了个什么人了呢！我为的是我的心。"宝玉跟上一句："我也为的是我的心。难道你就知你的心，不知我的心不成？"就为了"知心"二字，宝玉和黛玉之间惹出多少故事，流了多少眼泪，成为了文学史上的一段传奇。

而宝姐姐，却从不执着于此。如果说黛玉的眼睛里虽有贾府上下，但她的心里只有宝玉，那么，宝钗则是眼睛里虽有宝玉，但心里却装下了世事洞明、人情世故。《红楼梦》里，众钗知道的，宝钗自然知道；众钗不知道的，宝钗也能知道；众钗观察不到的，宝钗能观察得到；众钗考虑不到的，宝钗能够考虑到。

金钏跳井自尽，宝钗劝慰王夫人，将自己的衣衫拿出来，让王夫人赐给金钏；宝钗可以单凭声音，便能判断滴翠亭里说话的人，应该是宝玉院里的三等丫鬟小红，而宝玉在小红倒茶之前一直都不认识她；惜春画园子遇到困难，宝钗提议将园子图纸要出来，她不仅知道有一个图样，而且还清楚图样向谁去要；袭人让史湘云帮助做针线活，宝钗告诉袭人湘云的难处，而袭人曾是湘云的丫鬟，二人情感很深，袭人却从未了解；湘云起社做东，宝钗帮她谋划，螃蟹宴、菊花诗题，都是二人一起商议而成，令湘云又感动又赞佩；黛玉身体不好，宝钗建议应该服用燕窝，并从家里送过来；邢岫烟将衣服当出去，当票被捡到，其他姑娘都不认识，薛宝钗悄悄收起来，帮助岫烟解决困难；大观园抄检后，薛宝钗及时抽身，并尽量约束自己的行径，以便更好地撇清与大观园的各种纠葛；探春暂代凤姐，管理大观园，兴利除弊，宝钗禁止从自己的身边出人手，同时给出合理建议和推荐人选，从挑选人员来看，宝钗平日里对大观园的奴仆们了解得非常深入全面……

宝钗不爱戴花，不抹脂粉，行事端庄，常常规训妹妹们，但她知道黛玉的酒令出自《西厢记》《牡丹亭》；她不炫才，但她说起绘画用具头头是道；她不主家，但薛姨妈每每需要依赖女儿拿定主意；她极其温和，待下人也很好，但宝钗的贴身丫鬟莺儿，到了怡红院，不敢随意坐，不敢随性说，可见宝钗的本事……。总之，她洞察世事，但不过于明察；她深谙世俗，但不流于庸俗。正如她跟探春和李纨所说的："学问中便是正事。此刻于小事上用学问一提，那小事越发作高一层了。不拿学问提着，便都流入市俗去了。"（页764）

掣花签的游戏里，宝钗抽到的是牡丹，小字是"任是无情也动人"。（页869）宝钗没有沉溺于情感世界，因为她不是只有大观园，她始终是在大观园和薛姨妈处走动；她不能只有"知心"，她还有很多的事情要做，很多的事情要想。"无情"，不是没有情，只是不溺于情，不亡于情。

"宝姐姐"，虽只是大了两岁，但却不是白叫的，她温存体贴，待人做事能够周全到各个方面。故而，薛宝钗是能够打动很多人的。

红楼记历，全在小事上点染，虽不甚明朗，却又清楚可得。看到时间，我们才能理解人物的情感；知道尽头，我们才能珍惜每一个章回里的当下。

涉及回目

阅读问题

请根据第十七至十八回，以及后面的相关回目，自己手绘一张大观园的布局图和地形图，并在这张图上尽量补充更多的信息，如植物、山石、人物等。

阅读要求

请继续阅读至第一一五回。

拓展阅读

《百年孤独》，［哥伦比亚］加西亚·马尔克斯

第十三讲
红楼一梦梦几何

不仅是红楼中人做梦，作者也在做梦，抄者也在做梦，就连阅者都在做梦。古往今来，人生从来就是一场梦，而这场梦也就是我们亲历的人生。

甄士隐梦幻识通灵

《红楼梦》一书有很多名字，"从此空空道人因空见色，由色生情，传情入色，自色悟空，遂易名为情僧，改《石头记》为《情僧录》。东鲁孔梅溪则题曰《风月宝鉴》。后因曹雪芹于悼红轩中披阅十载，增删五次，纂成目录，分出章回，则题曰《金陵十二钗》。"（页6—7）

同一个故事，五个书名，指向不同："石头记"意在一块顽石遁入人间的奇幻经历，是一个神话；"情僧录"可看作是一位空空道人于情感轮回中的顿悟，更像一部人情小说；"风月宝鉴"是警示录，警告世人不可沾染风月情风月债；"金陵十二钗"则明确小说内容是十二位女子的命运；"红楼梦"，字面意思是"红楼"中人的一场大梦。

一、何谓"红楼梦"？

首先，"红楼"的意思是红色的楼阁殿庑、轩堂华屋，非一般屋舍可比，是官宦富贵人家的象征。贾府由盛而衰，到头来真似大梦一场。贾母焚香叩拜："总有合家罪孽，情愿一人承当，只求饶恕儿孙。若皇天见怜，念我虔诚，早早赐我一死，宽免儿孙之罪。"（页1435）第一一〇回，荣宁二府第二代中的最后一位含恨而去。自贾母到贾兰，荣宁二府第二代、第三代、第四代、第五代，凡历此事变而心有所感者，都是红楼中人。

曹雪芹是《红楼梦》的作者，他把自己也放进了小说的故事里，小说首尾都写到，曹雪芹在悼红轩里为著此书用去十载光阴。"由来同一梦"，曹雪芹也是红楼中人，他用文字将红楼中所有人物都转化为自己心中、自己笔下的"红楼梦中人"。

曹雪芹的书斋叫"悼红轩"，小说开篇说："今风尘碌碌，一事无成，忽念及当日所有之女子，一一细考较去，觉其行止见识，皆出于我之上。……我之罪固不免，然闺阁中本自历历有人，万不可因我之不肖，自护己短，一并使其泯灭也。"（页1）这里清楚地表明了他对家族中女子的态度：有见识、有能力、有才华，比他这个男子还要强。而"悼"字则明显地表达出其情感态度——为她们伤悼感怀。女子即便人才俊杰，也逃不过女儿身的命运。为她们写些什么吧，否则她们便泯灭于红尘，有谁能记得她们、知晓她们呢？上段文字可以告诉我们，"悼红"就是悼念女子，小说中还有"千红一窟（哭）""万艳同杯（悲）"的说法。红楼中人，更具体指向的，是这些女子们。

所以，红楼，亦可看作是内帏闺阁。在传统社会里，闺阁便是女儿们的全部世界。"红楼梦"，就是红楼女儿们的青春梦幻。从这个层面上来理解，"红楼"在现实生活中又具体指向哪里呢？

我们先看一段文本：第十七至十八回，宝玉跟随贾政等人遍游刚建好的省亲别墅，拟写院落名称、匾额对联，走过正殿，"一面说，一面走，只见正面现出一座玉石牌坊来，上面龙蟠螭护，玲珑凿就。贾政道：'此处书以何文？'众人道：'必是"蓬莱仙境"方妙。'贾政摇头不语。

"宝玉见了这个所在，心中忽有所动，寻思起来，倒像那里曾见过的一般，却一时想不起那年月日的事了。贾政又命他作题，宝玉只顾细思前景，全无心于此了。"（页229）

一块大牌坊立于宝玉面前，宝玉一时恍惚了，似曾相识，却无从回忆。正如宝黛初次相见，熟悉的感觉涌上心头，却对前生前世无知无明。

这块牌坊成了《红楼梦》的一个意象，它在小说中多次出现。

"士隐接了看时，原来是块鲜明美玉，上面字迹分明，镌着'通灵宝玉'四字，后面还有几行小字。正欲细看时，那僧便说已到幻境，便强从手中夺了去，与道人竟过一大石牌坊，上书四个大字，乃是'太虚幻境'。两边又有一副对联，道是：

假作真时真亦假，无为有处有还无。

士隐意欲也跟了过去，方举步时，忽听一声霹雳，有若山崩地陷。士隐大叫一声，定睛一看，只见烈日炎炎，芭蕉冉冉，所梦之事便忘了大半。"（页9—10）在甄士隐梦中，牌坊是一块界碑，牌坊后面的世界是禁地。

在贾宝玉梦中，牌坊是一块地标，牌坊后面是宫门，穿过宫门，是二层门，两边的配殿是各司，宝玉翻阅了薄命司的图册。宝玉还进入了太虚幻境的后面内室，听了《红楼梦》十二支曲，与可卿成姻。

"宝玉听说，便忘了秦氏在何处，竟随了仙姑，至一所在，有石牌横建，上书'太虚幻境'四个大字，两边一副对联，乃是：

假作真时真亦假，无为有处有还无。

转过牌坊，便是一座宫门，上面横书四个大字，道是："孽海情天"。又有一副对联，大书云：

厚地高天，堪叹古今情不尽；

痴男怨女，可怜风月债难偿。"（页73—74）

《红楼梦》从横无际涯的时空写起，从大荒山无稽崖，到西方灵河岸，渐渐归拢到警幻仙子所在的太虚幻境。太虚幻境慢慢由虚入实，让我们得窥其貌。宝玉心一动，太虚幻境便从不知所在的地方，一下子投落在自己的世界里。

却原来，这省亲别墅正是"太虚幻境"在人间的幻影。"红楼一梦"就是"千红""万艳"在"大观园"中做的一场大梦，也是那块顽石在温柔乡、富贵场里做的一场大梦。"千红一哭"茶、"万艳同杯"酒端了上来，《红楼梦》十二支曲正在准备登台。

二、红楼中有多少梦

《红楼梦》中到底有多少个梦呢？分别都有谁做了什么样的梦呢？我们简单梳理一下。为了方便阅读，将小说中的主要梦境列表如下。

序号	所在章回	梦的内容	做梦者
1	第一回	甄士隐梦幻识通灵	甄士隐
2	第五回	贾宝玉梦游太虚幻境	贾宝玉
3	第十二回	贾瑞正照风月宝鉴梦见王熙凤	贾瑞
4	第十三回	王熙凤梦秦可卿劝其立家业	王熙凤
5	第十三回	宝玉梦中闻秦可卿亡故，惊起，吐出一口血	贾宝玉
6	第十六回	秦钟弥留之际梦鬼卒	秦钟
7	第二十四回	小红梦贾芸捡手帕	小红
8	第三十四回	宝玉挨打后梦见蒋玉菡和金钏儿	贾宝玉
9	第三十六回	绛云轩中宝玉梦斥金玉良缘	贾宝玉
10	第四十八回	香菱梦中吟佳句	香菱
11	第五十六回	贾宝玉梦见甄宝玉	贾宝玉
12	第五十六回	甄宝玉梦见贾宝玉	甄宝玉
13	第五十七回	宝玉神志昏迷，担心黛玉回苏州	贾宝玉
14	第六十二回	史湘云醉梦说酒令	史湘云
15	第六十六回	柳湘莲梦三姐痛斩情丝	柳湘莲
16	第六十九回	尤二姐梦三姐劝其斩妒妇	尤二姐
17	第七十二回	王熙凤梦中被人强夺锦缎	王熙凤
18	第七十七回	宝玉梦晴雯病逝	贾宝玉
19	第八十二回	黛玉梦中被逼嫁	林黛玉
20	第八十七回	妙玉梦王孙强娶自己、歹徒打劫	妙玉
21	第八十八回	平儿述水月庵道婆梦魇，见一男一女	水月庵道婆
22	第八十九回	黛玉梦见人唤宝钗宝二奶奶	林黛玉
23	第九十三回	甄宝玉因梦改性情	甄宝玉
24	第九十八回	宝玉梦寻黛玉被石子打心	贾宝玉
25	第一〇一回	王熙凤大观园月夜感幽魂	王熙凤
26	第一一一回	鸳鸯梦见秦可卿	鸳鸯
27	第一一二回	赵姨娘梦魇自诉平生之恶	赵姨娘

序号	所在章回	梦的内容	做梦者
28	第一一三回	王熙凤梦见尤二姐	王熙凤
29	第一一三回	王熙凤恍惚间见一男一女爬上自己炕来	王熙凤
30	第一一四回	王熙凤历幻返金陵	王熙凤
31	第一一六回	贾宝玉再梦太虚幻境,太虚幻境已成"真如福地"	贾宝玉
32	第一二〇回	袭人梦见贾宝玉、册子、和尚	袭人

这32个梦是不完全统计的数字。其中,18个梦出现在小说前八十回,14个梦出现在后四十回。做梦的人,有贾宝玉、林黛玉、王熙凤,也有香菱、贾瑞、鸳鸯、尤二姐、赵姨娘等,身份和社会地位不一。其中,贾宝玉的梦最多,有10个,王熙凤有6个。

从梦的内容来看,太虚幻境之梦可推为首位。32个梦中有9个梦与太虚幻境有关。标号为1、2、3、9、23、26、30、31、32的梦,都在不断地回应太虚幻境的故事。得返本源,是这些梦里的一个共同主题。从太虚幻境来的,还要到太虚幻境去。第一一六回,贾宝玉昏死过去,飘飘荡荡再次来到太虚幻境。

又要问时,那和尚拉着宝玉过了那牌楼,只见牌上写着"真如福地"四个大字,两边一副对联,乃是:

假去真来真胜假,无原有是有非无。

转过牌坊,便是一座宫门。门上横书四个大字道:"福善祸淫"。又有一副对子,大书云:

过去未来,莫谓智贤能打破;

前因后果,须知亲近不相逢。

宝玉看了,心下想道:"原来如此,我倒要问问因果来去的事了。"这么一想,只见鸳鸯站在那里招手儿叫他。宝玉想道:"我走了半日,原不曾出园子，怎么改了样子了呢？"赶着要和鸳鸯说话，岂知一转眼便不见了，心里不免疑惑起来。走到鸳鸯站的地方儿，乃是一溜配殿，各处都有匾额。宝玉无心去看，只向鸳鸯立的所在奔去。见那一间配殿的门半掩半开，宝玉也不敢造次进去，心里正要问那和尚一声，回过头来，和尚早已不见了。宝玉恍惚，见那殿宇巍峨，绝非大观园景象。便立住脚，抬头看那匾额上写道："引觉情痴"。两边写的对联道：

喜笑悲哀都是假，贪求思慕总因痴。（页 1539—1540）

绛珠仙草归位，顽石归位，秦可卿、贾迎春、鸳鸯、王熙凤等诸多女子历尽人间劫难，重返太虚幻境，太虚幻境便也改换门庭。

第一二〇回，甄士隐解答贾雨村的困惑，他说："太虚幻境即是真如福地。一番阅册，原始要终之道，历历生平，如何不悟？仙草归真，焉有通灵不复原之理呢！"（页 1599）只是不知，是否再过几世几劫，真如福地便又转成太虚幻境，又有"一千风流冤家"（页 8）纷纷投胎入世，再出一个大观园呢？会不会再出一个曹雪芹先生，为他们的故事"批阅十载，增删五次"（页 6）呢？这又一个曹雪芹先生会不会在览读"满纸荒唐言，一把辛酸泪。都云作者痴，谁解其中味？"（页 7）这首诗时感到"若合一契"呢？

《红楼梦》的太虚幻境，是一个动态的存在。"原来近日风流冤孽又将造劫历世去不成？但不知落于何方何处？"（页 8）一个"又"字，便告诉读者，只要天地有情，人世有情，《红楼梦》这一梦境就会再现，就会永恒。

三、到头一梦，万境归空

这些梦里还有得道度化之梦、揭示命运之梦、索命之梦、心有恐惧而来的噩梦，当然还有得偿所愿的美梦。

史湘云醉眠芍药裀应该是《红楼梦》中最美的场景之一了。读一读曹雪芹的描写："果见湘云卧于山石僻处一个石凳子上，业经香梦沉酣，四面芍药花飞了一身，满头脸衣襟上皆是红香散乱，手中的扇子在地下，也半被落花埋了，一群蜂蝶闹穰穰的围着他，又用鲛帕包了一包芍药花瓣枕着。"（页855，下同）曹雪芹说这酣梦是香的，因为史湘云从头到脚全被芍药花包围，连蜂蝶闹穰都不觉，醉醺醺的史湘云在梦中还想着行酒令。

这酒令也吟得好："泉香而酒冽，玉碗盛来琥珀光，直饮到梅梢月上，醉扶归，却为宜会亲友。"梦中有酒香气，有众亲友团聚的欢饮至夜，有豪爽热烈的一醉方休。看那被落花半埋的扇子，就知道她一定在这里睡了好久，这梦该有多美啊，都舍不得醒来！良辰美景、赏心乐事，欢颜与真情，贤主与嘉宾，这真可谓是"四美具、二难并"了！

香菱的美梦则是因为日思夜想如何写好一首诗，所以灵感便在一个夜晚翩然而至。所谓精诚所至，金石为开。梦中所得醒来往往易逝，香菱却能抓住这一闪即逝的灵感，将其记录下来。看香菱学诗就知道，灵感不是运气，而是用心打磨一件事情到一定程度后必然会来的一个馈赠，我们只是不能确定它何时会来。香菱的悟性算是极高的，两首诗后便已有了如此成就，真是有其父甄士隐的风流，而这首梦中所得的咏月诗的最后一联"博得嫦娥应借问，缘何不使永团圆！"（页653）读来使人倍感唏嘘。香菱虽称自己已不再记得小时候的悲惨经历，但这一问不仅问出了自己的身世遭际，还问出了整个大观园的命运，问出了元妃的悲、李纨的痛，还有众姐妹的命运，整个贾府的运数。这诗句与苏轼的名句"但愿人长久，千里共婵娟"，一个反诘，一个正说，表达了同样的愿望。

《红楼梦》还写了四大噩梦：道婆索命、凤姐惊魂、黛玉逼嫁和妙玉梦劫。这四大噩梦之间有着千丝万缕的联系。

比如水月庵道婆和王熙凤都梦到过一男一女，这便与第十五回中王熙凤与水月庵老尼做的那个勾当有关，她们为了钱财，生生拆散了一段姻缘，最终男的投河，女的自缢。这场梦就是那一男一女来让老尼和凤姐偿命的了。

又如王熙凤前后两次梦见秦可卿，前一次是秦可卿去世前，贾家一切都还兴旺，梦中秦可卿嘱托凤姐要考虑留后路，为贾府置办家业。第二次梦见秦可卿则是隔了将近九十回的文本，大观园萧条之时，秦可卿质问凤姐为何没有遵照前言置办家业，正是这场梦让凤姐一病不起。不久，大观园彻底变成了空境，贾府也一发不可收拾地走向了末路。

黛玉逼嫁一梦出现在第八十二回，此时宝黛之情最稳固却也最需要更进一步，但婚嫁之事小儿女自己不能做主，能为黛玉做主的却又不能依凭，"老太太舅母又不见有半点意思"（页1158），这自然成了黛玉的一大心事，所以梦中的各个人都与这姻缘相关。梦虽是假，但却折射出贾府对宝黛婚事的态度，让林妹妹感到无助与恐惧，黛玉的身体状况也越来越糟糕。

妙玉之梦亦是如此，走火入魔只是借口，真正的心魔是身世与情感的矛盾，人不能不顾现实地直扑理想，那么理想既然不能得到，那就守着这个理想与世俗隔离，洁身自好吧。但可悲的是，世俗无孔不入，"树欲静而风不止"。

这四大噩梦，凤姐和水月庵道婆是做贼心虚，黛玉和妙玉则是心病心魔。正如第一二〇回甄士隐所言"贵族之女俱属从情天孽海而来。……善者修缘，恶者悔祸"（页1599—1600），这些梦就是人生的因与果，情与孽。

回想第四十九回的大观园：众女儿齐聚大观园，在粉妆银雕的天地中一水的大红猩猩毡斗篷，有说有笑，欢快热闹。转眼间，女儿们的青春就全部都散场了，离开的离开，嫁人的嫁人，死去的死去，大观园白茫茫一片大地真干净，色终归于空。这正是《红楼梦》开篇顽石央求僧道将其携带入红尘时，僧道所说的那番话："善哉，善哉！那红尘中有却有些乐事，但不能永远依恃。况又有'美中不足，好事多魔'八个字紧相连属。瞬息间则又乐极悲生，人非物换。究竟是到头一梦，万境归空，倒不如不去的好。"脂砚斋评点：【四句乃一部之总纲。】①

梦，总归是要醒的。不过，有的梦则即使醒来，现实也依然如梦。

四 、梦醒觉迷

《红楼梦》中还有一种梦，梦醒了以后，不是重生就是往死。

故事开篇，甄士隐蒙眬睡去，梦见迎面走来一僧一道。这两位奇特而又神秘的人物，从红楼梦开场到结局，都串场于其间，在《红楼梦》故事情节的发展中起着至关重要的作用。值得注意的是，这一僧一道刚出场时"生得骨格不凡，丰神迥异"（页2），后来却幻化成癞头和尚与跛足道人在人间行走。他们有时结伴而行，有时各自行事。对《红楼梦》中的人物或度脱，或点化，或指点迷津，或解除冤孽。正如他们自己所言："趁此何不你我也去下世度脱几个，岂不是一场功德？"（页9）

他们度脱成功的有谁呢？有甄士隐和柳湘莲。

甄士隐在梦中见到一僧一道，梦醒后又见到了一回，可形象却大不相同：一个是"癞头跣脚"，一个是"跛足蓬头"，都是疯疯癫癫，这是他们在人世间的幻象。正如他们送给贾瑞风月宝鉴时，再三叮嘱，须看背面。何为表象，何为真实，从来都是对生命个体智慧的考量。这僧人一看到甄士隐怀中的英莲，就不禁悲哭起来，为这有命无运的

---

① 曹雪芹，脂砚斋．脂砚斋评石头记[M]．上海：上海三联书店，2011：1.

孩子感伤，可谓是"情僧"矣。然而，哪个正常的父母会相信他们的疯话呢？所以甄士隐并不理睬他，而等到想要问清楚问明白时，人影却早就不见了。这之后，英莲就走丢了，甄家就一败到底。甄士隐的境况日渐颓落。可巧一日，在街上散心之时，再次遇到了那个跛足道人，道人口中唱着一首歌：

> "世人都晓神仙好，惟有功名忘不了！
> 古今将相在何方？荒冢一堆草没了。
> 世人都晓神仙好，只有金银忘不了！
> 终朝只恨聚无多，及到多时眼闭了。
> 世人都晓神仙好，只有娇妻忘不了！
> 君生日日说恩情，君死又随人去了。
> 世人都晓神仙好，只有儿孙忘不了！
> 痴心父母古来多，孝顺儿孙谁见了？"（页17）

这首歌便是那跛足道人点化甄士隐的法宝。"士隐本是有宿慧的"，他听出了歌中的"好"与"了"，但还不清楚此歌到底为何，而道人的一番话使得甄士隐彻悟了世事无常的规律："好"便是"了"，"了"便是"好"。于是，他为此歌做了解注："陋室空堂，当年笏满床；衰草枯杨，曾为歌舞场。蛛丝儿结满雕梁，绿纱今又糊在蓬窗上。说什么脂正浓、粉正香，如何两鬓又成霜？昨日黄土陇头送白骨，今宵红灯帐底卧鸳鸯。金满箱，银满箱，展眼乞丐人皆谤。正叹他人命不长，那知自己归来丧！训有方，保不定日后作强梁。择膏粱，谁承望流落在烟花巷！因嫌纱帽小，致使锁枷扛，昨怜破袄寒，今嫌紫蟒长：乱烘烘你方唱罢我登场，反认他乡是故乡。甚荒唐，到头来都是为他人作嫁衣裳！"（页18）最后他潇洒地将道人肩上的褡裢抢了过来背着，竟不回家，同了疯道人飘飘而去了。

柳湘莲被点悟则更具有禅意。湘莲因自己行事决绝，害得那容貌标致、性情刚烈的尤三姐自刎于己前，这令他懊悔不已，万分内疚，结果便做了一梦，梦见三姐向他道别，醒后则看到一座破庙，一个跛腿道士正在捉虱子，他便上前询问："此系何方？仙师仙名法号？"（页924，下同）那道士笑着说："连我也不知道此系何方，我系何人，不过暂来歇足而已。"听闻此言，柳湘莲瞬间便被点醒了。

"那柳湘莲原是世家子弟，读书不成，父母早丧，素性爽侠，不拘细事，酷好耍枪舞剑，赌博吃酒，以至眠花卧柳，吹笛弹筝，无所不为。"（页632—633）又是一位世家子弟，一位走过家族末世的世家子弟。看他这一生虽不得富贵，但经历丰富，也算不枉。更令人称奇的是柳湘莲之前教训人人惧怕的"呆霸王"薛蟠，而之后却又挺身斗贼救了薛蟠一命，和他结拜成生死兄弟，可见其胸襟宽广，仁勇双全。然而到头来却不如一个女子行事快意潇洒，执拗草率的性格使他错过了最好的姻缘。因此，道士的一番话可谓是惊醒了梦中人，"不过暂来歇足而已"，如此，孽情有什么好牵挂的，所以，他一剑斩断万根情丝，自此不入凡尘。

此二人都做过一场大梦，梦醒后浴火重生，由色入空。

与他们二人做出了不同选择的，是贾雨村。甄士隐随疯道士而去的同时，贾雨村考中进士做了官，还偶遇了当年在甄家回望他两眼的娇杏，与其成亲生子。

贾雨村遇到的点化机缘共有三次。第一次出现在第二回。贾雨村"忽信步至一山环水旋、茂林深竹之处，隐隐的有座庙宇，门巷倾颓，墙垣朽败，门前有额，题着'智通寺'三字，门旁又有一副旧破的对联，曰：身后有馀忘缩手，眼前无路想回头"（页24）。这副对联打动了贾雨村，可见贾雨村的领悟能力并不弱。他进入寺内，但只见一位龙钟老僧在那里熬粥。煮粥的行为，不禁让我们想起黄粱一梦的故事。故事的主人公在梦中一帆风顺、享尽荣华，终因贪念走上不归路，惊吓中醒来时，发现睡前煮的饭尚未煮熟。"智通"这一寺名，也暗含着智慧融通的期待。此时，贾雨村考中进士为官后又被罢黜，也算是体验到了世俗生活中贪欲带给自己的坎坷和险恶。如果他能读懂这副对联，就会明白人不可欲求无止，不可无路可走时才想要回头是岸。但此时的贾雨村想要的根本不是"智通"二字，而是如何能够重新返回官场并调整自我，以便加官晋爵。因为贾雨村想要的答案根本不是此处老僧能给的，所以二人的对话自然是"所答非所问"。

第二次出现在第一〇三回。甄士隐在知机县急流津现身。这个地名很值得玩味，王勃在《滕王阁序》中说："君子见机，达人知命。"所谓"机"就是征兆、苗头，是事情发展的方向和可能性。此时的贾雨村正是春风得意之时，升任京兆府尹并兼管税务。京兆府尹是掌治京师的府一级行政长官，又称顺天府尹，是正三品，官职很高。这正是贾雨村生命中的巅峰时刻。"好了歌"里有一句"因嫌纱帽小，致使枷锁扛"，说的就是贾雨村这样的人。此时贾雨村依然执迷不悟。

最后一次便是在第一二〇回，是整个故事的结尾。还是在急流津，这次有了渡口："觉迷渡口"。这个名字起得好，"觉迷"，终于不是执迷了。这次甄士隐执手相迎，毫不隐讳地对贾雨村详说太虚幻境，望其能回头是岸。

当初送贾雨村五十两白银，助他考取功名的是甄士隐，现在煞费苦心将所有因缘向贾雨村和盘托出、期待点化他的还是甄士隐。为什么会有这样的前后矛盾呢？甄士隐因为失女丧家，经历了人生的大劫难，看透了世态炎凉，才会在思想精神处于最混沌、最焦灼、最纠结的状态时，由一首《好了歌》彻悟人生本质。也许，他度脱贾雨村，正是因为他想要亲自改正当初的错误，积一场功德。

如果我们向前追溯，便会发现，一僧一道耐不住凡心已炽的顽石央求，将其带到了富贵场、温柔乡里受享；恰如甄士隐对贾雨村慷慨解囊，为其仕途提供助力，任其宦海沉浮；同样，他们又很负责任地关注、陪伴着他们，希望能够点化他们，直至最终将其带走。

怎奈贾雨村终是"禄蠹"，总也不能彻悟，最后还要过问自己的终身。最终，甄士隐离去，贾雨村在觉迷渡口草庵睡着了。贾雨村这一睡还真是好大一觉。空空道人费了好大劲，才让他醒来，贾雨村看了看道人再次抄录的《石头记》，便将传播《石头记》的事情推托给了曹雪芹，让空空道人去悼红轩里找曹雪芹，他便又睡下了。本是为"觉迷"而来，却以睡去终结。

贾雨村的故事也贯穿了整部《红楼梦》，是《红楼梦》的暗线。小说最后借曹雪芹之口说："果然是'贾雨村言'了。"（页1602）《红楼梦》中的情感态度褒中有贬，贬中有扬。贾雨村和曹雪芹的说话立场掺杂在一起，所以，批注中才不断提醒读者要做两面读。

五、灵魂的摆渡人

"昔者庄周梦为胡蝶，栩栩然胡蝶也，自喻适志与！不知周也。俄然觉，则蘧蘧然周也。不知周之梦为胡蝶与，胡蝶之梦为周与？周与胡蝶，则必有分矣。此之谓物化。"[1] 是啊，"人生如梦"，"俄然觉"总会"恍惊起而长嗟，失向来之烟霞"。"大观园"和"太虚幻境"一定是有区别的，不过，宝玉当年梦到太虚幻境，焉知不是神瑛侍者梦到了大观园？

红楼一梦，整部故事从甄士隐的一场大梦开始，以贾雨村的仕途大梦结束；从甄士隐家道败落开始，以贾雨村褫籍为民结束。其间，你来我往，关系交错；因果循环，命运跌宕。"人生如梦"是人们自我安慰的托词，也是人面对自身命运束手无策时的嗟叹。正如全书终结时的那首诗："说到辛酸处，荒唐愈可悲。由来同一梦，休笑世人痴！"（页1602）不仅是"红楼"中人做梦，作者也在做梦，抄者也在做梦，就连阅者都在做梦。古往今来，人生从来就是一场梦，而这

---

① 郭庆藩.庄子集释[M].北京：中华书局，1961：112.

场梦也就是我们亲历的人生。

《红楼梦》中所有女子的命运都被锁在太虚幻境的大橱子中，图册上记录着她们的一生，仿佛她们每走一步就是朝那个注定的命运靠近一点。《红楼梦》中的"梦"字大概有"预示"的意思吧，故事中的梦大多也正是在预示人物的命运走向。

即便这些预示给了当事者，当事者多半也无可违抗，无能为力。正如僧人点拨林黛玉的父母："若要好时，除非从此以后总不许见哭声；除父母之外，凡有外姓亲友之人，一概不见，方可平安了此一生。"（页39）但林黛玉如果真这样做了，何来这部大书？林黛玉此生的目就是还泪；父母早亡，叫她怎能不见外姓？难道此命真无解？也是有解决办法的。正如英莲三岁时遇到了疯癫僧人要带她出家一样，这个癞头和尚也要带黛玉出家，可无论是英莲父母还是黛玉父母，都未听从这个建议。一个小孩子，连人生还未经历体验过就要出家，怎会让人心甘？出家，大多数时候，是走投无路时的归途。还未真正开始，便向命运低头，可以看作是参透了玄机，也可以看作是缺少抗争勇气的懦弱。

反过来，经历就意味着伤害，就意味着痛苦。可见，生活本身就是荒谬的。如同那推着巨石上山的西西弗斯，因为他违抗神命，于是被罚每日于山脚下推一块巨石上山，但石头会不断地向下滚，于是西西弗斯就要不断地再次把石头推上山顶。这种无效与重复，让人感到彻底的沮丧与绝望，而它们却是西西弗斯生活的全部。但在加缪笔下，西西弗斯却同时获得了幸福。推巨石上山既可以说是神对西西弗斯的惩罚，也可以说是西西弗斯主动的选择。拥有属于自己的生活，这难道不是一种幸福吗？正如海明威所说："一个人可以被毁灭，但不能被打败。"[1] 这是属于人的一份倔强。

---

① 海明威.老人与海 [M].陈良廷，等译.北京：人民文学出版社，2015：48.

曹雪芹恐怕也是这样一个倔强的人吧，他敢在前五回就将人物命运一一揭示，并笃定这并不妨碍作品的阅读和流传。其真正的意义在哪里？表明命运的判词是没有意义的，即使我们随着贾宝玉看过了，我们也会和他一样，大抵忘却。正如同贾宝玉和林黛玉的爱情，其意义不在于结局，而在于每日的争吵与眼泪，在于情感一日日加深的幸福与痛苦。神瑛侍者注定是要完结尘缘复原仙体，绛珠仙草泪尽之后注定要回归本真，但这都不重要，重要的是两个人在一起共同经历的人间一世。

即使《红楼梦》是一场大梦，我们也愿意与其同哭同笑，看这群红楼人物挣扎、努力、张扬、痴情；即使最终是飞鸟各投林，我们也愿意面对废墟和残破，体味生命痕迹中的寂寥和哀痛。

正如鲁迅所讲："能杀才能生，能憎才能爱，能生与爱，才能文。"①

涉及回目

---

① 鲁迅. 鲁迅全集：第六卷 [M]. 北京：人民文学出版社，2005：419.

阅读问题

请细读文本，找一找贾宝玉前后两次的太虚幻境之梦有何不同。

阅读要求

请继续阅读至第一一五回。

阅读推荐

1.《西西弗斯的神话》，［法］加缪
2.《庄子·齐物论》

第十四讲
胸中纠结浩千万

一个人要走过怎样的千山万水，要看过怎样的云蒸霞蔚，要经历过怎样的风雨晴晦，才可以将世间万象看得如此通透，将人心江湖认识得如此深刻。

贾雨村遇游智通寺
冷子兴演说荣国府

无材可去补苍天，【甲戌侧批：书之本旨。】枉入红尘若许年。【甲戌侧批：惭愧之言，呜咽如闻。】此系身前身后事，倩谁记去作奇传？（第一回，页4）《红楼梦》用这首偈子引出了石头历幻的故事。脂砚斋批注提醒读者，"无材可去补苍天"乃本书主旨：想实现宏大的人生理想而不能，想成就一番伟业而失败。日本诗人寺内寿太郎有一句名言：生而为人，我很抱歉。这大概便是"枉入红尘若许年"的一种注解。

《红楼梦》的丰富，不仅在于其谋篇布局的复杂，叙事结构的宏大，主题思想的深刻，也不仅仅在于其出场人物的繁多和人物关系的纷杂，更来源于其所处社会背景的复杂，来源于现实中每个人命运轨迹的交错纠葛。曹雪芹笔下的故事极其细腻与深刻，每一个人物仿佛都是现世中人的投影。所以，读《红楼梦》，我们常常会有种照镜子的感觉，能读出社会，读出世俗，更能读出自我。

一、大观园的前世今生

清朝画家孙温用三十六年的时间画了230幅画，集成册子《清孙温绘全本红楼梦图》，和曹雪芹著写《红楼梦》"批阅十载，增删五次"一样，花功夫，费心思。孙温画《红楼梦》，亭台楼阁笔直作线，人物器件工笔细画，他还根据小说内容绘制了大观园全景。

孙温使用"界画"手法，即画家用界尺作线，精细地画出以宫室楼台为主体的画。他的大观园画面规整有序，绿树掩映。《红楼梦》中也提到过界画，宝钗说："这些楼台房舍，是必要用界划的。一点不留神，栏杆也歪了，柱子也塌了，门窗也倒竖过来，阶矶也离了缝，甚至于桌子挤到墙里去，花盆放在帘子上来，岂不倒成了一张笑'话'儿了。"（页569）

孙温的画作基本是依照书中描写的大观园创作的，使我们可以直观形象地了解大观园的样貌：规模宏大，气象壮阔。在整幅画面的最中心，最高的建筑物是元妃省亲时的正殿。正殿后面，有一处区域，开满了粉色杏花，建有农舍，辟有田地，这里就是李纨居住的稻香村。翠竹掩映的地方是林黛玉的潇湘馆。对照孙温的大观园，反复读第十七至十八回，将小说内容和画作一一对应，是个有意思的阅读过程。

第十六回中有这样的描写。"贾蓉先回说：'我父亲打发我来回叔叔：老爷们已经议定了，从东边一带，借着东府里花园起，转至北边，一共丈量准了，三里半大，可以盖造省亲别院了。已经传人画图样去了，明日就得。'"（页210—211）东府就是宁国府，花园就是会芳园。第五回，尤氏宴请贾母、邢夫人、王夫人赏梅花，就在这个园子里。"全亏一个老明公号山子野者，——筹画起造。"（页213）省亲别墅的设计者是山子野。"画图样"，应该也是在山子野的主持下完成的。这个人物在《红楼梦》中只出现了一次，后来惜春打算画园子的时候，宝钗提醒："原先盖这园子，就有一张细致图样，虽是匠人描的，那地步方向是不错的。"（页570）在这里，山子野这个名字就已经不被知晓了，而只是被称为"匠人"。连住在大观园中的人都不知道、记不得这位匠人的名字，更何况后世的人呢！

大观园是贾宝玉和众女儿的理想国，是他们的住所和心灵的栖息地，他们应该是最熟悉大观园的，他们也是最珍爱大观园的。但细读文本会发现，早在他们进园子之前，就已经有一批人对大观园非常熟悉了。这批人便是山子野等工匠。

曹雪芹看似偶然记下的一笔，"山子野"这个名字就留下来了。大观园是"山子野"及诸多工匠营造的，但他们永远也没有与贾政、贾赦、贾珍、贾琏等比肩并立的机会。这些人把自己毕生的精力全部投入在建筑园林上，然而最终园子并不是他们的。曹雪芹不仅写出园林主人的奢侈富贵，也关注到建造园林的能工巧匠。

除了设计师和建筑师之外，贾府负责建造大观园的人，对这处园林同样是熟悉的。"贾政不惯于俗务，只凭贾赦、贾珍、贾琏、赖大、来升、林之孝、吴新登、詹光、程日兴等几人安插摆布。凡堆山凿池，起楼竖阁，种竹栽花，一应点景等事，又有山子野制度（制度：动词，规划调度的意思）。下朝闲暇，不过各处看望看望，最要紧处和贾赦等商议商议便罢了。贾赦只在家高卧，有芥豆之事，贾珍等或自去回明，或写略节；或有话说，便传呼贾琏、赖大等来领命。"（页213）贾珍、贾琏是监理，山子野是设计师，赖大等管家、清客是包工头，省亲别墅在他们手里逐渐有了模样，最终兴建起来。

第十七至十八回中，宝玉随着贾政、贾珍、清客、执事人等，一起观览刚刚竣工的园内工程。他们先是外观大门，之后进入，通过近门处的一带翠障，来到沁芳亭，之后逐个建筑居所、景点游览、品评拟写匾额对联等。

从稻香村出来，小说中如此写道："一面引人出来，转过山坡，穿花度柳，抚石依泉，过了荼蘼架，再入木香棚，越牡丹亭，度芍药圃，入蔷薇院，出芭蕉坞，盘旋曲折。忽闻水声潺湲，泻出石洞，上则萝薜倒垂，下则落花浮荡。"（页225—226）这便是沁芳溪和蓼汀花溆的景色了。游览至此，因为尚未造好坐船，便无法渡到对岸。看来只好原路返回。

贾珍道："从山上盘道亦可以进去。"说毕，在前导引，大家攀藤抚树过去。只见水上落花愈多，其水愈清，溶溶荡荡，曲折萦迂。池边两行垂柳，杂着桃杏，遮天蔽日，真无一些尘土。忽见柳阴中又露出一个折带朱栏板桥来，度过桥去，诸路可通，便见一所清凉瓦舍，一色水磨砖墙，清瓦花堵。那大主山所分之脉，皆穿墙而过。（页226）他们眼前的这个院落建筑，正是蘅芜苑。

从蓼汀花溆前往，没有船的话，便需要顺溪绕山去找"朱栏板桥"才可，经此红色栏杆的桥梁，便可去往多处景点。但这样就会绕路不少，多亏有贾珍带领。看来，贾珍对于园林、对于山池、对于穿插近路的山道，都是熟稔于心的。

之后，一行人来到怡红院，进入房内。房内布局与众不同，装潢格外精巧新颖，"原来贾政等走了进来，未进两层，便都迷了旧路，左瞧也有门可通，右瞧又有窗暂隔，及到了跟前，又被一架书挡住。回头再走，又有窗纱明透，门径可行；及至门前，忽见迎面也进来了一群人，都与自己形相一样，——却是一架玻璃大镜相照。及转过镜去，益发见门子多了。贾珍笑道：'老爷随我来。从这门出去，便是后院，从后院出去，倒比先近了。'说着，又转了两层纱橱锦槅，果得一门出去……"（页231）

贾珍是个好导游。在整个游览过程中，他不多言，不聒噪，不僭越，老实地跟在贾政身边，对于宝玉的题拟、贾政的批驳，他也不多置评论。但关键时刻，他会迅速站出来，给大家引路，领着大家走出迷宫。"众人都道：'迷了路了。'贾珍笑道：'随我来。'仍在前导引，众人随他，直由山脚边忽一转，便是平坦宽阔大路，豁然大门前见。"（页232）最后，从怡红院回到大观园入门处的山嶂，出园门，也都是由贾珍引路的。

园林中最需讲究的便是水源和水流的布置和安排。脂批也特别提醒读者注意。"原来这桥便是通外河之闸，引泉而入者。【庚辰双行夹批：写出水源，要紧之极！近之画家着意于山，若不讲水，又造园围者，唯知弄莽憨顽石瓮笨冢，辄谓之景，皆不知水为先着。此园大概一描，处处未尝离水，盖又未写明水之从来，今终补出，精细之至！】贾政因问：'此闸何名？'宝玉道：'此乃沁芳泉之正源，就名"沁芳闸"。'【庚辰双行夹批：究竟只一脉，赖人力引导之功，园不易造，景非泛写。】"

在游览中，贾珍也就大观园中的水脉做出解答。"贾珍遥指道：'原从那闸起流至那洞口，从东北山坳里引到那村庄里，又开一道岔口，引到西南上，共总流到这里，仍旧合在一处，从那墙下出去。'"（页231）可见，大观园整体布局，在贾珍那里，竟是做掌中看了。

贾珍的笑容和他气定神闲的指挥与解说，洋溢出一份自得和自傲。

他导览省亲别墅举止有度，恰到好处，就像魔术表演和相声表演中运用小手法和抖包袱一样，等待着大家的满口喝彩。果然，效果是突出的，众人是叹服的。"众人都道：'有趣，有趣，真搜神夺巧之至！'"（页232）

此回内容可看作是一篇《大观园记》，我们跟随着书中人物的脚步，把握了园林布局，见识了宝玉的学识与才情，体会了贾政之于宝玉又爱又恨的情感，也了解到贾珍他们建造园林的苦心、费心、巧心和精心。谁说只有"宝玉们"珍爱大观园，"贾珍们"同样是珍爱的。这个奢侈胡闹、举止无度、无所不为的贾珍，在"山子野们"这些民间园艺大师的佐助下，为宝玉和众钗们修建了一个青春王国。我们以为，是"宝玉们"成就了大观园，殊不知，其前提是"贾珍们"将"太虚幻境"成功地挪移到了荣宁二府的北面，在地面上为"真如福地"搭起了框架和轮廓。

在《红楼梦》里，贾珍的行为非常不堪：第十三回，贾珍在儿媳秦可卿的殡葬之礼上完全不按常理出牌，任性挥霍；第六十四回、六十五回，与自己的堂弟贾琏、儿子贾蓉和尤氏姐妹三男两女的不伦之情令人瞠目；第七十五回，贾珍以演射为名聚赌淫乐，欺上瞒下，无人管束。《红楼梦》中甚至特意设置了一个情节，间接表达对他的鞭挞之意。中秋月夜，贾珍与妻妾、儿子、儿媳在一起饮酒行乐，贾府祠堂竟传来悠悠长叹之声。

贾珍、贾琏等贾府子弟，他们与纯洁浪漫的青春世界完全背离，然而却是他们建造了这个远离世俗的桃花源。在《红楼梦》中，跟风花雪月不沾边的，却恰恰在某种程度上成就了这些风花雪月。世上事物竟是这般复杂。

二、最大的难题：物质与精神

大观园修建完毕，宝玉等入住进去，这里也成了贾母的"行在"，她或者受邀而来，或者寻时令景色而来。第四十回，贾母带着刘姥姥进了园子，因为刘姥姥说了一句"比那画上的还强十倍"，贾母一时起了兴致，就要惜春画一幅大观园图送给刘姥姥。这话说起来很简单，但真做起来可就难了。单看薛宝钗为她开列的绘画所需物品清单：

"头号排笔四支，二号排笔四支，三号排笔四支，大染四支，中染四支，小染四支，大南蟹爪十支，小蟹爪十支，须眉十支，大著色二十支，小著色二十支，开面十支，柳条二十支，箭头朱四两，南赭四两，石黄四两，石青四两，石绿四两，管黄四两，广花八两，蛤粉四匣，胭脂十片，大赤飞金二百帖，青金二百帖，广匀胶四两，净矾四两。矾绢的胶矾在外，别管他们，你只把绢交出去叫他们矾去。这些颜色，咱们淘澄飞跌着，又顽了又使了，包你一辈子都够使了。再要顶细绢箩四个，粗绢箩四个，担笔四支，大小乳钵四个，大粗碗二十个，五寸粗碟十个，三寸粗白碟二十个，风炉两个，沙锅大小四个，新瓷罐二口，新水桶四只，一尺长白布口袋四条，桴炭二十斤，柳木炭一斤，三屉木箱一个，实地纱一丈，生姜二两，酱半斤。"（页571）

宝钗笑话宝玉连画画的纸都分不清，果然，她一张嘴说话，就显示了专业标准。想要做艺术，那得有家底储备。俗话说，没有金刚钻，别揽瓷器活。金刚钻固然指深厚的功夫、高超的手艺、娴熟的技术，也指物质上的储备、钱财上的富裕。世上风雅事，清风明月不需一钱买；反过来，虽有一份风雅心，尚需富贵清闲才易得。

还记得李纨去向王熙凤要诗社经费吗？还记得薛宝钗借着家中当

铺伙计进贡的螃蟹帮史湘云建诗社吗？还记得雪天赏红梅时，屋里烧得红红的炭火和火上滋滋冒着香气的鹿肉吗？还记得众人身上轻暖艳丽的大红猩猩毡吗？大观园里的风雅事看似都不沾人间烟火，绝对的精神浪漫，但所有的一切又都离不开物质的支持。

世人皆生活在人情世故里，生活在烟火气中，生活在"苟且"间，曹雪芹的《红楼梦》从来不回避这些，因为这就是真实的生活。为了与宁荣二府形成对照，展现出更广阔的社会和人生，《红楼梦》里特意写出了刘姥姥这个人物形象。像刘姥姥那样，挣扎在生存线上的人，该怎样面对生活呢？我们在第六回里，看到了刘姥姥的羞赧局促和竭力争取。

第三十九回，这个被荣国府上下都看作是"打抽丰"的刘姥姥，出乎意料地又来了，她和孙子板儿带来了一口袋的枣子、倭瓜和野菜。"好容易今年多打了两石粮食，瓜果菜蔬也丰盛。这是头一起摘下来的，并没敢卖呢，留的尖儿孝敬姑奶奶姑娘们尝尝。姑娘们天天山珍海味的也吃腻了，这个吃个野意儿，也算是我们的穷心。"（页521）她对贾母说："这是野意儿，不过吃个新鲜。依我们想鱼肉吃，只是吃不起。"（页524）刘姥姥毫不掩饰她对荣国府豪侈生活的艳羡与夸赞。看到贾府吃螃蟹、吃茄鲞，刘姥姥咋舌不已。贾母给林黛玉要霞影纱糊窗户，刘姥姥"念佛说道：'我们想他作衣裳也不能，拿着糊窗子，岂不可惜？'"（页533，下同）。大观园里每处住所各有特色，在潇湘馆，刘姥姥表示"我越看越舍不得离了这里"。

但刘姥姥又是坦然与通脱的，爽快与洒落的。刘姥姥说，四棱象牙镶金的筷子和乌木嵌银牙箸，金的银的，都比不上自己家里的用着顺手舒服；喝酒行令，贾府人要么是"梅花朵朵风前舞"，要么是"闲花落地听无声"，刘姥姥却是"一个萝卜一头蒜"；吃着酒，听着音乐，这个乡村老太太喜得手舞足蹈，被林黛玉嘲笑为一只牛；在栊翠庵吃茶，妙玉用旧年蠲的雨水为贾母冲泡老君眉，贾母吃了半盏，余下给了刘姥姥，她一口饮尽，认为味道应该再熬浓一些才好。

刘姥姥以淳朴的乡村风味登场，她自然有贫穷而来的狡黠，但她并不遮掩自己的贫穷。"我们庄家人，不过是现成的本色，众位别笑。"（页545）是的，能保有自己的本色，其实是一件难事。

贾府有贾府的本色，曹雪芹并没有要炫富的意思，相反，他写出了贾府"油腻腻"的一面；刘姥姥有刘姥姥的本色，曹雪芹并不鄙视贫穷，他写出了底层人的真诚和淡然。刘姥姥惊叹贾府的富贵，但又难得地，不曾凭空生出虚妄的欲念。刘姥姥能够做到"不失其本心"，所以，她才会大大方方地与贾母同桌用餐，与贾母一起谈笑风生。

《红楼梦》的故事，总有让人意料不到的地方。刘姥姥在大观园用餐、喝酒、吃茶之后，游逛到牌坊处，居然肠胃不舒服，要了两张纸就要解衣随地方便。"众人又是笑，又忙喝他：'这里使不得！'忙命一个婆子带了东北角上去了。"（页555）倘若刘姥姥旁边没有丫鬟跟着，真是在此上厕所，那可拿太虚幻境怎么办才好？想必曹雪芹自嘲，便在此将自己推崇的太虚幻境也调侃了一下。

估计还是不忍污了这块圣地，于是，便让刘姥姥去了怡红院。至此，我们随着贾政众人、随着贾芸、随着刘姥姥，先后三次进入怡红院的房间，看怡红院装潢的奇巧、华贵。"只见四面墙壁玲珑剔透，琴剑瓶炉皆贴在墙上，锦笼纱罩，金彩珠光，连地下踩的砖，皆是碧绿凿花，竟越发把眼花了，找门出去，那里有门？左一架书，右一架屏。"（页556）然而，这样的房舍让刘姥姥惊叹，却也并没有唬住她。她在自己平生所见过的"最精致的床帐"坐下来，之后"一歪身就睡熟在床上"，等到袭人找来的时候，整个怡红院已是满屋"酒屁臭气"。

荣宁二府里有太多沉溺于物质和欲望而不能自拔的人，为了获取更多利益而变得面目可憎。相较而言，刘姥姥是可爱的。

大观园里还有一位女孩子，多少能够做到"衣敝缊袍，与衣狐貉者立，而不耻者"①。那就是前来投奔贾赦之妻邢夫人的邢岫烟。邢夫人兄嫂家境艰难，需仰仗邢夫人的帮扶，难免索欲之心常有，邢夫人又一贯看钱看得紧，不够大方宽和，不免生出很多事端。邢岫烟却不似父母和姑姑。她能安于寒素，不忮不求，在一众女钗中独有一种幽兰气质。

宝玉得知她曾与妙玉有过十年的交往，得妙玉授学识字之后，"恍如听了焦雷一般，喜的笑道：'怪道姐姐举止言谈，超然如野鹤闲云，原来有本而来'"（页876）。"有本"，《红楼梦》在教我们如何面对自我，如何提升自我，如何坚持自我。认真生活，积累经验，努力争取，坦诚待人，也许会获得好机遇；识字读书，开启智慧，能有一分领悟，更有一分气象。

三、《红楼梦》中的正反合

《红楼梦》中的难题除了物质与精神对立统一的问题，还有出世和入世的问题。蒋勋曾经说过："我是把《红楼梦》当佛经来读的，因为里面处处都是慈悲，也处处都是觉悟。"这话一点儿不错，《红楼梦》确实处处透出佛道之思。

第六十三回，宝玉过生日，妙玉写了一个帖子，为宝玉庆生，帖子上面署名"槛外人"。宝玉不知该如何回复，邢岫烟帮他解决了这个问题，告诉他，回复时可署名"槛内人"。于是这个"槛"就成了入世和出世的一个分界线。《红楼梦》故事本身也有两条线索，一条是由从大荒山无稽崖走来的一僧一道（茫茫大士、渺渺真人）引出的神仙世界，一条是由甄士隐和贾雨村引出的现实世界。现实世界中的一切仿佛都是有前缘，有因有果的，今生如此正是前世所成，所以《红楼梦》到最后完成了一众人的因果轮回。

---

① 程树德. 论语集释 [M]. 北京：中华书局，1990：619.

《红楼梦》确实很注重描写佛道之事，第二十二回中的"听曲词宝玉悟禅机"就是一段很经典的描写，但曹雪芹又不止于写佛道之理，他还要写一写佛道中人的面貌，比如马道婆和张道士。

　　马道婆第一次出场是在第二十五回。由于她是贾宝玉的寄名干娘，所以能够自由地出入贾府。在得知贾宝玉被灯油烫伤之后，"便点头叹息一回，向宝玉脸上用指头画了一画，口内嘟嘟囔囔的又持诵了一回，说道：'管保就好了，这不过是一时飞灾。'"（页338，下同）。这都没什么，有趣的是她后面说的话："祖宗老菩萨那里知道，那经典佛法上说的利害，大凡那王公卿相人家的子弟，只一生长下来，暗里便有许多促狭鬼跟着他，得空便拧他一下，或掐他一下，或吃饭时打下他的饭碗来，或走着推他一跤，所以往往的那些大家子孙多有长不大的。"

　　此话本为无稽之谈，但亦有人信之。民间常说，给孩子起个贱名好养活，便是这个意思。此段文字里关键点在于"那王公卿相人家的子弟"。马道婆最会讲话，促狭鬼跟的可不是一般孩子，那得是大富大贵的才行。这么说，既夸赞了门第的尊贵，又摆明了事情的严重性。

　　"贾母听如此说，便赶着问：'这有什么佛法解释没有呢？'"这里有一个词很传神——"赶着问"。贾母急迫地想知道解决办法，于是马道婆自然往下说道："这个容易，只是替他多作些因果善事也就罢了。再那经上还说，西方有位大光明普照菩萨，专管照耀阴暗邪祟，若有善男子善女人虔心供奉者，可以永佑儿孙康宁安静，再无惊恐邪祟撞客之灾。"明眼人恐怕都知道马道婆到底要干什么了，她要香火钱。但她说得多自然而隐晦啊！贾母此时也想到了："倒不知怎么个供奉这位菩萨？"马道婆便顺水推舟地继续说："也不值些什么，不过除香烛供养之外，一天多添几斤香油，点上个大海灯。这海灯，便是菩萨现身法像，昼夜不敢息的。"注意此处马道婆的用词——"不值""不过"，那得有多少呢？一天几斤香油，还要多添，说明以前贾母每天本已供奉了海灯。海灯要大，多大呢？后面说了，略比缸小一些，而且是昼夜不息。

马道婆说的是佛前的大海灯，其本意却在点海灯的灯油，灯油意味着她的进项，她可以拿到白花花的银两。于是贾母马上问："一天一夜也得多少油？明白告诉我，我也好作这件功德的。"问到这儿，算是问到马道婆的心里了，马道婆却不给明确的答复，只是说："这也不拘，随施主菩萨们随心愿舍罢了。像我们庙里，就有好几处的王妃诰命供奉的：南安郡王府里的太妃，他许的多，愿心大，一天是四十八斤油，一斤灯草，那海灯也只比缸略小些；锦田侯的诰命次一等，一天不过二十四斤油；再还有几家也有五斤的、三斤的、一斤的，都不拘数。那小家子穷人家舍不起这些，就是四两半斤，也少不得替他点。"（页338—339）

贾母听了，"点头思忖"。点头是因为认可马道婆的话，思忖则是自有考虑，此处脂砚斋评点得好，我们看："'点头思忖'是量事之大小，非吝啬也。日费香油四十八斤，每月油二百五十余斤，合钱三百余串。为一小儿，如何服众？太君细心若是。"看贾母有些犹豫，马道婆又道："还有一件，若是为父母尊亲长上的，多舍些不妨；若是像老祖宗如今为宝玉，若舍多了倒不好，还怕哥儿禁不起，倒折了福。也不当家花花的，要舍，大则七斤，小则五斤，也就是了。"（页339，下同）贾母听到这儿，便痛痛快快地说："既是这样说，你便一日五斤合准了，每月打趸来关了去。"意思就是每个月凑整数领走，按每月30天算，应该是150斤。于是，"马道婆念了一声'阿弥陀佛慈悲大菩萨'。贾母又命人来吩咐：'以后大凡宝玉出门的日子，拿几串钱交给他的小子们带着，遇见僧道穷苦人好舍。'"

读完这段话，不由让人击掌赞叹。要放在今天，马道婆一定是一位金牌推销员。不仅口才了得，还熟谙心理学。这段话看似无意，但她处处留心贾母的情绪变化。第一步是引贾母上钩，她知道贾母最疼贾宝玉，所以故意强调这次被烫伤是有小鬼作怪，其实贾母哪里知道小鬼就是贾环。她太疼爱宝玉了，就算平时再明白，此时也会糊涂。

等贾母上钩后，第二步便是欲擒故纵，不能一下子把目的说出来，以免引起对方怀疑，而是想方设法让对方主动问，马道婆也确实做到了。尤其是她那段排比铺陈用得真是好，南安郡王府里的太妃，锦田侯的诰命，小家小户……，这由大到小全都说明白了，多少价位都有，丰俭由人。这哪里是佛道中人，简直就是牟取最大利益的生意人！

而马道婆最厉害的还是看到贾母"点头思忖"后，马上做出的反应，也就是第三步，直接给出对方最能接受的价位，一锤定音。她看出了老太君的心思，知道贾母不是心疼钱，而是担心为一个孩子花费这么多说不过去，于是直接为贾母解决了问题。

细想想，以上三步哪步没走好，恐怕都做不成这笔买卖。曹雪芹写得太好了，是他杜撰出来的吗？脂砚斋此处有一评点：【甲戌侧批：……一句句都是耳闻目睹者，并非杜撰而有，作者与余实实经过。】①可见这样的人在现实生活中实在是很多，曹雪芹虽未对其人做出任何评价，但对这种披着宗教外衣的利欲熏心者，其态度早就不言而喻了。

之后马道婆的所作所为已经超过一个生意人的行为底线了，她竟然向赵姨娘讨要钱财并欲与其合谋杀害贾宝玉和王熙凤。只是贪财也没什么，但她居然谋财害命，害的还是自己刚刚讨灯油钱来护佑的人、自己的寄名干儿子，这是一个怎样的道姑啊！她先是发觉了赵姨娘的嫉恨之心，之后挑起了赵姨娘的觊觎之心，成功地拿走赵姨娘的所有积蓄。"又向裤腰里掏了半晌，掏出十个纸铰的青面白发的鬼来，并两个纸人……"（页341）马道婆平日随身携带的物品不禁让人怀疑，她到底是做什么营生的！

再看另一个人，张道士。这个张道士大有来头，非马道婆可比。他"是当日荣国府国公的替身，曾经先皇御口亲呼为'大幻仙人'，如今现掌'道录司'印，又是当今封为'终了真人'，现今王公藩镇都称

---

① 曹雪芹，脂砚斋．脂砚斋评石头记[M]．上海：上海三联书店，2011：262.

他为'神仙'"（页395）。这样的经历、身份和地位，让贾珍都不敢轻慢，尊称他为"张爷爷"。由此可知他应该是荣国府第二代贾代善，也就是贾母丈夫的替身。

这位张爷爷一开口，便知其世间道行匪浅，一定是什么阵仗都见过的。又叹道："我看见哥儿的这个形容身段，言谈举动，怎么就同当日国公爷一个稿子！"说着两眼流下泪来。贾母听说，也由不得满脸泪痕，说道："正是呢，我养这些儿子孙子，也没一个像他爷爷的，就只这玉儿像他爷爷。"（页396，下同）

张道士在贾母前面，先是称赞宝玉，接着是各种造势，营造氛围，完全主导了谈话的走向。称赞宝玉酷似已故的荣国公，对于张道士来说，是信手拈来，轻轻巧巧；对于贾母来说，其效果则是直达心底，熨帖通透。同时也彰显出张道士自身之于贾府的独特性——他见过国公爷，并且曾是国公爷的替身，这种得天独厚的关系是他人没有的。那张道士又向贾珍道："当日国公爷的模样儿，爷们一辈的不用说，自然没赶上，大约连大老爷、二老爷也记不清楚了。"会聊天的人，一定能关注到每一个人，不让别人感到冷落。为了不令贾珍感到难堪，张道士马上将话题转到他身上。堂祖父的样貌，贾珍不记得无可厚非，就连贾赦、贾政可能都已经忘记自己父亲贾代善的样子了。据此推断，贾代善应该去世已有多年。

这样的叙旧一下子就拉近了他和贾母的关系，因为熟悉贾代善的人，世间只留下了他们两个，两个人共同怀念一个人，很容易产生一种亲近感。哪怕贾母一年里到不了清虚观几次，贾府也是清虚观最大、最富有、最慷慨的施主之一。所以，贾母在马道婆那儿，面对的是算计牌；在张道士这儿，面对的是亲情牌。

呵呵大笑后，不等其他人回应，张道士便提起了新的话头，为宝玉提亲。他要给贾宝玉牵红线。婚姻之事，在贾府这样的世家大族里可不是小事。贾母清醒过来，以宝玉命里不该早娶为由，委婉回绝了这次提亲。凤姐毕竟善于察言观色，立即转向了新的话题，说她家大姐儿的寄名符还没有换回来，并开玩笑说张道士化缘有巧道。我们看到张道士的确能够左右逢源，他体体面面、华华丽丽地从贾府拿到了自己想拿的东西。

他本想借着拿出大姐儿的寄名符来化缘，可是被王熙凤调弄开去。接着又请了宝玉的通灵玉，说给道观的徒子和道友观瞻，还玉的时候，还是用那个盘子，盘子里有三五十件金玉器物，说这是道观出家人的一点儿敬心。"老太太若不留下，岂不叫他们看着小道微薄，不像是门下出身了。"（页398，下同）那意思是，本道可是荣国公替身出身，荣国府那么富贵，本道怎么也不能被别人嘲笑底子微薄，重申自己与荣国府的渊源。其实，张道士知道贾母和宝玉是断不会收这些东西的。事实的确如此。宝玉说，可以将这三五十件金玉器物布施给穷人，张道士马上提议，"要舍给穷人，何不就散钱与他们"。于是宝玉便收下东西，等晚间拿出钱来布施。

张道士借了贾府的名，不知怎么弄来金银器物孝敬贾府，自己没有花费什么，却又赢回来贾府的布施，以及接连三天打醮的费用。又因为贾府在此打醮，贾府的远亲近友、世家相与都来送礼，使得清虚观成了一个香车宝马簇簇而来的富贵之家的应酬之地，这些不仅为他带来了生意，还带来了名声。

马道婆和张道士都是槛外人，是超脱于世俗之外的修行之人，可是他们的言行却比世俗的还世俗，比会钻营的更会钻营。如果说马道婆代表了方外世界里中下层人士的贪婪和邪恶，那么这个张道士便是方外世界里高层富贵人士的代表。我们可以称呼他们：槛外的槛内人。

那么，有没有槛内的槛外人？有，她就是惜春。一个生在富贵人家的王侯小姐竟然能够对人情冷暖极为看淡，对这个世界毫无牵挂，也是奇事。

在第七十四回"惑奸谗抄检大观园　避嫌隙杜绝宁国府"中，因从惜春的贴身丫头入画那里搜出一些贾珍赏赐的银两和男人身边的事物，惜春便要与服侍她多年的入画撇清关系，"你们管教不严，反骂丫头。这些姊妹，独我的丫头没脸，我如何去见人。昨儿我立逼着凤姐姐带了他去，他只不肯。……嫂子来的恰好，快带了他去。或打，或杀，或卖，我一概不管。"（页1035）。入画苦苦哀求，尤氏和奶妈等人也极力劝解，然而惜春就是咬定牙根不放松，不仅如此，更要借此与干出丑事的宁国府划清界限，以求清净自保，甚至与尤氏说："古人说得好'善恶生死，父子不能有所勖助'，何况你我二人之间。我只知道保得住我就够了，不管你们。从此以后，你们有事别累我。"（页1036），气得尤氏直说惜春糊涂，却反被惜春称为不看书不识字的呆子。在惜春眼里，世俗中人总是被糊涂心肠蒙蔽了眼睛才会干出各种龌龊之事。她之所以不留入画，一是因为她要干干净净、清清白白，不能允许任何污浊不堪之物留在自己身边；二是因为她看得清清楚楚、明明白白，何止是入画和宁国府，就连荣国府到最后都被惜春舍了，她说："我不了悟，我也舍不得入画了。"（页1037）

所以，在妙玉听到黛玉的琴音而走火入魔之后，她会说："妙玉虽然洁净，毕竟尘缘未断。可惜我生在这种人家不便出家，我若出了家时，那有邪魔缠扰，一念不生，万缘俱寂。"（页1228）妙玉被抢走后，惜春便接替她进入栊翠庵修行，放弃了世俗中的一切。比起自称"槛外人"的妙玉，惜春在未出家之前，便已看透一切，可称得上是"槛内的槛外人"了。

《红楼梦》里很多事物和现象，都是正反对比着来的，曹雪芹永远不会只从一个角度看问题。

比如说爱情。曹雪芹一边在歌颂伟大的爱情，一边又毫不避讳男女之欲。他写贾宝玉的情，又写贾琏的欲；他写薛蟠的本能之欲，同时又塑造出柳湘莲的绝情之情；他写懦弱的尤二姐，却让她有一个刚烈的妹妹尤三姐；他写尤二姐、尤三姐的放荡不羁，却又写出她们的悔痛和代价。再如，曹雪芹写贾雨村出场时的洒落非凡，又写他一步一步在利禄之路上堕落到底；我们看到秦钟的翩翩气质，但也看到他在给姐姐送葬时与智能儿勾搭在一起；我们看到贾宝玉温和多情的一面，也看到他纨绔子弟人性顽劣的一面……

总之，《红楼梦》中有正一定有反，有反一定有正。

我们看到繁花似锦，就明白最终是白茫茫一片大地真干净；我们看到仰慕的谦卑，就会看到纨绔的骄横；我们看到专一，就会看到博爱；我们看到官运亨通，就会看到家室败落；我们看到亲人之间的欺骗倾轧，也看到了路人之间的慷慨相助；我们同情奴仆处境的卑微，可又分明看到他们弄权作势的丑恶；我们看到宝黛吵得不可开交，就会看到他们心灵的日渐相通相应；而没有了眼泪，没有了争吵，则又正如黛玉心里所想："真真是亲极反疏了。"（页 1250）

正所谓亲极反疏，至冷至热，真假难辨，恶善参半，空即是色，色即是空。《红楼梦》写的虽然是故事，但故事的背后又是真实的人生、复杂的人情、深刻的人性。

小说中出现的全方位、多层次的正反对比，让我们看到了一个更为丰富和立体的世界，这个世界不是已然定型，直到今天，它仍然如太极一般不断流动。曹雪芹的《红楼梦》像极了寓言故事。这个故事在物质与精神、利欲与信仰、审美与低俗、高尚与龌龊、真情与假意中抛光上蜡，在善有善报、恶有恶报的因果轮回和盛极必衰、物极必反的阴阳变化中产生出巨大的生长空间，人物的命运和家族的运势在这个生长空间中跌宕，而这个生长空间恰恰是《红楼梦》无穷魅力的所在。

《红楼梦》，是一个可以让读者不断有崭新发现、独到领悟的伟大文本。捧读这样的文本，不禁在内心里升腾起对其作者的崇敬和景仰之情：一个人要走过怎样的千山万水，要看过怎样的云蒸霞蔚，要经历过怎样的风雨晴晦，才可以将世间万象看得如此通透，将人心江湖认识得如此深刻。

阅读问题

很多人认为，宝玉是礼教的叛逆者，你怎么看这个问题？请结合小说相关情节，与他人交流自己的看法。

阅读要求

请继续阅读至第一二〇回。

阅读推荐

《海边的卡夫卡》，[日]村上春树

接家书得悉政返家

第十五讲
日望西山餐暮霞

曹寅感慨好友的生命遭遇，万万没想到，到头来这首诗却成了自己孙子曹雪芹的谶语。『穷愁天亦厚虞卿』，本是安慰洪昇的话，老天爷却也同样给了他的孙子。

谈《红楼梦》，自然绕不开曹雪芹。

曹雪芹的好友敦诚曾给他写过一首诗，其中最后一句是"日望西山餐暮霞"。诗句中充满了诗意和对美好的追求。一个"望"字，暗含着人对世俗的超脱，"餐"字则有大口大口地吞咽、被美景震撼、想要尽收胸中的感觉，这是一种要把整个身体扑上去，把自己的整颗心捧出来与自然合二为一的渴望。

晚霞日日有，难得有心人。故而，看到一个人可以这样忘我地欣赏傍晚的天光，我们会深受感动和启发。但，这句诗前面还有七句。全诗如下：满径蓬蒿老不华，举家食粥酒常赊。衡门僻巷愁今雨，废馆颓楼梦旧家。司业青钱留客醉，步兵白眼向人斜。何人肯与猪肝食？日望西山餐暮霞。①

读完整首诗，我们才了解，原来如此诗意的行为，其底色却如此苍凉。我们常说，贫穷会限制人的想象，但贫穷显然没有限制住曹雪芹。极度的寥落与悲凉全在那一个"餐"字中化解了。物质上的匮乏是暂时的，生命之花的凋零是必然的，精神世界的丰满却是人自身永恒的资本，它随着时间的推移与阅历不断地增进而愈发蓬勃。的确，滋养精神世界的土壤，往往就是苦难与无常。

一、一封罪己书

《红楼梦》开篇有这样一段文字。"今风尘碌碌，一事无成，忽念及当日所有之女子，一一细考较去，觉其行止见识，皆出于我之上。何我堂堂须眉，诚不若彼裙钗哉？实愧则有馀，悔又无益之大无可如何之日也！当此，则自欲将已往所赖天恩祖德，锦衣纨裤之时，饫甘餍肥之日，背父兄教育之恩，负师友规训之德，以至今日一技无成、半生潦

① 蔡义红.红楼梦诗词曲赋鉴赏[M].北京：中华书局，2004：482.

倒之罪，编述一集，以告天下人：我之罪固不免，然闺阁中本自历历有人，万不可因我之不肖，自护己短，一并使其泯灭也。虽今日之茅椽蓬牖，瓦灶绳床，其晨夕风露，阶柳庭花，亦未有妨我之襟怀笔墨者。虽我未学，下笔无文，又何妨用假语村言，敷演出一段故事来，亦可使闺阁昭传，复可悦世之目，破人愁闷，不亦宜乎？（页1—2）

在这段话中，我们看到了两段时期："已往"与"今日"。"已往"，有天恩祖德荫蔽，有锦衣玉食喂养，有父兄教育敦促，还有师友规训鞭策。"今日"有什么？今日一无所有，除了"茅椽蓬牖，瓦灶绳床"。"已往"有物质的极大丰富和家族对子孙所寄予的希望。而"今日"，这些全都无影无踪了——物质没有了，希望也没有了，只剩下"晨夕风露，阶柳庭花"，只剩下"襟怀笔墨"。

这段文字是脱离于《红楼梦》整体故事框架的，"作者自云""自又云"，这些字眼很清楚地告诉读者，这是作者在与我们交流他的创作初衷——为闺阁立传，述自己之罪。它更像是"序"，表明此书的由来；也像是"跋"——曹雪芹已经把整个故事写完，回首看那一沓厚厚的文稿，便写下了这样一段话。它不禁让我们联想到司马迁《史记》的最后一个列传——《太史公自序》。司马迁必定是在写完全部文稿后，再来冷静地回顾自己的家族历史和自己的创作过程。其文字上推颛顼，下迄本朝，明确世谱家学之本末，明述作书之本旨，概述各篇的写作旨趣，可谓庄重肃穆也。近万言的列传第七十篇，是《史记》精神命脉所在。《红楼梦》的这段文字很短，现在被放在整个故事的最前面。有学者指出，从流传的多个版本来看，此乃一段脂批。

这段文字表达的情感非常复杂。人生境遇对一个人的影响是极大的，生命历程的陡然变化会促使一个人对自己的生命重新下定义。曹雪芹用了一个触目惊心的字——"罪"——来概括自己的一生。"我之罪固不免"，罪在何处？为何有罪？"以至今日一技无成，半生潦倒"，原来"已往"的荒唐正是"今日"无能的罪过。"罪"在今日无法凭一己之力力挽狂澜，重整家族基业，"罪"在只能于襟怀笔墨中去赎罪，然而襟怀笔墨能挽救一个家族吗？"悦世之目，破人愁闷"，恐怕也就如此吧，这会不会是曹雪芹的自嘲之语呢？

所以，故事还未开场，色彩已被铺就，舞台氛围已将读者包围。

第二回有这样一句话："老先生休如此说。如今的这宁荣两门，也都萧疏了，不比先时的光景。"（页26）甲戌侧批马上跟一句：【记清此句。可知书中之荣府，已是末世了。】① 他特别要提醒我们，也提醒自己，要记清此句。然后雨村道："当日宁荣两宅的人口也极多，如何就萧疏了？"（页26）甲戌侧批又跟一句：【"作者之意，原只写末世，此已是贾府之末世了。"】② 再次提出末世。接下去雨村又道："去岁我到金陵地界，因欲游览六朝遗迹，那日进了石头城，从他老宅门前经过。街东是宁国府，街西是荣国府。"（页26）这里有一个字特别奇怪，就是"老"，何为"老宅"？新宅又何在？当我们把《红楼梦》都读完了，重新再读这一句话，会有不一样的体会。

第一次读《红楼梦》时，我们常常从林妹妹的视角来看东西二府的——"其街市之繁华，人烟之阜盛，自与别处不同。又行了半日，忽见街北蹲着两个大石狮子，三间兽头大门，门前列坐着十来个华冠丽服之人。"（页37）这是何等的富丽与贵气！而再读《红楼梦》，就会关注到第二回中贾雨村的这段话："二宅相连，竟将大半条街占了。大门前虽冷落无人，……"（页26，下同）此处"冷落无人"四字何等扎眼，与林妹妹经过荣国府时眼中的整条街都繁华热闹形成鲜明对比。而更值得关注的是，甲戌侧批在此马上跟进，【"好！写出空宅。"】③ 原文写的是老宅，这里写的是空宅，可见老宅已空。"隔着围墙一望，里面厅殿楼阁，也还都峥嵘轩峻；就是后一带花园子里面树木山石，也

---

① 曹雪芹，脂砚斋. 脂砚斋评石头记 [M]. 上海：上海三联书店，2011：17.

② 同上.

③ 同上.

还都有蓊蔚润润之气，那里像个衰败之家？"贾雨村看到的大花园，还是郁郁葱葱，但人都去了哪里？甲戌侧批说：【"'后'字何不直用'西'字？"】甲戌侧批：【"恐先生堕泪，故不敢用'西'字。"】①甲戌侧批自问自答，"西"恐怕就是当年曹雪芹家中的"荣国府"吧。物是人非事事休。也许为《红楼梦》批注的都是和曹雪芹同时代的人，也都是世家子弟，恐怕他们深知曹家的遭际，当然也包括他们自身的经历。而书中贾雨村游历的金陵不正是曹雪芹的故乡吗？

《红楼梦》一开篇就已经交代了故事的背景：末世。然而末世却不仅仅是走到尽头这么简单。

二、末世之痛

我们还是回到第一回，来读一段文字。"及至到了他门前，看见士隐抱着英莲，那僧便大哭起来，又向士隐道：'施主，你把这有命无运、累及爹娘之物，抱在怀内作甚？'"（页10）

这是《红楼梦》中僧人对"英莲"做出的生命预言。"英莲"谐音"应怜"，世界上最让人怜的是什么，僧人已经告诉我们了——"有命无运、累及爹娘"。英莲出身于"深明礼义"的望族世家，但命数已定。《红楼梦》中又何止一个英莲？细数红楼女子，哪一个不是深陷于命数中。甲戌眉批曰："八个字屈死多少英雄？屈死多少忠臣孝子？屈死多少仁人志士？屈死多少词客骚人？今又被作者将此一把眼泪洒与闺阁之中，见得裙钗尚遭逢此数，况天下之男子乎？"任有再好的出身、再宏伟的理想，身处的时代是无法抗拒的现实。所以，末世之痛不在于时代，而在于个人。

冷子兴说贾宝玉的名言是"女儿是水作的骨肉，男人是泥作的骨

---

① 曹雪芹，脂砚斋.脂砚斋评石头记[M].上海：上海三联书店，2011：17.

肉。我见了女儿，我便清爽；见了男子，便觉浊臭逼人"（页28，下同），认定这个孩子"将来色鬼无疑了！"。贾雨村谈到自己在金陵的学生甄宝玉的观点："这女儿两个字，极尊贵、极清净的，比那阿弥陀佛、元始天尊的这两个宝号还更尊荣无对的呢！"（页31，下同）"每打的吃疼不过时，他便'姐姐''妹妹'乱叫起来。"我们常说这是宝玉的怪诞之处，无论贾和甄，对女儿是千般好，对男子却是万般恨。为何如此呢？甲戌眉批中有两个词引人深思："鹡鸰之悲、棠棣之威。"这两个词出自《诗经·小雅·常棣》，指向兄弟情谊。贾宝玉有嫡亲兄长贾珠，但是贾珠早已去世。贾环与宝玉虽不是同一个母亲所生，但也是同父兄弟。但贾环先是要用灯油烫瞎宝玉的眼睛（第二十五回），后又在父亲面前挑唆，说贾宝玉强奸金钏未遂，导致宝玉被痛打（第三十三回）。其他堂兄弟也未见与宝玉有何深交。"鹡鸰之悲"意在于此吧。玉字辈的上一辈，贾敬、贾赦、贾政，这三兄弟也是各立门户，下一辈的贾兰、贾蓉、贾芹、贾蔷、贾芸……亦各怀心思，"故撰此闺阁庭帏之传"（甲戌眉批）。大家族中没有一个可以交心的兄弟，表面其乐融融，但难言之隐却很多。所以，不叫姐姐、妹妹，又能叫谁？

　　身处末世，什么都已不可保，人情便更显珍贵，它不会被命运和所谓的自然规律淹没。不过，情永存，人易逝，尤其是用情深透之人更能体味这一种深层的悲凉。鲁迅说，读《红楼梦》感觉是"悲凉之雾，遍被华林"[1]，再准确不过了。看似繁花似锦的贾府，却隐隐地笼罩在末世之痛中，正因是雾，所以无处不在，所以司空见惯、熟视无睹。一切看起来仍然如常，却已经失去了更好的可能。

　　贾宝玉和甄宝玉的怪诞荒谬恰似魏晋时期的"竹林七贤"，真正信奉道义的人、珍视美好的人被世俗嫌恶。他们大概都隐隐感觉世道已

---

① 鲁迅. 鲁迅全集：第九卷 [M]. 北京：人民文学出版社，2005：239.

无法挽回，但又只能身处其中，于是只好去寻找能让他们感到为人之尊严和温暖的寄托，魏晋名士找到了那片"竹林"，"宝玉们"找到了女儿国，曹雪芹则找到了那支摇曳着温暖光芒的笔。

三、爷爷的一首诗

《红楼梦》毕竟是故事，曹雪芹却是历史上真实存在过的。贾家的故事从小说中可以了解，曹家的故事我们却并不熟知。

曹雪芹大概也是有兄弟的，有一个和他关系很好的表兄弟，据考证有可能就是第一回提过的"东鲁孔梅溪"，这个人真实的名字叫棠村。梅溪、棠村，生机勃勃的样子，但是他很早就去世了。曹雪芹后半生为什么那么潦倒？难道没有兄弟亲朋可以接济他吗？

曹家有三代四个人历任江宁织造，一共六十余年，超过半个世纪。江宁织造负责供应宫廷织物，相当于现在的政府高级定制。此外更多的史料告诉我们，江宁织造实际上还是清廷设在南方的一个情报机构，织造可以提供身份掩护。曹雪芹的爷爷曹寅可以直接向康熙帝递送折子，而且所有的折子都是密封状态。他负责向康熙帝汇报他所掌握的江南地区相关人员，既有官员也有非官员的言行举止。这从侧面说明，曹家获得了帝王极高的信任。

曹家第一代发迹者名曹振彦，他是随多尔衮进京的包衣奴才。曹家第二代里最重要的人物是曹玺。他担任顺治皇帝的贴身侍卫，其夫人是康熙皇帝的乳母，其子曹寅则是康熙皇帝的伴读，由此曹家和康熙帝的关系十分亲密。曹家第三代曹寅每次给康熙写折子的时候都要顺带把自己家的情况说一说：曹家最近怎么样了，家里最近有什么好玩儿的事情。如果哪一次奏折没有写，康熙会写个朱批追问：家里最近还好吧，为什么没有说家里人的状况，谁谁谁有没有又讲笑话，跟朕说说，也让朕开心开心。这些折子更像是亲兄弟之间的家信。曹家第四代是曹颙和曹頫。曹雪芹是第五代，他本是曹颙的亲儿子，但是曹颙很年轻就去世了，他被过继给了曹頫。

曹寅给康熙写信，说自己得了一个孙子，给他取名为霑，意思是希望雨露继续承续在曹家。这是一份美好的祝愿。曹寅是康熙帝的伴读，有很好的学问功底，拥有文人学士的风雅和气质，创作了大量的诗词曲文，身边也聚集着很多当时非常有才华的人。纳兰性德、方仲舒（方苞之子）、王世禛、顾贞观（著名词人）等，都曾在他制作的《楝亭诗画册》中题写过诗文辞赋。他曾写过这样一首诗：惆怅江关白发生，断云零雁各凄清。称心岁月荒唐过，垂老文章恐惧成。礼法谁曾轻阮籍，穷愁天亦厚虞卿。纵横捭阖人间世，只此能消万古情。①

这是曹寅写给他的好友、清朝著名戏曲家洪昇的一首诗。洪昇性格洒脱不羁，曾经因为国丧时在家排演《长生殿》而被罚终生不得考取功名，晚年时穷困潦倒。曹寅作为好朋友，邀请他到江宁，在江宁织造府上演他的《长生殿》。洪昇来了以后，将他的一卷诗集交给曹寅，希望他能够帮自己出版。曹寅读后，感慨油然而生，写下了这首诗。

诗写得真好，读后顿生千古幽情——岁月易逝、人生苦短、礼法从来不是为真正有理想情怀的人准备的，功名利禄只是转眼云烟，现在的苦难会变成终生的财富，千年万古都靠此解忧。这首诗中的"荒唐"，让我们感到特别熟悉，《红楼梦》第一回里有诗云："满纸荒唐言，一把辛酸泪。都云作者痴，谁解其中味！"（页7）

曹雪芹的爷爷说，我们在称心的时候如此荒唐地将时间挥霍，而在即将走上末路时，却战战兢兢地细数自己的一生。"恐惧"一词用得真恰切，每个人回望自己生命的来路、前瞻即将走到终点的前路时，恐怕都会百感交集，甚至恐慌惊惧。曹寅感慨好友的生命遭遇，万万没想到，到头来这首诗却成了自己孙子曹雪芹的谶语。"穷愁天亦厚虞

---

① 曹寅.楝亭集 [M].上海：上海古籍出版社，1978：185.

卿"，本是安慰洪昇的话，老天爷却也同样送给了他的孙子。

陀思妥耶夫斯基有一句名言：我必须要对得起我所经受的苦难。曹雪芹用《红楼梦》对此句名言做了阐释。

《红楼梦》里有贾雨村和甄士隐，贾雨村为了重整家业义无反顾地投入到官场中，愈染愈黑，不可自拔；甄士隐却在家财散尽后悟道觉醒，成为灵魂的摆渡人。如果曹雪芹选择了贾雨村式的人生之路，中国历史上就多了一个蝇营狗苟的生命。不做贾雨村，他面临的就是甄士隐的结局。曹雪芹是无路可走了呢，还是义无反顾地选择了他想要的人生？

四、大石头的情缘

《红楼梦》第一回开篇中讲述了"弃石"的故事。这是一块非常大的石头——"原来女娲氏炼石补天之时，于大荒山无稽崖炼成高经十二丈、方经二十四丈顽石三万六千五百零一块。娲皇氏只用了三万六千五百块，只单单剩了一块未用，便弃在此山青埂峰下。"（页2）一丈大概为3.33米，十二丈就是39.999米，能有十多层楼高；二十四丈就是79.999米。这么大的石头，最后"幻形入世"的时候发生了什么改变呢？它被变成了"一块鲜明莹洁的美玉，且又缩成扇坠大小的可佩可拿。"（页3）一块蠢石就这样被施以幻术，成了一个外表光鲜亮丽的宝物。可是，不要忘了，其本质还是那个"无材可去补苍天"的蠢物。"纵然生得好皮囊，腹内原来草莽。"（页49）无材有恨，细想想这不就是贾宝玉吗？

同时，这难道不是曹雪芹吗？正如他认为自己一生有罪一样，自己对于现实世界来说实在没有什么用处。"补天"，天是什么？是神话故事中广阔无垠的宇宙，还是一个家族的顶梁柱撑起的一片天地呢？家族败落，需要后人重整家业，正如归有光一定要重修家谱，一定要刻苦读书考取功名，这是一个年轻人对家族的担当，对自我的定位。虽然《红楼梦》里贾宝玉最讨厌的人物就是贾雨村，但贾雨村却能够求取功名、结婚生子、为官求上。他一步一步，实现了自己重整基业的目的。记得第一回时，贾雨村还落魄时，他写过一首诗：

> 时逢三五便团圆，满把晴光护玉栏。天上一轮才捧出，人间万姓仰头看。（页14）

读此诗可知其志不在小，最后一句让人联想到黄巢的那句"我花开后百花杀"，勃勃的野心和浓浓的欲望透过文字汹涌而来，霸气十足。能写出这样诗句的人，是一定想要成为人上人的，是要踩在更多人的头上向上攀的。不择手段，对于他们来说是必经之路。第四回"薄命女偏逢薄命郎　葫芦僧乱判葫芦案"中的贾雨村已经开始显露出自己在官场上的手腕和狠心了。贾宝玉和贾雨村不同，他们拥有两种不同的生命状态，贾宝玉厌烦贾雨村是有一定理由的。

曹雪芹作为一个没落贵族的子弟，难道他连贾雨村那样的机会都没有吗？贾雨村通过甄士隐，认识了林如海，通过林如海认识了贾政，从此便跻身权贵。现实中，与曹家沾亲带故的人应该可以多多少少给予曹雪芹一些帮助吧，然而曹雪芹却选择了与贾雨村完全不同的另外一条路。虽然曹雪芹在小说中借石头之口表达了自己对重振家族无能为力由此带来的深深自责与痛苦。

曹雪芹精通诗词歌赋，也很擅长绘画，这在《红楼梦》中已经充分显示出来了。曹雪芹最喜欢画的就是大石头，他还曾为自己画的石头写过一首七绝：

> 傲骨如君世已奇，嶙峋更见此支离。醉余奋扫如椽笔，写出胸中魂磈时。

"魂磈"，本指高低不平的大石，此处喻指积压的气息和情绪，"写出胸中魂磈时"，就是要一抒内心的抑郁和愤懑，将现实生活中种种不能消解的痛苦化成文字，传世不朽。将曹诗与小说中曹雪芹为贾雨村拟写的比较而言，一个是傲骨嶙嶙的时代记录者，一个是志在出人头地的世俗进取者。

曹雪芹的另一个朋友张宜泉，写过一首《题芹溪居士》：爱将笔墨逞风流，庐结西郊别样幽。门外山川供绘画，堂前花鸟入吟呕。羹调未羡青莲宠，苑召难忘立本羞。借问古来谁得似？野心应被白云留。[①] "羹调未羡青莲宠"，青莲就是李白，李白在写诗时，旁边有贵妃磨墨，力士脱靴，还有李隆基捧着调羹给他喝，这真是宫廷文人最显荣宠的待遇了。但张宜泉说曹雪芹对这样的生活并不羡慕。为什么呢？"苑召难忘立本羞"，曹雪芹难以忘记的是什么？是阎立本曾受到的羞辱。这里有一个流传的历史故事，唐朝知名画家阎立本有一天在家突然得到了皇上的召宣，当时皇帝和大臣在后花园赏景，看到溪边有一只小鸟特别可爱，就召阎立本来宫中画画供以享乐。圣命不可违，阎立本气喘吁吁地赶到宫中，跪在地上一笔一笔地画那只鸟，直画得汗流浃背，整个人非常狼狈。回家后，阎立本对儿子说，"躬厮养之务，辱莫大焉。汝宜深戒，勿习此也"[②]。看似深受帝王器重，然而在众目睽睽之下的全跪式，让阎立本深感人格上的侮辱。他告诫儿子，画画、写诗吟词等是"末技"，以此立身不是艺术风雅，而是对尊严发出的极大挑战。曹雪芹在诗中用两个词语表达自己的态度——"未羡""难忘"。他不能这样强迫自己，也不想这样委屈自己。"借问古来谁得似？野心应被白云留"，这种闲云野鹤般的生活，便是曹雪芹对自我生命状态的选择吧。此"野心"非彼"野心"，指的是一种不被物质功名利禄牵绊，纯粹渴望自由的一颗心。而这样的心，在凡尘俗世中是没有位置的，所以只能停云而留心了。

除了一部《红楼梦》，其他与曹雪芹有关的大都不存在了。曹雪芹以前画的石头也已不可见。他酷爱的石头，会是什么样子的呢？还好

---

① 蔡义红.红楼梦诗词曲赋鉴赏[M].北京：中华书局，2004：501.

② 刘肃.大唐新语[M].北京：中华书局，1984：167.

有《红楼梦》，我们大约从中可以猜到曹雪芹的石头应该不是那种温润的玉石，与《红楼梦》里面那个幻化而成的温润的美玉截然不同，这块石头应该是嶙峋的，是粗糙的，是那不得补天却不甘堕落的一块顽石，它宣告着生命的强硬与自在。相较而言，人是脆弱的。

"满径蓬蒿老不华，举家食粥酒常赊。衡门僻巷愁今雨，废馆颓楼梦旧家。司业青钱留客醉，步兵白眼向人斜。谁人肯与猪肝食？日望西山餐暮霞。"原来，"餐暮霞"并不仅仅是赏景，更是对抗困窘的一种诗意行为，"餐"的是"暮霞"，而不是"朝霞"，恐怕也大有深意吧。曹雪芹想把苍凉和悲壮都一口咽下，一点儿不剩。

曹雪芹是什么样的人？他是一个生长于末世，被寄望扛起重整家族重任的人；他是一个不愿屈从于世俗，极力寻找精神净土的人；他是一个穷困潦倒的人，却也是一个极其富有的人。更重要的是，也是毋庸置疑的，他是一个多才多艺的人。

五、百科全书《红楼梦》

正是因为曹雪芹多才多艺，《红楼梦》才会是一部结构恢弘、人物丰富、内容博大的小说。鲁迅曾经对《红楼梦》有过一个非常生动的评价："经学家看见《易》，道学家看见淫，才子看见缠绵，革命家看见排满，流言家看见宫闱秘事……"①现在，让我们来续写这段话——

小说家看见文学创作理论。

第一回中曹雪芹便借石头之口道出了小说创作的弊端——"自相矛盾，不近情理"。第五十四回中曹雪芹又借贾母之口道出了传奇故事的套路，批判了当时流行的旧小说的"失真""不近情理""风月笔墨"等问题——"编这样书的，有一等妒人家富贵，或有求不遂心，

---

① 鲁迅. 鲁迅全集：第八卷 [M]. 北京：人民文学出版社，2005：179.

所以编出来污秽人家。再一等，他自己看了这些书看魔了，他也想一个佳人，所以编了出来取乐。何尝他知道那世宦读书家的道理！"（页738）说明了写故事要有生活体验和积累，要情动而意生！

曹雪芹在《红楼梦》中实践了自己的创作理论，除了传统的草蛇灰线、前后铺垫、细节照应外，镜像复现可以说是这部小说的秘籍，即主要人物和主要意象在小说当中都有与之对应者，对其进行更多层次的展现，比如说太虚幻境和大观园、贾宝玉和甄宝玉、秦钟和蒋玉菡、柳湘莲，林黛玉和晴雯、龄官、妙玉，薛宝钗和史湘云、袭人等，使得小说在内容和人物塑造上，既有一层层的晕染，也有更深意味上的延展。

诗人看见精神世界。

今天我们读《红楼梦》，说这是林黛玉的诗，这是薛宝钗的诗，这是妙玉的诗，其实说到底，都是曹雪芹的诗。他在小说中做到诗如其人，让读者忘却了这些事的真实作者。曹雪芹欣赏世间万种风情，并用诗歌表现出来。

此外，不必说第五回中那"开辟鸿蒙，谁为情种"的《红楼梦》仙曲十二支，不必说十二金钗的判词，不必说大观园中各处的匾额和题词，也不必说诗社中的各人所作的各种诗词，更不必说林妹妹的《葬花吟》和《桃花行》，单单是香菱学诗一段便已成为诗家的美谈了。曹雪芹不仅会写诗，不仅会以不同的人物身份来写诗，还会评诗，能说出诗歌的三重境界；他不仅能从理论层面说出诗歌境界的不同，还能创作出三首完全符合三种标准的诗歌。这也是如椽大笔的表现啊！

戏曲家看见舞台天地。

《红楼梦》中的戏曲可谓是又一大观，贾家开了那么多宴会，过了那么多生日，吃饭就要看戏，看戏还要评点，那么多的曲文一一呈现，它们都在曹雪芹的脑海中，他不仅听过这些戏，还对曲词耳熟能详，对主旨深有会意。

其中精彩之处，如林妹妹与宝哥哥共读《西厢记》（小说原文为

《会真记》，可参看注释），宝哥哥的一句"我就是个'多愁多病身'，你就是那'倾城倾国貌'"（页315）一下子惹恼了林妹妹，但也将自己和林妹妹的心事第一次用戏文含蓄隐晦地传递了出来，而宝玉将张生与崔莺莺这段私情比附于他们二人又让林妹妹感到不安。再如，林妹妹后来听到小旦们练习《牡丹亭》，杜丽娘感慨着无限春光"都付与这断井颓垣"时，内心凄然，猛然感到生命之易逝，青春之难再，从而情动于衷，一发而不可收。这都是戏曲中的世界，也是对现实世界的映照。

此外，宝钗生日时点戏《鲁智深醉闹五台山》（页294）、清虚观打醮神前拈戏（页398）等，不仅让戏文得到了流传，而且把戏曲与小说情节的发展、人物的心理紧密糅合在一起，正如同诗歌中的用典一样，极大地丰富了文本的内涵。

音乐家看见乐理之妙。

有所听闻、略知一二不算行家，最厉害的艺术欣赏者要能解其中味。第七十六回，贾母带着家人中秋赏月，"因见月至中天，比先越发精彩可爱，因说：'如此好月，不可不闻笛。'因命人将十番上女孩子传来。贾母道：'音乐多了，反失雅致，只用吹笛的远远的吹起来就够了。'……只听那壁厢桂花树下，呜呜咽咽，悠悠扬扬，吹出笛声来。趁着这明月清风，天空地静，真令人烦心顿解，万虑齐除，都肃然危坐，默默相赏。听约两盏茶时，方才止住，大家称赞不已。于是遂又斟上暖酒来。贾母笑道：'果然可听么？'众人笑道：'实在可听。我们也想不到这样，须得老太太带领着，我们也得开些心胸。'贾母道：'这还不大好，须得拣那曲谱越慢的吹来越好。'……只听桂花阴里，呜呜咽咽，袅袅悠悠，又发出一缕笛音来，果真比先越发凄凉。大家都寂然而坐。夜静月明，且笛声悲怨，贾母年老带酒之人，听此声音，不免有触于心，禁不住堕下泪来。"（页1057—1059）这真是典型的中国传统音乐的审美风情。音乐不仅仅是一段段的旋律，更要与环境、与人情紧密地结合在一起。只有做到了人、乐与自然的和谐，艺术的熏陶才能直抵人心。

又如第八十七回"感秋深抚琴悲往事　坐禅寂走火入邪魔"中妙玉对林妹妹那段古琴之声的精妙诠释可谓行家里手之作,妙玉听到林妹妹的琴声后,感慨:"这又是一拍。何忧思之深也!……君弦太高了,与无射律只怕不配呢。"(页1226)再听,又感慨:"如何忽作变徵之声?音韵可裂金石矣。只是太过。"这恰与林、妙二人的生命体验息息相关。虽是续作,但也依然继承了曹雪芹对音乐的参悟。

据孟凡玉先生统计,《红楼梦》中明确写出来的乐器总计28种,出现209次,吹、拉、弹、打俱全。其中击奏乐器13种,出现95次;吹奏乐器8种,出现50次;弹拨乐器5种,出现62次;拉弦乐器两种,出现两次;而各种场合中的仪式音乐更是巧妙地隐藏在情节之中。这样的识见正是曹雪芹家世背景的最好体现之一。

建筑工程师看见园林艺术。

大观园不是凭空而起,里面的布局安排可供喜爱园林艺术的人参考。《红楼梦》研究者曾经将大观园与一些知名园林如拙政园等勾连在一起,正在于大观园的构建原则极好地体现了中国传统园林构建艺术。

医生看见中医至理。

薛宝钗不可能胡乱评价林妹妹的用药,她让林妹妹吃燕窝是有根据的。中医典籍已有明确记载:"闽之远海近番处,有燕名金丝者,首尾似燕而甚小,毛如金丝,临卵育子时,群飞近沙泥有石处,啄蚕螺食之。蚕螺背上肉有两筋,如枫蚕丝,坚洁而白,食之可补虚损,已痢劳症。此燕食之,肉化而筋不化,并津液呕出,结为小窝,附石上,久之与小雏鼓翼而飞,海人依时拾之,故曰燕窝也。"[①]贾宝玉也不是空口议论医生给晴雯开的处方,第五十一回,胡医生开的方子里有

---

① 赵学敏.本草纲目拾遗[M].2版.北京:中国中医药出版社,2007:351-352.

"枳实"和"麻黄",这两味药的副作用很大,是极猛烈之药,俗话说"病伤犹可疗,药伤最难医",所以这两味药被宝玉称为"虎狼药",胡医生被称为庸医也一点儿都不冤枉。

好茶者看见茶道茶艺之精深。

贾母不吃六安茶,妙玉一声"知道",转而说"这是老君眉",贾母问是什么水,妙玉说"是旧年蠲的雨水"。一来一往,尽是高人间的交流。(第41回,页551)

美食者看见精致佳肴。

如若统计一下《红楼梦》中的美食种类,恐怕吃上一个月都不会重样。

绘画者看见古代绘画艺术的细节。

惜春画个大观园,薛宝钗为她列出的物品清单足足有四五十样。

…………

其实,书中还呈现了中华传统文化的多个侧面,比如我们可以从中获得对道家、佛家、阴阳家乃至古代政治文化的了解。

曹雪芹可谓是将这个世界写透了,他不是写论文,而是将以上种种巧妙地嵌入情节叙述,组成了鲜活的故事,表现了家庭的命运。

纵横古今,评点文化,曹雪芹若心中没有,笔下又怎能写出?这不是一般的功夫,不是为了写而准备的功夫,这就是一个出生于繁华、成长于繁华的贵族子弟真正享受和占有的资源。只可惜,他生于繁华,终于荒落。好在,这沉沦下去的世界却又硬生生托起了另一方高高耸立着的天地。

这天地,就是《红楼梦》。毫无疑问,《红楼梦》是中国古典小说的巅峰。甚至可以说,它全面展现了几千年来民族文化发展到一定阶段的成果,是集大成者。从《红楼梦》中,我们可以读出一个真实的簪缨世家子弟是在怎样的环境中成长起来的,一个几乎在中国传统文化每一个领域都有所涉猎的人,是怎样将全部才华灌注到一部文学作品里的。同时，我们也看到，一个在两三千年的传统文化中浸淫着的人，他是怎样回过头去理解滋养自己长大的文化的。

　　而当他回头顾望时，我们的目光恰好与他相遇。你好，曹雪芹！你好，《红楼梦》！

涉及回目

全书一二〇回

阅读问题

读完《红楼梦》这本书，请为《红楼梦》写一篇赞语。此外，请思考，在中外文学史上，还有哪部作品在文化集大成的水平上可与《红楼梦》媲美。请为它写一篇赞语。

阅读推荐

《太史公自序》，司马迁